U0102789

高健生学术思想及眼科临证精华

主　审　高健生
主　编　接传红　杨　薇

全国百佳图书出版单位
中国中医药出版社
·北　京·

图书在版编目（CIP）数据

高健生学术思想及眼科临证精华 / 接传红，杨薇主编 . —北京：中国中医药出版社，2023.10

ISBN 978-7-5132-8304-5

Ⅰ . ①高… Ⅱ . ①接… ②杨Ⅲ . ①中医五官科学—眼科学—中医临床—经验—中国—现代 Ⅳ . ① R276.7

中国国家版本馆 CIP 数据核字（2023）第 149477 号

中国中医药出版社出版

北京经济技术开发区科创十三街 31 号院二区 8 号楼

邮政编码　100176

传真　010-64405721

三河市同力彩印有限公司印刷

各地新华书店经销

开本 787×1092　1/16　印张 18.5　彩插 0.5　字数 388 千字

2023 年 10 月第 1 版　2023 年 10 月第 1 次印刷

书号　ISBN 978 - 7 - 5132 - 8304 - 5

定价　80.00 元

网址　www.cptcm.com

服 务 热 线　010-64405510

购 书 热 线　010-89535836

维 权 打 假　010-64405753

微信服务号　zgzyycbs

微商城网址　https://kdt.im/LIdUGr

官 方 微 博　http://e.weibo.com/cptcm

天猫旗舰店网址　https://zgzyycbs.tmall.com

如有印装质量问题请与本社出版部联系（010-64405510）

《高健生学术思想及眼科临证精华》
编 委 会

高健生教授照片 1

高健生教授照片 2

高健生教授简介

一、特点与专长

高健生主任医师从医 55 年，为人谦和，胸襟豁达，待人平和，老实做人，踏实做事，不追求名利。他热爱中医事业，研读了较多中医眼科古籍，奠定了深厚的中医功底；以崇高的医德和精湛的医术救治了大量眼病患者；擅长治疗眼科各种疑难眼病，如青光眼、顽固性角膜炎、眼底出血、视神经萎缩等，特别是全身疾病合并的眼病，如糖尿病视网膜病变、视神经脊髓炎、多发性硬化、Meige 综合征（梅-杰综合征）、过敏性鼻结膜炎等。

二、基本情况

高健生：男，1937 年 8 月生，江苏大丰县人，中共党员，大学本科学历，中国中医科学院眼科医院研究员、主任医师、博士生导师。第四、五、六批全国老中医药专家学术经验继承工作指导教师，中医药传承博士后合作导师，第三届首都国医名师，享受国务院政府特殊津贴。

1963 年毕业于上海中医学院中医专业，分配到中国中医研究院（现为中国中医科学院）广安门医院眼科工作，后担任中国中医研究院广安门医院副院长 9 年。1992 年组建眼科医院，担任首任院长 6 年。曾任中华中医药学会眼科分会主任委员，中国民族医药学会眼科分会会长，北京市中医药学会眼科专业委员会主任委员。卫生部（现为国家卫生健康委员会）第六届药典委员会委员、国家中药品种保护审评委员会委员、国家药品审评专家、《中国中医眼科杂志》副主编、国家自然科学基金委员会评审专家，兼任河南省中医院、河南中医学院第二附属医院眼科导师及客座教授。"高健生名医工作室"为全国先进名医工作站。

2008 年获中国中医科学院"优秀研究生指导教师"荣誉称号。2012 年获中国中医科学院"岐黄中医药基金会传承发展奖"。1996 年获国家中医药管理局优秀党务工作者；2006 年获国家中医药管理局优秀党员；2009 年"高健生名医工作室"被中华中医药学会评为全国先进名医工作站；2015 年获中国医药卫生发展基金会德艺双馨"人民的好医生"

荣誉称号；2015 年获中华中医药学会眼科分会成立三十周年"优秀科技工作者"和"突出贡献奖"。

三、成就和贡献

1. 学术造诣

初步勾画了中医哲学理论体系，研究总结了刘完素玄府学说，在此基础上又进行了中医学辩证唯物论的探讨，使其从传统中医理论凝练升华为哲学思想，用于指导眼科临床。提出了益气升阳举陷与益精升阴敛聚法两大眼科治法，创制了密蒙花方治疗糖尿病视网膜病变，控制病变进展；创制了治疗过敏性结膜炎的川椒方，临床取得奇效。提出用益气固表、补肾托毒法治疗病毒性角膜炎。提出补气温肾法治疗高风雀目（视网膜色素变性）时要防止"从阳化热"。总结出用蜈蚣治疗多发性硬化的临床经验，等等。

2. 学术成就

正本清源，填补了《中医大辞典》和中医药教材等中无"六欲"一词词义解释的空白。纠正了《原机启微》"强阳搏实阴之病"中的"搏"讹为"搏"。提出古籍五风内障中的青风、绿风、黄风是急性闭角型青光眼早中晚期三个阶段的描述。提出《秘传眼科龙木论》是我国第一部眼科手术著作。多年来主编和参编著作 27 部，在国内外公开杂志上发表论文 111 篇。主持和参与国家及省部级课题 10 项，获得科技成果奖励 9 项，专利 2 项。其中"白内障针拨套出术的研究"于 1985 年获国家科技进步二等奖，排名第四。

3. 传承与培养

培养博士研究生 10 人，硕士研究生 11 人，传承博士后 2 人，拜师学徒 4 人，第四、五、六批全国老中医药专家学术经验继承人 6 人，区级继承人 2 人。

前 言
PREFACE

中医学源远流长，绵延数千载，不仅是一门自然科学，更是一门哲学，它为中华民族的繁衍昌盛和人类文明做出了巨大的贡献。中医眼科学是中医药宝库中的瑰宝，以其丰富的学术内涵和专科特色的辨证论治体系，发挥着不可低估的作用。自唐宋以降，我国首部眼科专著《秘传眼科龙木论》问世，大量眼科相关古籍不断涌现，阅读古籍，去其糟粕，取其精华，起到承上启下的作用，是当代人肩上的重任。

我大学毕业后曾先后师从唐亮臣、唐由之等名老中医，私淑韦文贵、庞赞襄等名老中医，并参加了中国中医研究院第一届研究生班的理论课程学习，不断积累临床经验。三十多岁时被确诊为"多发性硬化症"，这不仅在当时，直至今日也被认为是一种治疗起来很棘手的难治之症。当时我白细胞极高，高热不退，用各种抗生素无效，曾被下病危通知，是中药"竹叶石膏汤"立竿见影退了高热，救了我的命。我热爱中医，在病重休息期间，我不仅深入研究该病，还阅读了《审视瑶函》《银海指南》等大量眼科古籍，对《原机启微》也颇感兴趣，读了近三十遍不厌其烦，每每多有体会。其文字精练，理论多源于《内经》，本于李杲，旁及天文运气八卦，从多方面去探求疾病的本质，对于中医眼科的辨证用药有很大帮助，在临证及教学过程中给了我很多启发。

本书总结编写历时多年，作者都是我的学生和弟子，更是我的同事，他们大多在眼科临床一线从事医、教、研工作多年，临床经验丰富，很多人也是硕士和博士生导师，或师承导师，也有自己的学术思想。本书分为两部分，第一部分为学术思想，包括中医哲学思想、中医哲学思想在眼科的运用、对中医古籍的考证、对中医古籍的辨误与读评等。第二部分为临证精华，包括七章34种眼病。有治法，有理论，有病案举例，是长期总结的临证思辨特点和用药经验。

感谢全体编委付出的大量时间和精力，感谢中国中医科学院眼科医院领导的支持，由于学识、经验有限，书中观点和错漏之处在所难免，衷心希望读者及同行们指正和争鸣。

高健生

2022 年 12 月

目 录
CONTENTS

第二部分 临证精华

第一部分　学术思想

高健生教授对中医理论有着很深的造诣，不仅遍习中医眼科经典，如《秘传眼科龙木论》《审视瑶函》《证治准绳》《目经大成》等，对《黄帝内经》（以下简称《内经》）《伤寒论》《金匮要略》也颇有研究，这些可从其发表的论文管窥一二。尤其是通过对《素问玄机原病式》的深入研究，形成了高老学术思想的主要精髓——中医哲学思想，并将哲学思想运用于临床实践，尤其是在多年的眼科临床实践中，提出"益精升阴敛聚"和"益气升阳举陷"等眼科治疗大法。高老在读书中引经据典，多次考证了中医眼科古籍中的内容，并对后世的理解谬误进行了辨误和解析，为后学者留下了宝贵的财富。

第一章　中医哲学思想

高老对中医古籍近乎痴迷，其阅读最多的古籍则非《素问玄机原病式》莫属，前后阅读达二十多遍，每遍都有批注，对刘完素的学术特点及辩证法思想进行了深入研究，这为其临床采用"寒热并用"治疗疑难杂症奠定了扎实的基础。高老通过数十年的理论学习和临床实践，对中医学的哲学问题进行了较深入的思考和研究，初步勾画出了中医学辩证唯物论的思想体系。

第一节　中医哲学思想产生的源流与时代背景

刘完素是金元四大家之首，刘氏自"二十有五，志在《内经》，日夜不辍，殆至六旬"。其在中医理论发展中有诸多创新建树，源于其在长期临床实践中不仅学习中医学的有关书籍，而且诵读在其以前的大量经史古籍，包含道、儒、佛、诸子百家之作，学习、继承其中的哲学思想，结合中医临床实际情况，做了创新性系统归纳总结，从而成为继医圣张仲景之后无与伦比的大家。其著作《素问玄机原病式》是刘氏中医哲学思想的高度凝练。现将中医哲学思想产生的源流与背景总结如下。

（一）三坟五典之概况

刘完素研究了自伏羲氏开始中国的传统文化所包含的哲学思想，根据孔安国《尚书》序记载曰："伏羲、神农、黄帝之书，谓之三坟，言大道也。少昊、颛顼（zhuān xū）、高辛、唐（尧）、虞（舜）之书，谓之五典，言常道也。盖五典者，三坟之末也，非无大道，但专言治世之道。三坟者，五典之本也，非无常道，但以大道为体，常道为用，天下之事毕矣。然而，玄机奥秘，圣意幽微。浩浩乎不可测，使之习者虽贤智明哲之士，亦非轻易可得而悟矣。"

（二）我国最早哲学流派的形成

刘氏研究了我国古代三坟五典之后传统文化流派的发展，分为道教、儒教及医教三大体系。

1. 儒教、道教的形成

刘完素在《素问玄机原病式》序谓"洎（jì）乎周代，老氏以精大道，专为道教，孔子以精常道，专为儒教。由是儒、道二门之教著矣，归其主，则三坟之教一焉。儒道二教之书，比之三坟之经，则言象义理，昭然可据，而各得其一意也。故诸子百家，多为著述，所宗之者，庶博知焉。"

2. 医教的形成

夫医教者，源自伏羲，流于神农，注于黄帝，行于万世，合于无穷，本乎大道，法乎自然之理。

《新刊图解素问要旨论》中刘氏作序："祖圣伏羲占望天机，及视龙马灵龟，察其形象而密解元机，无不符其天理。乃以始为文字，画卦六甲历记，命曰《太始天元册》文，垂示于后人也；以诮神农诏明其道，乃始令人食谷，以尝百药而制《本草》矣；然后黄帝命其岐伯及鬼臾以发明太古灵文，宣陈造化之理，论其疾苦，以著《内经》焉。凡此三皇之经，命曰三坟，通为教之本始，为万法宗源，正为天之候也。若论愈病济苦，保命防危，非此圣典，则安得效之矣！……完素愚诚，则考圣经，撮其枢要，集而岁久，集就斯文，以分三卷，叙为九篇，勒成一部，乃是《内经运气要旨论》……河间刘守真谨序。"

（三）儒道医三教的哲学不同点

刘氏研究了本土三教的同宗同源，但又各有不同。道教（易教）体乎五行八卦，儒教存乎三纲五常，医教要乎五运六气。其门三，其道一，故相须以用，而无相失，盖本教一而已矣。若忘其根本，而求其华实之茂者，未之有也。

《素问·阴阳应象大论》中"阴阳者，天地之道也……神明之府也，治病必求于本"，此虽为后世教材所选用，乃入门学子诵读之常规，但刘氏独选《素问·天元纪大论》中"五运阴阳者，天地之道也，万物之纲纪，变化之父母，生杀之本始，神明之府也。可不通乎"。刘氏强调"五运阴阳"为医教之总纲，还引用了《素问》所云"夫五运阴阳者，天地之道也，万物之纲纪，变化之父母，生杀之本始，神明之府也"作为中医哲学思想与道、儒二教的不同点。

（四）中医哲学的总纲

刘氏提出以"五运阴阳者，天地之道也"为中医哲学之总纲。在这总纲之下进行了梳理归纳，使疾病分类系统化。创造性地将疾病分为两大类，一类以五脏、五运为中心的"五运主病"，一类以六气、六淫为中心的"六气为病"。

1. 以"五运主病""六气为病"的疾病分类

刘氏提出"五运主病""六气为病"，根据对《素问》病机十九条进行了梳理，五运主病以心、肝、脾、肺、肾五脏发病为纲，代表了五脏主体的病变。六气为病即以六气（六淫）风、热、湿、火、燥、寒为客体的病变，病机十九条中无"燥"为病，刘氏增加燥邪为病。刘氏将"五运""六气"运用于中医疾病分类，对辨病、辨证、辨误、正治、反治纲举目张，为辨病性，辨病位，辨邪气，辨虚实、寒热之真假，注入了新内涵，便于临床医师学习和应用。

2. 刘完素丰富了玄府学说内涵

刘完素发展了玄府学说，认为玄府学说是认识生命活动规律的科学假说。刘氏阐述了玄府的部位与功能，认为疾病是玄府功能异常的表现，提出了玄府功能异常的治疗原则。

3. 刘完素对中医"神学说"进行了总结和阐述

世界是物质的，物质是运动的，运动是有规律的，物质决定精神。刘完素概括了中医神学说中神的定义和内涵，认为神包括精神、神志、意、神识、神机和神华；神是物质的，神是气、血、精及器官等物质的产物；神是五官功能的外在客观表现；神是脏器功能的外在客观表现。

我们在研究中医哲学思想的过程中发现，金元时期的刘完素不仅是金元四大家的旗手，在其著作中还较多论述了中医哲学思想，形成了比较系统的理论体系，指导着中医理论研究和临床辨证治疗的创新。迄今为止，依然具有指导意义。刘完素发展了中医哲学思想中的认识论、唯物论、疾病分类法和辩证法，形成了"中医哲学"理论体系。

第二节　中医哲学思想认识论

党中央、国务院高度重视中医学的哲学思想和人文精神的研究。国务院于 2009 年 4 月发布了《关于扶持和促进中医药事业发展的若干意见》，其中指出："中医药作为中华民族的瑰宝，蕴含着丰富的哲学思想和人文精神，是我国文化软实力的重要体现。"这说明了研究中医哲学任务的紧迫性和重要性。近几年来，有关传统文化和人文精神的研究较多，但对于中医哲学思想的研究鲜见，更无人研究中医哲学的理论体系。我们对中医哲学思想认识论的研究情况概述如下。

（一）早期中国哲学对认识论的研究

以三国魏玄学家王弼（226—249 年）为代表的哲学家在《周易略例·明象章》中对认识论方面就言、象、意三者的关系论之甚详："言者所以明象，得象而忘言；象者所以存意，得意而忘象……然则忘象者乃得意者也，忘言者乃得象者也。得意在忘象，得象在忘言。"近年来我国学术界讨论的"象思维"大部分内容在此范围内。其主要内容所涵之精神，源于中国哲学早期对认识论的前三部分即"言"→"象"→"意"三者及其关系所做的系统论述，但是还没有上升到认识论中对"规律"与"法则"的更高级认知阶段，更没有论及在实践中检验的结果有成功或失败的两种可能性。

（二）刘完素对认识论的发展

金元四大家的旗手刘完素在王弼哲学认识论的基础上，对中医哲学的认识论做了深刻系统的研究，概括总结为五句话二十三个字："言本求其象，象本求其意，意必合其道""无道行私，必得夭殃"。

"言本求其象，象必求其意"两句话，十个字总结了王弼的早期认识论思想，后两句"无道行私，必得夭殃"八个字是引用《素问·天元纪大论》中经典的两句话，刘氏巧妙地用"意必合其道"将两者结合起来，形成了中医哲学的系统认识论。其中关键的六个字为"言"→"象"→"意"→"道"，"夭殃"。

（三）对中医哲学认识论的释义

1. "言"：指语言和文字论述。
2. "象"：指①自然界的现象或表现及相互联系；②象征自然变化和人事休咎；③想象，《韩非子·解老》"故诸之所以意想者，皆为无象也"，即在原有感性形象的基础上创造出新形象的心理过程，人虽然能想象出从未感知的或实际上不存在的事物的形象，但想象内容总来源于客观现实，人的想象是在社会实践中发生、发展起来的，一般分为创造性想象和再造想象两种，它们对人类创造性劳动和掌握知识经验有重要作用。
3. "意"：释义为猜想或意会；中医学在与疾病斗争中起到了重要作用，中医学对疾病发展、吉凶预测、药物或治疗方法的选择或应用，体现了"医者，意也"的思想，发挥了医者最大的创造性、能动性，这也是中医学最大特色之一。
4. "道"：此处可释义为法则或规律。
5. "夭殃"：释义为夭折、灾难、祸害。

（四）刘完素对中医哲学认识论的贡献

刘氏用"言本求其象，象本求其意，意必合其道""无道行私，必得夭殃"高度概括了中医哲学认识论。用现代语言表述，应为说话和论文的内容必须具备存在于大自然界（宇宙、太阳、地球、月亮等）或生物界（动植物、人体）及人类社会等的一切现象或表现，尤其重要的是相互之间的联系，经人脑思维加工后做出猜想或预测的结论，再将其反馈到实践中检验是正确的，即形成了事物发展的法则或规律，或者说真理，即古人所说的"道"。如果违背了事物发展的法则或规律，则必然失败。即刘氏引用《内经》中所概括的"无道行私，必得夭殃"，用我们现代通常所说的哲学术语，即"真理是由实践中产生的"，"实践是检验真理的唯一标准"。妙哉！刘氏在十二世纪用通俗易懂的简洁语言系统总结了中医哲学的认识论的全过程，刘氏对我国中医哲学认识论做了重要补充和系统阐述。

刘氏以前，中医哲学认识论只停留在认识论的前半部分，即在"言""象""意"三个阶段，未论及"道"。刘氏所发扬之中医哲学认识论不仅是对中医哲学的贡献，也是对中国哲学认识论的重大贡献。

第三节　中医学的辩证唯物论

刘完素之代表著作《素问玄机原病式》（以下简称原病式），在继承《内经》唯物论思想基础上创立了"玄府"等理论，奠定了中医学辩证唯物论的基础。该书吸纳了道教、儒教等我国传统文化中有关唯物论及辩证法的内容，比较详细地阐述和发展了精神与物质的关系，发展了通过辩证唯物主义认识疾病、分析病机和指导疾病治疗的相关理论。

（一）"玄府学说"的物质属性和时空观

1. 玄府是物质的

玄府不仅在有生命的生物体中，而且在非生物体中也同时存在。刘完素说："玄府者，无物不有，人之脏腑皮毛、肌肉筋膜、骨髓爪牙……至于世之万物，尽皆有之……"

2. 玄府即运动

《内经》云："出入废则神机化灭，升降息则气立孤危。故非出入，则无以生长壮老已；非升降，则无以生长化收藏。是以升降出入，无器不有。"《原病式》："然玄府者……乃气机出入升降之门户也。"

3. 生物体生命运动的形式和规律

生命存在的形式是时间和空间的运动，生物体内物质运动的形式是升降出入，生命运动的规律是生、长、壮、老、已。机体生理变化的规律是生、长、化、收、藏。"故元阳子解《清静经》曰：大道无形，非气不足以长养万物，由是气化则物生，气变则物易，气甚即物壮，气弱即物衰，气正即物和，气乱即物病，气维即物死"。病理变化规律是气变、气甚、气弱、气乱、气维。

4. 中医学的物质属性和时空观与现代唯物论的认识极其相似

现代唯物论认为宇宙便是物质世界，不依赖于人的意识而客观存在，处在不断运动和发展中，在时间上没有开始，没有终了；在空间上没有边界，没有尽头。宇宙是多样而又统一的，它的多样性在于物质表现形态的多样性；它的统一性就在于物质性。中医学秉承天人合一、整体观念的思想，以阴阳为纲、五行为要，因人因地因时制宜，与现代唯物论的物质性、时空观观点是相一致的。

（二）"神"的物质属性及形神合一的思想

1. "神"的内容

"神"包括精神、神志、意、神识、神机等，神是物质表现的特殊形式，由物质生成，具有物质及玄府的一切属性。

2. "神"由物质的精或血气所生成

《内经》有"血气者，人之神，不可不谨养。"刘完素明确提出："夫气者，形之主，神之母，三才之本，万物之源，道之变也；精为神之本。"

3. "神"具有物质的一切属性

（1）精神：与气液、血脉、营卫并列。《原病式》："若目无所见，气液、血脉、营卫、精神不能升降出入故也。"

（2）意：与眼耳鼻舌身并列，"六欲者，眼耳鼻舌身意也"。

（3）神识：与六欲并列。

（4）神具有升降出入的特性："人之眼、耳、鼻、舌、身、意、神识，能为用者，皆由升降出入通利也。"

4. "神"是生命活动的功能表现

（1）"神"是五官功能的外在客观表现，"目为五脏之神华。"

（2）"神"是脏器功能的外在客观表现，"遗尿不尽，神无所用也。"

（3）《证治准绳》发挥了刘完素之说："神之在人也大矣，在足能行，在手能握，在舌能言，在鼻能嗅，在耳能听，神舍心，故发于心焉。"

5. "神"具有防病功能

"精中生气，气中生神，神能御其形也。由是精为神之本也。"精充则神旺，气盛则形强。"形体之充固，则众邪难伤，衰则诸疾易染。"强调精神七情因素是防治疾病的要素之一。

6. 神与意识相通

中医学对"神"的物质属性的认识与现代哲学"意识"的概念有相似之处。在现代辩证唯物论中，"意识"的本质包括两个基本点，即意识是人脑的机能，意识是人脑对客观存在的反映。意识的内容是客观的，意识的反映是主观的；意识不是物质本身，是经过头脑加工改造过的物质的东西；正确的思想是人脑对外界事物的正确反映，错误的思想是人脑对客观世界的歪曲反映。

（三）天人合一，和谐共存

1. 物质观——至小无内，至大无外

古人对于万物的认识采用天人合一、取类比象的方法，形成了自然界和人类相互作用的物质观。

2. 天人相应

取法自然人生于天地之间，宇宙之内，乃应天时而生，适天时而存。"天覆地载，万物悉备，莫贵于人。人以天地之气生，四时之法成。"

3. 尊天之纪、地之理，和谐共存

《素问·宝命全形论》："人能应四时者，天地为之父母。知万物者，谓之天子。天有阴阳，人有十二节；天有寒暑，人有虚实。能经天地阴阳之化者，不失四时；知十二节之理者，圣智不能欺也。"

第四节　《黄帝内经》中的哲学思想

高老作为中医眼科知名专家，广泛阅读中医古籍，深刻领会和研究其中的哲学思想，是当代少有的研究中医哲学思想的学者。经研究发现，近代中医理论家杨则民先生（1893—1948）也曾进行中医哲学思想研究，并首次提出以唯物辩证法思想指导《黄帝内经》（以下简称《内经》）研究，认为《内经》的阴阳五行学说中都包含着辩证法思想，与高老的研究不谋而合。

（一）认识阴阳

唯物辩证法认为，一切存在的事物都由既相互对立又相互统一的一对矛盾组合而成，双方既具有同一性，又具有斗争性。同一性是指矛盾双方相互依存、相互肯定的属性，二者共处于一个统一体中，互为存在的前提（即阴阳互根）；斗争性是指矛盾双方相互排斥、相互否定的属性，通过斗争实现双方力量的对比和相互关系不断发生变化（即阴阳消长），此为量变的过程，达到一定程度可以使双方相互过渡、相互转化（即阴阳转化），使事物向对立面转化，也就是达到质变的飞跃。

阴阳是用以概括宇宙间相互对立事物性质的，而非迷信的代名词。杨则民列举了《内经》中用阴阳学说论述人体生理、病理、诊断和自然界的大量条文，论证了其中包含的辩证法思想及其时代的局限，根据唯物辩证法指出阴阳除对立关系外，尚有阴阳相消（消长）和阴阳相生（互根）及相互转化的关系，而中医治疗疾病的根本在于调理阴阳，使之复归于平衡。阴阳的对立统一、互根、消长、转化等基本特征，说明阴阳矛盾对立的双方处在一个统一体中，不是静止不变的，而是运动变化的，并有量变到质变的过程。这些与唯物辩证法的三大规律，即对立统一规律、量变质变规律与否定之否定规律是很吻合的。阳证在一定条件下可以转化为阴证，阴证在一定条件下又可以转化为阳证。这也是事物本身的自我否定，如果过程继续进行下去，否定它事物的事物又被否定，这就是否定之否定，从而促进事物的不断前进与发展。通过对比分析阴阳学说及唯物辩证法的基本内容，说明唯物辩证法的基本规律在中医阴阳学说中的体现是相当充分而具体的。

（二）认识五行

五行学说是我国古代的一种哲学思想。刘完素《素问玄机原病式》中云：易教体乎五行八卦，儒教存乎三纲五常，医教要乎五运六气，其门三，其道一。中医学中的五行学说正是源于这一哲学思想基础上结合临床实践而得以发展和完善的。

正像邓铁涛所言："虽然在它的发展过程中曾为象数之术所兴，为神学政治所染，但它所包含的有关事物间的互动关系的模式，乃是中国先哲理性思维之结晶。当它融入唯物的中医实践过程之中后，就在不断地摆脱和远离着原来缠绕着它身上的宗教的和哲学的外壳。"

杨则民将五行称为"五运"，无论"行"或是"运"都强调五行不是静止的，如同运动是物质世界的基本属性一样，五行的主要特性亦是"变动不居"，即永恒运动，无论自然界或是人体，无论脏腑或是经络，无论生理或病理中的五行生克亦复如是；其次五行的运动产生了普遍联系及生克制化，如同马克思主义哲学所讲的物质世界是普遍联系的一样，五行彼此间不是孤立的，而是存在着相生、相克、相乘、相侮，既对立又统一的辩证关系。

此外唯物辩证法认为，在事物的普遍联系中最突出的就是系统联系，系统是一个标志事物整体的哲学范畴，系统中的各要素按一定的方式组成，各内部之间及与周围环境之间互相联系、互相作用，其本质是由多方面的对立统一构成的矛盾体系。世间纷繁复杂的万物分门别类地归于五行之下，研究其相互作用的规律，这是一种原始的系统论。五行学说不仅仅是提供了一种分类方法，更重要的是将事物间的联系归于系统中，其正是论述系统之间相互联系与作用规律的理论工具，五行之间具有"生长发展""彼此关联""矛盾破坏""对立""扬弃"等相互联系、相互斗争、相互转化的规律，均是唯物辩证法思想的体现。

高老认为五行学说是中医整体观念的基础之一，由此在临床上非常注重眼病的整体观，将眼部的局部病变认为是全身病的一个部分，进行整体辨证，比如在治疗围绝经期女性干眼症的时候应用自拟温肾逍遥汤，正是通过调整全身的脏腑功能来达到治疗目的。

（三）认识生长化收藏

古人观察到万物在天地交泰中有春生、夏长、秋收、冬藏之规律，即阳生阴长、阳杀阴藏的节律，同时生命体应四时节律的变化也有生、长、壮、老、已的变化，而这种周期的变化绝不是简单的机械运动重复，而是有更丰富的内涵。杨则民提出《内经》中另一个体现辩证法思想的内容为"生长化收藏"理论。继承了恽铁樵《内经》以四时为本的思想，认为恽氏的"四时"与自己的"生长化收藏"均指辩证法的生长发展毁灭过程，其实质是事物的发展变化，并列举了许多事例说明《内经》生长化收藏之理，包括天体发生的星云说及马克思经济学说资本积累的过程等。杨则民认为《内经》作者用五行作为论说工具是不得已而为之，并已采取了弥补措施，即不断对五行含义加以延伸，并赋予新的内涵，即"取义于生长化收藏，纯以生长发展毁灭为言，换言之，即以辩证法的思想为训者，此《内经》一大特色也"。杨则民认识到五行学说的机械性与局限性，认为事物的相互规律并不能单纯以五行学说封闭的循环理论来解释，认为《内经》五行更重要的内涵是言"生长化收藏"，五行各要素之间相互生克，其更重要的实质是体现发展变化，进而指出："《内经》以发展变化言五行，其言六气，六经，论脉，论五脏疾病，亦皆以变化发展为言者也。"《内经》中的阴阳、五行学说，是古代的认识论、方法论，是哲学特别是关于人的生命哲学，体现的是一个宏观的生命观，其根本是研究以"生长化收藏"为核心的人的生、老、病、死问题。而杨则民认为这些与唯物辩证法对宏观世界的认识是相通的，尽管人的生命是复杂多变的，但先哲们却能以哲学的视野，借用阴阳五行这些说理工具来揭示人与自然界相关联的时空、地域、方位等的整体运动特征与规律。

（四）《内经》治疗学与唯物辩证法

杨则民对于《内经》中的治疗理论评价很高，指出其由哲学思想引申而来，蕴含着丰富的辩证法思想，且经过数千年的实践检验验之而不虚。其所论包括《素问》的"至真要大论""标本病传论""阴阳应象大论""五常政大论"等经文，其中涉及诊断学的分阴阳、别虚实、定标本，治疗学的正治反治、标本治法，方剂学的组方原则等许多重要内容。其以辩证法为纲领，将《内经》的治疗学思想概括为纵、横、和三方面："所谓纵者，即五行四时也，以生长收藏发展为义也。张仲景以六经为说，刘守真与后世温热派，以三焦为词，易以今语，犹初期中期末期疗法也……论虽不同，要之根据生长化收藏之理以施治，固大同也。所谓横者，即阴阳也，以对立为义也。古人以阴阳言病体，以虚实言体质，以表里言病位，以寒热言病势，以温清言用药，以攻补言治法，以脏腑别阴阳，以营卫气血定证治，皆对立为义也。所谓和者，即调节之义。盖疾病为生活细胞机能亢进或减退之谓，为体内化学成分过与不及之谓，为生理之调节功能失效，而或亢奋或衰弱，反生异常之谓，治病之道无他，过者除之，不及益之，病理机转亢进则抑制之，生理机转减退则扶助之……此皆旨在使生理之调节机能勿减退或亢进，而恒归于调节也。"杨则民认为《内经》治疗学的核心在于"以辩证法的观察，以辩证用药；又以辩证法的方法而处方施治也"，其特点包括中医诊病，为整体统一的观察，故重证候而轻言病所；中医为变动的生机观察，故治无定法，唯变为适，其智以圆；中医崇尚自然，而轻言攻毒，虽无毒治病，亦十去其九而止，更注重人体自身机能的调节等。

杨则民研究《内经》中的哲学思想，是将马克思主义哲学思想与传统中医理论相结合，抓住唯物辩证法这一关键，经过独立思考，从阴阳五行整体观入手，指出《内经》是以阴阳体现人体中的对立统一，以五行说明人体生理病理的相互联系与作用规律，以生长化收藏认识生命的发展与变化，而其中尤以调节调和论为其特色。这些思想和高老多年的研究，尤其是有关中医哲学思想的认识论与实践论的天人合一等观点有很多契合之处。高老早年曾通读了数遍《毛泽东选集》，对其中的马克思主义哲学思想和毛泽东思想的实践论、辩证唯物论有深刻的领会和思考，结合《内经》的阴阳五行辩证思维，并将其用于医学临床实践，晚年继续深入研究哲学与医学的关系，勤耕不辍。

第五节　中医哲学思想与中医临证思维

中医学与中国古代哲学都根植于中国传统文化，两者互相渗透，互相影响，中医哲学思想奠基于先秦两汉时期，成熟于金元时期，"三教合一"是其最根本的理论体系，中医哲学思想是中医学的根本，其内涵极为丰富。在以市场经济为主要价值取向的社会转型过程中，意识形态难免受到冲击，医学人文精神出现衰退，有鉴于此，高老深刻思考了中医哲学思想在重塑医学人文精神及和谐医患关系中的重要性，进一步阐释了中医哲学思想与中医临证思维的重要性及研究进展。

（一）中国古代哲学与中医学

哲学是人们认识整个世界的根本观点和体系，医学是研究人类生命过程以及同疾病斗争的一门科学体系。中国古代哲学与中医学是中国传统文化的瑰宝，两者同根同源，互相沟通，互相交织。中国古代哲学为中医学提供了思想理论基础，并成为中医思辨的基本法则，中医学则为哲学提供了丰富的实践经验，两者是不可分割的。中国古代哲学的阴阳说、精气说、五行说、天人合一说对中医学产生了深远的影响。《黄帝内经》是我国现存最早的医学经典著作，其创立的中医理论体系就是在古代哲学思想的指导下，在临床实践的基础上逐步形成的，如《素问·阴阳应象大论》曰"阴阳者，天地之道也，万物之纲纪，变化之父母，生杀之本始，神明之府也，治病必求于本"，体现了中国古代阴阳对立统一观的思辨思想，对中医学理论体系的创建是极为关键的。

（二）中医哲学思想的形成

中医哲学奠基于先秦两汉时期，在金元时期形成了以儒为魂，以道为体，以释为用的"三教合一"的中医哲学理论体系。金元四大家的中医哲学思想几乎是古代中医哲学的全息缩影，刘完素研究了我国自伏羲氏开始的中国哲学思想，孔安国《尚书》序记载曰："伏羲、神农、黄帝之书，谓之三坟，言大道也。少昊、颛顼、高辛、唐、虞之书，谓之五典，言常道也。盖五典者，三坟之末也，非无大道，但专言治世之道。三坟者，五典之本也，非无常道，但以大道为体，常道为用，天下之事毕矣。"三坟、五典是我国早期哲学思想的总结，概括了宇宙发展的大道，正如刘完素在《素问玄机原病式》序谓"洎乎周代，老氏以精大道，专为道教，孔子以精常道，专为儒教。由是儒、道二门之教著矣，归其主，则三坟之教一焉。儒道二教之书，比之三坟之经，则言象义理，昭然可据，而各得其一意也。故诸子百家，多为著述，所宗之者，庶博知焉。"由此可见，中医哲学思想是在吸收古代哲学各个流派的基础上，至金元逐步形成了"三教合一"的理论体系，金元四大家，尤其是刘完素在深刻领悟中医哲学思想的基础上，成为一代"哲医"大家，而金元四大家的学术思想也传承至今，对后世医家具有深远的影响。

（三）儒家思想的形成与核心

儒家学派形成之前，古代社会接受传统的"智、信、圣、仁、义、忠"六德、"孝、友、睦、姻、任、恤"六行、"礼、乐、射、御、书、数"六艺的社会教育，儒家学派产生于先秦，是诸子百家中最具影响力的一家，孔子是儒家学派的创始人，后经历代发展，成为了中国古代正统文化，直至五四运动才取消了其统治地位。儒家基本上坚持"亲亲""尊尊"的立法原则，维护"礼治"，提倡"德治"，重视"仁治"，《周易》是儒家"象数文化"的代表，儒家六经中所蕴含的中和思想、天人合一思想、"精""仁"学说等对中医学理论体系的构建提供了哲学思想基础，正如任继愈所言："中医学是儒家哲学为父和医家经验为母的产儿。"

（四）中和思想与中医学

中和思想是儒家思想的精髓，源于《周易》，发展充实于汉儒，经列代儒家学者的研究而更加深刻。"中和"两字最早见于《礼记·中庸》，中和是中正和谐之意，即不偏不倚，无太过无不及的平和状态，是事物和生命存在和发展的最高境界，正如朱熹《论语集注》曰"不偏之谓中，不易之谓庸。中者天下之正道，庸者天下之定理"，即对立双方保持均衡状态。中医学的基础理论形成于先秦两汉时期，而此时儒家思想正逐渐成为中国文化的主流，秦汉时代的中医学者将儒家的中和思想渗透于中医学中。

1. 中和思想体现在中医学对生命观的认识中

中医学认为天地阴阳的中和之气是万物化生的基础，阴阳的交感合和是万物化生的根源，正如《素问·六微旨大论》云"上下之位，气交之中，人之居也"，孙思邈在《备急千金要方》中也阐明"人者禀受天地中和之气"，中医学认为只要能够顺应天地中和之气就可以达到保养生命的目的。

2. 中和思想体现在中医学对疾病的认识中

《素问·生气通天论》曰："阴平阳秘，精神乃治，阴阳离决，精气乃绝。"由此可见，阴平阳秘是维持正常生理机能的关键，阴阳偏盛偏衰是疾病发生发展的内在根本，是中医学病机的总纲。

3. 中和思想体现在中医学辨证论治中

辨证论治强调机体在运动变化过程中某一阶段的中和平衡，即动态平衡，中医学辨证论治的精髓是"谨察阴阳所在而调之,以平为期"(《素问·至真要大论》),因此,在诊治疾病中,常常会出现"同病异治""异病同治",其本质就是抓住动态中的"证",调和阴阳,使机体恢复到平和状态。因此,临证之时,要审证求因,细别阴阳,遣方用药,以平为期。

(五)天人合一思想与中医学

天人合一主要是指天道与人道,自然与人的互为相通、相类和和谐统一,儒家关于"天人感应"的思想最早出现在对周易卦辞的解释中,孔子强调人与天的相互影响,互为作用,汉代儒家董仲舒继承孔子天人相应的思想,认为"天人之际,合而为一",天人合一尤其对中医学的影响非常深远。中医学的整体观是建立在"天人合一"的思想上的,整体观认为人体是一个有机的整体,人与自然、人与社会具有统一性、互动性,在中医学理论体系中,取类比象、同类相同、同气相求、五运六气等理念一直贯穿始终,正如《素问·宝命全形论》云"人以天地之气生,四时之法成",从整体观对疾病进行认知,认为自然界的异常变化将导致疾病的发生,"夫邪之生也,或生于阴,或生于阳。其生于阳者,得之风雨寒暑;其生于阴者,得之饮食居处,阴阳喜怒"(《素问·调经论》)。因此,中医学的生命观、疾病观、治疗观是动态的,含有丰富的辩证法思想。作为一名中医学者,应当有辨证的思维理念,临证时不应该忽略人体外界因素的影响而孤立地见病治病,应该动态考虑人体因素、社会因素、天地因素等综合影响,只有用中医哲学思想指导临证思维,才能成为一代哲医大家。

(六)儒学"精""仁"与医术医德

1. 精益求精,大医精诚

医学的本质在于治病救人,医德和医术缺一不可,孔子在《论语·卫灵公》中说:"工欲善其事,必先利其器。"唐代孙思邈所著《备急千金要方》第一卷《大医精诚》是中医学论述医术医德的经典之作,认为医道是"至精至微之事",习医之人必须"博极医源,精勤不倦,不得道听途说,而言医道已了,深自误哉"。中医学博大精深,医者必须认真研读,细心领悟,只有具备了精湛的医术,方可成为"拯黎民于仁寿,济赢劣以获安"的大医。

2. 医乃仁术,以人为本

中医学的形成与发展受到中国传统文化,特别是儒家文化的影响,其不仅阐述了完备的医学理论体系,更加承载着"医乃仁术""德为身本,医无德不成"的医道。在传统医德理念中,要求医者对生命有敬畏之心和悲悯之心,如唐代大医家孙思邈所言:"人命至重,有贵千金,一方济之,德逾于此","见彼苦恼,若己有之,深心凄怆"。孔子亦云"己所不欲,勿施于人",受儒家学派"仁者爱人""以义制利"等思想的影响,"仁爱救人"成为古代医者的行为准则,"医乃仁术"成为中医学的核心内容。正如唐代孙思邈所著《备急千金要方·序》及《备急千金要方·大医精诚》中所云："一存仁心，乃是良箴，博施济众，惠泽斯深"，"凡大医治病，必当安神定志，无欲无求，先发大慈恻隐之心，誓愿普救含灵之苦"。作为一名医者，应当铭记中医传统医德理念之"仁心仁术"，以人为本，上怀敬畏之德，下存悲悯之心，中修谦和之态，用真诚和智慧来传承大医精诚之思想，以中医学普救世人的道德理想为构建和谐医患关系奠定基础。

（七）整体观与动态观

整体观与动态观的有机结合构成中医唯物辩证思想的哲学思想。中医学非常重视人体本身的统一性、完整性及其与自然界的相互关系，认为人体是一个有机的整体，构成人体的各个组成部分之间在结构上不可分割，在功能上相互协调、互为补充，在病理上则相互影响。而且人体与自然界也是密不可分的，自然界的变化随时影响着人体，人类在能动地适应自然和改造自然的过程中维持着正常的生命活动。这种机体自身整体性和内环境统一性的思想即整体观念。整体观念是中国古代唯物论和辩证思想在中医学中的体现；它贯穿于中医学的生理、病理、诊法、辨证和治疗等各个方面。

中医学从永恒运动观出发，认为自然界一切事物和现象无不包含着相互对立的两个方面，如上与下，左与右，天与地，动与静，出与入，升与降，成与败，乃至昼与夜，明与暗，寒与热，水与火……对于这些相互对立着的两个方面，就用阴与阳加以概括，并认为两者必须保持动态平衡关系，才是正常状态。同时，还指出平衡是相对的，不平衡是绝对的。

高健生教授认为：不论辨病与辨证，认识疾病与治疗疾病，都必须建立在整体观与动态观的基础上。人是一个整体，内有五脏六腑，外有皮毛骨肉、眼耳口鼻，它们是互相关联，不可分割的。各个脏腑既有自己独特的功能和疾病，它们之间又相互影响，某一脏腑本身的功能偏强偏弱可影响到其他脏腑。例如"肾阳"不足可以导致"脾阳"不足。当肾阳不足时，会有手足发冷、畏寒、面色苍白，影响到脾脏时又可见到消化不良，大便溏薄，或早晨泄泻。脾肾虚弱又可导致其他脏腑的疾病。这说明了脏腑之间是相互关联的。脏腑和其他组织、器官也有一定的关联，如肝同眼睛有关，肝热眼睛就会多眵、羞明；肝血不足就会两目干涩，视物昏糊。其他如肾与骨有关，心与血有关，脾同肌肉有关等。因此，治病不是头痛医头，脚痛医脚，不是将人体的脏腑、组织孤立起来对待，而是从它们相互的关系上来考虑。如对于肺的虚弱性疾病，可用健脾的方法来增强病人的运化功能和体质，促使肺部虚弱的病变得到改善。对于局部组织的疾变，如角膜炎、角膜溃疡，若单从溃疡考虑，用清热解毒、排脓、生肌等法都不能取得效果，就必须考虑整体，加强整体调理，采用一些温补药，不但可能使整体情况好转，而且角膜溃疡也可迅速痊愈。高老指出："疾病不是静止的，而是经常变化着的过程。几副药下去有些症状随即好转或是在服药过程中疾病发生了变化，用药也要随之调整。"

（八）辨病与辨证相结合

辨证论治是中医认识疾病和治疗疾病的基本原则，是中医学对疾病的一种特殊的研究和处理方法，也是中医学的基本特点之一。中医学在数千年的发展过程中，形成了辨证论治为诊疗特点的医学理论体系，同时出现了不同的学派和不同的学说。每一学派形成均有一定的社会和历史背景。如刘河间在治疗上主张以清热通利为主，认为：六气皆从火化。张从正主张汗吐下三法，反对补药治病，并指出："表病而里不病者，可专以热药发其表；里病而表不病者，可专以寒药攻其里；表里俱病者，虽可以热解表，亦可以寒攻里。"可见用药的规律，发表须温，攻里须寒。李东垣处于战乱时代，常见人民饥饱失常，惊惶忧愁以致体质虚弱，易为疾病所侵，得病后又因正虚容易死亡，故提出脾胃虚弱中气不足者必须重视脾胃的理论。朱丹溪认为：阳易动，阴易亏，动则耗阴，声色嗜好亦伤阴，故独主滋阴降火，创"阳常有余，阴常不足论"。赵养葵、张景岳、孙东宿等都议论命门，赵养葵认为养身者、治病者，均以命门为君为主，而加于"火"之一字。赵养葵师学薛立斋，故治疗上亦偏于滋补，惯用六味、八味，以为六味能补真水，八味能补真火，进而统治诸病。张景岳出身官僚世家，到北京游于侯门，其交游、治病亦必豪门大贾，见这些阶层穷奢极欲，因而常感身弱体衰，精力不足，喜欢补药，所以主张温补为主，提出"阳常不足，阴常有余"理论。

辨证与辨病相结合指在西医诊断的前提下，进行中医辨证论治。它是中西医在诊断方面的结合，是目前中西医结合遣方用药的途径和方式。在中医传统的理论和临床中，常以症状命病，即根据病辨析症状的属性特点，进行辨证论治。高老提出辨证与辨病有机结合，是同时将西医对疾病的病机认识结合到中医辨证论治、遣方用药当中去。在明确西医诊断的前提下，在考虑病因和辨证的整体框架下，以方统病与脏腑辨证分型论治合而共参，有时以方统病再结合辨证，有时先辨证论治再考虑西医病理特点，"异病同治"与"同病异治"灵活应用，制定相应的治疗方案。

在某段时期学术界曾以西医的病名为纲，不用中医过去的病证名为纲，它包括的子目就比较单纯，如急性支气管炎、慢性支气管炎、肺结核、大叶性肺炎等。在每一个病中用中医的辨证分型，如慢性支气管炎分为肺气虚、脾阳虚、肾阳虚等，肺结核则分为肺气虚、肺阴虚、气阴两虚、肺肾两虚等。通过这样分型可以进行病证结合的治疗观察，不断地研究分析治疗效果，但是其中也有一个问题，即虽有阴阳、气血、脏腑、寒热、虚实辨证分型，不过几十个框框，但病有千百种，而用几十个框框定千百种病的治疗，于是这种病定为阴虚，那种病也定为阴虚，百十种病都有阴虚型，而所用补药也不过一二十味，这就不免形成"公式化"。总结高老临床用药，其多以辨病＋病证＋症状，同时考虑药物组成间的阴阳、表里、寒热、上下等问题，有时为了适应病情变化，可能还要改弦易辙，这正体现了动态观的辨证论治。

第二章　中医哲学思想在眼科的运用

中医学辩证唯物论是自然科学各学科中运用辩证法认识自然、认识人体、认识疾病和治疗疾病最系统的理论。中医学的治疗原则就是运用辩证思维方法认识和治疗疾病，中医眼科学也不例外，整体观和辨证论治是治疗眼病的最好体现。

第一节　中医学辩证法的运用

（一）辨证治疗原则——正邪相顾，扶正祛邪

刘完素认为治病之要在于益气血，祛邪气，要达到祛邪不伤正，扶正不助邪的境界。《素问·五常政大论》中："大毒治病，十去其六，常毒治病，十去其七，小毒治病，十去其八，无毒治病，十去其九，谷肉果菜，食养尽之，勿令过度，反伤其正。不尽，复行其法。"我们临床上对某些疾病的治疗不顾人体的邪正盛衰，以"除恶务尽""宁可错杀一千，不可放过一个"的思维模式是值得反思的。

（二）反佐法

1."热因寒用"之法

刘完素提出，凡用辛热药开冲风热结滞，或以寒药佐之尤良，免致药不中病而风热转甚也，犹《伤寒论》热药发之不中效，则热转甚也。故夏热用麻黄、桂枝汤类热药发表，须加寒药，不然则热甚发黄或斑出矣。故发表诸方，佐以黄芩、石膏、知母、柴胡、地黄、芍药、栀子、茵陈、豆豉之类寒药，消息用之。

2."寒因热用"之法

痫症虽以湿热居多，但治疗时必须于辛苦寒药之中微加辛热之药佐之。高健生教授按照刘完素所定之治疗大法，在清热祛风止痒药中稍佐大辛大热之川椒，可宣发郁结，治疗过敏性结膜炎疗效颇佳。

（三）同病异治和异病同治

同病异治是指对于相同的疾病，采取不同的治法达到目的的治疗法则。也就是说，

相同的疾病，由于所处的阶段不同，呈现的病机不同，所表现的证候不同，治疗方法也会各异。不同的疾病，在其发展过程中，由于出现了相同的病机，因而采用同一方法治疗的法则，我们称之为"异病同治"。中医治病的法则，不是着眼于病的异同，而是着眼于病机的区别。异病可以同治，关键在于辨识不同疾病有无共同的病机。病机相同，才可采用相同的治法。另外，中医治病因人、因时、因地制宜。人与四时五气相应，发病的季节不同，病机不尽相同；患者所在地域不同，如地势有高低之分，水土性质各异，长期居住、生活、饮食习惯等有别；个人体质有肥瘦虚实强弱之分；性情有刚柔，肢体有劳逸，奉养有高粱藜藿之殊；心境有忧劳和乐之别。这些都说明在同一疾病的治疗方面会有差异。

例如干眼属中医"白涩症""干涩昏花症"及"神水将枯症"范畴。本病可因肝肾阴虚或肺阴不足，虚火上炎，灼伤津液而致，亦可由湿热蕴结脾胃，火伏气分而发。肝郁化火证：采用疏肝解郁清热法；肝肾阴虚证：治宜滋补肝肾，方用杞菊地黄丸等；肺阴不足证：常应用养阴清肺汤；脾肾阳虚、湿浊中阻证：治以温肾健脾、祛湿化痰法。可见同一个病治法不同。

围绝经期干眼患者不但表现为眼部干涩、烧灼等不适的局部症状，还常伴有烘热汗出、烦躁易怒、心悸失眠或忧郁健忘等围绝经期综合征的症状。围绝经期可以发生失眠、头晕、泌尿系感染、骨质疏松等不同疾病，但这些疾病有着共同的病机：肾气不足，天癸衰少，以至阴阳失调，引起心、肝、脾、肾等脏腑功能紊乱。治法宜温肾滋阴，清肝和脾。

高健生教授根据"言本求其象、象本求其意，意必合其道"的中医哲学思想，总结古人对围绝经期干眼的论述，结合自身临床经验，认为围绝经期干眼病机应为肾气日衰，天癸将竭，冲任二脉逐渐亏虚，阴血日趋不足，肾的阴阳易于失调，或偏于阴虚，或偏于阳虚，或阴阳俱虚。天癸者，阴精也，阴精亏耗，目窍失养。肾阴虚不足以涵养肝木，使肝肾阴虚，内生虚热上扰，眼目津液亏损；肾阳虚则不能温煦脾阳，气化无权，津液不能上承敷布于目。肾精不足，肾水不能上济于心而致心肾不交；肝肾同源，肾精不足，肝失所养，失于条达或思虑过度，劳伤心脾，心脾两虚。围绝经期女性干眼多伴情志不舒，肝郁日久化火，气火上逆，灼伤津液而至目涩，故此可将围绝经期干眼辨证为冲任失调、阳虚阴亏、肝旺脾弱、运化失调。治则为调理冲任、温肾滋阴、清肝和脾，从而形成了临床治疗围绝经期干眼的特色经验方——温肾逍遥汤，就是异病同治的典范。

（四）阴阳为基，取象比类

自然界的事物都是以阴阳为基，万物皆可分阴阳，而阴阳的相互对立制约性也构成了万物的特性之一。在中药学中，我们可以看到很多形象的例子，如麻黄发汗，麻黄根止汗；生姜皮是凉性，生姜肉是温性；瓜蒌化痰，瓜蒌的根天花粉能生津；杏仁可令人中毒，用杏树根皮可解；服用发芽马铃薯中毒，用其秧煎服可解；白果外面的壳能解果肉的毒性。用蚯蚓能钻能通之性取象比类，可将其用在血管阻塞性疾病中，以疏通经络；蜈蚣象形于人类脊椎，常用于治疗神经性疾病等。

（五）阴阳学说指导临证

《黄帝内经》将古代朴素辩证法、唯物主义哲学思想同医学紧密结合起来，体现了哲学与医学的高度统一，其阴阳学说对中医眼科的影响更是至关重要。

1. 以阴阳学说阐述眼的结构机能

《素问·宝命全形论》曰："人生有形，不离阴阳。"《灵枢·大惑论》则明确指出："五脏六腑之精气，皆上注于目而为之精。精之窠为眼，骨之精为瞳子，筋之精为黑眼，血之精为络，其窠气之精为白眼，肌肉之精为约束，裹撷筋骨血气之精，而与脉并为系，上属于脑，后出于项中……是故瞳子黑眼法于阴，白眼赤脉法于阳也，故阴阳和抟而精明也（抟为抟之繁体，乃聚集之意，当代诸书多误为搏，后文皆保留此字繁体以发皇古义）。"由此可见，人体是一个有机的整体，根据阴阳对立理论，可以将组成人体的各个组织结构、脏腑机能划分阴阳属性。眼睛也不例外，在诊治眼部疾病时，应仔细辨察眼部结构、机能的阴阳属性，只有阴阳和抟才能目视睛明。

2. 以阴阳学说分析疾病证候

八纲辨证是中医学各种辨证方法的纲领，也是眼科常用的辨证方法。八纲是用来表示病因、病位深浅、疾病性质和治则治法的纲领，是一切辨证的基础与概括。阴阳又是八纲的总纲，统帅表里、寒热、虚实六纲，即表、热、实属阳，里、寒、虚属阴。这就是《素问·阴阳应象大论》所谓"善诊者，察色按脉，先别阴阳"，即用阴阳分析四诊获取的症状、体征。眼科阳证多见发病急骤、视力剧降、胞睑红肿、疼痛拒按、日夜不休、白睛红赤、赤脉鲜明、灼热刺痛、黑睛星翳、羞明多泪、眵泪胶黏等，阴证多见发病缓慢、视力减退、胞睑微肿不红、疼痛轻缓、时作时息、白睛赤脉隐现、隐隐作痛、星翳稀疏、眵泪稀薄等。四诊合参，认真分析，审察阴阳是诊治疾病之关键。

3. 以阴阳学说指导遣方用药

《素问·生气通天论》指出："阴平阳秘，精神乃治。"可见，人体的阴阳双方应处于平衡协调的状态，如果阴阳平衡失调则易导致疾病的发生。以神志疾病举例，神的病变由五志、六欲、七情组成，其病位多与心、脑病变及身心疾病有关，发病急速为其特点。性质：神之为病，多从火化。病机：热气怫郁，玄府闭密。治疗的最高目标是精神康复，即除组织器官的功能恢复外，还要达到神的升降出入平衡——"阴平阳秘"。"阳虚则外寒，阴虚则内热"（《素问·调经论》），奠定了中医学病机的总纲。在治疗方面则强调"谨察阴阳所在而调之，以平为期，正者正治，反者反治"，"调气之方，必别阴阳，定其中外，各守其乡"（《素问·至真要大论》），即采用"寒者热之，热者寒之""阳病治阴""阴病治阳"等治法，调整阴阳以期恢复阴阳平衡、阴平阳秘的状态，从而达到治愈疾病的目的，对临床具有重要的指导意义。在眼科临证时，既要法于阴阳，又不可拘泥于阴阳。应在阴阳学说的指导下，以阴阳统领六纲，辨别表里、寒热、虚实，同时应注意阴阳的消长与转化，合理遣方用药，将助于提高临床疗效。如邪盛而正不衰，则眼病多表现为实证，如眵泪胶黏、目赤热痛、翳膜高隆、羞明畏光等，病程短暂易愈；如邪盛而正虚则眼病表现为虚实夹杂证，如眵泪稀薄、血脉淡赤不鲜、隐隐作痛、翳膜低平等，病程缠绵难愈。与此同时还应将局部与整体相结合，以期达到最佳治疗目的。

举例：一男性急性结膜炎患者，结膜充血，有大量黏液脓性分泌物，而其全身症状为下肢冰凉，少气懒言。患者肾移植后 8 年，久居室内，不愿出门。从西医学角度看，典型的结膜炎，用消炎药无疑，经眼科局部辨证，虽热证无疑，但从整体看，上热下寒，且近阴阳离决，应予乌梅丸寒热并用，结果患者不仅结膜炎痊愈，而且上热下寒的症状明显缓解，全身无不适，8 年来第一次去户外爬山。这也充分体现了中医整体观的优势。

第二节　辩证法指导创制眼科临床大法

（一）益气升阳举陷法及其特点

高健生教授系统总结并弘扬了李东垣益气升阳治法及张锡纯在益气升阳基础上发展的举陷理论在眼科的应用。益气升阳法是升发脾阳，以治脾虚气陷之法。益气升阳法根于《内经》，创立于李东垣，张景岳及张锡纯在此基础上又有了进一步的发展，高老在继承前人的基础上，综合两者的优势，首次提出了在眼科应用"益气升阳举陷"法。临证应用，取得良效。

1. 李东垣创益气升阳法

益气升阳法是李东垣所创，代表方剂为补中益气汤，其补中、益气、升阳之功卓著，为临床各科所常用，只要辨证无误，用之效如桴鼓。李东垣在眼科学领域中亦创制了多种益气升阳的方剂，代表方有神效黄芪汤、人参补胃汤、益气聪明汤、助阳活血汤等方，俱见于《东垣试效方》，为应用益气升阳法治疗目病之典范。

（1）神效黄芪汤（黄芪、人参、炙甘草、蔓荆子、白芍、橘皮）：治浑身麻木不仁，或右或左身麻木，或头面，或只手臂，或只腿脚，麻木不仁并皆治之。如两目紧急缩小，及羞明畏日，或涩紧难开，或视物无力睛痛，手不得近，或目少睛光，或目中如火。《兰室秘藏》谓："服五六次有效。"

（2）人参补胃汤（黄芪、人参、炙甘草、蔓荆子、白芍、黄柏，《兰室秘藏》一名蔓荆子汤）：治劳役所伤，饮食不节，内障昏暗。

（3）益气聪明汤（黄芪、甘草、人参、升麻、葛根、蔓荆子、白芍、黄柏）：治饮食不节,劳役形体,脾胃不足,得内障耳鸣,或多年目昏暗,视物不能。此方药能令目广大,久服无内外障、耳鸣、耳聋之患。又令精神过倍,元气自益,身轻体健,耳目聪明。

(4)助阳活血汤(防风、黄芪、炙甘草、蔓荆子、当归身、白芷、升麻、柴胡,《兰室秘藏》称助阳和血汤、《脾胃论》称助阳和血补气汤):眼发之后,尤有上热,白睛红,隐湿难开,睡多眵泪。《脾胃论》中并指出:"此服苦寒药太过,真气不能通九窍也,故眼昏花不明。"

前三方均以参、芪、草大益元气而补气虚。如元气已补,积于胸中不能升运亦属无功,故前二方独以风药蔓荆子将清阳之气升发上行而治目病,即"大气一转,其气乃散"之意。第三方再加升麻、葛根以助升举下陷之阳气。第四方以芪、草补元气,当归身补阴血,乃"阳生于阴"助其气;防风、蔓荆子、白芷祛风升阳;升麻升发阳明经气,柴胡升发少阳经气而养目明目。可以看出东垣制方的三个层次即益气、升阳、举陷可达到三种不同效果。

2. 张锡纯创"举陷法"

近代名医张锡纯在领悟了李东垣"益气升阳"之精髓的基础上,在临床实践中又有所发挥,创制"治大气下陷方",有升陷汤、回阳升陷汤、理郁升陷汤、醒脾升陷汤四方,亦为今日所常用,发展了"举陷"理论。现举升陷汤(生黄芪、知母、柴胡、桔梗、升麻)为例。"升陷汤治胸中大气下陷,气短不足以息,或努力呼吸,有似乎喘;或气息将停,危在顷刻……其脉象沉迟微弱,关前尤甚。其剧者,六脉不合,或三五不调。气分虚极下陷者,酌加人参数钱,或加山萸肉数钱,以收敛气分之耗散,使升者不致复陷更佳。升陷汤以黄芪为主者,因黄芪既善补气,又善升气……唯其性热,故以知母凉润者济之。柴胡为少阳之药,能引大气之陷者自左上升。升麻为阳明之药,能引大气之陷自右上升。桔梗为药中之舟楫,能载诸药之力上达胸中,故用之为向导也。至其气分虚极者,酌加人参,所以培气之本也。或更加萸肉,所以防气之涣也。"张锡纯的阐发,可以说是在李东垣补中益气汤类方基础上,在治疗临床危急重症中,以"益气、升阳、举陷"之理论进一步发展了东垣"益气升阳"学术思想,而有所继承创新。

3. 高健生教授创造性地提出了眼科的"益气升阳举陷"法

高老在继承前人的基础上,提出在眼科疾病中增加"益气升阳举陷"法,并应用于眼科疾病的实践中,凡与中焦气虚下陷、脾阳不升相关的一些疑难眼病,采用益气升阳举陷法治疗,均取得了较好的疗效。具体应用特点说明如下。

(1)气虚可以进一步导致阳虚:扩展益气升阳中"益气"为补脾阳,温肾阳,有补火生土之意,常选用附子、仙灵脾、川草乌等,尤其是善散阴寒、温中止痛、暖脾止泻之川椒的应用,集温阳、通阳、引阳于一身。

(2)根据目为上焦,居阳位,重视升阳药、引经药的应用:不局限于升麻、柴胡,包括一些祛风药在内如蔓荆子、防风、白芷、羌活等也作为引经药使用。

（3）因为肝肾俱在下焦，非风药行经不可也，故在运用益精升阴法治疗眼科疾病时也加入一些益气升阳药。

（二）益精升阴敛聚法及其应用

高老勤思善悟，归纳总结出了明目地黄丸方义，尤其是使药防风升发肝肾阴精的作用，并受李东垣益气升阳治法重要思想和张锡纯发展举陷理论的启迪，以及根据眼科疾病临床治疗中的实际情况和先贤的有关论述，首次创造性地提炼出了眼科独具特色的"益精升阴敛聚"治法，充实和完善、丰富和发展了中医眼科学关于治法方面的重要内容。

明目地黄丸方药组成及其功能，给我们揭示了"益精升阴"法的理论基础，与李东垣"益气升阳"法的理论，可以说是相互对应的一组治疗法则。东垣制方的三个层次即益气、升阳、举陷，可达到三种不同效果，这给眼科常用的补益肝肾精血法经提炼上升总结为眼科独特的"益精、升阴、敛聚"理论以很好的启迪。"益精升阴"在治疗干涩昏花、视瞻昏渺、青盲内障等属于肝肾精血亏损之眼病方面，有着积极的临床意义。"益精升阴"法应列入中医眼科独具特色的治疗方法中。

1. 益精升阴治法的重要意义

眼中之精血与一般精血之关系在《审视瑶函》"目为至宝论"中已作阐述："真血者，即肝中升运于目，轻清之血，乃滋目经络之血也，此血非比肌肉间混浊易行之血，因其轻清上行于高而难得，故谓之真也"；"真精者乃先后二天元气所化之精汁，先起于肾，次施于胆，而后及于瞳神也。凡此数者一有所损，目病生矣"。由此看来，肝肾中之精血与目中经络之精血，在清与浊、轻与重方面还是有一定区别的。因此临床在补益精血法中加入适当的药物，激发或促进精血的升腾，使轻清易行之精血上输于目窍达到明目祛翳的作用，具有重要的意义。

益精升阴法在临床治则治法中的重要意义有二：一为对治人体升运之机失常，临床上常见到一些患者体壮无疾，六脉平和，而唯独双目不见人物影动，余无可辨证之处，实非肝肾虚羸，精血亏少，乃为精血在经络玄府中往来通路之机不足，升降乖和所致，此须疏利玄府，升阴以养目。二为对治肝肾所贮藏之精血耗伤，甚则有欲散之危象，无精血升运营养头目，或又兼上述经络玄府往来之机衰微，而致目昏不见。此则须应用益精与升阴为治疗大法，而指导选方组药，才可能达到预期治疗效果。

2. 益精升阴治法的起源

"益精升阴"治法前人虽未提及，但实际上其精神已见于方书中。最早可从宋代《太平惠民和剂局方》明睛地黄丸（后世又称"明目地黄丸"）组方分析（见第三章《对中医古籍的考证》一文，这里从略）中窥见一二，尤其从"使药防风升发肝肾中之阴精上行目窍，犹如桔梗之舟楫载药上行之作用"中可见一斑。后世所发展创制的"杞菊地黄丸"中所用菊花为祛风清热明目之品，亦具有入厥阴肝经升发上行之义，是"益精升阴"法的又一范例。

3. 益精升阴法促进补益肝肾药物上达病所

平时所用补益肝肾剂中的药物多为味厚甘润、质重黏滞、滋腻难散之品组成，入于下焦，滋养肝肾之精血。为了达到直入下焦之目的，往往在服药方法上还强调于食前服、晚间服，如为中成药，主张用淡盐汤送服。这些服法都是为了达到补益肝肾精血的最佳效果。目之为病，多见肝肾阴精不达于头目。因此，如何佐使某些药物激发人体的机能，使所用君臣类主要药物到达病之所在，从而达到治疗头目疾病的最佳效果，是眼科治疗方法中应该关注和研究的课题。益精升阴治法的核心是通过补益药配合使用引经、升发之品，一方面补益肝肾之阴精，一方面提升阴精直达病所来达到直接的治疗效果。

4. 益精升阴法中药物的选用

在益精升阴法中起"使药"作用者，应有"升阴"和"敛聚"功能。选用这两方面的药物参与处方的组成，才能达到较好治疗效果。

（1）祛风药在益精升阴法中的作用：在目病中，无论外障或内障眼病，因精血不足或精血亏损者，其治疗原则：一为补益精血，使"肝肾之气充，则精采光明"；二为升发精血，使下焦肝肾中轻清之精血升腾上升至清阳上窍，达到聪耳明目的目的。祛风药，又名风药，是指有"味薄质轻、升浮发散"特性的一类药物，此类药物味辛性轻，辛散透达，有类似"风"的作用特点，故以"风"命名。其与补益肝肾药同用，有益精升阴的使药作用，明睛地黄丸中之"防风"为风中润剂，可升发阴精而无燥烈伤阴之弊，当为首选。《仁斋直指方》中的明眼生熟地黄丸，即在明睛地黄丸基础上加用羌活、菊花，不仅加强了祛风药散寒解表祛湿的功能，亦有助于"防风"升发阴精的使药作用。

（2）升发药在益精升阴法中的作用：在升发药中有柴胡、葛根、升麻之类，临床常用于益气升阳剂中，其实它们在补益肝肾精血剂中，同样具有升发阴精的功能。如明睛地黄丸之用防风，明目地黄丸之用柴胡等。

5. "益精升阴"的发展——敛聚治法

当阴血不足，精气耗散之时，瞳神散大，神光不能敛聚而欲散之际，不仅要"益精升阴"，而且要敛聚阴精，收敛欲散之神光。益精升阴敛聚治法的典型代表方剂为《审视瑶函》中的明目地黄丸治视瞻昏渺症。组成：熟地黄、生地黄、山药、泽泻、山茱萸、牡丹皮、柴胡、茯神、当归、五味子。其方君药为生地黄、熟地黄、山茱萸、山药、茯神、牡丹皮、泽泻，即以六味地黄丸为主，滋补肝肾精血。臣药为当归，养血和血，加强君药补益精血的作用。佐药为五味子，补肾敛精，收瞳神耗散之气，而使目精采，辅佐君药补精血敛聚精气而收欲散之神光。使药为柴胡，具有发表和里，和解少阳，疏肝解郁等功，李东垣以此升举阳气而治阳气下陷诸证。柴胡在本方中主要功用为疏利厥阴之经气，使轻清之精血升运于目。《原机启微》"益阴肾气丸"中解释"柴胡引入厥阴经为使"，即此意。五味子和柴胡共用，一敛一升，可使六味地黄丸之效上达头目，而又无发散之忧，升阴而不散，敛阴而不滞。

6. "益精升阴敛聚法"常用的方药

杞菊地黄丸《医级》：熟地、山药、山茱萸、茯苓、丹皮、泽泻、枸杞子、菊花。

明睛地黄丸《太平惠民和剂局方》（以下简称《局方》）：生地黄、熟地黄、石斛、杏仁、枳壳、牛膝、防风。

明目地黄丸《审视瑶函》：生地黄、熟地黄、山药、山茱萸、茯苓、丹皮、泽泻、柴胡、当归身、五味子。

常用于升发阴精的药物：防风、柴胡、升麻、葛根、蔓荆子等。

常用于敛聚阴精的药物：山茱萸、五味子、覆盆子、白芍等酸味药物。

7. 敛聚阴精药在益精升阴法中的应用

人之瞳神为肾之所主，赖肾精之所充，赖肾气之所养。瞳神散大、视瞻昏渺、青盲、内障等病证，皆为精失所充，气失所养，甚则精气耗散，不能敛聚，而终致神光泯灭。在治疗方面，不仅要用大剂滋补肝肾药，而且要加用酸收敛聚之品，如山茱萸、五味子、白芍等，收敛耗散之精气。《银海精微》瞳神"开大者，酸以敛之"，即为此意。山茱萸，酸，微温，入肝、肾经，能补肝肾，涩精气，固虚脱。《医学衷中参西录》："山茱萸，大能收敛元气，振作精神，固涩滑脱……收涩之中兼具条畅之性，故又通利九窍，流畅血脉。"所以在补养肝肾、益精滋阴剂中，以六味地黄丸为主加减，山茱萸益精敛阴，发挥了积极作用。白芍，味苦酸，性凉，入肝、脾经，具有养血柔肝，缓中止痛，敛阴收汗等功能。《本草求真》中谓："白芍药为敛肝之液，收肝之气，而令气不妄行也。"故《日华子本草》中用以"治头痛、明目、目赤、胬肉"等诸多眼病。五味子，酸温，入肺、肾经，有敛肺、滋肾、生津、收汗、涩精等功能，在眼科主要用其滋养肝肾之阴，收敛肾中耗散欲脱之气。李东垣在滋阴地黄丸方解中谓："五味子酸寒，体轻浮，上收瞳神之散大。"其他如覆盆子、金樱子、芡实等亦属补益肝肾、固涩敛精之品，均可酌情选用。

总之，在"益气升阳、举陷"理论的启发下，探索"益精升阴"理论的应用，发现《局方》"明睛地黄丸"具有"益精升阴"理论的创意，进一步研究《审视瑶函》中的"明目地黄丸"亦具有"益精升阴"至"益精升阴、敛聚"理论的发展。此治疗大法的理论对治疗视瞻昏渺、青盲内障等属于肝肾精血亏耗、神光欲散之危重眼病，有着积极的临床意义。"益精升阴敛聚"法是与"益气升阳举陷"法相对应的一大治法，应列入中医眼科学的治疗方法中，使尽可能多的眼科医生从临床上不自觉地使用到自觉地在理论指导下有目的地应用，以便达到更好的临床治疗效果。

第三节 唯物辩证法在中医眼科的应用

医案是中医临床最真实的记录，是医家思维方法的具体反映，是发展中医学的重要内容。下面以高健生教授临床医案为线索，通过对中医治则中治病求本、扶正祛邪、调整阴阳，"天人合一"的整体观，以及"三因制宜"的中医诊疗原则的解读，阐述唯物辩证法在中医眼科治疗中的指导作用。

（一）治病求本

"本"和"标"是中医用以说明病变过程中各种矛盾主次关系的概念。治病求本是中医辨证施治的基本原则，体现了现象与本质的对立统一关系。所谓症、征是疾病所反映的外在现象，它直接被患者及医生所感知；而"证"则是对疾病本身所反映的各种症、征的概括，是对疾病发展阶段中病因、病位、病性、邪正斗争强弱等性质的病理概括，是疾病的本质。症、征是丰富复杂的、生动多变的，也是易逝的；而证则是同类现象中所共同的，有规律性的，也是相对稳定的。"治病求本"具体体现为"正治与反治""治标与治本"两方面。

1. 正治与反治

（1）正治：《素问·至真要大论》提出"逆者正治，从者反治"，正治是逆其证候性质而治的一种常用治则，即通过分析疾病的临床证候，辨明疾病性质的寒热虚实，采用"寒者热之""热者寒之""虚者补之""实者泻之"等治疗。

【医案】

王某，女，46岁，因双眼眼睑抽动睁开困难12年来诊。双眼睑痉挛紧闭，需用手指拨开眼睑才能视物，日常工作生活困难。曾局部注射肉毒素，注射后好转，3个月后复发，且逐渐加重，久治无效。检查双眼视力1.0，上下睑无红肿，眼睑痉挛，睁开困难，余未见异常。纳眠可，二便调。

诊断：胞轮振跳（双眼睑痉挛）。

辨证：中气不足，风邪侵络。

治法：益气升阳、息风通络。

处方：生黄芪60g，葛根30g，党参、蔓荆子、白芍各15g，升麻、五味子各10g，炙甘草、全蝎、炒黄柏、柴胡、白蒺藜各6g，蜈蚣2条。每日1剂，水煎分2次服。

28剂后双眼睑睁开较前明显轻松，眼睑抽动幅度及频率明显改善，生活已无影响，偶可工作。巩固2个月，双眼睑睁开无困难，仍有轻度抽动，可正常工作。

按： 眼睑痉挛多发生于中老年患者，是难治性眼病，西医常采用局部注射肉毒素治疗，好转后2至3个月常再复发且常较前加重。高老精读金元李东垣医籍，得其"脾胃论"之启示，认为本病机制为劳倦内伤，脾气受损，致使中气不足，不能上荣眼睑，而出现眼睑肌肉舒缩失调，故用益气升阳、息风通络法治之，方用《东垣试效方》中的益气聪明汤加减，以益气健脾升阳，荣养胞睑肉轮；以白芍、葛根、黄柏、五味子养血生津敛阴润燥以柔肝止痉，获得良好的临床疗效。

（2）反治：是顺从疾病假象针对疾病本质而进行治疗的方法，主要有"热因热用""寒因寒用""塞因塞用""通因通用"。

【医案】

刘某，男，7岁。因双眼红、痒反复发作两年，再次发作2周。曾点抗过敏及激素类滴眼液，症状得以缓解，但停药后复发。检查：双眼视力0.8，睑结膜充血明显，可见大量巨大乳头增生呈铺路石样排列，球结膜轻度充血，余未见异常。

诊断：目痒（过敏性结膜炎）。

辨证：风热上犯。

治法：疏风清热止痒。

处方：荆芥、知母、生地黄、川芎、防风、前胡、牛蒡子、蛇床子、地肤子各6g，川椒3g。每日1剂，水煎分2次服。

服药3剂症状改善，服药7剂后眼红基本消退，伴轻度眼痒，服药14剂眼红痒消失。

按：对于过敏性结膜炎，西医主要采用局部抗过敏及激素类滴眼液治疗，症状缓解较快，但停药后易复发，且存在长期用药后继发激素性青光眼等严重并发症的可能。对本病中医以往无疗效明确的通治方法，一般从病因分析，往往考虑因风热夹湿，郁滞玄府所致，用清热化湿祛风止痒之方治疗是大法，但用之效果欠佳或无效。高老得刘完素《素问玄机原病式》治湿热痛经验之启发，认为其病机应为脏腑经络先有蓄热，热闭于内，于春夏之交或夏秋之交，腠理疏松之际，外感风寒，热为寒郁，气不宣通，久之寒亦化热，其本质为"寒包火"，日久寒热相持，病情复杂难治，故加用少量热药——川椒，佐之以助开通玄府之郁结，乃反治之法也，临床应用获得奇效。

2. 治标与治本

临床上要求善于掌握病情的主次、轻重、缓急，抓主要矛盾和矛盾的主要方面，针对其特殊性采取"急则治标，缓则治本"的方法，即通常情况下，"本"是矛盾的主要方面，所谓"治病必求于本"，但在一定条件下"标"转化为矛盾的主要方面，所谓"急则治标"。此外，在机体虚弱和邪气旺盛两种矛盾同时存在时，又当"标本兼治"。

【医案】

吕某，男，68岁，因左眼红、视物模糊反复发作5年，加重1周来诊。既往诊断为"病毒性角膜炎"，眼部检查：左眼视力0.01，球结膜混合充血（++），角膜大量血管翳、上皮弥漫水肿，角膜荧光染色（+++），中央区基质层约$3mm^2$大小的灰白混浊区，kp及房闪窥不清。舌质红，苔薄白。脉稍浮弦。

诊断：混睛障（左眼角膜基质炎）。

辨证：风热上扰。

治法：疏风清热、退翳明目。

处方：羌活、防风、白芷、当归、赤芍、丹皮、蝉蜕 6g，木贼草、白蒺藜、僵蚕、连翘、金银花、天花粉各 10g，生地黄 30g，知母 6g，川椒 3g。每日 1 剂，水煎分 2 次服。

14 剂后左眼视物较前清晰，眼红痛减轻。检查：左眼视力 0.06，球结膜充血减轻，角膜水肿及荧光素染色均好转。处方：生黄芪 30g，仙灵脾 12g，炒白术、炒白芍、防风、僵蚕、白蒺藜、威灵仙、丹皮、赤芍、金银花、紫草、蒲公英各 10g，蝉蜕、木贼草各 6g。

28 剂后视物较前明显清晰，眼红痛消失。检查：左眼视力 0.12，球结膜无充血，角膜水肿消失，基质层片状灰白混浊变薄，荧光素染色个别点状着染。处方：生黄芪、白芍各 30g，防风、白术、白蒺藜、木贼草、知母、蝉蜕、僵蚕、威灵仙、当归、大枣各 10g，仙灵脾、阿胶、鹿角霜各 12g，生姜 5 片，28 剂巩固疗效。

按： 反复发作是病毒性角膜炎的发病特点，也是治疗难点，其发病机制是久病必虚，气虚邪留，邪热内伏，是在邪侵正虚的基础上，演变为正虚邪留之势。初诊时患者眼红、怕光、视力下降，症状较重，急则治其标，故以疏风清热、退翳明目为治则；14 剂后症状缓解，考虑"正邪相争"，当标本兼治，应用黄芪、炒白术健脾益气，补后天以托邪外出，合防风固卫表而御外邪，仙灵脾助肾阳而祛外邪，再配金银花、紫草、蒲公英增清解之力。28 剂后视力明显提高，结膜充血和角膜水肿消失。缓则治其本，肝开窍于目，方中重用白芍养血柔肝，黄芪、白术、防风为玉屏风散以益气固表；仙灵脾、鹿角霜温阳化气，炙甘草及姜枣顾护中焦以善后。高老总结为"益气固表、补肾托毒法"，临床取得良好疗效。

（二）扶正与祛邪

中医的"扶正"与"祛邪"理论是对立统一规律的具体体现，中医根据人体的正气（抗病能力）与邪气（致病因子）的盛衰、消长来说明疾病的发生和转化。在发病与治疗的过程中正气起主导作用，如"邪之所凑，其气必虚"就是说明外因是通过内因而起作用的辩证思想。当邪气入侵，人体正气必定与之相抗，这就是所谓的"正邪相争"，中医在祛除病邪时常常离不开扶正，通过扶正来调动机体内在的积极因素，提高机体对病邪的抵抗力。如果片面强调"祛邪"往往会攻伐太过而损伤正气，若片面强调"扶正"往往会姑息养奸致助邪伤正。这也是中医学较西医学的医学思维模式更加完善的一面，西医学更多强调祛邪，较少考虑扶正，往往造成不良后果。如抗生素的过度使用导致菌群失调，发生更加难以控制的感染；放化疗法在杀死肿瘤细胞的同时也使人体的免疫细胞遭到伤害，导致恶液质、不能控制的全身感染、多器官衰竭，等等。

【医案】

于某，女，22岁，因左眼视力急剧下降1个月来诊。外院诊为"视神经炎、脱髓鞘病变"，曾行大剂量甲基强的松龙冲击治疗，视力无改变。现双足针刺感、麻疼，偶有手抖，纳眠可，二便调。舌质淡红，舌苔白，脉弦缓。视力右眼0.8；左眼0.01，左眼瞳孔大，直径约4mm，直接光反应迟钝，间接光反应存在，RAPD（+），视盘色略赤，边界模糊，右眼未见明显异常。

诊断：左眼暴盲（视神经脊髓炎）。

辨证：卫外不固，邪热郁于肝经。

治法：益气固表，疏肝清热。

处方：生黄芪30g，党参、炒白术、炒白芍各15g，防风、桂枝、柴胡、牡丹皮、僵蚕、天花粉、炮姜、茯苓各10g，炒栀子、蝉蜕、姜黄、知母、炙甘草各6g。每日1剂，水煎分2次服。

28剂后主述左眼视物较前清晰，脚底麻症状减轻，针刺感、手抖消失，大便稀。左眼视力0.07，余检查同前。处方：生黄芪30g，仙灵脾、威灵仙、枸杞子各12g，防风、桂枝、菟丝子、丹参、白僵蚕、知母、天花粉、炒白术、炒白芍各10g，川椒3g。

28剂后脚底麻症状消失，左眼视力0.2，RAPD（+），视盘色略淡，边界清。处方：生黄芪30g，葛根20g，炒白术、炒白芍各15g，仙灵脾12g，防风、桂枝、牛膝、菟丝子、枸杞子、柴胡、僵蚕、重楼各10g，升麻、蝉蜕各6g，28剂巩固疗效。

按：视神经脊髓炎是一种同时侵犯视神经和脊髓的脱髓鞘性疾病，以视力障碍、肢体活动不利、感觉障碍为主要表现，具有反复发作的特点。目前西医的治疗主要包括全身应用糖皮质激素。该病正虚为本，邪实为标，虚实夹杂，正邪相持是其病机。按发病过程可将其分为急性期、缓解期、恢复期。高老主张分期论治，但均需予玉屏风散扶正固本，以未病先防，已病防变。患者一诊为急性期，以邪实为主，重在祛邪辅以扶正，方用疏利玄府扶正，以丹栀逍遥散合玉屏风散加减；二、三诊为缓解期虚实夹杂，扶正祛邪兼顾，以脾气虚弱为主，治以益气升阳，疏散郁热，重在防止复发。

（三）调整阴阳

阴阳的运动是永恒的，平衡是相对的，但是这种相对平衡对于自然界和人类都是至关重要的，如果没有这种相对平衡，矛盾总是处于不停地运动和相互转化之中，那么物质世界将是瞬息万变的，就不可能有相对稳定的物质形态，生命现象显然也就不可能存在。一旦人体阴阳失调就会发生疾病，"损其有余""补其不足"是调理阴阳的两大方法，同时应注意"阴中求阳，阳中求阴"，正如《景岳全书·新方八略引·补略》所言："善补阳者，必于阴中求阳，则阳得阴助而生化无穷；善补阴者，必于阳中求阴，则阴得阳升而源泉不竭。"

【医案】

李某，女，62岁，因双眼视物模糊7年，左眼为重来诊。糖尿病15年。检查：右眼1.0，左眼0.6（矫正）。双眼前节未见异常，眼底视网膜散在出血点，微血管瘤，硬性渗出，左眼黄斑区水肿，中心凹反光不见。乏力，睡眠差，舌质红，少津，脉沉细。

诊断：视瞻昏渺（左眼黄斑水肿，双眼糖尿病视网膜病变Ⅱ～Ⅲ期）。

辨证：气阴两虚，兼有阳虚。

治法：益气养阴，兼以温阳。

处方：生黄芪30g，太子参、生枣仁、炒枣仁、生龙骨、生牡蛎各15g，女贞子、益母草、密蒙花、黄连、苍术各10g，肉桂3g。

服药两个月后视物较前清晰，睡眠较前好转，左眼视力0.8。处方：生黄芪30g，女贞子、益母草、密蒙花、黄连、猪苓、茯苓、太子参各10g，桂枝6g，肉桂3g。

28剂后黄斑水肿减轻，视力左眼0.8，舌淡苔滑腻。处方：葛根50g，生黄芪、磁石各30g，炒白术15g，女贞子、益母草、乌梅、密蒙花、黄连、猪苓、茯苓、太子参各10g，桂枝6g，肉桂2g。

28剂后黄斑水肿消失，视力恢复至1.0。

按： 糖尿病视网膜病变患者的全身辨证并不是一成不变的，临床中应根据不同辨证进行阴阳及气血的调理。高老认为糖尿病视网膜病变不仅存在气阴两虚向阴阳两虚转变的特点，而且与肾阳虚气化功能不足、肾水不能上行以抑心火，导致心火独亢上扰目窍相关，因而方中引入交泰丸（黄连、肉桂）。前60剂体现了益气养阴、交通心肾的原则；由于糖尿病患者同时存在阳虚，阳气不能温化水饮，积留于视网膜中央形成黄斑水肿，故二诊加五苓散温阳化气行水治之。在糖尿病视网膜病变气阴两虚致阴阳两虚的基础上，兼见脾胃失健运，湿困气滞，舌淡苔滑腻之征象，可在密蒙花方的基础上辅以健脾运湿，行气化滞治之。临床疗效很好，黄斑水肿消失，视力恢复至1.0。

在中医治则中除了上述以外，还有调整脏腑功能、调整气血关系、因时因地因人制宜，都是统观全局来分析疾病的，在辨证施治中中医学始终将人体看成一个高度复杂的整体，以恢复机体内环境的平衡为治疗目的，体现了一种优秀的医学思维模式，我们应该在继承前人优秀的中医辨证唯物论的思维模式基础上，吸收适合中医发展的现代科学技术及科学思想并应用于临床工作中才有可能取得成效，使中医学得到进一步的发展。

（四）"天人合一"的整体观及"三因制宜"的中医诊疗原则

《灵枢》："人与天地相参也，与日月相应也。"此即说明人是自然界的人，自然界的活动与人息息相关。也就是说人与天地之节律变化相应。"三因制宜"是指因时、因地、因人制宜。在对妇女围绝经期出现干眼的治疗上，高老从整体观念出发，将干眼这一个眼表局部的病变，看成人整体情况的一个部分，进行整体辨证。体现了中医"天人合一"的整体观。

分析这一特定人群发病特点：不仅具备眼部干涩、烧灼感、异物感等局部症状，还兼有月经异常、潮热、出汗、心悸、头晕、失眠、浮肿、烦躁，甚至情志异常等全身症状。而其病因病机具有所有干眼症的普遍性，更具其特殊性。

普遍性为情志不舒，肝郁伤脾，肝郁日久化火，气火上逆，灼伤津液而致目涩。特殊性表现在女性生长衰老的自然规律方面。

《素问·上古天真论》曰："女子七岁肾气盛，齿更发长；二七而天癸至，任脉通，太冲脉盛，月事以时下，故有子……七七任脉虚，太冲脉衰少，天癸竭，地道不通，故形坏而无子也。"

妇女在"七七"之年，肾气渐衰，天癸将竭，冲任二脉虚衰。加之产育、劳疾、环境、精神因素等方面影响，肾气益虚，肾的阴阳易于失调，或偏于阴虚，或偏于阳虚，或阴阳俱虚。肾阴虚不足以涵养肝木，可致肝肾阴虚，阴虚火旺，虚热上扰，津液亏损而致目干涩；肾阳虚不能温煦脾阳，气化无权，津液不能上承敷布于目而致目涩；同时干眼症妇女多伴情志不舒，肝郁日久化火，气火上逆，灼伤津液而致目干涩。由此高老产生了应用自拟温肾逍遥汤治疗围绝经期女性干眼症的思想。

【医案】

姜某，女，49岁，主诉：双眼干涩半年余。病史：患者半年前无明显诱因出现双眼干涩酸痛、流泪、畏光，在多家医院诊为干眼症，给予人工泪液等治疗略有缓解，停药即复发，患者平日急躁易怒，更年期症状明显，有烘热汗出表现，脾胃功能不好，偶有泛酸，不能吃凉食。检查：BUT：OD：3′，OS：5′；结膜轻度充血，角膜清亮，荧光素染色（−），屈光间质清，眼底未见异常。

诊断：白涩症（围绝经期干眼症）。

辨证：肝胆火炽，阴阳两亏。

治法：疏肝清热、温阳养阴。

处方：仙灵脾12g，当归、茯苓、丹皮、栀子、巴戟天、五味子、麦冬、炒白术、炒白芍各10g，仙茅、炙甘草、柴胡、黄连、炒知母、炒黄柏各6g，太子参15g，吴茱萸3g。

7剂后双眼干涩症状明显好转，原方加石斛20g，14剂，症状缓解。

按：近年随着环境、电脑终端、手机等的广泛应用，干眼症的发病率越来越高，围绝经期患者干眼病情往往更重。患者平素多急躁易怒，肝气郁结，日久生热，肝胆热炽，灼伤津液，因而治疗以丹栀逍遥散合生脉饮加减，疏肝清热养阴。患者年龄49岁，正值更年期，肝肾日渐不足，因而加用温阳补肾之药物，巴戟天、仙灵脾、仙茅；因患者胃有泛酸，不能吃凉食，考虑肝火犯胃，因而用佐金丸：黄连、吴茱萸，寒热并用，调和肝胃。口服7剂后，眼干燥明显好转，二诊，在原方基础上加石斛养阴清热，继续治疗。

第四节　高健生眼科十一方

（一）密蒙花方（糖目宁）

1. 组成：黄芪 30g，女贞子 15g，乌梅 10g，益母草 15g，肉桂 2g，黄连 10g，密蒙花 10g。

2. 功能：益气养阴，温阳化气。

3. 主治：糖尿病视网膜病变，见出血、渗出、微血管瘤；为气阴两虚，或向阴阳两虚证候转化阶段。主要症状见血糖控制未达标，出现不同程度的自汗，或手脚凉麻，疼痛，大便秘结，尿频等。眼底检查可见 I 到 III 期的改变。

4. 方解：本方中生黄芪甘温入肺脾二经，益气固表，利水消肿，托毒生肌，治消渴，止自汗盗汗，血痹浮肿，头风目毒等，可降低实验性及生理性蛋白尿。乌梅入肝脾肺三经，功能：收敛生津，和胃杀虫，上能治消渴，除烦热，止自汗，下能治腹泻、痢疾，能止多种血症，如便血、血尿，以利筋去痹等。二药合用，针对消渴目病所引起的气阴两虚证候，最为适宜，共为君药。

黄连苦寒，泻火，燥湿解毒杀虫，不仅为治目病及泻痢之要药。也为降糖治消渴的主药之一，亦为吐衄下血等诸多血症之常用药，凡热毒诸症皆可用之。肉桂辛甘热，入肾、脾、膀胱经，可补元阳，暖脾胃，能宣导百脉，温经通脉，益精明目，消瘀血，止消渴、自汗、渗泻等。黄连与肉桂相合乃名方交泰丸，可令阴阳相济，交通心肾，引火归原，对糖尿病视网膜病变早期，由气阴两虚向阴阳两虚中后期转变最为适宜，共为臣药。

益母草辛苦凉，行血而不伤新血，养血而不滞瘀血，为妇科良药，可祛厥阴血分风热，明目益精，治血灌瞳仁、头风眼病以及跌仆瘀血等。女贞子苦甘平，治阴虚内热，止虚汗、消渴，治便血、尿血、妇人崩漏等血证，及明目止泪，治须发早白等。二药相合，助君药止虚汗、消渴，明目止泪及治诸血证，为佐药。密蒙花甘凉，入肝经，《开宝本草》载其主青盲，消目中赤脉……其花性轻扬，可引诸药上行目窍，为使药。每日 1 剂，水煎，分 2 次服。

5. 临床应用：密蒙花方可用于糖尿病视网膜病变早期伴有全身气阴两虚症状的治疗。

6. 加减化裁：眼底以微血管瘤为主者，可加丹参、郁金、丹皮凉血化瘀；出血明显者，可加生蒲黄、旱莲草、三七、丹皮以增凉血、活血、止血之功；有硬性渗出者，可加浙贝母、海藻、昆布清热消痰、软坚散结。伴有黄斑水肿者酌加桂枝、茯苓、白术、薏苡仁、车前子温阳化气，利水消肿。视网膜出血量多，有发展趋势者可合用生蒲黄汤加减。出血静止期则可合用桃红四物汤。出血久不吸收可加入浙贝母、海藻、昆布等软坚散结之品。

7. 验案举要：气阴两虚、瘀阻目络之糖尿病视网膜病变，治以益气养阴，活血通脉。

患者张某，女，52岁。首诊2009年6月3日。

主诉：双眼视物模糊、干涩2年。

现病史：糖尿病10年，使用胰岛素控制血糖，自诉控制欠佳。2年前出现双眼视力下降。

专科检查：双眼视力0.6，无法矫正。双眼前节未见异常，散瞳查眼底：视盘边界清，色淡红，视网膜见大量点片状出血及微血管瘤，后极有少量硬性渗出。眼压正常。视野检查：双眼平均视觉敏感度降低。荧光素眼底血管造影检查：未见血管无灌注区。

询问患者不适症状，诉全身伴有乏力、便秘、手足凉麻。舌质淡红，边有齿痕，苔薄白，脉沉细。

中医诊断：双眼视瞻昏渺；西医诊断：双眼糖尿病视网膜病变Ⅱ期。

中医辨证：气阴两虚兼目络瘀阻。予中药密蒙花方加丹参20g，三七粉3g分冲。

二诊：2009年7月5日。患者诉双眼视物较前清晰，但近日睡眠欠佳。查：双眼视力检查为0.8，眼底出血明显减少。复查视野敏感度明显提高。舌淡红，苔薄白，脉沉细，原方基础上加生枣仁、炒枣仁各10g，以增强安神的作用。

三诊：2009年8月8日。患者诉睡眠改善，便秘好转，乏力减轻，但仍有手足凉麻的症状。查视力：双眼1.0，眼底出血及渗出减轻。舌淡红，苔薄白，脉沉细，上方去枣仁，加桂枝10g，制附子5g，以增强温阳通经的作用。

继服1个月，诉诸症缓解。此后每年复诊，服药2～3个月，连续五年，视力稳定，荧光素眼底血管造影检查示病情稳定。

8. 注意事项：阴虚燥热者慎用密蒙花方。

9. 临床参考：糖尿病视网膜病变是个逐渐发展的疾病，本方作为治疗早期糖尿病视网膜病变的经验方，可以控制病情发展，降低致盲率。高老据其长期临床经验，认为DR（糖尿病视网膜病变）的病机变化应该与DM（糖尿病）的发生发展过程一同考虑。DR多在DM发病5年之后逐渐发生发展，这期间多数患者已经得到不同程度的干预治疗，或随着病情的发展，病机已经发生转化，大多数已不属于阴虚燥热的证型，而逐步过渡到气阴两虚、肝肾不足，甚至继续发展为阴阳两虚。而血行不畅、目络瘀阻从DR临床前期就已发生，并且是进行性发展加重。以上说明DR的发生是在DM中后期渐进发展而成的，病机表现错综复杂，往往阴损及阳、寒热交错、虚实夹杂。故多数患者出现疲劳、自汗（多为头汗明显）、大便秘结或稀溏、小便频数、手足逆冷、四肢麻木疼痛、畏寒等全身症状。眼底则出现微血管瘤、小出血点、黄白色硬性渗出和棉絮斑，新生血管形成引起反复出血，纤维增生、机化牵拉视网膜脱离等。

将黄连、肉桂二药合用，则可以优势互补，相得益彰，具有交泰丸的辩证法哲理。黄连、肉桂，一寒一热，一清一补，正好切中DM和DR患者多久病及肾、阴损及阳，虚实夹杂，寒热交错的证候特点。由于目为心使，且心主血脉，眼底一切血管病变均可从心论治，

DR 主要是视网膜血管的病变，可以认为 DR 是肾阴亏虚，日久阴损及阳，肾阳虚气化功能不足，肾水不能上行以抑心火，导致心火独亢，上扰目窍血脉所致。因此交泰丸方使心火得降，肾阳得复，心肾相交。心火不亢，则邪不犯目，目内血脉自安。交泰丸防治 DM 和 DR 的作用，在实验研究中也得到了证实。因此，又可以认为 DR 除了具备从阴虚向气阴两虚再向阴阳两虚转化的证候演变特点、全身兼有血瘀证外，心肾不交、心火上亢扰目也是 DR 不容忽视的重要病机之一。

高老根据中医传统理论并结合现代医学知识，在其长期临床治疗中观察到密蒙花对外眼病确有退赤脉的作用，对于一些反复性出血性眼底病变加入密蒙花亦有促进出血吸收的协同作用。结合实验研究，又得到了进一步的佐证，从而为临床治疗视网膜血管增殖性病变提供了实验依据。在传统中医眼科理论和辩证法思想的指导下，高老从长期的临床经验出发，创制了与 DR 复杂证候相应的含有交泰丸和密蒙花的中医方药——密蒙花方，在临床应用中取得了良好疗效。临床观察早期 DR 患者 248 例，可以提高 DR 患者远、近视力。可以稳定甚至改善早期 DR 患者眼底病变，减少微血管瘤，促进出血及渗出吸收，提高早期 DR 患者视野平均敏感度，明显改善患者中医症状。

相关论文：

［1］罗旭昇，高健生 . 交泰丸对实验性糖尿病大鼠视网膜及视网膜血管 NF-κB 表达的影响［J］. 成都中医药大学学报，2008，30（4）：52-57.

［2］陈晨，张迎秋，高健生 . 糖目宁治疗早期糖尿病视网膜病变疗效观察［J］. 中国中医眼科杂志，2009，19（2）：79-81.

［3］陈晨，高健生 . 交泰丸组方对牛视网膜微血管内皮细胞凋亡因子表达的影响［J］. 山东中医杂志，2009，28（7）：487-488.

［4］陈晨，张迎秋，高健生 . 交泰丸为主治疗早期糖尿病视网膜病变［J］. 辽宁中医药大学学报，2009，11（8）：114-115.

［5］高健生，接传红，栾兆倩 . 密蒙花方对缺氧状态下人脐静脉内皮细胞 VCMA-1 及 FN 表达的影响［J］. 眼科新进展，2010，30（8）：709-713.

［6］宋剑涛，高健生 . 密蒙花方干预早期糖尿病视网膜病变初步疗效报告［J］. 中国中医眼科杂志，2010，20（5）：255.

［7］严京，高健生 . 密蒙花方改善早期糖尿病视网膜病变中医症状及其用药安全性的研究［J］. 北京中医药大学学报，2010，33（11）：773-776.

［8］接传红，高健生 . 密蒙花方对单纯型糖尿病视网膜病变患者视网膜功能的影响［J］. 中国中医眼科杂志，2010，20（6）：323-325.

［9］吴正正，高健生 . 密蒙花方对缺氧状态下脐静脉内皮细胞增殖及 HIF-1α 表达的影响［J］. 中国中医眼科杂志，2011，21（1）：4-7.

［10］吴正正，严京，高健生，等.密蒙花方对缺氧状态下人血管内皮细胞细胞周期的影响［J］.中国中医眼科杂志，2012，22（1）：5-8.

［11］吴正正，严京，高健生，等.密蒙花方对链脲佐菌素性糖尿病大鼠视网膜病理形态的影响［J］.时珍国医国药，2012，23（6）：1319-1322.

［12］吴正正，严京，接传红，等.密蒙花方对缺氧状态下脐静脉血管内皮细胞VEGF-VEGFR信号转导通路的影响［J］.眼科新进展，2012，32（7）：606-609.

［13］严京，高健生，接传红，等.密蒙花方对非增殖期糖尿病视网膜眼底病变影响的研究［J］.世界中西医结合杂志，2013，8（3）：246-248.

［14］接传红，高健生.密蒙花方对糖尿病视网膜病变患者视网膜功能的影响［J］.中国中医眼科杂志，2013，23（3）：157-160.

（二）益气托毒方（角膜安）

1. 组成：生黄芪 20g，炒白术 6g，防风 6g，仙灵脾 10g，威灵仙 10g，赤芍 10g，牡丹皮 10g，木贼草 6g。

2. 功用：益气固表，补肾托毒。

3. 主治：聚星障（单疱病毒性角膜炎）。症见患眼疼痛，畏光，流泪，抱轮红赤，黑睛生翳如星点状、树枝状或地图状，或黑睛深层混浊状如圆盘者。

4. 方解：本方中仙灵脾补阳助正补先天，有提高免疫力的功能，旨在扶本护目，威灵仙祛风湿，通经络，二者合用，首见于《秘传眼科龙木论》，为治疗疱疹入眼的经验方，共为君药；黄芪、炒白术健脾益气、托邪外出补后天，合防风固表而御外邪，共为臣药；配以赤芍，丹皮，清热凉血，活血散瘀，以增清解之力，共为佐药；木贼草性温味苦，中空轻扬，助君臣之药升散火郁风湿之邪，上治目疾退翳膜，为使药。诸药合用以达益气固本、扶正祛邪之效，为治疗病毒性角膜炎的基础方。

5. 临床应用：益气脱毒方主要用于病毒性角膜炎，尤其是复发性单疱病毒性角膜炎救治无效者的治疗，患者多素体气虚易感，无力托毒外出，病情反复发作，常在劳累或情绪波动后发生，伴畏光、流泪、视力下降，而红肿、胀痛、灼热不明显。

6. 加减化裁：黑睛翳重者加蝉蜕、白僵蚕；白睛红赤重者，加密蒙花、黄芩；热毒盛者加金银花、蒲公英；肝经风热者，加白蒺藜；肝胆火炽者，加龙胆草、炒栀子；阴虚者，加石斛、生地；夹湿者，加茵陈、黄芩；兼气短乏力者，加太子参、党参；兼口干口渴者，加天花粉、知母；兼便秘、溲赤者，加熟大黄、黄柏；兼脾肾阳虚，怕冷，手脚凉者，加桂枝、细辛、附子、干姜。

7. 验案举要：李某，女，28岁。右眼涩痛、畏光、流泪 10 余天，伴视力下降。在外院诊为病毒性角膜炎，给予阿昔洛韦滴眼液、更昔洛韦眼用凝胶、左氧氟沙星滴眼液等点眼，症状改善不明显。自诉去年眼部曾有类似症状，点用眼药后好转。此次外感已半月余。查右眼抱轮红赤，黑睛表面可见点状浸润，部分连接成片，荧光素染色阳性。伴口干，口苦，怕冷，气短乏力，纳眠可，大便干，2 日一行，小便调。舌尖红，苔白略腻，边有齿痕，脉寸沉关弦。辨证为肺脾气虚，邪毒留恋。素体气虚邪留，邪热内伏，新感即发。治以益气固表，补肾托毒。予益气托毒方加金银花 20g，连翘 20g，白蒺藜 10g，白僵蚕 10g，蝉蜕 6g。患者口服 14 剂后，眼部畏光、流泪明显减轻，视力较前提高，身体乏力减轻，二便调，时有右侧偏头痛，经查黑睛表面浸润较前减少，部分变薄，原方加羌活 10g，生蔓荆子 10g，巩固治疗 14 剂而愈。

8. 注意事项：脾胃虚寒者慎用。

9. 参考：益气托毒方为高老的经验方，验之临床，疗效显著。我们自 1997 年起即采用益气托毒方对复发性病毒性角膜炎（HSK）进行前瞻性临床研究，采用随机对照分组的方法，对诊断为复发性 HSK 患者 132 例分为治疗组、对照 1 组和对照 2 组，分别口服益气托毒方、银翘散和维生素，同时联合无环鸟苷滴眼液点眼治疗 30 天后，停用滴眼液，继续口服药治疗 2 个疗程，并对各组治愈后患者随访 2 年。临床观察的结果显示，益气托毒组治疗角膜病灶平均愈合时间明显短于其他两组（$P < 0.01$）。而清热祛风组（对照 1 组）和维生素组却无明显差异（$P > 0.05$）。治疗组的治愈率和有效率均优于对照组（$P < 0.01$），尤其对浅层 HSK 效果明显。经对治愈患者随访，发现治疗组复发率比对照组明显降低（$P < 0.01$），治愈后第一次复发平均时间比对照组明显延迟，治疗后 1 年内平均复发次数较治疗前 1 年内明显减少（$P < 0.01$），而对照组间差异均无统计学意义（$P > 0.05$）。这表明用益气托毒方治疗复发性 HSK，减少了其复发次数，降低了复发率，因而减少了发生永久性角膜损伤和视力丧失的可能。

近年来研究发现，扶正中药具有明显的免疫调节作用，淫羊藿苷能增强巨噬细胞的吞噬功能，促进 IL-2，诱生 γ 干扰素，增强抗病毒能力。黄芪不仅能增强吞噬细胞的吞噬功能，而且能提高细胞对干扰素的敏感性，促进病毒诱生干扰素能力，提高机体抗病毒和清除潜伏病毒的能力，降低疾病复发；而以黄芪为主药的玉屏风方通过提高细胞活力，增强机体细胞免疫功能，明显降低 HSK 复发。由此表明益气托毒方可通过扶助正气而提高机体免疫功能，增强机体抗病毒及清除病毒能力而起到抗复发效应。

相关论文：

［1］亢泽峰，高健生，巢国俊，等 . 益气解毒方治疗复发性单纯疱疹病毒性角膜炎的临床观察［J］. 北京中医药大学学报，2004，27（1）：74–76

［2］亢泽峰，高健生，巢国俊 . 益气解毒方抗单纯疱疹病毒性角膜炎复发的疗效评价［J］. 中国实用眼科杂志，2004，22（5）：391–392.

（三）姜附连柏汤（巩炎宁）

1. 组成：黄芪 10g，党参 10g，当归 10g，附子 6g，干姜 6g，黄连 10g，黄柏 6g，银柴胡 10g，防风 10g。

2. 功用：益气养血温阳，清热燥湿解毒。

3. 主治：巩膜炎，包括表层巩膜炎、前巩膜炎、后巩膜炎，辨证属于正虚邪恋、寒热夹杂者，皆可据证加减使用。

4. 方解：黄芪、党参、当归益气养血，附子、干姜温阳，共为君药，扶助正气；黄连、黄柏共为臣药，清热燥湿解毒祛邪；银柴胡具有疏肝清热、凉血解郁、通利玄府之功效，取其凉血清热而不伤阴，清虚热以助祛邪，为佐药；防风辛散，气味俱升，可引诸药直达目窍，为使药。本方配伍特点在于针对巩膜炎虚实夹杂、寒热交错的独特病机，扶正与祛邪药并用，温里与清热药同施。一般认为巩膜炎属于中医眼科"火疳"范畴，传统中医眼科五轮学说认为，白睛属肺，巩膜为白睛的主要结构，故巩膜炎多从手太阴肺经论治，其辨证分型有心肺热毒、肺热亢盛、肺热伤阴、风湿内蕴四个证型，高老依其丰富的临证经验认为，对于巩膜炎致病因素，除邪气侵袭外，也不可忽视其正虚的一面，邪气也往往是寒邪热邪同在，正虚除气血不足外，阳气匮乏也是重要因素，故立此方以解决巩膜炎临证之难点，能够全面兼顾巩膜炎正虚邪侵、寒热夹杂、缠绵难愈、易于反复的病机特点。

5. 临床应用：姜附连柏汤可辨证用于单纯性和结节性表层巩膜炎，弥漫性、结节性和坏死性前巩膜炎，以及后巩膜炎。

6. 加减化裁：急性发作时可减少扶正药物或减轻其药量，热重者酌加黄芩、大黄，以加强清热解毒之力量，有外寒因素者酌加桂枝、细辛散寒；缓解期可酌加川椒、鹿角霜加强温阳扶正，防止复发。

7. 验案举要：正虚邪侵、寒热夹杂之巩膜炎，治以扶正祛邪，温里清热。

薛某，女，33岁，因"右眼红赤疼痛5天"于2014年4月9日就诊，右眼睫状充血，颞侧巩膜深红色小结节，固定，明显触痛，无分泌物，角膜清，诊断为右眼结节性巩膜炎，患者舌淡，苔微黄腻，脉弦沉细，便微溏，无口干，证属正虚邪侵、寒热夹杂，处以姜附连柏汤加味：黄芪 10g，党参 10g，当归 10g，附子 6g，干姜 6g，黄连 10g，黄柏 6g，银柴胡 10g，防风 10g，桂枝 10g，细辛 3g。7剂。2014年4月16日二诊，结节明显缩小，红赤变淡，压痛明显减轻，原方加地骨皮 6g，继服7剂；2014年4月23日三诊，红赤已退，结节消失，局部疼痛消失，但患者诉右臂疼痛，上方去地骨皮，加川椒 3g，鹿角霜 12g，桑枝 10g，继服7剂巩固，后未复诊。

8. 注意事项：调畅情志，起居有规律，忌烟酒，忌辛辣刺激饮食，避免过劳。

（四）益气散结方（散瘤方）

1. 组成：生黄芪 15g，夏枯草 10g，莪术 10g，浙贝母 10g，密蒙花 10g，姜半夏 10g，山慈菇 10g，穿山甲 10g（现在须用替代品，下同），桔梗 6g，炙甘草 6g。

2. 功用：益气散结。

3. 主治：鹘眼凝睛（眼眶淋巴管瘤），症见眼球逐渐突起，可扪及眶内质软肿物，可收缩，常伴眼睑肿胀，可出现眼球运动障碍、视力下降等症状。

4. 方解：君药生黄芪，既能补先天之元气，助后天脾肺之运化，又具扶正托毒之功。姜半夏、莪术、夏枯草、浙贝母、山慈菇化湿祛痰，软坚散结，共为臣药。穿山甲祛风通络，攻坚消肿；密蒙花明目祛翳，又能消目中赤脉；二者共为佐药。桔梗利窍，补虚消痰，破癥瘕，引药上行；甘草调和诸药；二者共为使药。

5. 临床应用：本方主要用于眼眶淋巴管瘤或眼眶的其他良性肿瘤。

6. 加减化裁：阴虚火旺者加玄参、牡蛎；血瘀者加丹皮、赤芍；脾气虚者加党参；湿盛肿胀者加陈皮、生薏仁；脾胃虚寒者加川椒。

7. 验案举要：先天不足、痰瘀互结之鹘眼凝睛，治以大补元气，化痰软坚散结。

孙某，男，年龄 135 天。家人代诉：发现左侧眼球突出逐渐增大 1 个月，偶伴皮下瘀血。眼 B 超检查示：左眼球后内上方见不规则回声区，边界欠清，内回声不规则，视神经受压向颞侧移位，眼球受压向内凹陷，与外直肌及视神经区分不理想，彩色多普勒血流图（CDFI）病变内可见血流信号。眼眶 MRI 检查示：左眶内眼球内后方可见一不规则形肿块影，大小约 1.7cm×1.3cm×2.4cm，可见液平面，病变边界较清晰，内直肌、视神经及眼球呈受压改变，致左眼外突。右侧眼眶未见明显异常。诊断为"左眼眶淋巴管瘤"。患儿纳食可，眠可，二便正常，足月剖腹产。眼部检查为左眼球突出，眼球运动大致正常，眼睑无皮下瘀血，结膜无充血，角膜前房清，虹膜瞳孔均未见明显异常，右眼外眼及虹膜瞳孔均未见异常。双耳前及颌下淋巴结未触及异常。

西医诊断：左眼眶淋巴管瘤。中医辨证：先天不足，痰瘀互结。

治法：大补元气，化痰软坚散结。

处方：生黄芪 10g，党参 6g，夏枯草 8g，生薏苡仁 12g，莪术 6g，浙贝母 8g，密蒙花 8g，姜半夏 6g，皂角刺 6g，山慈菇 6g，穿山甲 6g，陈皮 6g，桔梗 3g，炙甘草 4g。30 剂，水煎服，每日 1 剂，早晚分两次温服。

二诊：家人诉患儿服 30 剂中药后无不适。患眼眼球突出明显改善，纳眠可，二便调。辨证：仍以先天不足，痰瘀互结为主。治则：同前。处方：原方去姜半夏，加生牡蛎^打 10g，防风 3g，羌活 3g。原方加生牡蛎打碎同煎，加强化痰散结、活血消肿作用，防风为行经药，羌活可加强治目珠脱出作用，与桔梗相合共奏载药上行、升发阳气之功，以助行气散结。

三诊：家长诉此次服药后前 4 天大便 5 ～ 6 次 / 日，每次均干结量少，呈羊粪状，4 天后大便恢复正常。眼球突出较前稍有改善，余无不适。辨证、治则治法同前。处方：前方去党参、生薏苡仁，加用皂角刺泡水代饮，无定时服。调后中药服用 30 天。经核磁共振成像（MRI）复查未发现眼眶异常。患儿服用中药 3 个月，现眼眶淋巴管瘤已完全消失。停药 3 个月，MRI 未见复发。

8. 注意事项：脾胃虚寒者慎用。

（五）益气镇痉汤（解痉方）

1. 组成：生黄芪 15g，桂枝 10g，白芍 15g，葛根 10g，制附子 6g，全蝎 3g，蜈蚣 2 条，炙甘草 6g。

2. 功用：益气升阳，祛风解痉。

3. 主治：胞轮振跳（Meige 综合征）。症见双眼频繁眨动、阵发性或持续性眼睑痉挛、伴或不伴有口 – 下颌肌张力障碍者。

4. 方解：方中黄芪大补元气，益气固表，桂枝温通经脉，共为君药；葛根、芍药为臣药，与黄芪、桂枝四味共用，是合《伤寒论》之桂枝加葛根汤及《金匮要略》之桂枝加黄芪汤两方之意，共奏益气温阳、调和营卫、舒筋缓急之效；全蝎、蜈蚣息风通络，止痉散结，共为佐药；炙甘草味甘补中，调和诸药，为使药。诸药合用以达益气固本，止痉通络之效，为治疗眼睑痉挛的基础方。

5. 临床应用：本方主要用于眼睑痉挛，各种类型的眼睑痉挛均可使用，本方也治疗小儿多动症，但剂量要依据患儿的年龄及体重进行调整，患者多有劳累、紧张、外伤史。

6. 加减化裁：气虚、心神不宁、脾胃不足，加党参、薏苡仁，益气健脾；痉挛明显，加僵蚕、秦艽、蛇蜕以祛风止痉。

7. 验案举要：脾肾阳虚，风邪阻络之眼睑痉挛，治以益气升阳，祛风止痉。

叶某，男，66 岁。首诊 2013 年 10 月 24 日。

主诉：睁眼困难 10 年，下午重。现病史：患者 10 年前即有睁眼困难，外院诊断眼睑痉挛。曾针灸治疗 15 次未见明显疗效，眼科检查：双眼视力 1.0，双眼睑不自主抽动，交谈时无法正常睁眼。眼前节及眼底未见明显异常。肌电图正常，脑核磁检查正常。现做注意力集中的工作可睁眼。纳眠好，大便时溏，小便可，舌质稍淡，苔白腻，脉缓。诊断为眼睑痉挛，证属元气不固，营卫不和，筋脉挛急；治以大补元气，和营止痉。

处方：眼睑痉挛基础方加天麻 15g，炙麻黄 6g，细辛 3g 等。加减用药 2 个月。

三诊：2013 年 12 月 17 日。患者诉左眼上睑可睁开，右眼好转，而且感觉眼皮不再发沉。原方加生晒参 6g，当归 30g。本方中蜈蚣、全蝎、蝉蜕、僵蚕祛风止痉，麻黄附子细辛汤温补脾肾之阳鼓邪外出。

四诊，服药后好转，但不长久，重用益气升阳药。药后患者病情好转，症状减轻，以人参、当归益气活血，天麻、钩藤平肝息风以巩固疗效。

8. 注意事项：本方中虫类药物较多，过敏体质者慎用。

9. 临床参考：眼睑痉挛方为高老的经验方，验之临床，疗效显著。我们自 2008 年起即采用眼睑痉挛方治疗 Meige 综合征。对诊断为 Meige 综合征的患者在眼睑痉挛方的基础上辨证加减，平均治疗 2 个月。2010 年报道的 5 例 Meige 综合征患者（4 例经多方治疗无效，1 例为初次用药）口服中药汤剂每日 1 剂，每日 2 次，早晚分服。结果治愈 4 例，好转 1 例。治疗时间最短 21 天，最长 42 天，平均 29.4 天。这表明用眼睑痉挛方加减治疗 Meige 综合征有较好的疗效。

相关论文：

［1］杨薇，宋剑涛，尹连荣，等. 益气升阳法治疗 Meige 综合征 5 例［J］. 中国中医眼科杂志，2010，20（6）：329-330.

［2］李素毅，高健生. 高健生治疗 Meige 综合征 2 例［J］. 世界中医药，2011，6（2）：138-139.

（六）益气通脉方（缺血方）

1. 组成：生黄芪 30g，丹参 9g，赤芍 10g，红花 9g，地龙 10g，柴胡 6g，枳实 6g，桂枝 10g；水煎服，每日一剂，分两次温服。

2. 功能：益气活血，温阳通脉。

3. 主治：缺血性视神经病变（气虚血瘀）。症见：视物模糊，暗影遮挡，素体虚弱，或伴有气短乏力，面色萎黄，倦怠懒言；舌暗淡，或有瘀斑，脉涩或结代。

4. 方解：君药：生黄芪大补脾胃之元气，气旺则血行，兼有补气生血之功，使瘀去络通，扶正固本，为君药。臣药：丹参，功擅活血通经，调血祛瘀，兼有补血益气之功；赤芍，清热凉血，散瘀止痛，功擅活血散瘀；红花，活血、祛瘀、通经，性辛、温，具有辛温走散祛瘀之效；三药共达活血祛瘀之功，为臣药。佐药：地龙，性善走窜，通行经络，具通经活络之功；枳实，理气达郁，为血中气药，行气解郁，疏达阳气，调理气血；桂枝，温阳化气，通行血脉，能解上中下三焦之壅塞。三药与黄芪相伍，具有补益气血，温阳解郁，行滞通脉之功，并为佐药。使药：柴胡，疏肝理气，能升少阳之气，巅顶非风药行经不可也，引药上行，直达病所；柴胡配伍枳实，柴胡透达少阳之邪以升清，枳实破解阳明之邪以降浊，再与凉血散瘀之赤芍为伍，乃四逆散之意，和解泄热、疏肝解郁，升清与降浊并行，共为使药。全方合用，旨在益气活血，温阳通脉，升清降浊，使瘀去络通，神光再现。

5. 临床应用：用于缺血性视神经病变之气虚兼气滞血瘀证。

6. 加减化裁：若气虚明显者，增加生黄芪用量；血瘀明显者，加鸡血藤、三七等以活血化瘀；失眠者可加酸枣仁、夜交藤以养心安神；情志抑郁者加郁金、青皮以理气解郁；

眼干、口干者，可加石斛、麦冬以养阴清热；便秘者加火麻仁、生白术以健脾润肠通便。

7.验案举要：郝某，女，67岁，2014年1月2日初诊。

主诉：左眼视力下降伴黑影遮挡3个月。3个月前患者突发左眼视力下降伴眼前黑影遮挡，伴有气短、乏力，口唇紫暗，纳可，夜寐欠安，二便调。查：舌暗紫，苔薄黄，脉涩。患者素体虚弱，患有高血压、糖尿病、冠心病等慢性病史。查右眼视力：0.4，晶状体皮质轻度混浊，玻璃体轻度絮状混浊，眼底大致正常；左眼视力：0.15，矫正至0.25；晶状体皮质轻度混浊，玻璃体轻度絮状混浊，眼底可见视盘界清、色淡白，余大致正常。视野示：右眼视敏度下降，MS=20.7，MD=5.2，左眼与生理盲点相连的上方视野缺损，MS=8.9，MD=16.9。

诊断：左眼前部缺血性视神经病变，证属气虚血瘀。患者素体虚弱，日久气虚血瘀，气虚不能养血，不能推动血行，血瘀脉络，导致神光发越受阻。

治法以益气活血，温阳通脉为主，予益气通脉方加味口服，方药：生黄芪30g，丹参9g，赤芍10g，红花9g，地龙10g，柴胡6g，枳实6g，桂枝10g，三七粉（冲服）3g；同时静脉点滴葛根素注射液0.4g，每日1次。

连续使用药物24天，于2014年1月26日复诊。患者诉左眼视物较前清晰，眼前黑影已不明显，乏力、气短等症状均有所减轻，口唇暗红，纳眠可，二便调。查视力：双眼0.8，可矫正至1.0，余眼部检查大致同前。复查视野：右眼大致正常，MS=24.4，MD=1.5，左眼视野范围较前明显扩大，视敏度提高，MS=20.3，MD=5.5。随访两个月，病情稳定。

8.注意事项：忌食辛辣刺激之品；调畅情志，慎用目力。

9.临床参考：益气通脉方作为高老的经验方，适用于缺血视神经病变（气虚血瘀证）的治疗，临床用之有效，配合葛根素静脉点滴，临床效果更好。

（七）川椒方（敏宁方）

1.组成：荆芥10g，防风10g，川椒3g，川芎10g，炒知母10g，地肤子10g，蛇床子10g。

2.功能：祛风止痒。

3.主治：过敏性结膜炎或者伴有过敏性鼻炎。症见眼痒、畏光、眼睑水肿、结膜充血、分泌物增多等。

4.方解：本病因为脏腑经络先有蓄热，热闭于内，后于春夏或夏秋之交，腠理疏松之际，又外感风寒，使热为寒郁，气不得通，久之寒亦化热所致。即"寒热相持"的复杂病机，其本质为"寒包火"。日久寒热相持，内外相应，故病情复杂难治。方中荆芥、防风祛风止痒，祛邪外出，为君药。地肤子辛苦寒，清热利湿，祛风止痒，蛇床子辛苦温，祛风燥湿，杀虫止痒，共为臣药。知母、川芎、川椒为佐使药，知母清热降火，清中有润，祛风清热而不伤阴；川芎味辛性阳，上行头目，为血中气药，祛风，治目赤肿痛；川椒味辛、辛散性热，温中散寒，止痒，二川一升一降，使气机调畅。本方寒热并用可防止阴阳格拒，又能引火下行，达到祛风除湿止痒的目的。

5. 临床应用：用于过敏性结膜炎。由于该病有季节性发作或常年患病季节性加重，常伴有过敏性鼻炎发作等，除了眼部过敏症状外，常伴过敏性鼻炎的症状，如鼻痒、流涕、喷嚏等，因此临床也常用于过敏性结膜炎，同时伴有过敏性鼻炎的患者。

6. 加减化裁：若气虚明显者，可加用黄芪；失眠者可加酸枣仁、生龙骨、生牡蛎以安神；情志抑郁者加柴胡、郁金以疏肝理气；结膜充血水肿明显者，加用黄芩、生地、金银花等，增加清热凉血之力；眼干、口干者，可加石斛、麦冬以养阴清热；便秘者加火麻仁以润肠通便。阳虚明显者可加用附子、细辛、麻黄、干姜，一则考虑助阳祛邪，二则过敏性结膜炎是免疫学疾病，温阳药有一定提高免疫力的作用。湿热重者，可加栀子、黄芩、银花、连翘、玄参。

7. 验案举要：潘某，女，21 岁，2009 年 4 月 16 日初诊。主诉：双眼痒 6 年余。患者双眼奇痒季节性发作 6 年余，每年春季发作，在外院诊为双眼慢性结膜炎、双眼过敏性结膜炎，发作时双眼痒甚，欲用手抓，大便略稀，余无不适。查双眼睑结膜充血，眦部见滤泡，角膜荧光素染色（-）。诊断：双眼过敏性结膜炎。处方：荆芥 6g，知母 6g，生地 6g，地肤子 6g，川芎 6g，防风 6g，蔓荆子 6g，蛇床子 6g，川椒 3g，苦参 6g，7 剂，水煎服。二诊：2009 年 4 月 23 日，眼痒较前明显好转。原方继服 14 剂痊愈，未再复发。

8. 注意事项：忌食辛辣刺激之品；远离过敏物质，注意休息，少用目力。

9. 临床参考：高老汲取《黄帝内经》、金代医家刘完素学术思想"六气发病皆从火化"的学术观点，并结合中医学整体观念的治疗特色，强调过敏性结膜炎的治疗不能只局限于眼部，尤应加强整体治疗。通过多年的临床实践，自拟川椒方应用于过敏性结膜炎的治疗。

对于外眼病的治疗，历代医家多认为是火邪上攻于目，或实火或虚火，逐渐形成了中医眼科眼病治火的潜在规则。对于过敏性结膜炎，并没有太多的火热之征，应用清热凉血之剂疗效并不佳。高老根据多年的临床经验，认为其病机为脏腑经络先有蓄热，热闭于内，于春夏或夏秋之交，腠理疏松之际，外感风寒，热为寒郁，气不得通，久之寒亦化热。其本质为"寒包火"，日久寒热相抟，故病情复杂难治。在治疗上，高老受到刘完素"夫治诸痢者，莫若以辛苦寒药治之，或微加辛热佐之则可"的治疗思路的启示，在祛风清热滋阴的同时，加用一味川椒，取得了满意的疗效。

相关论文：

［1］宋剑涛，杨薇，高健生，等.川椒方治疗过敏性结膜炎的临床观察［J］.中国中医眼科杂志，2010，20（1）：17-19.

[2] 李素毅. 川椒方治疗小鼠变应性结膜炎的实验研究 [D]. 北京：中国中医科学院，2011.

（八）温肾逍遥汤（干眼方）

1. 组成：巴戟天 10g，淫羊藿 10g，当归 10g，白芍 10g，知母 10g，柴胡 6g，栀子 10g，白术 10g，茯苓 10g，甘草 6g。

2. 功能：调理冲任、温肾滋阴、清肝和脾。

3. 方解：方中巴戟天、淫羊藿温补肾阳，调理冲任，化气明目为君药；当归、白芍、知母养血滋阴，降火润目为臣药；柴胡、栀子疏肝解郁、清泄肝火，白术、茯苓益气健脾、燥湿利水，四药共为佐药以清肝和脾；甘草缓急又调和诸药为使药；共奏调理冲任、温肾滋阴、清肝和脾之功。

本方是以逍遥散加减而成。逍遥散方中柴胡性苦微寒，疏肝解郁；当归辛甘温，补血活血，二者合用最适宜血虚而滞的证治。苦可以泻肝，辛可以疏理肝中的血滞，苦辛药可以行气，行气药可以疏肝；甘能缓急，肝苦急，急食甘以缓之，甘温药可以补气，补气药能够健脾。当归对肝郁可以疏，对肝血可以补，对肝热可以散，对脾虚可以补。白芍酸苦微寒，养血滋阴，与当归合用寒温相配，一散一收。同时当肝不能条达疏泄，郁而不疏，或肝阴不足、木燥生风、生火时，芍药还可以柔肝。白术、茯苓健脾利湿，使运化有权，气血有源；煨姜温胃和中之力益专；薄荷少许，助柴胡疏肝郁而生之热。本方去煨姜以减少温中作用，用栀子代替薄荷以疏肝热。

4. 主治：围绝经期干眼。主要症状见眼部干涩、畏光、烧灼感、异物感，以及潮热汗出、头痛、眩晕、心悸、疲乏、失眠等全身症状。

5. 临床应用：温肾逍遥汤可用于围绝经期干眼的治疗。

6. 加减化裁：气阴两虚者，可加生脉饮益气生津、敛阴止汗；腹胀者，可加陈皮、厚朴、大腹皮以增理气消胀之功；其他症状随证加减。

7. 验案举要：患者姜某，女，49 岁。首诊 2010 年 1 月 19 日。

主诉：双眼干涩、畏光、磨痛半年余。现病史：患者半年前无明显诱因出现双眼干涩不适，外院诊断为"干眼症"，给予人工泪液等治疗略有缓解，停药即复发。患者平日急躁易怒，近来月经紊乱，有潮热汗出表现，偶有泛酸、不能吃凉食，睡眠可，小便正常，大便溏。舌淡红、苔薄腻、脉弦。专科检查：睑球结膜轻度充血，角膜清，荧光素染色（+），泪液分泌试验：右眼 8mm/5min，左眼 6mm/5min；泪膜破裂时间：右眼 3 秒，左眼 5 秒，余前后节未见异常。

中医诊断：双眼白涩症；西医诊断：围绝经期干眼。

中医辨证：冲任失调、阳虚阴亏、肝旺脾弱、运化失调。

治法：调理冲任、温肾滋阴、清肝和脾。

处方：予温肾逍遥汤加五味子 10g，麦冬 10g，太子参 15g，患者胃有泛酸，不能吃凉食，加黄连 6g，吴茱萸 3g，寒热并用。

二诊：2010 年 2 月 5 日。患者诉双眼干涩症状、急躁易怒、便溏及潮热汗出症状明显好转，原方基础上加石斛 20g，以增强益胃生津、滋阴清热作用。

8. 注意事项：阴虚燥热者慎用。

9. 临床参考：围绝经期干眼患者不但表现为眼部干涩、烧灼等不适的局部症状，还常伴有烘热汗出、烦躁易怒、心悸失眠或忧郁健忘等围绝经期综合征的症状。温肾逍遥汤为二仙汤合逍遥散加减而来。二仙汤出自《中医方剂临床手册》，是上海中医药大学张伯讷教授 20 世纪 50 年代针对围绝经期综合征研制出的方剂，组成为仙茅、仙灵脾、巴戟天、当归、黄柏、知母。方中仙茅、仙灵脾、巴戟天温肾阳，补肾精，黄柏、知母泻肾火，滋肾阴，当归温润养血、调理冲任；全方温肾阳，补肾精（仙茅、淫羊藿、巴戟天），滋阴，泻肾火（知母、黄柏），调冲任（当归），主要用于治疗更年期综合征见有肾精不足（腰酸、膝软、眩晕、耳鸣、神萎、脉沉细）和相火旺（烘热汗出、五心烦热、烦躁易怒、口干、失眠多梦、舌红）。动物实验表明，二仙汤可以延缓下丘脑－垂体－性腺轴衰老和增进该轴功能的双重药效。仙茅最为燥烈，为补阳之峻剂，且仙茅有小毒不宜久服，所以高老在温肾逍遥汤中去掉了仙茅。逍遥散出自《太平惠民和剂局方》，主要治疗肝郁、血虚、脾虚。肝藏血，主疏泄，肝体阴而用阳，还内藏相火。当肝气不得疏泄时，郁而生热，灼耗阴血；肝本身藏血，肝内有热，就直接消耗阴血。肝脾是相乘相制的关系，肝气容易犯脾，使脾的运化功能减弱，气血生成减少，肝血不足，致肝气不舒。全方疏肝解郁，健脾和营。

另外，现代药理研究表明温肾逍遥汤中所用中药普遍具有抗衰老、抗肿瘤、调节免疫、抗炎、镇静、促睡眠的作用，围绝经期患者处于衰老开始，临床上干眼患者常常伴有失眠的困扰，而免疫及炎症又是影响泪膜稳态的重要因素，因此该方能够改善围绝经期干眼的局部及全身症状。

高老根据"言本求其象、象本求其意，意必合其道"的中医哲学思想，总结古人对围绝经期干眼的论述，结合自身临床经验，认为围绝经期干眼病机应为肾气日衰，天癸将竭，冲任二脉逐渐亏虚，阴血日趋不足，肾的阴阳易于失调，或偏于阴虚，或偏于阳虚，或阴阳俱虚。天癸者，阴精也，阴精亏耗，目窍失养。肾阴虚不足以涵养肝木，使肝肾阴虚，内生虚热上扰，眼目津液亏损；肾阳虚则不能温煦脾阳，气化无权，津液不能上承敷布于目。肾精不足，肾水不能上济于心而致心肾不交；肝肾同源，肾精不足，肝失所养，失于条达或思虑过度，劳伤心脾，致心脾两虚。围绝经期女性干眼多伴情志不舒，肝郁日久化火，气火上逆，灼伤津液而致目涩。围绝经期干眼辨证为冲任失调、阳虚阴亏、肝旺脾弱、运化失调。治则为调理冲任、温肾滋阴、清肝和脾。综上，形成了临床治疗围绝经期干眼的特色经验方——温肾逍遥汤，在临床应用中取得了良好疗效。临床随机双盲对照研究观察围绝经期干眼患者 120 例，发现温肾逍遥汤能够改善干涩、视物疲劳、白睛红赤等眼部症状，可以延长围绝经期干眼女性的泪膜破裂时间，增加 Schirmer Ⅰ 数值，减少角膜荧光素染色分值，改善围绝经期干眼女性的泪液分泌功能，还可以改善潮热汗出、感觉异常、失眠、易怒、抑郁、眩晕、疲乏、头痛、心悸等围绝经期全身症状，有助于患者的身心健康，提高患者的生活质量。

相关论文：

［1］尹连荣，高健生.自拟温肾逍遥汤治疗围绝经期干眼症的疗效观察［J］.中国中医眼科杂志，2011，21（5）：253-255.

［2］杨华，尹连荣，高健生.围绝经期干眼研究进展［J］.中国中医眼科杂志，2018，28（5）：346-349.

［3］杨华，高健生，李华，尹连荣.温肾逍遥汤对围绝经期干眼患者泪液分泌功能及性激素水平的影响［J］.中国中医眼科杂志，2021，31（5）：326-340.

（九）补托解毒汤（硬化方）

1. 组成：生黄芪 30g，炒白术 10g，炒白芍 10g，防风 10g，当归 10g，生地 15g，熟地 15g，川芎 10g，菟丝子 12g，仙灵脾 12g，威灵仙 10g，银花 10g，蒲公英 10g，牛膝 10g，川朴 10g，生薏苡仁 10g，生晒参 6g（另炖）。

2. 功能：扶正固本、健脾益肾。

3. 主治：多发性硬化稳定期。

4. 方解：本病初发期具有急性起病的特点，以后呈现缓解与复发缓慢进行性加重的表现，与中医的新感毒邪发病，久则正虚邪留、虚实兼见的病机相似，因此，治疗上以扶正祛邪、标本兼顾为原则，以自拟补托解毒汤为主方治疗，方中以黄芪、白术、防风，即玉屏风散为君，既可以扶正固表，又可抵御外邪，托邪外出；金银花、蒲公英清热解毒，祛邪外出为臣；当归、白芍、川芎、牛膝、生薏苡仁、生晒参，补气养血通络，改善肢体活动障碍，生地、熟地、菟丝子、仙灵脾、威灵仙，以益气力，坚筋骨，补肾托毒外出，共为佐药，增强君药培正托邪外出之力；川朴下气除满，去除湿阻中焦，为使药。诸药共用，达到防止新感复发或延迟复发之效，使正气存内，邪不可干。

5. 临床应用：本方用于多发性硬化稳定期，伴有下肢沉重者。多发性硬化目前无特效疗法，西医在急性期或复发早期使用激素治疗，能缩短急性期发作期限，使缓解期提前出现，但对慢性期无效。另有免疫抑制类药物，可使病情复发次数减少，病情进展速度减慢，但毒副作用严重，不宜长期应用。

6. 加减化裁：发热、口渴者，加石膏、知母；视力减退、视野缺损者，加柴胡、升麻、葛根；下肢不利或瘫痪者，加牛膝、黄柏、生薏苡仁、狗脊、杜仲、鹿角胶等；肢体抽掣疼痛者，加天麻、白芍、石菖蒲、僵蚕、蝉蜕、蜈蚣等，或加五指毛桃健脾化湿，行气化痰，舒筋活络。

7. 验案举要：高某，男，38 岁，以双下肢进行性麻木 4 个月于 1975 年 11 月收治于中国中医研究院广安门医院。患者 1975 年 7 月因过于劳累后出现右下肢麻木，渐向上扩展，并波及左下肢，走路不稳，踩棉花感，束带感逐渐加重，喘憋，腹胀明显，卧床不起，二便障碍，每周出现周期性发热，体温高达 39℃，战汗后降至 38℃。血常规检查白细胞（WBC）29400 个 /mm³。检查：眼球向颞侧转动不充分。咽反射消失，腹壁反射、提睾反射消失。舌红、苔白腻，脉滑数。西医诊断：多发性硬化。中医辨证为高热伤阴，予竹叶石膏汤加减，服 1 剂后体温降至 38℃以下，WBC 降至 18000 个 /mm³；可自行起床。

1975 年 12 月 15 日转诊至解放军总医院神经内科住院部，病史及诊断同前。进一步行布氏杆菌、十二指肠引流液、前列腺液等检查以排除体内感染，均无异常。检查血常规 WBC18000 个 /mm³，体温波动于 36℃～ 37.5℃。中医辨证为气虚发热，予补中益气汤加减，以甘温除热；地塞米松片 1.5mg 口服，每日 4 次，并逐渐减量。

1976 年 2 月 9 日查 WBC 降至 9100 个 /mm³；1976 年 3 月 9 日体温恢复正常，束带感消失，腹壁反射引出，感觉障碍明显减轻；1976 年 4 月 1 日出院后，每年坚持服 3 个月中药，以扶正固本、健脾益肾为法，方药：生黄芪 30g，炒白术 l0g，炒白芍 10g，防风 10g，当归 10g，生地 15g，熟地 15g，川芎 10g，菟丝子 12g，仙灵脾 12g，威灵仙 10g，银花 10g，蒲公英 10g，牛膝 10g，川朴 10g，生薏苡仁 10g，生晒参 6g（另炖）。至今未再复发。

8. 注意事项：预防复发是根本。本病反复发作，并呈进行性恶化的趋势，是预后不良的主要原因。高老强调日常生活中的自身调护，以有效防止疾病反复发作。具体方法如下：

（1）谨防感冒：本病属自身免疫性疾病，体虚外感是本病复发的主要诱因。过于劳累、生活不规律或饮食结构失衡都会导致机体免疫力下降，易感外邪而发病。故应防寒保暖，合理膳食，适当锻炼，注意休息。

（2）保持心情舒畅：情志伤人是本病的潜在因素，危害尤重。若终日情绪紧张，过于激动或抑郁焦虑，病则易进而不易退。如《黄帝内经》云："恬淡虚无，真气从之，精神内守，病安从来。"故应保持心情舒畅，豁达乐观。

（3）坚持用药：本病急性期过后，病情趋于稳定，但不可放松警惕。坚持服用中药，可减轻激素的副作用，改善全身症状。

（4）谨慎注射疫苗：研究发现，注射流感、乙肝疫苗可引发该病，虽然尚未得到广泛认可，但应引起患者的重视，慎重注射疫苗。

9. 临床参考：高老按照多发性硬化发病过程将其分为急性期、缓解期、恢复期 3 期。

主张分期论治，但均需予玉屏风散扶正固表，以未病先防，已病防变。

（1）急性期：发病之初，多因劳累过度或情志内伤致玄府郁闭，病情急且重，药贵神速。症见视力骤降、肢体活动不利或感觉障碍，伴发热、咳嗽、烦躁等，治以疏利玄府，扶正托毒；以丹栀逍遥散、玉屏风散加减；丹皮、栀子以散郁化火；柴胡、当归、白芍、茯苓以疏肝健脾；金银花、蒲公英、鱼腥草以清热解毒；威灵仙祛风除湿、疏经通络；黄芪、白术、防风以益气固表托毒。若食后腹胀，加青皮、陈皮；腹痛腹泻者加厚朴、炒山楂、神曲等；少寐多梦者，加煅龙骨、煅牡蛎、生枣仁、炒枣仁、夏枯草；肝郁重者，加白蒺藜等。

（2）缓解期：此期以脾气虚弱为主，病情稍缓；治以补气升阳，疏散郁热；症见视物不清或皮肤感觉障碍，伴周身乏力、困倦、纳差、无力排便等，治以健脾益气升阳，以益气聪明汤加减；人参、黄芪补益元气；葛根、升麻、蔓荆子、防风轻扬升发。中气既足，清阳上升，开启玄府，则九窍通利，目明耳聪；脾气健旺，则气血充足，皮肤感觉如常，四肢健运；炒白芍、炒白术补中焦，顺血脉；黄柏治肾水膀胱不足；淫羊藿、威灵仙以益气力，坚筋骨，补肾托毒外出；筋脉挛急者，加蜈蚣、全蝎；四肢无力，上肢重者，加桂枝、桑枝，下肢重者加牛膝、桑寄生、独活等。

（3）恢复期：发病日久，累及肝肾，治以补益肝肾为主，重在防止复发；症见反复外感、束带感、腰膝酸软、郁郁寡欢、视物模糊等，以六味地黄丸加味以滋补肝肾；肾生精，神光充沛有赖肾精的上承，用菟丝子、覆盆子、枸杞子补肾明目，五味子酸收敛聚精气；防风、升麻、葛根等风药疏利玄府，载药上行，以益精升阴上达头目；素体虚弱者，予紫河车粉，有"返本还元"、疗"诸虚百损"之效。

相关论文：

［1］陈翠翠.高健生运用培正固本法治疗多发性硬化临床经验.北京中医药，2010，29（1）：25-26.

［2］常珍，高健生.补托解毒汤治疗多发性硬化眼部病变21例.中医杂志，2004，45（11）：848.

（十）益精补阳还五汤（青光眼方）

1.组成：黄芪30～50g，当归尾10g，川芎6g，红花6g，赤芍10g，葛根30g，菟丝子10g，枸杞子10g。

2.功能：补气活血、益精明目。

3.方解：方中重用黄芪，大补脾胃之元气，令气旺血行，瘀去络通，为君药；当归尾长于活血，具有化瘀而不伤血之妙；川芎、红花、赤芍助当归尾活血化瘀，葛根升阳、活血、通络，共为臣药；菟丝子、枸杞子补益肝肾之精气为佐药；川芎兼引诸药上行于头目为使药。本方的配伍特点是重在补气，配伍活血，使气旺血行，活血而不伤正，共奏补气活血益精明目之功。

4. 主治：青光眼中晚期，气虚血瘀证。主要症状见视物模糊、视野缺损、神疲乏力、气短懒言、舌淡暗、脉沉细涩。

5. 临床应用：益精补阳还五汤可用于青光眼中晚期的治疗，保护视神经，改善视力和视野。

6. 加减化裁：肾阴虚者，可加六味地黄汤；脾虚者，可加茯苓、白术；其他症状随证加减。

7. 验案举要

（1）患者侯某，男，72岁。首诊2011年4月3日。

主诉：双眼胀、视物范围缩小5年。现病史：5年前出现双眼胀，2007年3月行"右眼小梁切除术"，2008年行"左眼小梁切除术"，2010年10月行"双眼白内障超声乳化联合人工晶体植入术"。神疲乏力、头晕、舌暗淡、苔白、脉细弱。专科检查：右眼：视力：0.04，自镜矫正至0.5；近视力：jr5/30cm，上方结膜滤过泡弥散，角膜透明，前房中深，12点位虹膜根切口通畅，瞳孔圆，直径约3mm，对光反射正常，人工晶体位正，玻璃体轻度混浊，眼底见视盘边界清、色淡，C/D=0.9，黄斑中心凹反光未见。左眼：视力：0.06，自镜矫正至0.6；近视力：jr5/30cm。上方结膜滤过泡弥散，角膜透明，前房中深，12点位虹膜根切口通畅，瞳孔圆，直径约3mm，对光反射正常，人工晶体位正，玻璃体轻度混浊，眼底见视盘边界清、色淡，C/D=0.9，黄斑中心凹反光未见。眼压（NCT）：右眼：12mmHg，左眼：14mmHg。视野：双眼鼻侧阶梯。

中医诊断：双眼青风内障；西医诊断：双眼视神经萎缩，双眼闭角型青光眼抗青光眼术后眼压正常。

中医辨证：气虚血瘀，肝肾不足。治法：补气活血、益精明目。

处方：益精补阳还五汤，黄芪30g，归尾10g，赤芍15g，川芎6g，红花6g，桃仁10g，盐菟丝子10g，枸杞子10g，葛根10g，7剂，水煎服。

二诊：2011年4月10日。患者诉神疲乏力、头晕好转，眼部检查同前，原方改葛根10g为15g，加淮牛膝10g，28剂，水煎服。

三诊：2011年5月18日，患者神疲乏力、头晕症状较前好转，视野较前扩大，继续服药1个月。

（2）患者李某，男，29岁，首诊2011年5月13日。

主诉：双眼胀、视力下降2年。既往史：双眼高度近视、青光眼。2009年12月23日行"右眼小梁切除术"，2009年12月17日行"左眼小梁切除术"。神疲乏力、气短懒言、纳差、舌暗淡、苔白腻、脉细弱。专科检查：右眼：视力：0.1，自镜矫正至0.3⁻²；近视力：jr7/30cm。上方结膜滤过泡弥散，角膜透明，前房中深，12点位虹膜根切口通畅，瞳孔圆，直径约 3mm，对光反射正常，晶状体清，玻璃体轻度混浊，眼底见视盘边界清、色淡，C/D=0.9，黄斑中心凹反光未见。左眼：视力：手动 /30cm，矫正不提高；近视力：jr7/30cm 不见。上方结膜滤过泡弥散，角膜透明，前房中深，12 点位虹膜根切口通畅，瞳孔圆，直径约 3mm，对光反射正常，晶状体清，玻璃体轻度混浊，眼底见视盘边界清、色淡，C/D=1.0，黄斑中心凹反光未见。眼压（NCT）：右眼：13.1mmHg，左眼：16.6mmHg。视野：右眼鼻侧阶梯。

中医诊断：双眼青风内障；西医诊断：双眼视神经萎缩，双眼抗青光眼术后眼压正常，双眼屈光不正。

中医辨证：气虚血瘀，肝肾不足。

治法：补气活血、益精明目。

处方：益精补阳还五汤，黄芪 30g，归尾 10g，赤芍 15g，川芎 6g，红花 6g，桃仁 10g，盐菟丝子 10g，枸杞子 10g，葛根 10g，茯苓 15g，白术 10g。7 剂，水煎服。

二诊：2011 年 5 月 20 日。患者诉神疲乏力、气短懒言、纳差症状好转，眼部检查同前，原方继服 28 剂。

三诊：2011 年 6 月 20 日，患者神疲乏力、气短懒言、纳差症状改善，右眼矫正视力：0.3^{+1}，视野较前扩大。

8. 临床参考：本病可归属中医青风内障范畴，古今医家著述甚多。

《证治准绳·杂病·七窍门》谓："青风内障证，视瞳神内有气色昏蒙，如青山笼淡烟也。然自视尚可，但比平时光华则昏蒙日进。急宜治之，免变绿色，变绿色则病甚，而光没矣。"

《眼科金镜》："青风此症，瞳人俨然如不患者，但微有头旋及生花，转眼昏矇。"本病初起多以实证为主，以肝郁气滞、水湿停滞为主，随着病情进展，可表现为本虚标实。本虚多为脾气亏虚、肝肾不足、气血虚弱；标实多为痰浊、瘀血，病变后期可以虚实夹杂或以虚证为主，中晚期患者多属气虚血瘀证。青光眼是因玄府闭塞，珠内气血津液不行而引发的目系眼病。

《医林改错》："精汁之清者，化而为髓，由脊骨上行入脑，名曰脑髓……两目即脑汁所生，两目系如线，长于脑，所见之物归于脑。"

因此，"玄府闭塞、精血不足、髓海失养"应该是青光眼视神经损害的主要病机；而"疏利玄府、补益肝肾"则是青光眼视神经保护的主要治则。脏腑中的轻清之血，经过玄府正常的升降功能到达眼部，起到营养作用，保障神经功能的发挥；精或气，亦属轻清者，临床中采用"益气填精"法治疗青光眼视神经损害的同时采用葛根升发阴精，促使精气上达目窍，濡养目系。高老将"益精升阴敛聚"思想贯穿于青光眼治疗的始终，随证加减。治疗以益气活血、养阴升精为主。临床研究结果显示，益精补阳还五汤对中晚期气虚血瘀型青光眼患者视功能具有一定的保护作用。

相关论文：

［1］尹连荣.益精补阳还五汤及其拆方保护高眼压大鼠视网膜神经节细胞的分子机制.世界中医药学会联合会眼科专业委员会第四届学术年会会议论文，2013，5.

［2］尹连荣，高健生.益精补阳还五汤不同组分对高眼压大鼠视网膜神经节细胞保护差异研究［J］.辽宁中医杂志，2015，42（10）：2008-2011，后插5.

［3］杨华，尹连荣，高健生，张丽霞等.益精补阳还五汤对中晚期青光眼患者视神经保护作用的临床研究［J］.中国中医眼科杂志，2015，25（6）：405-408.

［4］尹连荣，徐胜利.补阳还五汤加减对高眼压大鼠视网膜神经节细胞的保护作用，眼科新进展，2008，28（3）：177-180.

（十一）视疲劳方

1.组成：蔓荆子9g，陈皮（去白）15g，人参20g，炙甘草30g，白芍药30g，黄芪60g。

2.功能：健脾益气、养血柔肝。

3.主治：视物乏力，眼眶酸胀，不能久视，眼干涩，畏光，眼睑抬举乏力等症。

4.方解：本方来源于《兰室秘藏》中的神效黄芪汤，经加减而成。方中黄芪味甘、微温，归脾肺经，补气升阳、生津养血，可治肺脾气虚或中气下陷之证。黄芪为补气要药，如与人参同用，能增强补气功效，可治病后气虚体弱，与芍药同用以补益气血。针对肝劳病久视所引起的耗气损血、脾虚气血不足的证候，最为适宜，故用黄芪为君。

白芍，性苦、酸、微寒，归肝脾经，养血柔肝、缓急止痛。视疲劳通常与脾虚气血不足、肝肾精血亏虚有关，虚则易感风热，少阳郁火，肝胆气机不畅，白芍归肝经，有和营泄热的功效；人参性甘、微苦微温，归脾肺经，有补益脾肺之气的功效，同时人参还具有安神益智的作用，故适用于久视劳心伤神、耗气损血所致的视疲劳，与白芍合为臣药，共助君药补益气血，濡养目络。

蔓荆子，辛、苦、平，归膀胱、肝、胃经。疏散风热，清利头目。可用于风热上扰所致的目昏、多泪等症。本品能疏散肝经风热，清利头目，起到止痛作用。视疲劳会导致目涩、目痛；久视屏幕后会导致一过性流泪，此为眼干涩酸痛引起的刺激性反应，另外，文献《别录》中也曾有记载："治头风痛，脑鸣，目泪出。"陈皮性辛、苦、温，归脾肺经，为脾肺二经的气分药，可以疏畅气机，使气行通畅。由于补气之品性较壅滞，易于碍胃，故本方在大量使用补气药的同时配伍本行气药物为佐，调理气机，与白芍、人参、黄芪共奏补养气血之功，使之补而不滞，与蔓荆子共为佐药。

炙甘草性甘、平，归心、肺、脾、胃经，补脾益气，缓急止痛、缓和药性。本品与黄芪、人参、白芍等补药同用，能缓和补力，使作用缓慢而持久，为佐使药。

5.临床应用及加减化裁：以目酸涩、不喜睁眼为主者，可增加黄芪用量，并辅以升麻、葛根益气通阳；羞明畏光、伴眼干者可酌加麦冬、玄参、花粉、玉竹养阴生津；有伴乏力自汗者，可加白术、防风以固护卫表。如麻木不仁，黄芪可用至90克，配以络石藤、桂枝等通经活络；如眼酸胀疼痛明显者，可酌加伸筋草、葛根缓急止痛，或延胡索等活血行气止痛药，痛甚者加全蝎、蜈蚣祛风解痉；伴有眼睑抬举乏力者，加升麻3g。按原方记载，眼缩急者，去白芍，忌酒、醋、面、大料物，葱、韭、蒜辛物。

6.验案举要：李某，女，42岁，会计。

2014年7月14日初诊。主诉：双眼乏力，眼酸胀疼痛，眼干涩。现病史：屈光不正病史20余年，否认佩戴隐形眼镜。患者诉近期出现视物疲劳，视近时间约20分钟左右出现眼眶酸胀不适，眼干涩明显。全身症状面白神疲，倦怠乏力，时有汗出，纳少口干，二便调，寐稍欠安。舌淡苔白，边有齿痕，脉细弱。视力：右眼0.8，左眼1.0。眼压右眼15.2mmHg，左眼13.1mmHg。双眼结膜轻度充血，角膜透明，经荧光素染色见下方角膜缘可见少许点状着色，前房中等深，未见角膜后沉淀物，瞳孔中等大，对光反应灵敏，晶体透明，眼底（-）。BUT：双眼1.2s。泪液分泌试验：右7mm、左6mm。

西医诊断：双眼视疲劳、干眼。中医诊断：双眼肝劳、脾胃气虚。予加味神效黄芪汤：蔓荆子9g，陈皮（去白）15g，太子参10g，炙甘草、白芍药各30g，黄芪60g，伸筋草10g，防风6g，白术10g。7剂，水煎服。

二诊：2014年7月21日，患者诉用药后，眼眶疼，汗出、神疲、倦怠等症均有所改善，仍目干、纳少，余无不适。查结膜轻度充血，舌淡苔白，脉沉细。上方去防风，加炒山楂10g，山药15g，以增强运化。7剂，水煎服。

三诊：2014年7月28日，患者眼部疲劳乏力感明显减轻，汗出、神疲，倦怠等症状消失，偶有目干，纳可，不伴口干。BUT：双眼10s。泪液分泌试验：右11mm、左10mm。舌淡苔白，边有齿痕，脉沉。处方：28日方去山楂。21剂，制成颗粒剂冲服代茶饮。嘱注意用眼习惯，减少长时间近距离用眼。

7.注意事项：服本方时，忌食酒、醋、酱料、葱、蒜、韭及生冷硬物。

8.临床参考：随着工作和生活压力的加大，电脑的广泛应用，人们用眼负荷不断加重，视疲劳也越来越多见，对人们的工作和学习造成较大的影响。视疲劳是以患者自觉眼的症状为基础，眼或全身器质性因素与精神（心理）因素相互作用的综合征。视疲劳者常出现眼疲劳、视朦、困倦、头痛等症状，甚至发生恶心呕吐。它不是一个独立疾病，而是一组症状性表现或一组综合征。引起视疲劳的原因有眼部因素、全身性因素；环境因素（照明光线、目标、周围环境）等。由眼病因素引起的视疲劳又可分为调节性视疲劳、肌性视疲劳、集合性视疲劳、症状性视疲劳、视像不等性视疲劳等。

中医文献中无视疲劳的病名，但根据其近距离久视过劳而出现眼胀、头痛等症状，并依据"目为肝窍"的理论，孙思邈将其称为"肝劳"，曰："其读书、博弈过度患目者，名曰肝劳。"明李梴所著《医学入门·杂病分类·眼》中也指出："读书针刺过度而（目）痛者，名曰肝劳。"究其病因，《医学入门·眼》认为："极目远视，夜读细字，镂刻博弈伤神，皆伤目之本。"后世多沿用此说，认为肝劳的病因与过用目力密切相关。《审视瑶函》进一步阐述："心藏乎神，运光于目，凡读书作字，与妇女描刺，匠作雕銮，凡此皆以目不转睛而视，又必留心内营。心主火，内营不息，则心火动，心火一动，则眼珠隐隐作痛。"并且指出："若肾无亏，则水能上升，可以制火。水上升，火下降，是为水火既济，故虽神劳，元气充足，亦无大害。唯肾水亏虚之人，难以调治。"

　　高老认为视疲劳患者素有脾肺气虚，不能上承目络，目络失养或鼓动乏力，故不能久视，日久还可出现阳虚下陷。临床使用神效黄芪汤方治疗气虚型视疲劳，以健脾益气、养血柔肝。神效黄芪汤出自《兰室秘藏》，原著记载该方主治：麻木不仁；两目紧急缩小，羞明畏日，隐涩难开，或视物无力，睛痛昏花，手不能近，或目少睛光，或目中热如火者。高老认为视物无力，睛痛昏花，手不能近，与视疲劳症状相似，故在临床使用该方加减治疗气虚型视疲劳，并取得较好临床疗效。在"中药治疗视疲劳的临床研究"课题项目中，临床观察气虚型视疲劳患者 30 人（60 眼），中药组使用神效黄芪汤颗粒剂，口服，日 2 次，用药 2 周后观察发现，神效黄芪汤颗粒剂可以改善气虚型视疲劳患者的视疲劳症状（$P < 0.01$），提高治疗前后调节灵敏度（$P < 0.05$）。

相关论文：

杨薇，宋剑涛，高健生.益气升阳举陷法在眼科的应用.中国中医眼科杂志 2011.21（2）.114.

第五节　特色方剂及用药

（一）运用密蒙花的经验

　　密蒙花为醉鱼草科醉鱼草属植物密蒙花的花蕾及花序。性甘，微寒，归肝经。功效为祛风清热，润肝明目，退翳。主治目赤肿痛，羞明多眵多泪，翳障遮目，眼目昏暗，视物不清。高老取其"消目中赤脉"之功，结合临床检查所见糖尿病视网膜病变后期眼底视网膜新生血管和虹膜新生血管的产生，犹如肉眼所见外障眼病中"目中赤脉""赤膜"和"血翳"，常用于出血性眼底病变。如治疗糖尿病视网膜病变时常配伍黄连，寒以清热，消赤脉；高老又取其轻清上浮之性，用以治疗肝肾不足所致目昏等病，在运用补益肝肾药时佐以密蒙花，引诸药直达病所，使下焦肝肾之精血升腾，达耳目聪明之效。

（二）运用银柴胡的经验

银柴胡为石竹科多年生草本银柴胡的干燥根，主产于宁夏、甘肃、内蒙古等地；甘、微寒，归肝胃经；清虚热，除疳热。常用于虚劳发热，骨蒸劳热，小儿疳热，这是银柴胡的常用用法，高老在查阅资料时发现，银柴胡除了清虚热，除疳热外，还具有明目益精之功。如《本经逢原》载银柴胡"甘微寒，行足阳明、少阴"。其性味与石斛不甚相远，不但清热兼能凉血。《太平惠民和剂局方》载其"治上下诸血，龙脑鸡苏丸中用之，凡入虚劳方中，唯银州者（银柴胡）为宜。北柴胡升动虚阳，发热喘嗽，愈无宁宇，可不辨而混用乎！按：柴胡条下，《本经》推陈致新，明目益精，皆指银夏者而言。非北柴胡所能也。"据此，高老认为逍遥散中用于治疗阴虚内热，发自骨髓，以银柴胡为宜。临床常用于热病伤阴而热入玄府；或因暴怒忿郁，忧伤过度，肝郁气滞玄府闭塞，因郁而热，因郁而耗伤阴血所致暴盲或青盲早期最为适用，常与丹皮、栀子配合。

（三）运用川椒的经验

川椒又名花椒，为芸香科花椒属植物花椒、青椒的果皮。味辛性温，归脾、肺、肾经，能温中止痛，利尿消肿、杀虫止痒。临床有川椒治咳逆、定痰喘的报道，现代研究显示：花椒超临界萃取物能减少豚鼠咳嗽次数、延长豚鼠咳嗽潜伏期和增加小鼠气管酚红分泌量、抑制大鼠棉球肉芽肿重量，有平喘、止咳祛痰及抗炎作用。根据变应性结膜炎与哮喘均由 I 型变态反应引起，高老取其止痒明目之功，常将本品运用于变态反应性结膜炎，疗效确切。高老说：川椒，味辛，气温，大热，又是药食两用，临床可以放心大胆运用，尤其是对于脾肺阳虚，效果神奇。临床一般用量为 3g。

《本草蒙筌》概括了川椒的功用："川椒，味辛，性温，大热……上退两目翳膜，下驱六腑沉寒……"临床中川椒对于过敏性哮喘有很好的疗效，高老善于灵活变通，认为目痒病位在白睛，哮喘病位在肺，根据五轮学说，白睛相应的脏腑恰恰是肺，白睛疾病可以从肺论治，花椒可以入肺止咳逆，相应地也可以用于白睛病。且花椒确有止痒明目之功，《兰室秘藏》的广大重明汤中亦用到花椒等煎汤外洗来治疗眼睑奇痒，验于临床，颇有成效。

（四）运用仙灵脾的经验

仙灵脾又名淫羊藿，为小檗科淫羊藿属植物淫羊藿、箭叶淫羊藿、巫山淫羊藿、朝鲜淫羊藿、柔毛淫羊藿等的茎叶，味辛、甘，性温，归肝肾经；能补肾壮阳，强筋健骨，祛风除湿；常用于阳痿遗精，虚冷不育，尿频失禁，肾虚喘咳，腰膝酸软，风湿痹痛等病症。高老受仙灵脾治疗"疮毒入眼"的启发，常将其用于单纯疱疹病毒性角膜炎，尤其是多年反复发作而难痊愈者，以"补肾托毒"效果理想。在此基础上，高老总结出仙灵脾方治疗单纯疱疹病毒性角膜炎。临床一般用量为 12g。

（五）夏枯草的应用研究

夏枯草为唇形科多年生草本植物夏枯草 Prunella vulgaris L. 的果穗，味苦、辛，性寒，归肝、胆经，具有清肝火、散郁结等功效，《神农本草经》说夏枯草味苦、辛，主瘰疬，破癥，散瘿，结气。《生草药性备要》言其"去痰消脓，治瘰疬，清上补下，去眼膜，止痛"。其主要含三萜类化合物（主要有熊果酸和齐墩果酸）、甾醇类化合物、黄酮类化合物等。临床常运用夏枯草治疗肿瘤。现代药理学研究证明，抗肿瘤细胞增殖和诱导肿瘤细胞凋亡是夏枯草抗肿瘤作用机制之一。夏枯草中的重要成分熊果酸有抗新生血管形成等作用，而黄酮类化合物能抑制细胞增殖，主要使细胞周期停止，对肿瘤细胞有细胞毒作用，而对正常细胞无毒性和致突变作用，此外还具有抗氧化及抗血管形成等作用。高老多年致力于有关糖尿病视网膜病变新生血管的临床和基础研究，既注重疾病的整体观，又着眼于局部表现，认为糖尿病视网膜病变进入增殖期，视网膜出现新生血管，主要病机为瘀血阻络、痰瘀互结，关键为"郁结"，而夏枯草有开郁散结的作用。临床应用夏枯草能有效抑制血管内皮细胞增殖，控制糖尿病视网膜病变进展。

（六）运用蜈蚣的经验

蜈蚣辛温，有毒，归肝经，功能为息风镇痉，攻毒散结，通络止痛。内服煎剂 3～6 克，研末吞服 0.6～1 克，因有毒用量不宜过大，且不宜长期服用。蜈蚣象形为人的脊神经。文献记载其可以"引风药直达病所"，所以对于中风或各种风邪所致的肢体活动障碍，或者由于病邪所致眼部经脉血络之病，蜈蚣可以引药达到病所，并有搜剔祛邪之功效。由于蜈蚣性猛性燥，善走窜通达，对于严重的神经疾患所致肢体障碍、陈旧性眼外伤、眼底血管性疾病日久出现增殖性病变者，可以根据病情用之。由于蜈蚣象形为人的脊神经，高老经常将蜈蚣用于视神经脊髓炎或多发性硬化者。

（七）鱼腥草的应用

鱼腥草最早载于《名医别录》下品，名"蕺"，为三白草科蕺菜属植物。性寒，味辛，具有清热解毒、排脓利尿的功效。临床常用于肺痈吐脓、痰热喘咳、热痢热淋、疮疡肿毒等。鱼腥草的主要化学成分：癸酰乙醛、月桂醛、甲基正壬基酮、十一烷酮、丁香烯、葵醛、葵酸、槲皮素、槲皮苷、异槲皮苷、瑞诺苷、阿夫苷、芸香苷、脂肪酸：枸橼酸、棕榈酸、亚油酸、油酸、硬脂酸等。近年研究发现鱼腥草具有抗菌、抗病毒作用，可以抗炎、镇痛、镇静、抗惊、利尿等。可将其用于眼科临床，如滴眼、结膜下注射、雾化熏蒸、静脉点滴等。高老治疗病毒性角膜炎、结膜炎，多用鱼腥草滴眼液，认为对多种细菌、真菌、结核、钩端螺旋体等有较强的抑制作用。

（八）运用防风的经验

防风，《名医别录》称为"屏风"，比喻御风如屏障也。《本草纲目》曰："防者御也，其功效疗风最要，故名。"《本草汇言》谓："防风，辛温轻散，润泽不燥。发邪从毛窍出，故外科肿疮肿毒、疮瘘风癞诸证，亦必需也。"可见防风甘缓不峻，祛风胜湿，为防风通用之品。高老临床运用防风经验丰富，他认为防风不仅具有祛风止痛、祛风止痒、祛风胜湿之功效，还具有益气升阳、引经明目的作用，同时还具有不为临床医家所重视的益精升阴之功。

1. 应用防风与黄芪配伍治疗病毒性角膜炎

《神农本草经》对防风、黄芪的功效有深刻认识，谓黄芪"主治痈疽，久败疮，排脓止痛，大风癞疾，五痔，鼠瘘，补虚，小儿百病"，谓防风"主大风，头眩痛，恶风，风邪，目盲无所见，风行周身，骨节疼痹，烦满"。黄芪甘温补气，固表扶正，防风微温辛散，祛风解表，二药相伍为用，黄芪得防风疏散之力而不恋邪，防风得黄芪固表之用而不散泄，且防风辛散温通，可载黄芪补气之功达于周身。玉屏风散是其代表方剂。高老在临证时，借鉴玉屏风散制方原则，在治疗病毒性角膜炎的祛风清热方剂中，加黄芪、防风益气托毒，祛风退翳，收到明显效果。

2. 益气升阳作用

李东垣在《内外伤辨惑论》《脾胃论》中提出"风药"一词，祛风药多味薄气厚，辛散走窜，轻清升浮，以防风、柴胡、升麻、羌活、藁本为代表。防风应属于典型的"风药"。在方剂配伍中益气升阳之功效被用于眼科疾病的治疗中。李东垣独创脾胃论，以补气升阳独树一帜，临床只要用之得当，可获立竿见影之效。如补气而不升阳，其清阳之气不能上升，虽施补益，其效亦微。在升阳药中起到升提作用的除柴胡、升麻外，防风、羌活、蔓荆子同样具有祛风升阳之功。高老首选防风补气升阳的依据为防风味甘辛，性微温，为风药中之润剂，药力平和，正如《本草求真》中记载："防风，味甘微温，虽入足太阳膀胱，以治上焦风邪，头痛目眩，脊痛项强，周身疼痛，然亦能入脾胃二经，以为祛风除湿。"《日华子本草》谓防风"治三十六般风，男子一切劳劣，补中益神，风赤眼，止泪痪缓，通利五脏关脉，五劳七伤，羸损盗汗，能安神定志匀气脉"。可见，防风为风药之首。在眼科临床中，高老善用玉屏风散加仙灵脾等治疗反复发作或久病不愈的角膜溃疡，组方治则为"益气固表补肾托毒法"。在治疗内障眼时用防风益气升阳、引经明目，收效显著。说明防风具有引药上行、益气升阳之功。

3. 防风的益精升阴功效

五脏六腑中，肝开窍于目，肾主藏精，肝肾之精气充盛，则目精视明。因此，对内障眼病，如青盲、目昏、视瞻昏渺、视瞻有色等，每多从肝肾论治，常以补益肝肾为主要治则。根据《唐史》及《秘传眼科龙木论》记载，唐丞相李恭公因安史之乱，随驾唐明皇前往蜀中，"日患眼，或涩，或生翳膜，或即疼痛，或见如飞虫翅飞，或见黑花如豆大，累累数十不断，百方治之不效"。后遇僧人，予服"地黄圆"收效。地黄圆由生地黄、熟地黄、石斛、防风、枳壳、牛膝、杏仁组成，方中生地黄、熟地黄、石斛补肾益精明目，枳壳理气和中，牛膝引火下行，直达下焦，杏仁宣肺理气，调畅上焦气机，高老反复思考此方中防风的作用，认为防风是助地黄、石斛益精升阴。高老从《脾胃论》"肝肾俱在下焦，非风药行经不可也"中得到启发，认为肝肾同源，俱在下焦，补益肝肾之剂多属味厚质重滋腻之品，其药力直达下焦。但目窍精微，其位至高，脉道幽深，经络细微，补益之精气难以升运上达濡养目窍，临证中虽施补益，疗效不显。认为"升阳药物亦可升阴"，在此理论指导下，临证在治疗肝肾精亏型内障眼病时，常配伍防风益精升阴，使滋补之剂易于上达病所，以收到奇效。

（九）运用七叶一枝花的经验

七叶一枝花，别称"重楼"或"蚤休"，为百合科多年生草本植物蚤休及同属多年植物的根茎，味苦，性寒，有小毒，归入肝、心、胃经，能清热解毒，息风定惊，用量一般水煎服为 3 ～ 10 克；若研粉或磨冲，每次服用 0.5 ～ 1 克；外用适量。《神农本草经》记载"蚤休，味苦，微寒，主惊痫，摇头弄舌……去蛇毒。"《唐本草》记载："醋磨疗痈肿，敷蛇毒"。《滇南本草》记载"消诸疮，无名肿毒，利小便"。重楼临床应用范围广，广泛用于治疗毒蛇毒虫咬伤、疮疖痈肿、咽喉肿痛、淋巴结核、腮腺炎、跌打损伤等。

此药在眼科疾病的治疗中也有一定的疗效。《中医眼科学》中提到"用于治疗眼睑疮疖肿毒，或毒虫咬伤。可单味内服或用醋抹搽，也可与其他清热解毒药同用"。高老在治疗眼肌麻痹、葡萄膜炎、角膜炎等眼病有热象的时候，方中加入七叶一枝花以清热解毒，收到满意疗效。

（十）运用川乌的经验

川乌别名川乌头，始载于侯宁极《药谱》，性热，味辛苦，有大毒，常用量为 3 ～ 9 克。入煎剂须久煎以减其毒性。功效：祛风胜湿，温经止痛。《证治准绳》中祛风一字散中有用川乌，其性烈，辛散温通、逐风止痒之力甚猛。《银海精微》："夫眼者，乃五脏之精华，如日月丽天，昭明而不可掩者也。久受风邪，风毒伤胞睑，眼生翳膜，神清散治疗"，主要成分有川乌。

由于该药有大毒，许多医生临床畏用，眼科临床中应用更少。高老认为对此药应一分为二地看待，掌握去弊取利的原则。取利是要掌握好适应证。《本草纲目》："附子性重滞，温脾逐寒，川乌头性轻疏，温脾去风，若是寒痰用附子，若是风痰即用川乌头。"眼科用川乌首先是因其性轻疏，温脾去风，其次是能行十二经，疏经通络定痛。如用于眼肌废用，是温脾去风之意。注意去川乌之弊，根据用药量大小，决定先煎的时间，用药量小，先煎半小时，量大煎煮两小时。配伍时注意忌用反药，应用中应虑其温燥之弊，稍加凉润药佐之，如知母、黄柏之类。高老将川乌用于眼科多种疾病，随证配伍应用于视网膜静脉阻塞、黄斑水肿、干眼、视神经脊髓炎等，取得一定疗效。

（十一）应用乌梅丸的经验

乌梅丸为厥阴病主方。《素问·至真要大论》强调"审察病机，无失气宜"，如："帝曰：厥阴何也？岐伯曰：两阴交尽也。"故病至厥阴，两阴交尽，由阴出阳，若阴阳气不相顺接，则阳气难出，阴阳失调。《诸病源候论》云"阴阳各趋其极，阳并于上则热，阴并于下则寒"，故寒热错杂。《伤寒论》曰："厥阴之为病，消渴，气上撞心，心中疼热，饥而不欲食，食则吐蛔；下之，利不止。"厥阴病主见四肢厥冷、颠顶头痛、口干、心烦失眠及躁动不宁等寒热错杂症状。《素问·阴阳离合论》云："三阴之离合也，太阴为开，厥阴为阖，少阴为枢。"厥阴为阴之"阖"，两阴交尽，由阴出阳。乌梅丸于《伤寒论》中记载不仅是治疗蛔虫专方，最主要是治疗厥阴病虚实寒热错杂证的主方。蛔厥证即属于厥阴病证候之一。该方由乌梅、细辛、干姜、黄连、当归、附子、蜀椒、桂枝、人参、黄柏十味药组成，方中乌梅味酸，酸入肝，能敛阴柔肝；川椒、细辛等辛味药能散寒温阳；黄连、黄柏苦寒，可清心泻肾；人参、当归甘温补养气血；附子、桂枝、干姜温阳制厥，辛温通补阳气。"乌梅丸"此方配伍特点为刚柔相济，寒热并用，补泻兼施，开合升降，调畅气机，使互不协调的脏腑功能趋于平和，虽所治疾病不同，但病机同类，目前广泛用于内科杂病，在眼科临床应用文献报道甚少。

高老治疗非增殖期糖尿病视网膜病变常用的密蒙花方中也使用了乌梅，他认为乌梅有治疗糖尿病患者肢体麻木疼痛的作用。《神农本草经》记载，乌梅主"下气，除热烦满，安心，肢体痛，偏枯不仁，死肌"。《本草经疏》："梅实……其主肢体痛，偏枯不仁者，盖因湿气浸于经络，则筋脉弛纵，或疼痛不仁；肝主筋，酸入肝而养筋，肝得所养，则骨正筋柔，机关通利而前证除矣"。脾主四肢，木气不达而为死肌，乌梅能和肝气、养肝血，所以主之。

高老认为，很多眼病，如眼底出血、眼睑痉挛、炎症等，多与全身病症有关，全身寒热情况复杂，上热下寒、虚实夹杂，侵袭目络而致病，适合乌梅丸方证，因此多用乌梅丸治疗眼病。经整理高老100例医案的过程中，发现以下疾病如甲状腺相关眼病、炎性假瘤、眼眶淋巴管瘤、眶内球后囊肿、泪腺炎、视网膜静脉阻塞、眼睑痉挛、葡萄膜炎、青睫综合征、巩膜炎、视神经萎缩、糖尿病视网膜病变、老年性黄斑变性、干眼症、过敏性结膜炎、慢性结膜炎、缺血性视神经病变、视网膜中央动脉阻塞、中心性浆液性脉络膜视网膜病变、视网膜色素变性，用乌梅丸治疗，均收到很好疗效。

（十二）应用麻黄附子细辛汤的经验

麻黄附子细辛汤，方出于汉代张仲景的《伤寒论》第301条："少阴病，始得之，反发热，脉沉者，麻黄细辛附子汤主之。"此方特为阳虚外感而设，治疗人体在阳气虚的状态下，感受寒邪，出现邪正相争而导致的发热。附子温经助阳，鼓邪外出，细辛既能助麻黄解表，又能助附子温经散寒，通达阳气于上下周身。麻辛附三药通用则散中有补，在发汗散寒之中温经助阳，借麻黄宣发布散阳气于血脉肌肤腠理之间，使阳气生之有源，通之有道，布之有循，五脏六腑，四肢百骸，阳气运转，则阴邪无所藏遁。因此麻黄附子细辛汤可称作是一个补阳、运阳、散阳之剂。高老在临床上注重玄府理论在眼科的应用，认为目无所见、目盲、目昏、视如蝇翅、黑花等病因病机，是由"热气怫郁，玄府闭密"致使"玄府闭小""玄府闭合"，而使气液、血脉、营卫、精神不能升降出入所致。同时受东垣"益气升阳"学说和张锡纯升陷汤理论的启发，对于一些病程较长、病情复杂的慢性疑难眼病，如葡萄膜炎、视神经萎缩、甲状腺相关眼病等，注重顾护人之阳气，提出益气升阳举陷法，通过补阳、助阳药物温补肾阳，培元固本，使阳气振奋，从而增强、鼓舞和激发机体抗病能力，常用麻黄附子细辛加味治疗。除麻辛附三药外，高老还习惯使用肉桂、淫羊藿等温阳药物，在补阳的同时亦喜欢运用桂枝、桑枝、升麻、葛根等通络引经药物，使阳气得以通四肢，达九窍，获效颇多。

第六节　高健生常用对药和组药

（一）金樱子、芡实

金樱子性平，味酸涩；入肾、膀胱、大肠经；酸涩收敛，功专涩精，止小便遗泄。芡实生于水中，健脾利湿之力强，又擅益肾固精止带。二药配伍，益肾固精，补脾止泻，缩小便之力增强。

高老在临床上将其用于治疗尿频尿急，随症进行加减。

（二）麻黄、附子、细辛

麻黄附子细辛汤功效：温经解表。主治：伤寒少阴证，始得之，反发热，脉沉者。方义：太阳证发热，脉当浮，今反沉；少阴证脉沉，当无热，故曰反也。热为邪在表，当汗，脉沉属阴，又当温，故以附子温少阴之经，以麻黄散太阳之寒而发汗，以细辛肾经表药，联属其间，是汗剂之重者。

高老治疗阳虚证，慢性病后期、稳定期常配伍使用。在治疗眼眶肿物、甲状腺相关眼病、问诊时出现怕冷，下肢凉时常用。附子用量最大10g。患者有汗尿频时不用麻黄。还经常配桂枝、川椒、干姜等药。

（三）淫羊藿、威灵仙、鹿角霜

威灵仙，味辛、咸、微苦，性温；小毒；归膀胱、肝经；祛风除湿，通络止痛；主治风湿痹痛、肢体麻木、筋脉拘挛、屈伸不利、脚气肿痛、疟疾、骨鲠咽喉，并治痰饮积聚。

仙灵脾又名淫羊藿，是临床使用较广泛的中药之一，最早记载于《神农本草经》，具有补肾阳、强筋骨、祛风湿之功。用于阳痿遗精、筋骨痿软、风湿痹痛、麻木拘挛及更年期高血压等。

鹿角霜，咸，温，入肝、肾经；补虚，助阳；治肾阳不足，腰脊酸痛，脾胃虚寒，呕吐，食少便溏，子宫虚冷，崩漏带下。

高老在治疗角膜病时常用到此三味药。其中鹿角霜鼓舞阳气，助正气上升达目祛邪外出，多用在病情较稳定期。而角膜炎、角膜溃疡、角膜白斑外感风邪，湿邪留恋，用淫羊藿、威灵仙可祛风除湿。

（四）黄芪、白术、防风

黄芪：味甘，性温。归肺、脾经。功能主治：补气固表，利尿托毒，排脓，敛疮生肌。用于气虚乏力，食少便溏，中气下陷，久泻脱肛，便血崩漏，表虚自汗，气虚水肿，痈疽难溃，久溃不敛，血虚萎黄，内热消渴；慢性肾炎蛋白尿，糖尿病。蜜炙黄芪益气补中，用于气虚乏力，食少便溏。

防风：味辛甘，性微温。归膀胱、肝、脾经。功效：祛风解表，胜湿止痛，止痉。主治：外感表证，风疹瘙痒，风湿痹痛，破伤风。

白术：味苦甘，性温。归脾、胃经。功能主治：健脾益气，燥湿利水，止汗，安胎。用于脾虚食少，腹胀泄泻，痰饮眩悸，水肿，自汗，胎动不安。

高老在治疗角膜炎、眼肌麻痹、多发性硬化时常在以病定基本方中用到玉屏风散，在治疗多发性硬化反复发作时黄芪用到180g，稳定期时也用到50～100g。

（五）白蒺藜、木贼

白蒺藜味、苦，性微温；入肝、肺经；功效：疏肝解郁，祛风明目。

1. 祛风疏肝

（1）用于肝阳上亢，症见头痛而眩，心烦易怒者，夜寐不宁，与桑叶、菊花、蔓荆子、钩藤等药同用。

（2）用于肝肾阴虚，症见眩晕耳鸣，头胀痛，烦恼易怒者，与菊花、决明子、夏枯草等同用。

（3）用于肝热目疾，症见目赤多泪，白睛充血、涩痛怕光，可与桑叶、菊花、青葙子、连翘、甘草等同用。

（4）用于胸胁不舒、乳汁不通，属肝气郁结者，可与青皮、橘叶、郁金同用。

2.行气活血：用于少腹胀痛，可与乌药、芍药、川楝子、香附等同用。

3.祛风止痒：用于风疹瘙痒。另治白癜风，可单用本品为末，每次6克冲服。

木贼味甘、苦，性平；归肺、肝经。功能主治：散风热，退目翳。用于风热目赤，迎风流泪，目生云翳。

高老常用此药对于眼表疾病，如结膜炎、角膜炎，肝经风热诸症时。

（六）秦艽、秦皮

秦皮味苦、涩，性寒；归肝、胆、大肠经。功效：清热燥湿，收涩，明目。用于热痢，泄泻，赤白带下，目赤肿痛，目生翳膜。

秦艽味辛、苦，性微寒；归胃经、肝经、胆经。功效：祛风湿，舒筋络，清虚热。主治：风湿痹痛，筋脉拘挛，骨节酸痛，日晡潮热，小儿疳积发热。秦艽、秦皮二者联用（以下简称二秦）可上清肝胆之阳亢，下消大肠膀胱湿热，既能祛风胜湿治疗四肢关节之痹痛；又可燥湿健脾治疗带症与泻痢，外用又具清热解毒，燥湿收敛杀虫之功。

高老在角膜炎、结膜炎急性发作期常用此药对，唐由之教授用之研制双秦滴眼液。

（七）三棱、莪术

三棱味辛、苦，性平；归肝、脾经。功能主治：破血行气，消积止痛。用于癥瘕痞块，瘀血经闭，食积胀痛。

莪术辛、苦，温；归肝、脾经。功效主治：①破血行气止痛，功效与三棱相似，但温通力较大，可治疗血滞经闭腹痛、腹部包块、积聚。②消积散结，能行气消积止痛，用于饮食积滞、胸腹满闷作痛。③破血祛瘀，治妇女闭经，或痰湿瘀血凝结而成的癥瘕痞块。④行气止痛，适于饮食失调、脘腹胀满疼痛之证。适当配伍，虚证、实证均可。

二药破血行气力强，临床用之宜谨慎，高老用此二药在眼眶肿瘤、突眼以及眼底增殖性疾病如老年黄斑变性时使用，主要取其软坚散结力强。对于血管阻塞性疾病如静脉阻塞偶有应用。

（八）地龙、水蛭

张锡纯赞水蛭："祛瘀血而不伤新血，纯系水之精华生成，于气分丝毫无损，而血瘀默然于无形，真良药也"。地龙乃蚯蚓也，高老取象比类用蚯蚓能钻能通之性，通络通经。两药多用在血管性疾病和视神经萎缩等眼病。

（九）黄芪、党参、黄柏

黄芪：具益气固表、敛汗固脱、托疮生肌、利水消肿之功效。用于治疗气虚乏力，中气下陷，久泻脱肛，便血崩漏，表虚自汗，痈疽难溃，久溃不敛，血虚萎黄，内热消渴，慢性肾炎，蛋白尿，糖尿病等。炙黄芪益气补中，生用固表托疮。

党参：补中益气，健脾益肺。用于脾肺虚弱，气短心悸，食少便溏，虚喘咳嗽，内热消渴。

黄柏：苦、寒，归肾、膀胱、大肠经。功效：清热燥湿、泻火解毒、退热除蒸。应用：①湿热带下，热淋脚气，泻痢黄疸。②疮疡肿痛，湿疹湿疮。③阴虚发热，盗汗遗精。

黄芪、党参益气健脾，温中补虚，配黄柏苦寒清虚热，使补而不壅。

（十）全蝎、蜈蚣

全蝎、蜈蚣为虫类药物中能息风、镇痉、止痛、散结之要药。两药作用基本相同，所异者，全蝎偏于辛平，蜈蚣偏于辛温。临床用此二味药物配伍治疗癫痫、头痛、面瘫、震颤麻痹等神经系统疾病，疗效突出。

治疗癫痫，用全蝎、蜈蚣配生铁落、天南星、菖蒲、远志等，以镇惊豁痰开窍，疗效满意。

治疗头痛，用全蝎、蜈蚣，再投当归、丹参、川芎、白芷、蔓荆子，以平肝息风，活血化瘀，疗效奇特。

治疗面神经麻痹，以全蝎、蜈蚣配黄芪、当归、川芎、天麻、天南星等，以益气活血、化瘀祛风、平剂调治、缓以图功。

治疗震颤麻痹，用全蝎、蜈蚣，再配丹参、当归、天南星、桑寄生，以养血柔肝、息风和络，可获良效。

全蝎、蜈蚣除治疗抽搐、震颤、疼痛等动风之症有特殊的效果外，还有破瘀作用，故亦可用于各种痞块、肿瘤，时有奇效。高老用全蝎、蜈蚣多取其息风、镇痉之效，在眼睑痉挛、眼肌麻痹、眼球震颤等眼病中必用之，常在基本方中使用，经常配僵蚕、蝉蜕等祛风止痉药。

（十一）升麻、葛根

升麻：轻，宣，升阳，解毒，甘辛微苦。足阳明、足太阴（胃、脾）引经药（参、芪上行，须此引之），亦入手阳明、手太阴（大肠、肺）。表散风邪（引葱白，散手阳明风邪；同葛根，能发阳明之汗；引石膏，止阳明头痛齿痛），升发火郁，能升阳气于至阴之下。引甘温之药上行，以补卫气之散而实其表（柴胡引少阳清气上行，升麻引阳明清气上行，故补中汤用为佐使。若下元虚者，用此升之，则下元越虚，又当慎用）。

葛根：轻，宣，解肌，升阳，散火，辛甘性平，轻扬升发。入阳明经，能鼓胃气上行，生津止渴（风药多燥，葛根独能止渴者，以能升胃气、入肺而生津耳）。兼入脾经，开腠发汗，解肌退热（脾主肌肉）。为治脾胃虚弱泄泻之圣药（经曰：清气在下，则生飧泄。葛根能升阳明清气）。

升麻葛根汤，别名升麻散、升麻汤、四味升麻葛根汤、平血饮、解肌汤、葛根升麻汤、葛根汤、升麻饮、干葛汤、四味干葛汤。出自《太平惠民和剂局方》。主治：麻疹初起。疹发不出，身热头痛，咳嗽，目赤流泪，口渴，舌红，苔薄而干，脉浮数。（本方除用治麻疹外，亦治带状疱疹、单纯性疱疹、水痘、腹泻、急性细菌性痢疾等属邪郁肌表、肺胃有热者。）方中升麻味辛甘，性寒，入肺、胃经，解肌透疹，清热解毒为君药。葛根味辛甘，性凉，入胃经，解肌透疹，生津除热为臣药。

历代中药著作对升麻、葛根的描述大同小异：

升麻为中药中的辛凉解表药。

性味归经：甘、辛、微寒。归脾、胃、肺、大肠经。

药物功效：发表透疹，清热解毒，升举阳气。

主要治疗：①风热头痛，麻疹不透。②齿痛口疮，咽喉肿痛。③气虚下陷，久泻脱肛。

功效特点：本品轻浮上行，辛可升散，寒可清热，能发散肌表风邪，治阳明头痛，又善升脾胃之阳气，故为脏气下陷的必用之品。

葛根，据《本草纲目》载：葛根，性凉、气平、味甘，具清热、降火、排毒诸功效。现代医学研究表明：葛根中的异黄酮类化合物葛根素对高血压、高血脂、高血糖和心脑血管疾病有一定疗效。

升麻、葛根，升麻、柴胡，为眼科常用之引经对药。

（十二）地肤子、蛇床子

地肤子味辛苦、性寒，入肾与膀胱经，功能清热利湿、祛风止痒。现代药理学研究表明其具有抑菌、止痒、抗变态反应、降糖、改善小肠推进功能等作用。《滇南本草》载其"利膀胱小便积热，洗皮肤之风，疗妇人诸经客热，清利胎热，妇人湿热带下用之良"。

蛇床子味辛、苦，性温，有小毒；归肾经。功能主治：温肾助阳，祛风，燥湿，杀虫。治男子阳痿，阴囊湿痒，女子带下阴痒，子宫寒冷不孕，风湿痹痛，疥癣湿疮。历代中药著作载之甚详。

1.《本经》："主妇人阴中肿痛，男子阴痿、湿痒，除痹气，利关节，癫痫，恶疮。"

2.《别录》："温中下气，令妇人子脏热，男子阴强，好颜色，令人有子。"

3.《药性论》："治男子、女人虚，湿痹，毒风，顽痛，去男子腰疼。治男子阴，去风冷，大益阳事。主大风身痒，煎汤浴之瘥。疗齿痛及小儿惊痫。"

4.《日华子本草》："治暴冷，暖丈夫阳气，助女人阴气，扑损瘀血，腰胯疼，阴汗湿癣，肢顽痹，赤白带下，缩小便。"

高老用地肤子、蛇床子祛风止痒，于过敏性结膜炎方中使用。患者主诉有痒时皆可应用。

（十三）瞿麦、通草

瞿麦味苦、性寒，归心、肝、小肠、膀胱经。功能：利小便，清湿热，活血通经。主小便不通、热淋、血淋、石淋、闭经、目赤肿痛、痈肿疮毒、湿疮瘙痒。

通草味甘淡，性凉，入肺、胃经。功用：泻肺，利小便，下乳汁。治小便不利，淋病，水肿，产妇乳汁不通，目昏，鼻塞。

高老在治疗黄斑水肿时常配伍此药对使用，或单配瞿麦30g。

（十四）白芷、防风

白芷味辛，性温；归肺经、脾经、胃经。功效：解表散寒，祛风止痛，通鼻窍，燥湿止带，消肿排脓。

防风味辛、甘，性微温；归膀胱、肝、脾经。功效：发表散风，胜湿止痛，止痉，止泻。主治感冒头痛，风湿痹痛，风疹瘙痒，破伤风症，腹痛泄泻，肠风下血。

二药解表散风寒，可在川椒方中加减使用。

（十五）川椒、桂枝

川椒：

性味归经：辛、温。有小毒。入脾、胃、肾经。

功效：温中，止痛，杀虫。

功效特点：本品辛辣而温，善散阴冷之气。

功效作用：

1. 散寒燥湿

（1）用于胃腹冷痛、呕吐不能食，可与干姜、党参等同用，如大建中汤。

（2）用于久寒腹痛腹泻者，可与附子、干姜同用。

（3）用于胃脘寒痛、脊背凉痛，可与附子、半夏同用。

2. 除湿杀虫

（1）用于蛔虫引起的上腹疼痛，即胆道蛔虫，可与乌梅、黄连等同用，如乌梅汤。

（2）用于疥疮、皮肤瘙痒起水疱丘疹，用本品内服或外洗均可，可疏风止痒、祛湿杀虫。

（3）治阴囊湿疹、阴囊潮湿瘙痒，可内服外洗。

（4）用于脚气属寒湿者，以本品内服外用均可，有除湿散寒、活血通络之效。

3. 蠲痹止痛

（1）用于风湿及类风湿性关节炎，属于寒湿性者，多与其他化湿温经散寒药同用。

（2）用于风寒牙痛呈抽搐样痛，受冷则甚者，可以本品煎汤漱口，或少许内服。

桂枝：

1. 用于风寒表证：桂枝辛温，善祛风寒，能治感冒风寒、发热恶寒，不论有汗、无汗都可应用。如风寒表证，身不出汗，配麻黄同用，有相须作用，可促使发汗；如风寒表证，身有汗出，配芍药等，有协调营卫的作用。

2. 用于寒湿痹痛与经闭腹痛、痛经等症：桂枝能温通经脉，对寒湿性风湿痹痛，多配合附子、羌活、防风等同；对气血寒滞所引起的经闭、痛经等症，常配合当归、芍药、桃仁等同用。

3. 用于水湿停滞所致的痰饮喘咳，以及小便不利等症：桂枝性温，善通阳气，能化阴寒，对阴寒遏阻阳气，津液不能输布，因而水湿停滞形成痰饮的病症，常与茯苓、白术等配伍应用；如膀胱气化失司、小便不利，用桂枝以通阳化气，助利水药以通利小便，常配合猪苓、泽泻等同用（如五苓散）。

高老使用川椒始于川椒方治疗过敏性结膜炎，方中主要用作使药，一是助祛风除湿，二是佐治清热药的寒凉。寒热并用，热因热用，是高老遣方用药常用之法。继川椒方之后，高老将川椒灵活运用，用其辛温与附子干姜桂枝等同用，至于单独与桂枝同用主要还是取二药相伍的温通之性。

（十六）狗脊、刘寄奴

狗脊为蚌壳蕨科植物金毛狗脊的根茎，苦温祛风除湿，甘温补肝肾、强筋骨，既有祛邪之力又具补益之功，对于腰痛脊强、不能俯仰，足膝软弱之症，无论痹症日久还是肝肾亏虚均可应用，还可用于肾气不固致遗尿和带下。

刘寄奴味苦，性温，归心、肝、脾经。功效：破血通经，散寒止痛，消食化积；可以用于闭经和产后腹痛，还可以用于跌打损伤和食积腹痛；经现代研究还可以用于治疗赤白痢疾。

高老用药也在不断总结更新，狗脊、刘寄奴二药为近期高老常常使用的药对，滋补肝肾，破血通经，作用较强。

（十七）僵蚕、蝉蜕

僵蚕为家蚕的幼虫感染白僵菌而发病僵死的虫体，能息风止痉，用于治疗痰热壅盛所引起的惊痫抽搐、中风失语等症，且能化痰散结。《本草求真》云："治中风失音，头风齿痛，喉痹咽肿，是皆风寒内入，结而为痰。"

蝉蜕，味咸甘，性寒，无毒。蝉蜕可以散风除热，利咽，透疹，退翳，解痉。用于风热感冒，咽痛，音哑，麻疹不透，风疹瘙痒，目赤翳障，惊风抽搐，破伤风。可治目赤翳障，本品入肝经，善疏散肝经风热而有明目退翳之功，故可用治风热上攻或肝火上炎之目赤肿痛，翳膜遮睛，常与菊花、白蒺藜、决明子、车前子等同用。

二药皆为眼科常用药，疏风清热止痉。高老在眼睑痉挛、风牵偏视、角结膜病中常用。

（十八）玄参、浙贝母、牡蛎

玄参苦咸，微寒，清热滋阴，凉血散结；浙贝母苦寒，清热化痰散结；牡蛎咸寒，益阴潜阳，软坚散结。此三味药可共奏清热滋阴、化痰散结之效，可使阴复热除，痰化结散，使瘰疬自消。常用量：玄参 15 ～ 30g，浙贝母 15 ～ 20g，牡蛎 15 ～ 30g。

瘰疬之病名始见于《灵枢·寒热》："寒热瘰疬，在于颈项者。"此病以正虚邪实，热盛为其特点。虚即气阴两虚，实即热盛、痰瘀交结。情志失调，肝郁化火是热盛之源；热盛伤阴，壮火食气，故气阴两虚。最终导致气、火、痰、瘀交结壅滞而成。正如《医学衷中参西录》所云："其证系肝胆之火上升，与痰涩凝结而成。"可见瘰疬的病机多为气阴两虚、痰火互结所致。此三味药组成的消瘰丸出自《医学心悟》。玄参，《名医别录》谓其"散颈下核"；《本草正义》言其"能外行于经隧，而消散热结之痈肿"。浙贝母，《本草正义》言其"象贝母蓄寒泄降，而能散结"；《本草正》谓其"入少阳经……最降痰气，善开郁结……解热毒，疗瘰疬"；牡蛎，《本草纲目》谓其"化痰软坚，清热除湿"；《汤液本草》有言"咸为软坚之剂"。

因眼科疾病中有类似瘰疬病症的情况较多，如霰粒肿、肿瘤、眼睑眼眶内肿物、长时间不吸收的瘀血，纤维增殖的纤维膜、黄斑变性以及眼底的出血渗出等，经常需要用到散结药物，软坚散结、活血散结、清肝散结、破血散结、化痰软坚散结，等等。高老善用各类散结药，于临证中经常使用此组药。

（十九）白术、茯苓

白术其气芳烈，其味甘浓，被誉为"补气健脾第一要药"；茯苓甘淡平，可补中利窍。两药均能健脾，前者补中健脾，守而不走，后者渗湿助运，走而不守，相辅相成，健脾助运之力倍增。代表方剂如四君子汤。

高老使用生白术调理老年人脾虚气弱，大便不调，生白术用量常在 30 ～ 40g，最多用到 60g，或加枳实以助之。

（二十）知母、黄柏

知母具有清热泻火、生津润燥之功，且甘寒质润，善清肺胃气分实热而除烦止渴，用于温热病邪热亢盛，表现为壮热、烦渴、脉洪大等肺胃实热证。黄柏具有清热燥湿、泻火解毒的功效，临床用于治热痢、泄泻、消渴、黄疸、梦遗、淋浊、痔疮、便血、骨蒸潮热，目赤肿痛，口舌生疮，疮疡肿毒。《珍珠囊》谓其"治肾水膀胱不足，诸痿厥，腰膝无力"，常与知母同用，配入养阴药中，以加强滋阴降火之效。黄柏苦寒泻肾火补水润燥，知母苦寒协助泻肾火，知母和黄柏合用有很好的滋阴降火作用。

高老用地黄丸常常是知柏地黄与桂附地黄丸同用，用知柏的滋阴降火之功。

（二十一）威灵仙、仙灵脾、仙茅

威灵仙：味辛、咸、微苦，性温；小毒；归膀胱、肝经。祛风除湿；通络止痛。主治风湿痹痛、肢体麻木、筋脉拘挛、屈伸不利、脚气肿痛、疟疾、骨鲠咽喉；并治痰饮积聚。

仙灵脾又名淫羊藿，是临床使用较广泛的中药之一，最早记载于《神农本草经》，具有补肾阳、强筋骨、祛风湿之功。用于阳痿遗精、筋骨痿软、风湿痹痛、麻木拘挛及更年期高血压等。

仙茅具有温肾阳、壮筋骨之功，可治疗阳痿精冷、小便失禁、崩漏、心腹冷痛、腰脚冷痹、阳虚冷泻等症。

高老在治疗一些长期慢性病过程中经常会用到此药对，如视神经萎缩、色素变性、多发性硬化。

（二十二）黄连、肉桂

黄连与肉桂同用，名曰交泰丸，具有交通心肾的作用。本方出自《韩氏医通》，但无方名，后冠之。黄连味苦，性寒，入心、肝、胃、大肠经。韩氏谓之寒可清火，苦能降泄，且黄连尤可清心热，泄心火，降心中之阳下归于肾；肉桂，味辛、甘，性大热，温补肾阳，引火归原。如明朝李时珍之言"一冷一热，一阴一阳，阴阳相济，最得制方之妙，所以有成功而无偏胜之害也"。此二药参合并用，相辅相成，并有泻南补北之意，交通心肾之妙，擅治因肾水不能上济于心，心阳不能下降温肾，见心悸怔忡、失眠多梦、心烦不安等心肾不交之证。尤以睡前精神兴奋，难以入睡和入睡易醒者为佳。

高老在治疗早期糖尿病视网膜病变的密蒙花方中用黄连、肉桂。黄连清心火，心火不亢，则邪不犯目，目内血脉自安。佐用肉桂温肾阳，肾阳得复则血脉瘀阻自可改善。

（二十三）龙骨、牡蛎

龙骨，质体沉重，黏涩，其味甘、涩、性平，入心、肝、肾经。生品用药，功专镇静安神，平肝潜阳，煅后功专收敛固涩。牡蛎味咸、涩，性微寒，入肝、肾经，质体重坠，既能平肝潜阳，又能软坚散结。张锡纯曾说："人身阳之精为魂，阴之精为魄，龙骨能安魂，牡蛎能强魄，魂魄安强，精神自足，虚弱自愈也。"此乃龙骨、牡蛎镇静安神的机制，龙骨潜上越之浮阳，牡蛎摄下陷之沉阳，且现代药理研究表明，龙骨镇静安神与牡蛎相配伍，可增强镇静作用，常用于治疗阴虚阳亢之失眠、心悸、健忘等。

高老用二药，重镇、收敛、散结。张锡纯治咳血、吐血的补络补管汤是高老常用配伍之方，龙骨、牡蛎、三七粉、山茱萸，对于血管性疾病常用。

（二十四）玄参、蒲公英、金银花、连翘、败酱草

玄参：味甘、苦、咸，性微寒。归肺、胃、肾经。功效：清热凉血，泻火解毒，滋阴。主治：温邪入营，内陷心包，温毒发斑，热病伤阴、舌绛烦渴、津伤便秘、骨蒸。

蒲公英：性平，味甘微苦。可清热解毒，消肿散结。

蒲公英、连翘、败酱草，三药均为苦寒清热之品。蒲公英归胃、肝经，清热解毒，善清胃热，亦可散瘀消肿。连翘归肺、心、胆经，清热解毒，消肿散结，有广谱抗菌作用。败酱草入肝、胃、大肠经，清热解毒凉血、消痈排脓、祛瘀止痛。

金银花和连翘相同点：都可以清热解毒、疏散风热，用于热毒疮痈、风热感冒、温病初期等。

同中之异：金银花凉散风热优于连翘，连翘解毒消痈优于金银花，素有"疮家圣药"之称。

不同点：金银花又入血分，能凉血止痢，治疗热毒血痢；连翘又入心经，能清心开窍，治疗温病热陷心包之高热神昏，尚可散结、利尿，治疗瘰疬、痰核以及热淋尿少等。

高老将这几味药用于炎性疾病，如虹膜睫状体炎、葡萄膜炎等。

（二十五）黄芪、当归

黄芪味甘，性微温；归脾、肺经；具有补气生血之功效。当归味甘、辛，性温，长于补血，为补血之圣药。《医学启源》云："当归，气温味甘，能和血补血，尾破血，身和血。"黄芪与当归两药合用，出自李东垣《兰室秘藏》之当归补血汤，为后世治疗气血两虚的常用对药之一。高老也常用四物汤调理气血。

第三章 对中医古籍的考证

高老非常重视中医眼科经典书籍的学习,几乎遍读了所有眼科古籍及部分中医古籍,边实践边学习,边临床边思考。读书认真严谨,每本书都阅读多次,书中多处标注,不理解的地方还要进行考证,查阅文献,撰写了很多考证心得,为后世理解古籍提供了很大帮助,为后学者留下了宝贵财富。

第一节 对"明目地黄丸"及其类方进行详尽考证

眼科常用著名方剂明目地黄丸在历代医著中出现同名异方或同方异名者屡见,使后世运用混淆不清,高老博览群书,熟读中医古籍,从《太平惠民和剂局方》(简称《局方》)明睛地黄丸的源及流等方面进行了详细研究和探讨,起到了正本清源、拨乱反正的重要作用。

(一)地黄丸来源考证

地黄丸之名始于唐代,故名"(唐)地黄丸",与后世明睛地黄丸等以示区别。1196 年宋代王璆所著《是斋百一选方》(又称《是斋医方》)记载:唐丞相李恭公,扈从在蜀,日患眼,或涩,或生翳膜,或即疼痛,或见黑花如豆大累累数十不断,或见如飞虫翅羽,百方治之不效。僧智深云:此病缘受风毒。夫五脏实则泻其子,虚则补其母。母能令子实,子能令母虚,今肾受风毒,故令肝虚,肾乃肝之母,肝虚则目中恍惚,五脏亦然,脚气消中消渴诸风等皆由肾虚也,地黄丸悉主之。生干地黄 1斤 熟干地黄 1斤 石斛 去苗 枳壳 麸炒去穰 防风 去芦各4两 牛膝 酒浸 杏仁 半斤,去皮尖,麸炒黄色为末,入瓦器中研去油。右为细末,不许犯铁器,炼蜜为丸,如梧子大。豆淋酒法,黑豆半斤,净拣,炒令烟出,以酒 3 升浸之,不用黑豆。用此酒煮独活,即是紫阳汤也。这说明地黄丸始于唐代,其所记载"地黄丸"之方药组成、功能、主治等基本与《局方》明睛地黄丸(见下)相同。

《局方》明睛地黄丸为 1110 年宋代《太平惠民和剂局方》(简称《局方》)所载:"治男子,妇人肝脏积热,肝虚目暗,膜入水轮,漏睛眵泪,眼见黑花,视物不明,混睛冷目,翳膜遮障及肾脏虚惫,肝受虚热及远年近日暴热赤眼,并皆治之。兼治干湿脚气,消中消渴及诸风气等疾,由肾气虚败者,但服此,能补肝益肾,驱风明目,其效不可俱述。

生干地黄_{焙洗} 熟地黄_{洗焙各1斤} 牛膝_{去芦酒浸3两} 石斛_{去苗} 枳壳_{去瓤麸炒} 防风_{去芦各4两} 杏仁_{去皮尖麸炒黄研细去油2两}。上为细末，炼蜜为丸，如梧桐子大，每服30丸，空心食前温酒吞下，或用饭饮，盐汤亦得，忌一切动风毒等物。"

1111年~1117年，宋·赵佶等所编纂的《圣济总录》仍称"地黄丸"用于"目昏暗"。组成与（唐）地黄丸相同。

1267年元代许国桢编著《御药院方》，"治眼目门"中亦载有地黄丸"补肾气，治眼。昔李揆相公患眼，时生翳膜，或即疼痛，或见黑花如虫形翅羽之状。僧智深请谒云：此乃肾毒风也。凡虚则补其母，实则泻其子。缘肾是肝之母，今肾积风毒，故令肝虚。非但目疾，丈夫所患干湿脚气，消中消渴及诸风气等，皆肾之虚惫，但服此补肾，地黄丸无不神效。此药微寒，量人性服之"。地黄_{2斤 1斤生晒干 1斤甑中蒸一顿饭间 取出晒干} 杏仁_{半斤 去皮尖 炒黄色 捣为末 用纸3两重裹 压去油}金钗石斛 牛膝 防风 枳壳_{各4两}。上件于石臼中木杵捣为末，炼蜜为丸，如梧桐子大，每日空心，用无灰豆淋酒下30丸。与"（唐）地黄丸"组成、功能、主治基本相同。

明代朱橚等编纂《普济方》两次选用（唐）地黄丸方，一为七十一卷"地黄丸"谓"出龙木论"，但全部内容引用《局方》和《是斋方》；二为八十一卷引用《圣济总录》中（唐）"地黄丸"治目昏暗及组成，未提及《局方》之事。从以上官方主编的大型方书内容看，《局方》将（唐）地黄丸第一次易名为"明睛地黄丸"，在宋、元、明三代未获认可。

（二）（唐）地黄丸的四次易名

《局方》明睛地黄丸是由（唐）地黄丸首次易名而来，而明目地黄丸则是由《局方》明睛地黄丸易名而来，也可以说是（唐）地黄丸的第二次易名，而"明眼地黄丸"为其第三次易名，"加减地黄丸"为其第四次易名。

宋代《秘传眼科龙木论》书后附《葆光道人龙木集》"七十二问"中"第十三问"收载本方曰："目中迎风受痒者，何也？答曰肝邪自传，属肝木，风动即痒也，宜用秘方二处膏、《局方》明目地黄丸。"此处之《局方》明目地黄丸组方同明睛地黄丸，但在病因病机主治方面不同，扩大了原方的适应范围。

元代无名氏撰《明目至宝》卷三，也将此方定名为"明目地黄丸"，但无《局方》二字，用于治疗"眼目不痛不痒而赤昏者"。

1532年明代薛己校补《原机启微》于书末增补"附录"，将"《局方》明目地黄丸"收入"理血剂"中，治疗男女肝肾俱虚风邪热气上攻，目翳遮睛，目涩多泪。薛己并在方后按："此出太阳例，又气药也。"

"明目地黄丸"之名最早出现的年代当属宋代《秘传眼科龙木论》。其依据有二，一为《秘传眼科龙木论》"出版者的话"中，说明该书"内容大多出自宋元间人之手"。其二为据近代李熊飞在《秘传眼科龙木论校注》中，对"七十二问"的内容和成书年代进行了考证。其内容与《永乐大典》所收集的《黄帝七十二证眼论》完全相同（但未见作者姓氏及年代），《永乐大典》（1408年）所收集之书都是按成书年代先后顺序排列的，本书排在宋代之列，说明"七十二问"由来已久。在"七十二问"中共注明选用《局方》10个处方。说明该书可能就在宋代《局方》发行后不久问世。元本《明目至宝》当在其后。明·薛己明确易名已属较晚了。但因其附于眼科名著《原机启微》之后，流传较广，影响较大。故易被后人误认为首次易名为明目地黄丸。

1337年元·危亦林撰《世医得效方》卷十六"补遗十六方"中将（唐）地黄丸称"明眼地黄丸"可能为书写或刻印过程中，由于"睛"与"眼"的字形、字义有相近之处，易于笔误或刻误亦有可能。

1664年明·傅仁宇著《审视瑶函》卷六在"因风症"中将（唐）地黄丸易名为加减地黄丸，其内容全部录用了《普济方》卷七十一"地黄丸"的内容，为何易名为"加减地黄丸"令人费解，未知其引录何处。

根据以上资料分析结果，地黄丸先后共有同方异名5个，此方最早出现于唐代，为僧人智深所献，始称"地黄丸"，在国家官府编撰的巨著如《圣济总录》《普济方》等均保留其原名，宋代《局方》中易名为"明睛地黄丸"，《秘传眼科龙木集》或《黄帝七十二证眼论》中易名为"明目地黄丸"，元代《世医得效方》中改称"明眼地黄丸"，明代傅仁宇又易名为"加减地黄丸"，经历宋、元、明三代被四易其名，但在大型方书中仍用原"地黄丸"之名，始终未变更。

（三）（唐）地黄丸加味应用

（唐）地黄丸为历代医家所推崇，为宋、金、元三代所属的国家药局收载，流传较广，影响较大。因此，在临床中加味应用较为普遍，并增加了新的适应证，或另立新名。如《仁斋直指方》中创制"明眼生熟地黄丸"，即在（唐）地黄丸基础上加羌活、菊花，治"肾气衰弱，肝受虚邪，眼生黑花"，加重了本方祛风清热作用。如《证治准绳》在杂病中将"明眼生熟地黄丸"简称为"生熟地黄丸"，除用于治疗内障外，还运用于"剑脊翳"症。继后《审视瑶函》将此方又扩大应用到"聚开障症"。《张氏医通》将此方治"肝虚目暗，膜入水轮，内外诸障"。《普济方》卷七十八中记载"地黄丸"为（唐）地黄丸加用当归、菟丝子、车前子，加大了益精补血明目的功用，"治内外障，及眼见飞花，此药平补，壮气血，悦精神"。

从以上资料分析，（唐）地黄丸创制于8世纪中叶，形成同方异名共5个，到12世纪的宋代被易名为"明睛地黄丸"及"明目地黄丸"，14世纪的元代易名为"明眼地黄丸"，17世纪的明代易名为"加减地黄丸"。在后世的易名过程中，扩大了其适应证，并加味应用有所发展。而唯独易名为"明目地黄丸"大多出现在眼科专著中，而为后世眼科医家所公认，是否因其在临床应用中有较好的明目效果是值得进一步研究的课题。

（四）明目地黄丸考证

明目地黄丸共有同名异方 4 个：最早为宋代将（唐）地黄丸易名而来；后明代《万病回春》一方；《审视瑶函》一方；1963 年版《中华人民共和国药典》一方。

明目地黄丸第一方出自《秘传眼科龙木集》"七十二问"第十三问中的"《局方》明目地黄丸"，即与《局方》明睛地黄丸为同方异名，方药组成已如前述。

明目地黄丸第二方出自明代（1587 年）龚廷贤所著《万病回春》中，功能主治：生精养血，补肾益肝，祛风明目，除羞涩多泪，并治暴赤热眼，退翳膜遮睛。方药：怀山药、熟地、知母、黄柏、菟丝子、独活、枸杞子、川牛膝、沙苑蒺藜。龚廷贤《寿世保元》"壮水明目丸"即在此方基础上将茯神改用茯苓，再加川芎、蔓荆子、甘菊花、黄连共 14 味药，用于治疗"肾水枯竭，神光不足，眼目昏暗。此壮水之主，以制阳光"。

明目地黄丸第三方出自明代《审视瑶函》中的明目地黄丸。组成为熟地黄、生地黄、山药、泽泻、山茱萸、牡丹皮、柴胡、茯神、当归身、五味子十味。主治：肾虚目暗不明。本方由六味地黄丸加味而成，实际是从李东垣《兰室秘藏》"益阴肾气丸"的 11 味药稍做变化而来，不同有二：其一是用茯神代替了"益阴肾气丸"中的茯苓及辰砂，特别是去掉了辰砂的重坠沉降之性；其二是用当归身取代了当归尾，增加了补养精血之功能。

明目地黄丸第四方出自 1963 年《中华人民共和国药典》（简称 63 版《药典》）一部：熟地黄 $_{8两}$　茯苓 $_{3两}$　牡丹皮 $_{3两}$　泽泻 $_{3两}$　山药 $_{4两}$　山茱萸 $_{4两}$　白芍 $_{3两}$　菊花 $_{3两}$　当归 $_{3两}$　枸杞 $_{3两}$　蒺藜 $_{3两}$　石决明 $_{4两}$。以上 12 味，共研细粉过筛，或将熟地黄与处方内部分药味共研，晒干，或低温干燥，再共研细粉，过筛，混合均匀，炼蜜为丸，每丸重 3 钱。功能：滋肾平肝，祛风明目。主治：目涩羞明，肝虚目暗，视物模糊，内障云翳，迎风流泪，夜盲。服法：每服 1 丸，每日 2 次，温开水送下。

1977 年版《药典》改用"克"制，剂型有水蜜丸、小蜜丸、大蜜丸 3 种。此方来源不详，据传为《万病回春》明目地黄丸化裁而来，实际为杞菊地黄丸（《医级》）方加当归、白芍、蒺藜、煅石决明组成，在原有补益肝肾明目的基础上加大了养血平肝明目的作用。

（五）首次详尽准确地阐释了（唐）地黄丸即宋代《太平惠民和剂局方》明睛地黄丸（也即明目地黄丸第一方）方义

高老探赜索隐，广收博采，穷其理蕴，对该方的方义进行了详细准确的阐释。该方由生地黄、熟地黄、石斛、杏仁、枳壳、牛膝、防风 7 味药组成，源于唐代，后作为宋、金、元皇家御药院常备应用之方，明清两朝亦有发挥，说明其临床应用价值不同一般。但历代方书中对此方引录者多，阐释者少见，因为难以解说清楚杏仁、枳壳、牛膝，特别是防风之作用。其实，地黄丸真正的意义，在于它显现了益精升阴法的创意，益精升阴是地黄丸之功能，现从方药组成探讨方义如下。

君药：生地黄、熟地黄。其中，熟地黄：味甘微温，补血生精，滋肾养肝。生地黄：味甘性寒，凉血清热，滋阴补肾，补血以养阴，凉血以降火。合治肝肾精血不足，阴虚火旺，有水火交济之意，当为君药。

臣药：金钗石斛。石斛味甘性凉，滋阴养胃，益精补肾，有助君药滋阴降火之功能。

佐药：杏仁、枳壳、牛膝。其中，杏仁：苦温，具有祛痰止咳，平喘润肠之功。其特点能理胸膈间气滞，故上能降气逆喘促，下能通大肠气秘。《长沙药解》："杏仁疏利开通，破壅降逆，善于开痹而定喘，消肿而润燥，调理气分之郁，无比易此。"可见杏仁在本方中主要功能为疏理上焦气分之壅滞。枳壳：苦辛凉，善于开胸宽肠，理气消胀，因此当胸膈、脘腹之气滞郁阻，气机升降失司之时，一则精血不能上输目窍，二则气郁日久，内热自生，上可炎于目窍，下能灼于阴精。故李梴《医学入门》中说："……实火气有余，宜前风热药中加枳壳、杏仁以破气。"与杏仁合用关键在疏利三焦气机，郁滞通解则火自降熄，精自升腾。牛膝：苦酸平，主要功能为补肝肾、强筋骨、散瘀血，引药下行，其补肝肾作用在于强筋骨，治腰膝寒湿痹痛及四肢拘挛，实与菟丝子、枸杞子等补肝肾、益精血、明目祛翳之功迥异。然牛膝尚能治脑中痛及口齿诸疾，故张锡纯在《医学衷中参西录》中做了阐述，"牛膝《别录》又谓其除脑中痛，时珍又谓其治口疮齿痛者何也？盖此等症，皆因其气血随火热上升所致，重用牛膝引其气血下行，并能引其浮越之火下行，是以能愈也"，从而说明牛膝在本方中的主要作用是"引浮越之火下行"。以上3药相合能通畅上中下三焦，使郁滞者自解，轻清者可升，重浊者自降，虚火者下潜，共为佐药。薛己在"明目地黄丸"后的按"此出太阳例又气药也"道出了本方疏利气郁之迷津。

使药：防风。防风为风药中之润剂，通治一切风邪，尚具有解表、止痒、定痛、升举阳气等功能。在本方中虽然可止目涩痒痛，但此之"目涩痒痛"乃因精血不足所致，非治其本。其重要的意义是配合君药发挥更好的功效，在此起升发阴精的作用。可从李东垣对风药的有关论述中释义。《脾胃论》在分经随病制方中谓："经云肝肾之病同一治，为俱在下焦，非风药行经不可也。"可见防风在此为升发肝肾中之阴精上行目窍，犹如桔梗之舟楫载药上行之功，起到使药的作用。这为眼科"益精升阴敛聚"的理论提供了依据。

中国中医眼科杂志，2004，14（1）：37-39

第二节　论"六欲"的医学含义及其在临床中的指导意义

高老查阅《中医大辞典》等中医工具书无"六欲"一词，而《中医辞海》中对于"六欲"的释义显然是借用《辞海》中儒家、佛家的相关解释，并没有明确其与中医学的联系。而金元四大家之一的刘完素早在金代就对"六欲"的医学含义作了初步的界定，指出"如六欲者，眼耳鼻舌身意也"，并且倡导"情之所伤，皆属火热"的理论，成为其寒凉派重要学术思想之一。本文对"六欲"的含义及其与以"神"的变化为主要表现的情志疾病的相互关系进行论述。

（一）六欲的早期释义

1. 我国古代哲人对六欲的解释

关于"欲"字，《说文》："欲，贪欲也。"这里的"欲"本身带有贬义意味。《吕氏春秋·贵生》首先提出"六欲"的概念："所谓全生者，六欲皆得其宜者。"东汉高诱注释："六欲，生、死、耳、目、口、鼻也。"泛指人们的各种欲望，属生理性活动的范畴。

2. 佛学中的六欲主要指情欲

佛家的六欲又有所不同，《大智度论》卷二十一（古印度龙树著，公元204年鸠摩罗什译）认为六欲是指"色欲、形貌欲、威仪姿态欲、言语音声欲、细滑欲、人相欲"，基本上把六欲定位于俗人对异性天生的六种欲望，也就是现代人常说的"情欲"。

3. 六欲与佛学中六根的关系

"眼耳鼻舌身意"在佛学中称为"六根"，如《般若波罗蜜多心经》云："是故空中无色，无受想行识，无眼耳鼻舌身意，无色声香味触法……"六根、六尘（色声香味触法）和六识（指眼识、耳识、鼻识、舌识、身识、意识）相结合又称"十八界"，是佛学以人的认识为中心，对一切现象和事物所做的分类，对人们全部精神及其内容的概括。以佛学的"六根"来定义"六欲"，包含身体器官及意识对外界所有事物的反应，全面而有深意。

（二）中医学"六欲"的词义及临床意义

1. 刘完素对"六欲"的解释

刘完素综合儒家、佛家对六欲词义的解释，结合中医学相关生理、病理和临床治疗的实际情况，将六欲概括为"眼耳鼻舌身意"，具有三层含义：

（1）体现了六欲词义的全面性：无论《说文》所解释的"贪欲"，还是佛学所指的"情欲"，都是指人情感活动的一个层面，比较片面，刘氏的"眼耳鼻舌身意"将所有欲望的作用主体加以概括，更强调其对人们各种欲念、欲望活动的全面总结。

（2）体现了六欲词义的物质属性："眼耳鼻舌身"属于身体器官，"意"本身作为"意识活动"从唯物论角度同样具有物质属性，将其与前五者并列，与刘完素将"精神"与"气液血脉荣卫"并列意义相同，体现出"六欲"含义的本质属性即物质性，为从医学角度探讨"六欲"的生理病理机制打下了良好基础。

（3）体现了六欲词义精神与物质的统一："六根"是佛教对于人类精神内容的高度概括，刘完素将其引用，体现出六欲并不单纯指人的某些情感与私欲，而是将其上升为精神领域的最高层面，属于中医学"神"的重要组成部分，与其物质属性相统一，是生命活动的功能表现，是疾病发生的重要原因之一。

2. 刘完素对六欲为病病因病机的相关认识

刘完素除了明确了六欲的词义，同时也对"六欲"为代表的情志疾病的病因病机做了相关阐述。

（1）病因方面：《素问玄机原病式》中言"六欲七情，为道之患，属火故也"，认为"火热"是六欲为病的重要病因，并系统阐述了五志、六欲、七情皆从火化，即"情（神）之所伤，皆属火热"的发病观，共同组成了其火热论的重要内容。

（2）病机方面：刘氏认为某些情志所伤化火的疾病多外无热象可征，本质为精神、神气郁结玄府，不能升降出入，犹如无焰之火，与外感六气从火化的有火热征象不同。其在论述六欲为病时谈到"目无所见……悉由热气怫郁，玄府密闭而致，气液血脉营卫精神，不能升降出入故也"。可见，精神、神气郁结不能升降出入对我们关于情志疾病的认识有很大启发。

3. 六欲为病对于临床治疗的指导意义

六欲作为人的身体器官及意识对外界的反应，是由生理、心理、思维和社会环境自然产生的，属于正常的情志活动。但欲望不加节制，变成贪欲，便可为病。《道德经》云："五色令人目盲，五音令人耳聋，五味令人口爽……"《素问·上古天真论》："以欲竭其精，以耗散其真……故半百而衰也。"古人告诉我们要节欲，控欲，寡欲，因为这些疾病的根本在"六欲"上。重视六欲为病，对于情志类疾病的治疗具有重要意义。

（三）六欲与五志的关系

《中医大辞典》解释"五志"为"指喜、怒、思、忧、恐五种情志的变动与五脏的机能有关"。此五志由五脏所主，受五脏精气盛衰的影响，五种情志激动过度，就可能导致阴阳失调、气血不和而引发各种疾病，《素问·举痛论》言："怒则气上，喜则气缓，悲则气消，恐则气下……惊则气乱……思则气结。"将五种情志按照五行五运顺序归纳整合，与五脏相应，符合临床实际，同时也有很高的临床指导意义。五志与六欲一样，既具有与人体相应的物质属性，同时又属于精神、情志范畴，在情志类疾病的治疗中发挥着不同的作用。

（四）六欲与七情的关系

中医学的七情，指的是"喜、怒、忧、思、悲、恐、惊"七种情志活动，是人的精神意识对外界事物的反应。这七种情志是从"五志"衍化而来，为五志增加《素问·举痛论》中"悲、惊"两种情志，并未将"欲"列入。

既然刘氏将七情、六欲分列，可见情与欲毕竟有着不同的含义。

1."情"主要是指人的情感表现,属于人的心理活动范畴,"欲"主要是指人的生存和享受的需要,属于生理活动的范畴。

2.情与欲分别属于"心"与"身"两个联系密切但又不同的领域。

3.情与欲也紧密联系,情可以生欲,欲也可以生情,《荀子·正名》云"性者,天之就也;情者,性之质也;欲者,情之应也",六欲起自于身,七情感知于外。

总之,"七情"与"六欲"各自含义不同,并不能以"七情"代表"六欲"而忽视"六欲"在致病中的作用。

综上所述,从医学角度,"六欲"的含义可以概括为:六欲者,眼耳鼻舌身意也。具体而言,指身体器官对外界事物的反应,即眼能视色,耳能闻声,鼻能嗅香,舌能尝味,身有所触,意有所思所念,为人类六种欲望活动的外在生理表现,是情志类疾病发生的重要病机。六欲应该与七情一样,同归于中医情志类的名词,从而使中医的理论体系更加完善。

六欲为病应当归于中医情志致病的范畴,同时若能够劝导人们控制自己的欲望情绪,也可以在中医治未病上发挥优势,正如《素问·上古天真论》言:"是以志贤而少欲,心安而不惧,形劳而不倦,气从以顺,各从其欲,皆得所愿。"

中医杂志,2010,51(5):474-475

第三节 刘完素"玄府学说"及其对中医眼科学的指导意义

金代刘完素在《内经》五运六气学说及"玄府"论基础上吸纳了我国传统道学、儒学等有关内容,对人体的生理功能和病理表现,特别是对人体的视、听、嗅、味觉以及大脑所表现的思维、意识、神志、精神等神经系统的复杂性、多变性和重要性做了探索研究,对玄府学说做了比较详细的阐述和发展,代表著作为《素问玄机原病式》(以下简称《原病式》)。现就其主要学术思想及其对眼科临床的指导意义做一论述。

(一)刘完素"玄府学说"的物质属性及运动规律

1.确定了"玄府"的相关名称

玄府的名称较多,如"皮肤之汗孔者,谓泄气液之孔窍也;一名气门,谓泄气之门也;一名腠理者,谓气液出行之腠道纹理也;一名鬼神门者,谓幽冥之门也;一名玄府者,谓玄微府也"。前三者是《内经》中的概念,即玄府乃气液出入的腠道门户,有形态和功能可理解。后二者,是刘完素在当时历史条件下,对道理幽深、功能奥妙难释、结构毫微难察等复杂的生命活动和消亡规律所做的具有哲理性的科学假说。

2."玄府"具有无物不有的物质性和广泛性

玄府不仅在有生命的生物体中,而且在非生物体中亦同时存在。如"玄府者,无物不有,人之脏腑皮毛，肌肉筋膜，骨髓爪牙。至于世之万物，尽皆有之，乃气出入升降之道路门户也"。刘氏阐述了两点：第一，说明玄府存在的物质性；第二，阐述了玄府的广泛性，以生物体为例，玄府是广泛存在于机体各种组织内部的腠道和门户，实属玄微难察。

3. "玄府"的运动形式是升降出入，也是生命运动存在的基本形式

《内经》认为，"出入废则神机化灭，升降息则气立孤危。故非出入，则无以生长壮老已；非升降，则无以生长化收藏。是以升降出入，无器不有"。故刘完素强调，"非气不足以长养万物，气化则物生，气变则物易，气甚即物壮，气弱即物衰，气正即物和，气乱即物病，气绝即物死"。从而揭示了生物体的规律：

（1）运动是生命存在的形式。

（2）升降出入是生物体内物质运动的形式。

（3）生、长、化、收、藏是生理变化的规律。

（4）气变、气弱、气乱、气绝乃是病理变化的规律。

（5）生、长、壮、老、已是生命运动的规律。

（二）刘完素"玄府学说"中论"神"及形神合一的思想

刘完素在《原病式》中论"神"的内容包括精神、神志、意、神识、神机和神华等，神是由物质生成，具有物质及玄府的一切属性，刘完素在此充分论证了形神合一，不可分离的思想。

1. 神是由物质气或血气所生成

刘完素在《内经》"血气者，人之神，不可不谨养"论述的基础上，明确提出，"夫气者，形之主、神之母，三才之本，万物之元，道之变也"。

2. 神同样具有物质的一切属性

（1）精神：与气液、血脉、营卫并列。"若目无所见……气液、血脉、营卫、精神不能升降出入故也"。

（2）意：与眼耳鼻舌身五者并列，为并"六欲"。

（3）神识：与六欲并列，"人之眼、耳、鼻、舌、身、意、神识，能为用者，皆由升降出入通利也"。

（4）神具有升降出入的功能。

3. 神是人体器官、组织生命活动的功能表现

（1）神是五官功能的外在表现：根据《原病式》论神之意，"目为五脏之神华"，"暴暗，猝哑也……神浊气郁"；"聋者……神气不得通泄也"等。

（2）神是脏器等功能的表现：如"遗尿不尽……神无所用也"；"梦者，神迷也"；"气热则神浊冒昧，火之体也"。《证治准绳》云："神之在人也大矣，在足能行，在手能握，在舌能言，在鼻能嗅，在耳能听，在目能视，神舍心，故发于心焉。"

4. 神具有保守形体、抵御外侮的防病功能

《原病式》云："精中生气，气中生神，神能御其形也。由是精为神之本也。形体之充固，则众邪难伤，衰则诸疾易染。"强调精神七情因素是防治疾病的要素之一。

5. 神的病变表现

五志、六欲、七情是"神"的重要组成部分，其异常变化即是"神"的病变表现之一，多与心、脑病变有关，以发病急速为特点。神的病变表现为：

（1）暴病暴死："火性急速也……精魂神志，性情好恶，不循其宜，而失其常……而为病也。"

（2）卒中："多因喜、怒、悲、思、恐之五志有所过极而卒中者……皆为热甚故也。"

（3）狂越："乃失志而发病。"

（4）禁慄："如丧神守，神能御形，而反禁慄，则如丧保守形体之神也。"

6. 神的康复是治疗疾病的重要目标

（1）精神康复是治疗的最高目标：疾病康复的目标除组织器官的功能恢复外，还要达到神的升降出入平治于权衡，即《内经》所言"阴平阳秘，精神乃治"。

（2）先察其神，神、形同治：特别对某些疾病的发生，是神（五志、六欲、七情）先病而形后病，先察其神，先治其神，或者神、形同治，很有必要。

（三）"玄府学说"论"七情皆从火化"为病

刘完素在论述"五运（五脏）为病""六气皆从火化"的同时，还系统地论述了"神"、形神合一的科学内涵及"七情（神）皆从火化"，即"情（神）之所伤皆属火热"的发病观及其在临床的指导意义，共同组成了火热论的病因病机，现择其要者阐述如下。

1. "七情皆从火化"是刘完素所倡导"情之所伤皆属火热"的理论

刘氏重点阐述了三点：

（1）五志皆从火化的发病观。

（2）六欲皆从火化的发病观。

（3）七情皆从火化的发病观。如说"志者肾水之神"；"五脏之志者，怒喜悲思恐也"；"凡五志所伤，皆热也。""六欲者，眼耳鼻舌身意。七情者，喜怒哀乐惧恶欲……情之所伤，则皆属火热"；"六欲七情，为道之患，属火故也"。并举例"如中风偏枯，由心火暴甚……则卒暴昏仆多因五志七情过度，而卒病也"。这是强调急中、暴仆多系情志所伤、火热之极所发。

2. 情志发病的病机为精神、神气郁结不能升降出入

刘氏对暴盲、青盲等视觉障碍一类疑难病的各种异常表现做了病机分析，指出："悉由热气怫郁，玄府闭密而致，气液血脉营卫精神，不能升降出入故也。""故知热怫郁于目，无所见也"。又如"聋者，由水衰火实，热郁于上，而使听户玄府壅塞，神气不得通泄也"。"痞与否同，不通泰也，谓精神荣卫气血津液出入流行之纹理闭密，而为痞也"。《医学纲目》称其："目盲、耳聋……神气出入升降之道路不通利。"这使我们对刘完素所强调的"七情皆从火化"的发病观有了深刻的理解。

3. 情志所伤化火的疾病有急、速、重的特点

某些情志所伤化火的疾病表现为外无热象可征，乃为精神、神气郁结玄府，不能升降出入，犹如无焰之火，具发病急，发展快，病情重，预后凶险等特点，如眼科中之暴盲，包括青盲早期发病，患者唯自视不见，而二目外观光明，同于无病者，外无见症或热象可辨。外感六气皆从火化，似有焰之火，有火象显露，身热恶寒或不恶寒、口渴，或烦渴、便秘、溲赤，舌苔黄、舌质红，脉数等，有火热之象可征。

（四）刘完素"玄府学说"对中医眼科学发展的指导意义

1. 认识疑难眼病的辨证思维方法

中医眼科学在发展过程中，医者对内障眼病由于直观取证难，仅凭患者的主观症状为依据，对引起视觉功能障碍的各种眼病亦感到玄微，常冠之以"神"字。如眼组织及功能名以瞳神、神水、神膏、神光等；在疾病方面亦常以神命名之，如神光自见，神水将枯，神珠将反等。诚如《审视瑶函》"内障难治者，外不见症，无下手处也，且内障之人，二目光明，同于无病者，最难分别，唯目珠不动，微可辨耳"，并感叹"医门十三科，唯眼科最难"。"眼球"就是人体"玄微府"的缩影，刘氏所创立的玄府学说对后世中医眼科学的发展影响较大。

2. 指导中医眼科学理论的发展

（1）刘完素建立了疑难眼病病因病机的基础：《原病式》中多次分析了疑难内障眼病，如目无所见、目视盲、目昏、视如蝇翅、黑花等病因病机，是由"热气怫郁，玄府闭密"致使"玄府闭小""玄府闭合"而使气液、血脉、营卫、精神不能升降出入所致。为中医眼科学的发展打下了基础。

（2）楼英首先列举解玄府郁结诸因的药物：楼英在《医学纲目》中表达了对刘完素"玄府学说"的坚信不疑，说："诚哉！斯言也。目盲，耳聋，鼻不闻臭，舌不知味，手足不能运用者，皆由其玄府闭塞，而神气出入升降之道路不通利。"同时总结了先贤治目昏花，选用相应药物解郁结的治疗经验，如羊肝丸中用羊肝引黄连入肝解肝中诸郁，黄连之类解热郁；椒目之类解湿郁；茺蔚子之类解气郁；芎、归之类解血郁；木贼之类解积郁；羌活之类解经郁；磁石之类解头目郁；东垣、丹溪治目昏用参芪补气血，使气血盛则玄府得利，出入升降而明。楼英还很崇敬地评价"玄府学说"，说"凡此诸剂，皆治气血郁结目昏之法，河间之言，信不诬矣"。

（3）王肯堂首先运用玄府学说分析诸多疑难眼病的病因病机：《证治准绳》中首次总结了诸多内障疑难病如暴盲为伤于阴，伤于阳，伤于神，青盲为玄府郁遏，神光自现为玄府大伤、孤阳飞越，视正反斜为玄府郁滞、气重于半边，视赤如白为内络气郁，黑夜精明为水火不交、精华关格，云雾移睛乃玄府有伤等病症，初步揭示了有关类似现代视神经、视网膜、玻璃体等内障眼病的神秘面纱，但对上述病症大多无具体方药治疗。

（4）傅仁宇首先补充了治疗疑难眼病的方药：傅氏在《审视瑶函》中运用玄府学说，在王肯堂论述暴盲、青盲等诸多疑难眼病的基础上，结合自己的临床经验，在上述有关病证后补充了相应的治疗方药，改变了以往有病证无方药的局面，使后世有所遵从。特别是选用了薛己《内科摘要》中的加味逍遥散（称为加味逍遥饮），治疗暴盲症有极好的疗效，现今已成为中医眼科界治疗暴盲、小儿青盲（视神经炎、视神经萎缩早期）等病的常用方药。

中医杂志，2008，49（7）：584-587

第四节 我国最早的白内障分类法及其临床意义

我国对白内障手术的治疗最早文献记载见于史书，如南北朝时代，《梁史·鄱阳王恢传》第十六："后又有目疾，久视废瞻，有北渡道人慧龙下针，豁然开朗，咸谓精诚所致。"在《北史·张元传》中也有类似记载。随着白内障金针拨障手术的发展，在临床中积累了丰富的经验，同时也总结了不少的失败教训，具体地说就是总结不同形态的白内障手术时应采取的相应手术方法，明确不同手术方法需要选用的不同手术器械以及不同手术程序等，以减少术中和术后并发症的发生，保证手术的成功。这些经验的汇集、整理和总结，集中体现在《秘传眼科龙木论》（简称《龙》）中，形成了我国最早的独具金针拨障术特色的白内障分类法。

（一）白内障共有 16 种

《龙》书中"针内障眼法歌：内障由来十六般，学医人子须审看，分明一一知形状，下针方可得安然，若将针法同圆翳，误损神光取瘥难"，明确指明白内障共分为 16 种，主要应从形态色泽上详细观察，予以区别；并指出在金针拨内障时不能完全按照圆翳内障的针拨手术方法治疗，应该各有所不同，否则就达不到治疗的效果。

（二）老年性白内障的分类及临床治疗的指导意义

1. 老年性白内障分为 12 种

老年性白内障共分为圆翳、冰翳、滑翳、涩翳、散翳、浮翳、沉翳、横翳（一名横关翳）、偃月翳、枣花翳、白翳黄心、黑水凝翳（一作黑花凝翳）等 12 种不同形态的内障。

2. 分类对临床手术治疗的指导意义

（1）指导手术器械的制作及选择：白内障的针拨手术器械主要为拨障针，归纳起来有 4 种型号，即长头针和短头针，粗头针和细头针，以适应不同性质和类型的白内障手术时选用。如浮翳内障形体较大，质地较软，俗称"嫩翳"，手术时需选用针头较粗的金针拨之。因为粗针在拨障时与白内障的接触面积大，可避免术中拨破白内障；相反，细针适合白内障形体稍小，黄色或棕黄色，质地较坚韧的白内障，俗称"老翳"。故特别提醒术者，"用意临时体候看，老翳细针粗薄嫩，针形不可一般般"。在"沉翳内障"中则强调"此障拨时须远穴，劝君莫用短头针"，说明术者面对白内障形态的多样性，相应地创造了多种形式的拨障针，以适应手术操作的需要，保证手术的顺利完成。唐由之教授在 50 年代研究白内障针拨术时，对此就有比较深刻的体会。以后他不仅规范了拨障术程序，而且指定了手术切口部位在角膜缘后 3.5mm 处，即睫状体扁平部的最佳位置。

（2）指导手术进针部位的选择：手术中拨障针的进针部位概括起来有 3 种：一种为常规的进针部位，即圆翳内障进针部位；第二种，进针部位距黑睛（角膜）缘较近一点的部位，主要针对白内障形体较大色白浮嫩的"嫩翳"，如"浮翳内障"中强调"金针拨出近乌睛……免触凝脂破不明"，可减少术中刺破白内障的并发症的发生，有着重要意义；第三种，进针部位距黑睛缘较远一点，是针对体积较小、质地较坚韧的白内障，如沉翳内障所选择。

（3）指导不同的金针拨障程序：根据白内障的不同类型和性质，要采取不同的拨障程序和技巧，至少有 5 种：一为常规的拨障法，如"涩翳内障"中说"此障拨时依本法，用针三五不远离"；二为从内障中心开始拨，如"横翳内障"中说"开时先向中心拨，随手还当若雾披"；三为先从上部开始拨，如"枣花翳内障"说"拨时从上轻轻拨，状似流星与落霞，细意辨看瞳子内，莫留断脚作拦遮"；四为强调防止刺破白内障的并发症发生。如"浮翳内障"指出："但依教法施心力，免触凝脂破不明。"以上这些都强调了手术程序和技巧的重要性和安全性；五为对难以拨落的白内障，可以直接刺破，使皮质溢出，让其自然吸收，或术后服药助其吸收。如"滑翳内障"说："滑翳看时心宜专，微含黄色白翻翻，才开速大还速小，有似水银珠子旋，针拨虽然随手落，凝神针出却归原，缩针穿破青云散，五月金乌照远天。"这些记载对手术的过程描绘极其生动。在西医学发展史中，对小儿先天性白内障，用刺囊术让其皮质自然吸收的方法也一直沿用了比较长的时间。

（三）对胎患内障手术适应证和非适应证的区别

"胎患内障"即先天性白内障，为胎中受热所致，要等到长大成人后方可手术，"父母解留年十八，金针一拨若云飞"。但是特别强调："小儿内障，多有不堪疗者，宜仔细看之，方可医疗。"说明对先天性白内障手术的条件：第一要长到一定的年龄，可以配合接受手术；第二，要仔细检查，符合手术的适应证（玉翳青白，盖定瞳人，犹辨三光）才可考虑手术；第三，不符前两者，为手术不适应证，绝对不可盲目手术。

（四）对惊振内障手术适应证和非适应证的区别

惊振内障即外伤性白内障，其病或因筑打或撞振而形成。书中强调被直接损伤的一眼因其内障形成的复杂性，不宜手术："疼痛微微日子长……一如内障睹三光，不须错误将针拨，却恐为灾不可当。"对另一只眼形成的白内障，可以考虑手术。

（五）对五风变内障及雷头风内障手术禁忌证的界定

五风变内障属于并发性白内障，主要是指由青风、绿风、黄风、黑风、乌风内障等演变而成，相当于原发性青光眼绝对期所形成的白内障，不宜白内障针拨术治疗。如说："乌绿青风及黑黄，堪嗟宿世有灾殃，瞳人颜色如明月，问睹三光不见光，后有脑脂如结白，真如内障色如霜，医人不识将针拨，翳落非明目却伤。"这类内障包括雷头风内障的特点：也不是玉翳青白而为色白如霜。视功能对日月火三光均不能辨别，不仅不是手术的适应证，而且是手术的绝对禁忌证。

《龙》书中对白内障分成16种，归纳为5大类，即老年性白内障、先天性白内障（胎患内障）、外伤性白内障（惊振内障）、五风变内障、雷头风内障。对这5大类白内障，在手术适应证、非适应证和手术禁忌证的区分及手术选择上有着重要的鉴别意义；对老年性白内障，按形态、色泽、浮沉、老嫩及手术中的难易程度（滑、涩）等的不同，分为12种，对临床手术中针具的选择、手术进针部位的确定、拨障程序的变化等有着重要的指导意义。这说明白内障的分类是在大量临床实践基础上总结概括而成，而又用于指导临床手术的实践，可减少术中及术后并发症，确保手术的成功。

综观近代白内障手术，从白内障的囊内或囊外手术及近几年迅速发展的超声乳化加人工晶体植入术等，对手术切口的要求，根据手术方式的不同，而选择距角膜缘不同距离做切口，切口也有大小不等。对白内障皮质性或核性所决定的不同软硬程度（嫩翳或老翳），将白内障分级，最多分为六级，作为手术难易程度的参考。而这些内容的基本精神在《龙》书中已经体现得淋漓尽致。据考证，该书在我国唐代已广为人知，如杜甫（712—770年）有述及针拨白内障之事："金篦空括眼，镜象未离铨。"白居易（772—846年）已将《龙》书作为置于案头所读之书。《龙》书距今至少已有1200多年，它是我国白内障最早的分类法及其对手术治疗的指导书籍，在西方医学发展史中，直到中世纪，比我国晚了约200年，才有"眼科名医Ali ibn Isa（约公元940—1010年）著有眼科教科书三卷……详细记述了白内障的坠下法及术前、术后的处理"的类似记载。因而，《龙》是世界上最早论述白内障分类法的眼科专业书籍，在当时的历史条件下，其科学性、先进性不言而喻。

现代白内障手术依托着高科技为基础，随着无菌、消毒、麻醉、药物、手术显微镜、手术器械等的发展，手术适应证特别是并发性白内障、外伤性白内障、先天性白内障的手术适应证及手术方式得到了扩展和提高，极大地造福了人类光明。金针拨障术在漫长的历史上已经完成了造福光明的历程，然而它选择在睫状体扁平部作为手术进针部位，其实用性和科学性仍然继续给近代眼科手术特别是眼后节手术的发展发挥着积极的作用，并且它的光辉将永远闪耀。

中国中医眼科杂志，2006，16（1）：43-44

第五节　我国最早的白内障术前视功能检查法

白内障患者能否被确定手术治疗，在手术前必须做视功能检查。视功能基本正常者，方可手术，术后效果才比较好。视功能差者，手术效果不好，或者不宜手术，或者为手术禁忌证，否则将给患者带来不必要的痛苦。

我国最早的眼科专著《秘传眼科龙术论》中对白内障的手术适应证就做了比较全面的科学叙述：第一是白内障基本成熟（玉翳青白），第二为不辨人物，唯睹三光；第三为瞳仁正圆，对光反应灵活（瞳仁端正，阳看能小，阴看能大），这类白内障才是金针拨障术的适应证。如"圆翳内障"中说："且不辨人物，唯睹三光……玉翳青白，瞳人端正，阳看能小，阴看能大，其眼须针。"这也是白内障的标准手术适应证。唐由之老师早在20世纪60至70年代就做了较为深入的研究，本文现就其视功能的检查方面，在世界眼科白内障手术发展史上的贡献做一点探讨。

视功能的检查主要是后两点：第一点"不辨人物，唯睹三光"，"三光"是指的哪三光？其一是指日、月、星辰三者，如《辞海》中引《白虎通·封公侯》曰："天有三光，日、月、星辰。"其二指日、月、火三者。如《龙树菩萨眼论》中称"三光者，日、月、火之光也"，在眼科视功能检查中应以后者日、月、火三光为宜。日、月、火所发之光，代表了光线的强弱程度、颜色，作为检查患眼的光觉和色觉的敏感程度。辨别三光，比只用辨别一种光检查更全面，更具科学性，且可以说明视神经和视网膜的功能基本保持正常。

第二点，瞳仁端正，阳看能小，阴看能大。首先说明瞳仁要正圆，无散大或紧小、闭锁之改变。其次为瞳仁对光线的强弱刺激要有相对快捷的大小变化，看上去不是呆滞而要有视采。对太阳照射或强光能快速反应缩小（即阳看能小），对弱光或在夜晚又能很快变大（即阴看能大），这能充分反映视网膜和视神经对视信号的反馈和传导功能。只有将以上两种视功能的检查方法联合应用，才能作为判定手术适应证、非适应证和禁忌证的重要标准。

如属非手术适应证而勉强手术者，则效果肯定不好。如"雷头风内障"诗中说："瞳仁微大，或微小，坐对三光黑不红……虽然翳坠依前暗，自愧庸医不用功。"

《秘传眼科龙术论》具体出于唐代何时，可以从白居易所写眼病诗中粗略推知，其诗云："案上漫铺《龙树论》，盒中空捻'决明丸'；人间方药应无益，争得金篦试刮看。"

此诗可说明三点：其一，唐代白内障的治疗只有用金针拨障术才是唯一方法；其二，《龙树论》（即《龙树眼论》）为文人所熟悉；其三，白居易本人因眼病而常服"决明丸"。查"决明丸"为《秘传眼科龙木论》"乌风内障"下的附方，说明白居易可能患的是乌风内障（开角型青光眼的可能性比较大）。白居易生卒年为公元772—846年，据此该书最迟应在公元8世纪或7世纪之前已经著成。

在西方医学发展史中，阿拉伯医学兴盛时期，当时最有名的医生 Er—Razi（欧洲称 Rhezes）（850—823年）曾被誉为阿拉伯的 Galen，著有《医学全书》（AlHawi），他最早认为瞳孔的缩小是因光线刺激的结果。与我国唐代《秘传眼科龙木论》相比至少晚了1～2个世纪的时间。而《秘传眼科龙木论》中已知道了将视功能光觉和瞳仁对不同光线刺激后的不同变化，应用于临床作为金针拨障术术前的常规视功能检查，并以此作为判定手术适应证与禁忌证的金标准，其手术的先进性可见一斑。

中华医史杂志，2005，35（4）：253

第六节　导读《秘传眼科龙木论》

《秘传眼科龙木论》是我国现存的最早眼科专著，早在唐代已脍炙人口，白居易在眼病诗中曾提及"龙树论"和治疗乌风内障的"决明丸"。故成书年代最晚在公元7世纪以前，该书在我国长期被视为医疗教学的纲领性论著，引领着我国唐、宋、元、明4代一千余年的眼科发展，起到了极大的作用，亦为近代中医眼科的继承和创新提示了许多思路和方法，是一部不可不读的重要参考书。

（一）《秘传眼科龙木论》和作者

1. 成书年代、背景和作者

我国东汉末年，被誉为神医的华佗已为婴儿时期（207—208）的魏国大将军司马师做过目瘤割除术，术后良好，直至47年后复发，不久逝世。明代眼科学家傅仁宇称"针拨之针"肇自华佗。南北朝期间，史书已多处记载有关金针拨白内障手术后复明的轶事。随着政治的稳定，经济文化的发展，与国外交流日益增多，特别是古印度的佛教哲学家龙树（公元二三世纪之人），大乘佛教中观宗的建立者，兼善医学，并修订了古印度医圣（善于金针拨障术）妙闻所著的《妙闻氏论文集》，被后世佛教尊称为龙树菩萨。古印度医学随着印度佛教传入我国，经过我国医学家的吸纳、融合、实践与创新，而不断总结写成的眼科专著，以神其说，托名为《龙树眼论》，又称《眼科龙树论》，至唐代已广为人知，诗人在会友、赠别或为眼病所苦时，以此作为抒发情感的内容之一，成为佳话，吟咏传颂至今。直至宋代英宗赵曙时期（公元1064～1067年），因龙树论之"树"与"曙"同音，为讳忌，而改名为《龙木论》，在历代辗转抄录过程中，经临床医学家补充或辑录其他医著有关内容增补，形成明万历年间（1575 年）黄毅刊本，书名为《秘传眼科龙木论》而流传至今。

2. 成书主要内容

《秘传眼科龙木论》的主要内容，根据历代史学家，特别是近代名老中医李熊飞先生的考证，较以往有了重大实质性进展。

卷之首为龙木总论十二条，其中"审的歌发挥"为刘皓的《眼论审的歌》首章；"眼叙论""三因证治"为节录于《三因极一病证方论》；"五轮歌""内障眼法根源歌""针内障眼后法歌""小儿歌"等，亦节录于《审的歌》；其余，"合药秒式""煎药诀""服药须知""点眼药诀"等现查无出处，可能系后人掺入。

卷之一至卷之六为七十二证方论，分为内外障两大类，内障 23 种病症，外障 49 种病症，在《圣济总录》《幼幼新书》《普济方》等书中多有署名引录，故被认为是《龙树眼论》的原书内容。"七十二证方论"中，每证后均有七言或五言小诗，亦为刘皓《审的歌》内容，诗中涉及眼病诊断，鉴别诊断，手术适应证，禁忌证，手术方法，注意事项，以及对疾病的预后等诸多方面的内容，全系临床经验之补充，曾如"审的歌发挥"中所说"若或言词无据，即不足与讨论以从"，体现了刘皓不仅对眼病概念清楚，辨证用药经验丰富，并且也是精于眼科手术的大师，才能总结出如此精辟的补充内容。

卷之七，为"诸家秘要名方"，共收集五家，除《诸病源候论》"针眼"外，均系宋代医家眼病名方 38 首。卷之八"针灸经"乃从《圣济总录·针灸门》中辑录的有关眼科常用穴位及针灸方法。卷之九、卷之十，"诸药辨论药性"，介绍眼科常用药物 155 种，绝大部分来自《千金翼方》，其余小部分取自《唐本草》《本草拾遗》《大明本草》《开宝本草》等书中。书末附：葆光道人《秘传眼科龙木集》，其前部分的"眼论""论"及"钩割针镰法"为抄自《太平圣惠方》。"五轮歌""八廓歌""论眼捷法""论眼昏花捷要"等内容出处待考。其后"七十二问"为抄录于《黄帝七十二证眼论》之内容，可见证于《永乐大典》中。

（二）主要学术特点及临床指导意义

1. 我国最早的白内障术前视功能检查法

该书在"七十二证方论"中论述有关手术适应证的视功能检查要求。一是白内障基本成熟，二是光功能检查，能辨别日、月、火三光；三是瞳神的形态和功能正常。如圆翳内障中说："不辨人物，唯睹三光，玉翳青白，瞳神端正，阳看能小，阴看能大，其眼需针。"如果达不到上述要求的，就是不适应证或禁忌证。若强行手术非但达不到效果，反而给患者造成痛苦，如雷头风内障中说："瞳神或大或小不定，眼前昏黑，不辨三光，脑热流脂来结白，医人不识便针通，虽然翳坠依前暗，自愧庸医不用功。"我国上述对瞳孔功能的认识并以此作为白内障手术适应证的金标准，比阿拉伯医学早二百余年，至今仍不失为白内障术前的视功能检查原则。

2. 我国最早的白内障分类法及其临床指导意义

该书中将白内障分为 5 大类、16 种。一为老年性白内障，其中又详分为 12 种，二为先天性白内障，三为外伤性白内障，四为五风变内障，五为雷头风内障。

（1）确定手术适应证：要通过严格的视功能检查。

（2）手术进针部位：在角膜缘外的睫状体部位，如浮翳内障中说"金针拨出近乌睛"，沉翳内障中说"此障拨时需远穴，劝君莫用短头针"。

（3）视白内障形态不同而选用不同的针具：拨障针有粗针、细针，短头针、长头针等，以适应不同形态的白内障的手术需要，如针内障眼法歌中说："用意临时体候看，老翳细针粗薄嫩，针形不可一般般。"

（4）针对不同形态的内障要选择不同的拨障手术程序：一定的拨障程序也是手术成功的关键，如横翳内障为"开时先向中心拨"，偃月内障为"厚处先宜拨便开"，枣花内障为"拨时从上轻轻拨，状似流星与落霞"。对不同性质和不同形态的白内障，选用不同的手术程序、手术器械的基本原则，至今仍很重要。

3. 我国第一部眼科手术著作

（1）可手术病种占 56.94%：72 种内外障眼病中所列内障眼病有白内障 16 种，除 2 种并发性白内障外，14 种可以做金针拨障术治疗。在外障眼病中，有 27 种适用于镰洗、钩割、熨烙、烧灸等手术方法治疗。内障、外障可手术治疗的共为 41 种，占 72 种眼病的 56.94%。

（2）手术禁忌证占 22.22%：对于内障眼病中有 5 种提出不宜手术，外障眼病中有 11 种明确指出不要误做手术，即在 72 种病中有 16 种不宜或禁忌手术治疗，占 22.22%。对手术禁忌用"不宜""莫"等表述，对误用手术治疗的用"针之无效""恐损眼"等予以警告。

（3）手术适应证和禁忌证的互补性：该书能详述手术的适应证 41 种，更强调了手术不适应证、禁忌证及其危害性共 16 种，两者共 57 种，占 72 证的 79.17%，从手术学的要求，说明该书对于近 80% 的病症论述了眼科手术问题，从而充分说明了该书是一部眼科手术学著作。

（4）围手术期中医药治疗发挥了优势：该书不仅记载了内外障病症的手术方法及手术适应证、禁忌证等，同时还把手术前和手术后的围手术期治疗，作为手术治疗学的重要组成部分加以介绍。围手术期治疗对 41 种内外障病症，在术前或术后的围手术期内均采用了相应的一种或几种治疗方法，覆盖率达 100%，手术前的治疗（包括情志调护）可以缓解术前的症状而有利于手术的进行。术后治疗能减轻手术反应及并发症，进而缩短疗程，提高疗效。眼科学家们在围手术期内积累的治疗经验，形成了中医药手术发展中的一大特色，至今仍可大力借鉴发挥。

4. 我国最早的官办教育六大教材之一

宋朝神宗时（1068—1085年），医学教育有学生300人，设三科以教之，其方脉科以《素问》《难经》《脉经》为大经，以《诸病源候论》《龙树眼论》《千金翼方》为小经。说明当时《龙树眼论》在医学界及社会上的影响极大，仅次于《素问》《难经》和《脉经》，与《诸病源候论》和《千金翼方》并列，定为六大教材之一，为各科必读之书，可见政府对培养眼科人才之重视。

5. 提倡树立高尚医德，反对愚昧迷信

书中要求医者树立高尚医德，对患者要具备高度同情心。如提倡"安心定意行医道""针者但行贤哲行，恻隐之情实善缘"，极力倡导有眼病及早求医，呼吁反对愚昧迷信，如指出"愚痴初患不将治，初问针药却生疑，求神拜鬼闲烧灸，痛极狂心枉祷神"。

（三）如何学习应用《秘传眼科龙木论》

1. 编写体例可供参考

眼科内外障分类法的体例，条目清楚，简明易学，后世多有按此体例编著，如元代危亦林，所编著的《世医得效方》中的卷第十六"眼科"的内容，即分为内障23症，外障49症，另增加了虚证、热证、风证、气证、翳障、通治及拾遗十六方等内容。清代《医宗金鉴》为清乾隆钦定编纂而成，其中的《眼科心法要诀》是在七十二证方论的体例基础上，内障部分对类似于近代青光眼的六类疾病分为有余和不足论述，外障之后，又增加了"补遗"新增加眼科病症6种，妇人眼病4种，丰富了原有的一些内容，以后在眼科专著中，对白内障的分类，五风内障（原发性青光眼）的分类，无不在此基础上稍做修改或增删。

2. 金针拨障术的进针部位对现代眼科手术发展的意义

该书中进针部位比较明确，是在近乌睛（角膜）缘外，即睫状体部位。至元代《原机启微》中已明确"去黑睛如米许，针之令入"，即大约距角膜缘外的4～5mm处。明代《审视瑶函》中说："离黑珠与大眦两处相平分中，慢慢将针插下。"清代《目经大成》指出："针锋就金位去风轮与锐眦相半，正中插入，毫发无偏。"这里指出了对进针部位的严格定位要求达到毫发无偏的精度。唐由之教授于20世纪50年代开始研究该手术进针部位，在白内障针拨术和白内障针拨套出术中比较科学准确地定位于角膜缘外4mm处，相当于眼球内睫状体扁平部。经过大量临床实践，证明在该切口部位做手术是安全的、简便的，术中不会发生睫状体部位的出血，术后近期和长期随访未发生交感性眼炎。该课题荣获1985年国家科技进步二等奖。1971年美国Machemer选用在睫状体扁平部做切口，进行玻璃体和视网膜手术。1976年张效房教授等又将该手术切口部位作为眼球后半部异物摘出术的优选切口部位写入专著中。后来，唐由之教授又指导研究在该切口部位从后房引流房水、降低眼压的大胆设想，并在临床取得显著的成功。同时，睫状体扁平部手术切口的优点更加彰显。

睫状体平坦部切口的十大优点:

（1）安全性：手术中不会引起大出血，术后一般不会发生交感性眼炎。

（2）手术操作相对简便，手术切口部位易定位，操作范围较大，距角膜缘约 4mm 宽，而且在扁平部的 360° 范围内（除 3 点及 9 点内外直肌、睫状后长动脉和神经走行处）均可手术。

（3）不破坏或影响眼球的重要结构和功能，如前房角的结构，排出房水的功能。

（4）不会伤及视网膜锯齿缘。

（5）术中不会发生浅前房，术后不影响前房的恢复。

（6）术中不会产生虹膜脱出，术后不会产生房角粘连。

（7）术中不会发生结膜上皮植入和角膜内皮损伤。

（8）给其他必须选择角膜缘切口的眼内手术保留了正常部位。

（9）切口远离角膜缘，对角膜的原有屈光状态影响极小。

（10）将切口定位于睫状体突起部至扁平部白色正中线范围内，不会损伤前部的晶状体和悬韧带，后部不会影响玻璃体前界膜。

综观 20 世纪 50 年代，医学界开始研究我国金针拨障术的进针部位，开始创立在睫状体扁平部切口做白内障手术等，引领了睫状体扁平部切口手术的诞生，经过近半个世纪的大发展，已经将眼科手术切口部位从传统的经典的角膜缘部向后移位到睫状体扁平部，形成了眼科手术史上的一次思想变革和理论创新，为现代眼科手术学的发展做出了积极贡献，使眼科界的这颗未加雕琢的宝石在 1400 年以后放射出应有的灿烂光辉。

3. 我国最早的对雀目病症的诊断和鉴别诊断

该书以雀目（夜盲）为主要症状，列出肝虚雀目（维生素 A 缺乏症）和高风雀目（原发性视网膜色素变性）二病症。首先论述肝虚雀目的主要症状早期为痒、涩，时好时坏时暗。极重之时，唯见直下之物（视野未缩小，不影响行走活动）晚期双目失明。小儿患此为疳病所伤，即重度营养不良，成人为肝脏虚劳，亦为营养不良引起，应按疳病治疗。

高风雀目早期，除夜盲以外，多无自觉不适症状，以后发展与肝虚雀目唯一不同的是见物不同，唯见顶上之物（即只能见到人之头部）是管状视野的表现。晚期视力下降，变为青盲，多年以后瞳神内变为金黄色内障。

该书在刘皓诗中做了重要的补充说明："雀目前篇已辨根，此篇何要再三论，直缘病状同中异，为是高风要别陈，一种黄昏无所见，若观天象总难分，多年瞳子如金色，欲识高风只是真。"可见当时医界对此二种疾病概念混淆不清是比较普遍的现象。

4. 秦皮汤治疗病毒性角膜炎的新思路

该书"小儿斑疮入眼"病症中，载有秦皮汤（秦皮、秦艽、细辛、防风、甘草），唐由之教授据此启发下，研制成病毒 1 号滴眼液治疗单纯疱疹病毒性角膜炎，不仅具有较好疗效，而且在治疗后的复发率明显降低，曾获 1991 年国家中医药管理局科技进步二等奖。

5. 仙灵脾补阳扶正托毒法治疗单纯疱疹病毒性角膜炎

在该书卷之九，"诸方辨论药性"中载有"仙灵脾"经验方治疮毒入眼。这给我们提供了一个新思路即补阳扶正托毒法，用以治疗病毒性角膜炎，尤其是多年反复发作而难愈的患者。因为该病反复发作的病机是邪伏正虚，新感即发，长期形成正虚邪留、正邪互争的病势，当以其病证、病位结合，进行辨证论治，以扶正祛邪为治疗大法，故可用仙灵脾补阳扶正托毒的治法介入，即以仙灵脾加玉屏风散益气补肾，与金银花、蒲公英等清热解毒之品结合，成为"益气固表，补阳扶正托毒法"，治疗反复发作的单纯疱疹病毒性角膜炎有较好效果。

6. 读书要认真，文章详思量

该书内障部分的前 16 种病症，主要论述白内障的手术适应证和禁忌证，特别是前 14 种（老年性、先天性、外伤性白内障），必须采用金针拨障术治疗，并都强调了手术后要配合药物治疗，并附术后所服 1 ～ 3 张药方，而后世少数学者写书时，竟然将白内障术后围手术期治疗的药方错误地作为白内障不手术的治疗药方。最具代表的为元代的《世医得效方》第十六卷"眼科"和清代《医宗金鉴·眼科心法要诀》中，其作者不理解白内障成熟后必须手术治疗，手术治疗后必须配合药物治疗，以缓解术中和术后并发症（因当时手术条件所限），有的竟然将术后治疗的药方用于白内障的保守治疗药方，而且至今对此严重误导读者的错误论述未有议论者，故在此告诫后学者："读书要深究，思量辨伪真，文章宜言慎，妄论贻误人。"共勉之。

《秘传眼科龙木论》是在《龙树眼论》的基础上增补辑录后世医著中的有关内容而成。《龙树眼论》是我国现存最早的眼科专著，是我国最早的眼科手术著作，是我国最早的官办眼科教材，是我国公元 7 世纪以前的眼科学发展智慧的结晶，我们后学者应该静下心来，仔细阅读，认真揣摩，学习唐朝眼科学家们吸收和融合外来医学，经过实践和创新的精神，结合现代科学，特别是现代医学方面的先进方法和手段，才能做好继承和创新工作，这是时代的要求，中医事业发展的需要，我们必须坚持不懈地努力去做。

中国中医眼科杂志，2006，16（4）：187-189

第七节　《银海精微》成书年代考

《银海精微》是我国眼科专著中较有影响的一部专书。现刊本均刊名为唐·孙思邈所著。但今之学者研究后多认为是托名。真正的著者是谁，成书于何年，长期以来为我国和日本医学史界、眼科学界所共同关心和研讨的重要问题之一。但至今认为《银海精微》的著者是孙思邈的仍然有之。因此继续深入研究很有必要。

　　为了进一步查清《银海精微》的成书年代，必须从其内容深入分析研究。现对该书首篇"五轮八廓总论"做进一步研考。研考方法是首先查阅《银海精微》最早版本。然后再查阅这一时期以前的其他原著作证据。国内文献以明·嘉靖年间版本的《银海精微》为最早。查阅中有幸发现元代英宗时代孙允贤所撰《医方大成论》（1321 年）中有"眼目"论一节，其内容与"五轮八廓总论"颇有相似之处（2 篇内容见本节末附 1，附 2）。那么《银海精微》与《医方大成论》两者究竟是孰先孰后？根据查证结果，初步估测《银海精微》大概的成书年代。为了了解这些问题，首先要了解"二论"之间的异同点。

　　"眼目"论和"五轮八廓总论"二者文字基本雷同。主要不同点是八廓中八卦与脏腑的分属有别。要了解两者谁先谁后，首先要对八廓学说的发展，特别是早期的发展，进行概括分析。

　　八廓学说肇源于何时，为何人所创，现无直接文字资料可查。但明代医学家徐春甫认为是龙木禅师所首创，为研究提供了线索。现在的《秘传眼科龙木论》书后附有"葆光道人龙木集护八廓歌"，可作参考。在宋《太平圣惠方》（992 年）中只有五轮的内容，而未提及八廓的任何内容。在稍后的《严氏济生方》（1259 年）中曾谓"况方论有五轮八廓、内外障等之证，兹不复述"，说明了严氏之前八廓已经存在。《医方大成》中谓"五脏分五轮，八卦分八廓"，并记载了八廓的具体内容，明确八卦已与八廓相配，但尚无相应的眼部所属位置，与《葆光道人龙木集》所论八廓内容，可以说是同处于八廓学说发展的早期阶段。至《世医得效方》（1345 年）八廓学说有了进一步发展，在内容上有了较大的变化，即从无位到有位的阶段，并绘图例示在眼部所属部位。直至以后的《古今医统大全》（1556 年），《医学入门》（1575 年）所载内容亦基本相同。明末王肯堂对八廓之命名做了详细的解释，使八廓学说的理论趋于系统化，列表 1 于下，以兹说明。

　　根据表 1 和文末附文，可以看出《医方大成论》的八廓内容有几个特点，第一，与《世医得效方》及其以后的内容，有明显的不同；第二，在文中未指出八廓的相应位置；第三，未另立八廓图例表示。所以，《医方大成论》的作者在文中谓"至若八廓，无位有名"，也反映了作者及其以前对八廓学说的认识。

　　根据表 1 和附文，亦可以看出《银海精微》的八廓内容，也有与之相应的不同特点，第一，与《世医得效方》及其以后明代的多数论著内容基本一致；第二，未指出八廓的相应位置，故文中亦云"至若八廓，无位有名"；第三，书中另立八廓图式，将八卦和八廓相配，并绘图示以相应位置。八廓图式如下。

　　从二书在八廓学说方面的不同特点来看，《医方大成论》的"眼目"论内容，自无矛盾，而《银海精微》在文中自言"至若八廓，无位有名"，而在文后又绘图示，标明八廓有名有位，实属前后自相矛盾。如何解释这种矛盾？可以设想《银海精微》的作者，抄录了《医方大成论》中"眼目"论的内容，方可解释得通。《银海精微》的作者在抄录时对其内容稍稍做了修改，而对八廓学说的内容则根据当时对八廓学说的新解释，进行了适时的修改，在引录修改中忘记了《医方大成论》成书时期的八廓内容，仅属于前期阶段，即尚处于"有名无位"的阶段。而在《银海精微》的作者所处时期，八廓学说已经是有名有位，有图例示范了。由于作者欠于思考与疏忽，未将"至若八廓，无位有名"一语删去，故此造成前后的自相矛盾。若此篇内容出自《银海精微》作者亲自所写，决不会，也不可能造成这种失误，因为"五轮八廓总论"是专门论述"五轮八廓"的，因此可以说《银海精微》的作者是抄录了《医方大成论》的内容，而又补充了以后有关书籍中的八廓内容。综上所述，《医方大成论》成书应早于《银海精微》，也就是说《银海精微》至少成书于 1321 年之后。

根据以上分析，《银海精微》的成书年代，可以初步考虑缩短在 1321 年以后至明嘉靖（1522—1565 年）的 200 多年间，从而也进一步说明了《银海精微》不是唐代的著作，很可能为元末明初的作品，故提名唐·孙思邈所著《银海精微》完全是托名而已。

附 1：《医方大成论·眼目》："人之有两眼，犹天之有两暇。视万物，察纤毫，何所不至。日月有一时之晦者，风云雷雨之所至也，眼之失明者，四气七情之为害也。大抵眼目为五脏之精华，一身之至要，故五脏分五轮，八卦分八廓。五轮者，肝属木，曰风轮，在眼为乌睛；心属火，曰血轮，在眼为二眦；脾土者，曰肉轮，在眼为上下胞；肺属金，曰气轮，在眼为白睛；肾属水，曰水轮，在眼为瞳子。至若八廓，无位有名。胆之腑为天廓，膀胱之腑为地廓，命门之腑为水廓，小肠之腑为火廓，肾之腑为风廓，脾胃之腑为雷廓，大肠之腑为山廓，三焦之腑为泽廓。此虽为眼之本根，而又借血为之包络。五脏或蕴积风热，或有七情之气，郁结不散，上攻眼目，各随五脏所属而见，或肿或痛，羞涩多泪，或生障膜，昏暗失明。其证七十有二，治之须究其所因，风则驱散之，热则清凉之，气结则调顺之，切不可轻用针刀钩割，偶得其愈，出乎侥幸，倘或不然，为终身之害。又且不可过用凉剂，恐冰其血脉，凝而不流，亦成疬疾。当量人老少，身体虚实用药。又有肾虚者，亦能令人眼目无光，或生冷翳，止当补暖下元，益其肾水。北方之人，患眼最多，皆是日冒风沙，夜卧热炕，二气交蒸使然，治之多用凉药，北方察受，与南方不同故也。疹丘之后，毒郁于心肝二经，不能自已，发于眼目，伤于瞳人者，素无治法。

附 2：《银海精微·五轮八廓总论》；"人有两眼，犹如天地之有两耀，视万物，察秋毫，何所不至。日月有一时之晦者，风云雷雨之所致也。眼之失明者，四气七情之所害也，大抵目为五脏之精华，一身之要系，故五脏分五轮，八卦名八廓。五轮，肝属木，曰风轮，在眼为乌睛。心属火，曰血轮，在眼为二眦。脾属土，曰肉轮，在眼为上下胞睑。肺属金，曰气轮，在眼为白仁。肾属水，曰水轮，在眼为瞳人。至若八廓无位有名，大肠之腑为天廓，脾胃之腑为地廓，命门之腑为火廓，肾之腑为水廓，肝之腑为风廓，小肠之腑为雷廓，胆之腑为山廓，膀胱之腑为泽廓，斯为眼目之根本，而又借血为之胞络。或蕴积风热，或七情之气，郁结不散，上攻眼目，各随五脏所属而见，或肿而痛，羞涩多泪，或生障昏暗失明。其证七十有二，治之须究其源。因风则散之，热则清凉之，气结则调顺之，切不可用针刀钩割，偶得其愈，出乎侥幸，或有误而为者，则必为终身之患也。又不宜通用凉药，恐冰其血，凝而不流，亦成痛疾。用药当量人之老少，身体之虚实。又有肾虚者，亦令人眼目无光，或生冷翳，宜补暖下元，滋补肾水。北方患者，多是日冒风沙，夜卧热炕，二气交蒸，故使之用凉药。北方之人故与南方之人用药有不同也。疹痘之后，毒气郁结于肝而气不能泻，攻发于眼目，伤于瞳人者，素无治法也。

表1 明代以前主要著作中八廓学说内容

书名	乾天	坎水	艮山	震雷	巽风	离火	坤地	兑泽	图与方位
《医方大成论》（1321年）	肺之腑为天廓	命门之腑为水廓	大肠之腑为山廓	脾胃之腑为震廓	肾之腑为风廓	小肠之腑为火廓	膀胱之腑为地廓	三焦之腑为泽廓	无图
《世医得效方》（1345年）	传导,肺、大肠,内动,视物生烟,眦疼难开,不能辨认	会阴,肾,常多嗜昏,睛眩泪多	清净,胆,肉生两睑,翳闭双眼	关泉,小肠,眦头赤肿,睑内生疮,倒睫卷毛,攀睛胬肉	养化,肝,黑睛多痒,两睑常烂,或昏眵多泪	抱阳,心,命门。赤脉侵眦,血灌瞳仁,热泪如倾	水谷,脾胃,眼眩牵急,瘀血生疮	津液,膀胱,脑脂凝聚,血泪攻潮,有如雾笼	见附图
《秘传眼科龙木论》（不详）	传导,肺,病涩翳包睛	津液、膀胱,轮廓内青赤翳	会阴、肾,障翳裹睛	关泉,小肠,两眦热泪痒	养化,三焦,冒暑冲风时犯	抱阳,命门,眼前花乱色难分,赤脉交加	水谷,胃,胞沿肿,侵睛赤脉	清净,肝,视物似雾,冷泪频下	无图
《银海精微》（不详）	传导,肺、大肠,肺家壅热,大肠闭涩	会阴,肾,视物如着霜雾,畏日	清净,胆,视物似雾,冷泪频出	关泉,心,小肠,两眦赤痒痛	养化,肝,膜障	抱阳,心,命门。眼前花发,睛肿	水谷,胃,胞睑渐肿,生睛赤脉	津液,膀胱,冷泪,赤脉	见附图
《古今医统大全》（1556年）	传导,肺、大肠	会阴,肾	清净,胆,	关泉,小肠	养化,肝	抱阳,心,命门	水谷,脾胃	津液,膀胱	
《医学入门》（1575年）	肺、大肠,白睛	肾、瞳子	胆,神光	小肠,白睛向上截向小眦	肝,乌睛瞳仁外	心,命门,大小眦	脾,胃,上下睑	膀胱,白睛下截向大眦	有方位
《证治准绳》（1602年）	传导,大肠,西北,上运精纯,下输糟粕,肺与之相配	津液、膀胱、北方,主水之化源,以输津液,肾与之相配	会阴,上焦,东北,会合诸阴,分输百脉,囟门与之相配	清净,肝脏,东方,主清净不受浊秽,肝与之相配	养化,中焦,东南,滋养中焦分气化生。肝络与之相配	抱阳,小肠,正南,阳受盛之胞。心与之相配	水谷,胃,西南,主纳水谷以养生。脾与之相配	关泉,下焦,西方。关主阴精化生之源。肾络与之相配	无图,有方位

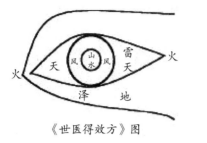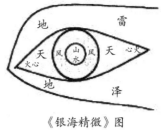

《世医得效方》图　　　　《银海精微》图

附图　八廓图式

中国中医眼科杂志，1996，6（4）：243-245

第八节　《黄帝内经》阴阳学说对中医眼科的指导意义

中医药学是具有中国特色的生命科学，是科学与人文的交融学科，《黄帝内经》是我国现存最早的医学经典著作之一，其创立的中医理论是在古代哲学思想的指导下，在临床实践的基础上逐步形成的。该书创立的中医学理论体系，是中医理论发展的核心，始终指导着中医临床实践。阴阳学说是《黄帝内经》重要学术思想，它对中医眼科理论体系的建立和临床实践的发展具有重要的指导意义。

中医眼科是中医学的一个重要组成部分，中医眼科的形成和发展与中医学的发展有着密切的联系，《黄帝内经》的学术思想对中医眼科理论体系的构建起着重要的作用，其阴阳学说对中医眼科的影响更是至关重要。正如陆南山在《眼科临证录》中所言："中医眼科的理论体系，除了祖国医学基本理论中的阴阳、藏象、经络等学说外，还有中医眼科的专科学说五轮等，由此构成一个整体。从理论到实际，处处均以阴阳学说起着主导作用。"这就要求我们在临证之时，要谨守阴阳，辨证施治。阴阳学说对眼科的指导意义包括以下几个方面的内容。

（一）以阴阳学说阐述眼的结构机能

《素问·宝命全形论》曰："人生有形，不离阴阳。"《素问·金匮真言论》曰："夫言人之阴阳，则外为阳，内为阴。言人身之阴阳，则背为阳，腹为阴。言人身脏腑中阴阳，则脏者为阴，腑者为阳。"《灵枢·大惑论》则明确指出："是故瞳子黑眼法于阴，白眼赤脉法于阳也。故阴阳和揣而睛明也。"《灵枢·大惑论》又谓："五脏六腑之精气，皆上注于目而为之精。精之窠为眼，骨之精为瞳子，筋之精为黑眼，血之精为络，其窠气之精为白眼，肌肉之精为约束，裹撷筋骨血气之精，而与脉并为系，上属于脑，后出于颈中。"由此可见，人体是一个有机的整体，根据阴阳对立理论，可以将组成人体的各个组织结构、脏腑机能划分阴阳属性，眼睛也不例外。在诊治眼部疾病时，应仔细辨察眼部结构、机能的阴阳属性，只有阴阳合抟，才能目视睛明。

（二）以阴阳学说分析疾病证候

八纲辨证是中医学各种辨证方法的纲领，也是眼科常用的辨证方法，八纲是用来表示病因、病位深浅、疾病性质和治则治法的纲领，是一切辨证的基础与概括。阴阳又是八纲的总纲，统帅表里、寒热、虚实六纲，即表、热、实属阳，里、寒、虚属阴。这就是《素问·阴阳应象大论》所谓"善诊者，察色按脉，先别阴阳"，即用阴阳分析四诊获取的症状、体征。眼科阳证多见发病急骤，视力剧降，胞睑红肿，疼痛拒按，日夜不休，白睛红赤，赤脉鲜明，灼热刺痛，黑睛星翳，羞明多泪，眵泪胶黏等；阴证多见发病缓慢，视力减退，胞睑微肿不红，疼痛轻缓，时作时息，白睛赤脉隐现，隐隐作痛，星翳稀疏，眵泪稀薄等。四诊合参，认真分析，审察阴阳，是诊治疾病之关键。

（三）以阴阳学说指导遣方用药

《素问·生气通天论》指出"阴平阳秘，精神乃治"，其认为人体的阴阳双方应处于平衡协调的状态，如果阴阳平衡失调，则导致疾病的发生，正所谓"凡阴阳之要，阳密乃固，两者不和，若春无秋，若冬无夏，因而和之，是谓圣度"。在病理方面，则表现为"阴胜则阳病，阳胜则阴病，阳胜则热，阴胜则寒"（《素问·阴阳应象大论》），"阳虚则外寒，阴虚则内热"（《素问·调经论》），奠定了中医学病机的总纲。在治疗方面则强调"谨察阴阳所在而调之，以平为期，正者正治，反者反治"，"调气之方，必别阴阳，定其中外，各守其乡……"（《素问·至真要大论》），即采用"寒者热之，热者寒之""阳病治阴""阴病治阳"等治法，调整阴阳，以期恢复阴阳平衡、阴平阳秘的状态，达到治愈疾病的目的，对临床具有重要的指导意义。

在诊治眼科疾病的时候，既要法于阴阳，又不可拘泥局限于阴阳。应当在阴阳学说的指导下，以阴阳统领六纲，辨别表里、寒热、虚实，同时应注意阴阳的消长与转化，合理遣方用药，这将有助于提高临床疗效。如邪盛而正不衰，则眼病多表现为实证，如眵泪胶黏，目赤热痛，翳膜高隆，羞明畏光等，病程短暂易愈；如邪盛而正虚，则眼病表现为虚实夹杂证，如眵泪稀薄，血脉淡赤不鲜，隐隐作痛，翳膜低平等，病程缠绵难愈。与此同时，还应将局部与整体相结合，以期达到最佳治疗目的。

（四）结语

《黄帝内经》将古代朴素辩证法、唯物主义哲学思想同医学紧密结合起来，体现了哲学与医学的高度统一，它是一部在各个方面都有精辟论述的经典医学著作，对中医临床具有重要的指导意义，是指导我们不断提高临床疗效的法典。

中国中医基础医学杂志，2012，18（8）：818

第九节　我国第一位接受目瘤手术的患者——司马师

熟悉《三国演义》的人提起司马师，对其特征性的外表一定印象很深，在《三国演义》第一〇七回的描述是这样的："为首一员大将，纵马横刀而出。那人生得圆面大耳，方口厚唇，左目下生个黑瘤，瘤上生数十根黑毛，乃司马懿长子骠骑将军司马师也。"这位魏国时期总揽大权的大将军，也是我国历史上第一位具有完整病历记载的眼部肿瘤手术患者。史书中关于司马师患目瘤的记载很多，将这些资料加以整理，可以了解到其患目瘤的时间、手术的术者、方法、术后情况以及最终因目瘤复发而死的全过程，本文将对这些问题逐一加以探讨。

（一）关于司马师本人

司马师（208—255年），字子元，为魏国大将军司马懿的长子，骁勇善战，又具谋略，为魏国时期一位很有才干的政治家和军事家。其父死后，继其父为大将军，总领尚书机密大事，嘉平六年（254年），废魏帝曹芳，立曹髦，次年，亲自提兵擒杀亲曹势力毋丘俭，后因旧疾复发而死。司马师死后，其弟司马昭继其大将军位，昭之子司马炎于265年废魏帝，建立了晋王朝，称武帝，追谥司马懿为"宣帝"，司马师为"景帝"，司马昭为"文帝"。

（二）司马师患目瘤的时间

根据早期影印本《晋书·帝纪第二景帝》有关记载："初帝目有瘤疾使医割之"原文并无标点。其中，"初"字是一个时间概念，《辞海》中一种解释是"起头，刚开始，第一次"，另一种解释为"当初，本来，又用来叙事中追溯以往之词"，而"帝"即指的景帝司马师，"初帝"可解释为"初生的景帝"，又可解释为"当初，景帝……"而根据《太平御览》第七百四十卷"疾病部三·盲"提供的线索："沈约《宋书》曰，景王婴孩时有目疾，宣王令华佗治之，出眼瞳割去疾而内诸药。"其中"婴"字在《辞海》中解释为"初生的小孩"，"婴儿：又名'乳儿'，指一足岁以下的小儿"，《实用古汉语大词典》中也有"《释名·释长幼》：'人始生曰婴儿'"的记载，说明司马师在一周岁以前就已经患有目瘤了。与上文《晋书》中内容比较，可知"初帝"应解释为"初生的景帝"，即景帝婴孩时期更为恰当。现今有文将"初帝"写成"初，帝"并解释为晋朝的第一位帝王即武帝司马炎，是与史书记载不符的。

（三）此次目瘤手术的术者、手术方法及司马师的术后情况

上文引述的《太平御览》中提到为司马师做目瘤手术的是神医华佗，这种说法是否

可信呢？在《三国志·方技传》和《后汉书·方技列传下》中有许多有关华佗神奇医术的记载，而对其生卒年份却语焉不详，而根据《三国志·方技传》的有关内容，曹操早年时得了一种头风病，请华佗诊治，佗用针术随手而瘥，曹操因此让佗长期侍奉左右，佗不肯，曹操恼羞成怒，一气之下将佗杀害。及后爱子仓舒病死，曹操叹曰："吾悔杀华佗，令此儿强死也。"仓舒即曹操的儿子曹冲，故华佗应死于曹冲之前。据《历代名人年谱》记载"建安13年，曹冲卒（年十三）"，建安13年即公元208年，而《中国历史人物生卒年表》记载司马师的生年为"公元208，汉建安13年戊子"，故司马师的出生和曹冲的死应为同一年，华佗虽死于曹冲之前，但与司马师的出生年是同一年也是有可能的。前文所述司马师是在出生后不久就做了目瘤手术，因而《太平御览》记载华佗为司马师做目瘤手术的事从历史时间上看还是很有可能的。而华佗所采用的手术方法是"出眼瞳，割去疾而内诸药"，即将目瘤割除后敷上药物，这在当时已经是比较先进的手术方法了，虽然未提及术后缝合的技术，但从司马师术后健康生存40余年之久，说明手术还是很成功的。

（四）司马师目瘤复发及死亡的经过

有关司马师因目瘤死亡的记载有很多。《晋书·帝纪第二景帝》有言："鸯之来攻也，惊而目出。惧六军之恐，蒙之以被，痛甚，啮被败而左右莫知焉。闰月疾笃，使文帝总统诸军。辛亥，崩于许昌，时年四十八。"《三国志》中有载："《汉晋春秋》曰：是时景王新割目瘤，创甚，闻胏言，蹶然而起曰：'我请舆疾而东。'"《三国演义》第一一〇回："却说司马师左眼肉瘤，不时痛痒，乃命医官割之，以药封闭，连日在府养病"，"师大惊，心如火烈，眼珠从肉瘤疮口内进出，血流遍地，疼痛难当；又恐有乱军心，只咬被头而忍，被皆咬烂。""昭急欲问时，师大叫一声，眼睛迸出而死。"以上记载中，以《晋书》叙述较有依据，为正史，文中只提到司马师目瘤手术40余年后再次复发，并未提到复发后再次手术的事，而《三国志》《三国演义》中将司马师割治目瘤的时间写在大战之前，"是时景王新割目瘤"中"是时"与"初帝目有瘤疾"中"初帝"的时间概念完全不同，应是作者根据故事发展需要做了更改，还应依《晋书》所述内容为准。此外，《三国演义》一一〇回所说的"肉瘤"与一〇七回的"黑瘤"在医学上也是不同的疾病，仅能作为小说家笔下的描述。由这些记载可知司马师的目瘤虽经治疗得以缓解，但并没有根除，以致40年后目瘤复发，当文钦之子文鸯突然来攻之时，其勇猛之势使司马师惊恐之余眼部创口裂开，眼球进出，血流满地，疼痛难忍，为了不扰乱军心，只好用被子蒙住，将被子都咬烂了。其后病情迅速恶化，不久就去世了。从医学角度分析，儿童最常见的眶内肿瘤有淋巴管瘤、血管瘤、横纹肌肉瘤等多种，司马师初时患的是什么肿瘤现在还很难具体确定。

从上文的论述中我们了解到，司马师从患目瘤到最终因目瘤死亡的全过程，可以得到以下几点结论：第一，司马师出生后不久就因目瘤施行了手术，说明在东汉末年我国已经具备了独立施行目瘤摘除术的技能；第二，目瘤术后司马师健康生存了40余年，说明手术的远期效果还是很好的；第三，司马师最终以目瘤复发而死亡，使我们看到了疾病从发生、发展、到结局的全过程，虽然文字较为精练，但却为我们呈现出一个完整的病案记录，而司马师也就成为我国眼部肿瘤手术有完整病历考证的第一人。

中国中医眼科杂志，2008，18（5）：297-298

第十节　眼科围手术期的中医治疗

（一）眼科围手术期治疗源远流长

中医眼科中有关手术治疗的记载最早可追溯到东汉末年的名医华佗（?—公元208年），如《审视瑶函》中所说，"钩割针烙之法，肇自华佗"，并指明"针非砭针之针，乃针拨瞳神之针"，即指当时白内障针拨手术。

中医眼科学围手术期治疗自宋代开始，为眼科医家所重视，被广泛应用于眼科临床的手术前及手术后治疗和康复，如在宋代早期编著的《太平圣惠方》（公元992年）及晚期编著的《圣济总录》（1111—1117年）两部大型方书中均有记述，特别是《秘传眼科龙木论》（据史学家研究亦为宋代所著）书中首次将眼病分为内障和外障两大类，所列72病症中内障23病症，外障49病症，如果按后世内障分类含义，外障中的"血灌瞳神""坐起生花"和"小儿青盲"应列为内障病类，则共为26病症，外障应为46病症。在内障26病症中，有白内障16种，其中，属于老年性白内障必须手术的12种另有"胎患内障"和"惊振内障"可酌情手术，均明确记载了有关围手术期的治疗。外障46病症，其中采用镰洗出血、钩割熨烙或火针等手术方法治疗的有26个病症，也都结合了围手术期的治疗。因此在72病症中有40个病症，在手术前和手术后，或手术前后采用了围手术期的治疗，占总数55.56%，几乎大小手术基本都配合了用药、针等方法治疗，充分说明眼科手术不仅是中医眼科的一大特色，重视在围手术期的治疗也是中医眼科学中的一大特色。

（二）眼科围手术期的多种治疗方法

古代眼科学家在手术过程中缺乏消毒、麻醉等技术，对眼的细微组织结构欠了解，手术技术处于探索早期，手术疼痛明显，局部损伤重，出血较多，感染机会多，术中、术后并发症较多等诸多因素，必定给患者增加许多痛苦，在一定程度上影响手术效果。如何努力克服手术中的某些问题，保证手术顺利完成，减少术中术后并发症，促进手术的早日康复，以冀达到较好的效果，这必然促使眼科手术者研究探索和运用围手术期的治疗，以达到这一目的。因此长期以来探索和创造了多种方法治疗，并积累了丰富的经验可资借鉴。

1. 围手术期的术前用药

（1）金针拨白内障手术前用药对于每个手术的对象在手术前所处的身体状况和精神状态都各不一样。具体地说体质有寒热虚实不同，精神状态有勇悍怯弱之分，手术者根据被手术的不同情况，采取适当治疗措施，或进行心理上的调治，是非常必要的。在一定程度上，取得患者配合，减少术中并发症很有助益，如《太平圣惠方》卷三十二"开内障论"中已有明确要求，如说："患人或冷或热、或实或虚，若热多者先宜服寒药，令热毒消除，然后开之，不尔恐气开吐逆；若有风虚者，先宜祛风镇心之药，候四体平和，方始下针，不尔晕闷惊悸，切在临时消息，随其虚实所宜也。"文中明确指出，术前用药可防止术中常见并发症"晕闷惊悸"的情况发生，否则不但影响手术的顺利进行，同时也会影响手术的效果。

（2）外障眼病的手术前用药：《秘传眼科龙木论》外障眼病手术治疗的 26 病症中，有 6 病症采用术前用药，占 23.08%，对减少术中不良反应和术后并发症有着积极意义。

2. 围手术期的术后用药

中医眼科学中对围手术期的术后用药更为重视，而且应用广泛，凡是所涉及的手术治疗，术后几乎都给予了一定的药物治疗，包括外用药和内服药，并且有多种剂型，如内服药有汤剂、散剂、丸剂等，外用药中有洗剂、膏剂、散剂以及外敷剂、外用摩膏等剂型。

（1）金针拨白内障术后的用药：以《秘传眼科龙木论》中记载，可以手术治疗的白内障有 14 种，其形态、色泽和成因不同，手术难易程度不等，术后反应各有轻重，因此除术前药外，术后用药治疗更为重要，其用药有效率之高，达 100%，其用药的效果也各有差别，对其疗效评价常用"即瘥""立效""神效"等以示区别。

（2）外障眼病术后用药：中医眼科学对外障眼病不仅重视小手术的处理，更注重围手术期的治疗。按书中记载，外障眼病手术的 26 病症，术后均辅以不同的药物治疗，也占手术的 100%。对疗效的评价选用了"即瘥""即效""立效"等不同词义。

3. 围手术期的针刺治疗

针刺治疗在眼病手术治疗前或治疗后对疏通经络、调理气血、减少手术后的刺激反应、增强手术后的疗效，也可起到手术所不能取代的作用，是围手术期治疗不可忽视的一项治疗措施。如《圣济总录》谓："凡目痛如针刺者……久则渐生障翳，两目俱损，急宜镰洗出血，及针阳白穴。"在《秘传眼科龙木论》中的"白翳黄心内障"中明确提出在金针拨障术前"即宜针刺诸穴脉"治疗。书中还有用火针配合治疗的，如"眼痛如针刺外障"，在镰洗出血后，用"火针太阳穴"；"眼极难忍外障"中提出镰洗出瘀血后用"火针针阳白、太阳二穴"。

（三）近代中医眼科围手术期治疗的优势

近年来眼科显微外科手术发展迅速，拓宽了手术适应范围，增加了复明的机遇和手段，如角膜移植术、超声乳化加人工晶状体植入术、视网膜脱离复位术、玻璃体切割术等，但在手术的同时，对于有一部分患者术后所发生的一些并发症还较难处理，中医眼科学在处理这些并发症方面有许多优势和特长，对患者围手术期的治疗与康复，恢复视功能或减轻症状起到了积极作用，较以往大大前进和发展了一步。举例如下：

1. 白内障术后黄斑囊样水肿治案

患者：女，61 岁。1999 年 3 月 1 日门诊。左眼于 1998 年 10 月 26 日行超声乳化加人工晶状体植入术后 8 天。左 0.8，矫正视力 1.0。3 个月后视力下降至 0.2。检查：左玻璃体混浊，黄斑组织局限性模糊，周围有一圆形反光晕，中心光反射（－）。眼压 5.5/5=17.30mmHg。荧光素眼底血管造影：左眼黄斑囊样水肿。治以滋阴清热、健脾利湿。方药：柴胡、当归、黄芩、生地、熟地、天冬、麦冬、党参、白术、炙甘草、猪苓、茯苓、车前子。5 月 25 日：左视力 0.8。6 月 23 日：左黄斑区已能看清，中心凹反光可见。2000 年 3 月 10 日，OCT 报告左黄斑组织结构正常，光反射曲线正常。5 月 11 日，左眼矫正视力 1.0（－0.75DS ⌒⌒ －0.75DC×70°）。

2. 糖尿病视网膜病变术后玻璃体积血治案

患者：女，55 岁。糖尿病、双眼视物模糊 14 年，加重 2 月，于 2000 年 1 月 29 日收住院。视力：右手动 /30cm，左指数 /30cm。双眼晶状体混浊（左＞右），右玻璃体混浊（＋＋＋），眼底红光反射（－）。左玻璃体混浊（＋），隐约可见眼底红光。诊断：①双眼糖尿病视网膜病变Ⅳ期；②双眼玻璃体积血；③双眼白内障。12 月 21 日左眼在局麻下行白内障超声粉碎加人工晶状体植入术加玻璃体切割术，术中进行鼻上方机化膜剥除，可见少量出血，并发现视网膜有小圆形破孔，行巩膜外冷凝封闭，做气液交换术。左眼术后 1 周眼前指数，玻璃体腔遗留 1/3 气体，下部玻璃体积血混浊，红光反射弱，眼底不能见。中药方：荆芥、防风、白芷、当归、赤芍、牡丹皮、生地、熟地、茯苓、天冬、麦冬、生黄芪、炒白术、炙甘草。2001 年 1 月 5 日 B 超检查提示：左眼玻璃体混浊（含球内气体），排除视网膜脱离。左眼视力：指数 /10cm。出院服药 14 剂，来信述早晨视力较清晰。中药方：前方去生地、熟地、天冬、麦冬、黄芪。加泽兰、益母草、菟丝子、枸杞子等。2001 年 3 月在当地检查，左眼视力 0.3。12 月在当地又检查：左眼视力 0.5，眼底情况较好，不需再打激光。

3. 角膜移植术后排异反应治案

患者：男，60 岁。因右眼真菌性角膜炎做角膜移植术 24 天，仍疼痛不适。于 2001 年 3 月 26 日住院。检查视力：右眼前手动，不能矫正。结膜充血。角膜植片四周缝线连续缝合在位，角膜植片水肿混浊，边缘有新生血管长入，前房结构不清。左眼视力 0.8，检查未发现明显异常。处方：金银花、连翘、牡丹皮、紫草、赤芍、密蒙花、防风、荆芥、蝉蜕、大青叶、蒲公英、生甘草，7 剂。2001 年 3 月 30 日，外院会诊：诊为右角膜移植术后排异反应。2001 年 4 月 3 日，右眼刺激症状加重，结膜充血，角膜移植片水肿缝线在位，有 4～5 根缝线针脚处灰白凹陷，并见细丝状分泌物。4 月 18 日，出院带药：荆芥、防风、白芷、赤芍、川芎、密蒙花、蝉蜕、僵蚕、桂枝、牡丹皮、生黄芪、知母、生地、厚朴、黄连、肉桂。服药 2 个月来院复查：刺激症状消失，原移植片边缘及缝线针脚处灰白凹陷已愈合。下部较重处已由结膜向内爬行生长到角膜的瞳孔区，血管较多。

以上说明现代眼科通过高科技的手术器械，扩大了手术范围和相关适应证，但对随之而出现的一些术后并发症尚无较好治疗办法，中医眼科学在继承古人围手术期治疗的基础上，应重视和加强在这一领域内的治疗和研究。更好地发挥中医眼科在围手术期治疗的优势。

实用医学进修杂志，2003，31（2）：65-68

第四章　对中医古籍的辨误与读评

高老热爱读书和思考，尤其对中医古籍的学习达到痴迷的程度，坚持读书至今，几乎研读了所有眼科古籍及部分中医古籍，对不理解的地方标注，查阅资料进行考证；对现代教材中整理不详细的地方进行读评、释义；并对后世理解谬误之处进行辨误和解析；对每本书都阅读多次，理解深入，为后学者留下了宝贵财富。

第一节　高风雀目与肝虚雀目辨误

中医眼科学中的"高风雀目"，相当于西医学的原发性视网膜色素变性；"肝虚雀目"相当于维生素 A 缺乏引起的夜盲。二者虽然均有夜盲，但病因实不相同。虽然现在对此二病的诊断较容易，但古代由于没有检眼镜、电生理及视野等检查仪器，鉴别这两种疾病只能凭症状和体征，因此很多书籍在这方面的记载都出现了一些错误，今就此辨析如下。

（一）早期（唐以前）只有雀目病名

在唐代以前的书籍中，对于夜盲的记载，只有"雀目"一词，如《诸病源候论》《外台秘要》，等等。唐代以后，医家对"雀目"有了进一步的认识，不仅从症状、体征及并发症等方面对高风雀目和肝虚雀目进行了区分，而且还认识到高风雀目具有遗传性，形成了"高风雀目"的命名及其区别于"肝虚雀目"的理论体系。

（二）《秘传眼科龙木论》对两病的概念论述明确具体

《秘传眼科龙木论》（以下简称龙木论）是现存最早的一部眼科专著，该书将肝虚雀目和高风雀目作为独立的疾病分别以"肝虚雀目内障"和"高风雀目内障"命名并论述。不仅谈到了病因、临床表现、鉴别诊断，还有相应的治疗。在"肝虚雀目内障"中写道"此眼初患之时，每多痒或涩，发歇，时时暗也。后极重之时，唯黄昏不见，唯视直下之物"，并有歌曰"雀目虽轻不可欺，小儿患者作疳医。大人肝脏虚劳事，更被风来助本基"，明确指出了儿童发生"肝虚雀目"是由于疳积，成人是由于肝虚。在"高风雀目内障"中写道"……与前状不同，见物有别，唯见顶上之物。然后为青盲"，"唯见顶上之物"意思是只能看见眼前的上半部分物体，即管状视野的表现，"青盲"相当于西医的视神经萎缩，这两个症状都是视网膜色素变性晚期的并发症，这就从病因及临床表现上将两者区别了开来。此篇中还有歌曰："雀目前篇已辨根，此篇何要再三论。只缘病状同中异，为是高风要别陈。一种黄昏无所见，若观天象总能分。多年瞳子如金色，辨识高风只是真。"此处不仅再次指明"高风雀目内障"与"肝虚雀目内障"不同，而且很形象地描述了视网膜色素变性并发后囊性白内障的表现，这是肝虚雀目所不具备的；同时明确指出根据瞳子如金色，即可以诊断高风雀目内障。

（三）历代多数医家对两病的概念论述不清

尽管唐代对"雀目"的认识有了很大的进展，然而，从元代以后一直到清朝，对此两种疾病的记载却出现了错误，部分仍处于唐以前的"雀目"阶段。主要是一些在学术界有较大影响的综合性医著中，混淆了"肝虚雀目"与"高风雀目"的概念，后世医家乃至眼科专著中也多引用此部分内容，导致概念混乱。如《世医得效方》在描述"肝虚雀目"和"高风雀目"后写道"前件二证，均不可治"，我们知道，虽然"高风雀目"无法治疗，但"肝虚雀目"经补充营养是可以治愈的。明《证治准绳》将此两种疾病归入一个条目——雀盲。由于未能分辨两种疾病，因此描述也是混乱的。清《审视瑶函》主要记录及参考了《原机启微》和《证治准绳》的内容，因此其错误之处也是概念混淆，两种疾病的症状及预后混杂；《银海精微》仅列小儿雀目；《目经大成》也混淆了二病的症状及概念；及至清代刘耀先的《眼科金镜》较前几部对此二病的认识有了很大的进步，他不仅将此二病分列为"高风障症"和"雀目症"，而且描述了各自的临床特点和具体的治疗办法，并认识到"鸡盲、雀目实二症，世人皆为一症，非也"，但即使如此，在其描述中仍有混淆之处。

近代中医眼科教材及专著中，在应用引文时未将此二者的概念引清楚，因此在临床论著中，常常引用不当，相应地形成概念模糊不清，因此要求我们在阅读古代中医眼科著作时，要勤于思考，善于横向比较，只有这样，才能在汲取其精华的同时，尽量减少错误，直至避免！

湖南中医药大学学报，2011，31（12）：5-7

第二节　《原机启微》《审视瑶函》中将"搏"讹误为"搏"之举证

钱超尘教授在中国中医药报上发表了"《伤寒论》《金匮要略》中'搏'当作'抟'（繁体为'搏'）字考释"的一系列文章后，继之，陈翠翠在高健生导师指导下发表了《黄帝内经》的《素问》及《灵枢》中"抟"写作"搏"之讹误举证的文章，对广大中医学子启发甚大。在四大经典著作中出现的讹误，同样有可能出现在其他文献中。高健生导师还指出《原机启微》和《审视瑶函》卷二的"强阳抟（抟）实阴之病"中的"抟"字也经常会讹误为"搏"。现引原文如下："强者，盛而有力也；实者，坚而内充也。故有力者，强而欲抟；内充者，实而自收。是以阴阳无两强，亦无两实。唯强与实，以偏则病。内抟于身，上见于虚窍也。"如中医临床必读丛书收录的《审视瑶函》"强阳抟实阴之病"篇中共有五处应为"抟"字而皆讹为"搏"。因《审视瑶函》第二卷大部分内容引自《原机启微》，导师遂嘱笔者查阅各版本《原机启微》《审视瑶函》及相关眼科资料，整理其中出现的讹误，以供大家分辨，更希望对于"读经典，做临床"有所助益。

（一）"抟"与"搏"字形相同，字义有别

《说文解字》中，"抟"即"团也，从手专声"；《辞海》及《实用古汉语大词典》中对"抟"（抟）作为动词的解释为：①把散碎的东西揉捏成团。在"强阳抟实阴之病"中"抟"即取本意。阳盛阴实，内抟于身，瞳仁紧缩，致使"神水紧小，渐小而又小，积渐之至瞳人竟如菜子许"。②环绕、盘旋。

《辞海》及《实用古汉语大词典》对"搏"的解释为：①搏斗。②捕捉。③击、拍。④攫取、拾取。⑤跳动。对于这两字的辨别，唐俗文字学家颜元孙《干禄字书》曰："専、專上通下正。"谓当时"專"字的通行体为"専"字。唐俗文字学家张参《五经文字》云："搏、抟，上补各反，从専。専音敷。凡博、缚之类皆从専。下徒端反，从専。"

（二）古版影印本文献中均为"抟（抟）"字而非"搏"字

《原机启微》成书于1379年，元朝倪维德所著，后经明·薛己校补，并收录于《薛氏医案》。后世流传的《原机启微》大多以《薛氏医案》本为底本整理。文渊阁影印本的《四库全书》中收录的《薛氏医案》《证治准绳》，其通篇皆为"抟"字。"抟"为"抟"（抟）的古俗体字，与"搏"字形相似。对古文字不了解或粗心者易误读、误解，从而影响对原文的理解和应用。据考证，"抟"字在唐宋时期即常写作"抟"，如唐初欧阳询（577—641）《温彦博碑》"抟风初矫"之"抟"字直接写为"扌"+"専"字；1990年上海书画出版社出版的《中国行书大字典》中收录的宋代书画大家米芾的作品中"抟"即写作其俗体字。《中国医学大成续集》第34册收录的《审视瑶函》以清光绪10年善成堂本为底本影印，全篇皆为"抟"字，均证实了不论是《原机启微》还是《审视瑶函》都应为"抟"字。

（三）20世纪60年代前出版的眼科书籍或读物大多为"抟"

中华人民共和国建立初，学术界还保持着老一辈医家的严谨治学作风，所校订书籍大多未出现讹误。如由上海卫生出版社1958年出版的《原机启微》中，皆写作繁体"抟"

字，1959 年上海人民出版社出版的《审视瑶函》亦作繁体"搏"字。老一辈医家严谨的治学精神可见一斑，值得我们学习。

（四）20 世纪 70 年代后出版的刊物中大多数已将"搏"讹误为"搏"

因古代"搏"的俗体字与"搏"极为相似，故近年出版的《原机启微》《审视瑶函》出现不少讹误，致使许多人在引用原文时也出现讹误。现举例如下：

1. 大型中医综合著作及辞书类收录的"强阳搏实阴之病"篇中的讹误

《古今图书集成》《中华医书集成》《中华传世医典》第 7 册、《古今图书集成全集·精华本》《中医五官科名著集成》收录的《原机启微》中"强阳搏实阴之病"全篇皆误作"搏"字；《中华医书集成》收录的《审视瑶函》"强阳搏实阴之病"篇题目与首句中"搏"讹为"搏"字；《中国医学名著珍品全书》收录的《审视瑶函》该篇也把"搏"讹误为"搏"。王肯堂的《证治准绳》眼目门中，将《原机启微》全部论述及方剂分别列入相关眼病中，亦将"强阳搏实阴"误做"强阳搏实阴"。《中医辞海》"瞳神缩小"条目解释为"见于《审视瑶函》，又名瞳神紧小、强阳搏实阴之病"。

2. 相关杂志中"搏"讹为"搏"之误

《抑阳酒连散治疗色素膜炎的体会》："抑阳酒连散出自《原机启微》是倪氏治疗强阳搏实阴之病主方。"《瞳神紧小的古文献证治概要》："倪维德《原机启微》则称'强阳搏实阴之病'。"《新制柴连汤在眼科临床的应用》："强阳搏实阴之病相当于瞳神紧小症。"《葡萄膜炎辨证论施治》："……所以古人将虹睫炎归属'强阳搏实阴之病'。"

3. 相关眼科书籍及教材中"搏"讹为"搏"之误

《中医眼科备读》中引用的《原机启微》"强阳搏实阴之病"篇皆将"搏"讹为"搏"。《中医眼科学》教材中，也出现类似讹误。

幸喜近年出版的第七版《中医眼科学》教材中已纠正了讹误，将"搏"恢复为"搏"，让后来学子能认识到古籍经典的原貌，不致影响他们对经典的理解。

我国中医典籍浩如烟海，古文点校又繁琐艰深，稍有疏忽，极易出现纰漏。通过这项工作，笔者深刻体会到要学习老一辈医家严谨治学精神的重要性，在大力倡导"读经典，做临床"的今天，我们更要以严肃的态度学习和理解经典，才能为临床打好基础，将中医更好地传承下去。

中国中医眼科杂志，2008，18（2）：95-96

第三节　经典著作中"搏"字的应用及临床意义

中国中医药报先后刊载了"《金匮要略》《伤寒论》《黄帝内经》中'搏'讹为'搏'举证"多篇文章，提示我们很多复杂疾病是病邪之间或正邪双方相互交结、聚合难解所致，这是认识和诊疗疑难杂病重要的辨证思路。很多书中将"摶"讹为"搏"，二者字形相似，但含义迥别。现对"摶"字字义及其所在条文进行分析、概括，探讨其临床意义：

（一）"摶"字字义

《辞海》中"摶"释为：把散碎的东西捏聚成团，即团聚而不可分之意。在中医学中，指不同的致病因素交结、聚合在一起，形成新的复杂病因；而"搏"字仅指对立双方相互搏斗，最终仍各自独立，并不混杂。例如《灵枢·决气》中"两神相摶，合而成形，常先身生，是谓精"。即阴阳二精交合后形成新的生命形体。如以"搏"解，则为大误。

（二）"摶"字在病、脉、症方面的表述

1. 两精相摶谓之神

见于《灵枢·本神》："……故生之来谓之精，两精相摶谓之神，随神往来者谓之魂。"可见在生命形成的过程未揭晓之前，对此类复杂的机理古人以"摶"形容。

2. 邪气与正气相摶

（1）邪气与真气相摶之筋缓症：见于《灵枢·邪气脏腑病形》"中筋则筋缓，邪气不出，与其真相摶，乱而不去，反还内著。用针不审，以顺为逆也"。此处描述了邪气与筋脉相摶的复杂变化，若医者不审顺逆，则使病情反复，缠绵难愈。

（2）正气虚损，引寒邪相摶之㖞僻症：见于《金匮要略·中风历节病脉证并治第五》"寸口脉浮而紧，紧则为寒，浮则为虚，寒虚相摶，邪在皮肤；……正气引邪，㖞僻不遂"。此处描述了正气不足，外邪乘虚而入，正气与寒邪交结所致的中风证。

（3）痈脓摶骨，邪毒内陷之险症：见于《灵枢·痈疽》"发于股胫，名曰股胫疽。其状不甚变，而痈脓摶骨，不急治，三十日死矣"。此处描述了痈毒至盛迅速深入，结聚于股胫，病险势急，不可延误。

3. 两邪相摶致病

见于《伤寒论·辨阳明病脉证并治》第259条"伤寒发汗已，身目为黄，所以然者，以寒湿相摶在里不解故也"。此即伤寒发汗后，阳气大伤，寒邪与湿邪相摶于内，导致阴黄证。

4. 以"摶"字表述脉象

脉理幽微，其体难辨，若能指切心明，则"摶"字描述的脉象，意义深远。

（1）正常脉：见于《素问·阴阳离合论篇第六》"三经者，不得相失也，摶而勿浮，名曰一阳……摶而勿沉，名曰一阴"。即指三阳经（三阴经）之气聚合而不离散，脉摶浮沉有度，有条不紊。

（2）四季脉：见于《素问·玉机真脏论第十九》"冬脉者肾也，北方水也，万物之

所以合藏也；故其气来沉以搏，故曰营。反此者病"即冬日脉多沉，与此相反，则易病。四季脉依此类推。

（3）五脏脉之重症：见于《素问·大奇论篇第四十八》"肾脉大急沉，肝脉大急沉，皆为疝。心脉搏滑急为心疝，肺脉沉搏为肺疝"，即"搏滑急""沉搏"之五脏脉常提示急、危、重症。

（4）判断预后：见于《素问·玉机真脏论第十九》"真心脉至，坚而搏……色赤黑不泽，毛折，乃死……真肾脉至，搏而绝，如指弹石辟辟然，色黑黄不泽，毛折，乃死……"；《灵枢·五禁》"寒热夺形，脉坚搏，是谓五逆也"。可见，坚搏脉多提示危重症，当提高警惕。

（三）"搏"字在眼科专著中对病机的描述

倪维德在眼科专著《原机启微》中记载的"强阳搏实阴之病"属祖国医学"瞳神紧小"范畴，相当于现代医学的"前部葡萄膜炎"，是全书18种疾病中唯一用"搏"字解释病因、病机者。然后世之书多写成"强阳搏实阴之病"，以讹传讹，已失原意。

（四）"搏"字在组方用药时的应用

"搏"字形象地体现了致病因素的多重性及发病过程的复杂性，准确理解"搏"字的含义，是分析复杂病机及选方用药的切入点。举例如下：

1. 小柴胡汤见于《伤寒论·辨太阳病脉证并治中》第97条："血弱气尽，腠理开，邪气因入，与正气相搏，结于胁下……小柴胡汤主之。"方用柴胡解少阳经之表寒；黄芩解少阳腑之里热；半夏、生姜能升能降，助柴胡透达经中之邪；参、草、枣和中而壮里气，使邪不入内，从外而解。即对于寒热错杂，与正气相搏致病者，须寒热同治，邪正分攻，以速起沉疴。

2. 麻子仁丸见于《伤寒论·辨阳明病脉证并治》第247条："趺阳脉浮而涩，浮则胃气强，涩则小便数，浮数相搏，大便则硬，其脾为约，麻子仁丸主之。"麻子仁丸以大黄、枳实、厚朴以令胃弱，麻仁、杏仁、芍药以令脾厚，再以蜜调之，使阴平阳秘，结聚开而二便调。脾约证本虚而标实，正邪相搏，只有扶正祛邪兼顾，才能效如桴鼓。

3. 旋覆花汤见于《金匮要略·妇人杂病脉证并治第二十二》："寸口脉弦而大，弦则为减，大则为芤，减则为寒，芤则为虚，寒虚相搏……妇人则半产漏下，旋覆花汤主之。"半产漏下，张仲景用旋覆花治结气，通血脉；佐以葱之通阳，为气分虚寒所设；加新绛入血分，使下趋之血随升举之阳而返，三药共奏行气散结、活血通络之功。即紧抓正邪相搏的病机，使郁结散、正气通，病可愈。

4. 大乌头煎见于《金匮要略·腹满寒疝宿食病脉证治第十》："腹痛，脉弦而紧，弦则卫气不行，即恶寒，紧则不欲食，邪正相搏，即为寒疝……大乌头煎主之。"方中重用大热大毒之品乌头，以峻补元阳，骤攻沉寒；稍佐蜂蜜缓乌头之烈，制乌头之毒。危急之时，不畏峻猛之剂，不忘佐以补剂使药达病所，谨记正邪相搏致病的病机。

5.风湿三附子汤见于《金匮要略·痉湿暍病脉证治第二》："风湿相搏，一身尽疼痛，法当汗出而解。"《伤寒论·辨太阳病脉证并治下》第174条："伤寒八九日，风湿相搏……桂枝附子汤主之；若其人大便硬，小便自利者，去桂加白术汤主之。"第175条："风湿相搏，骨节疼烦，掣痛不得屈伸……甘草附子汤主之。"桂枝、白术及甘草附子汤皆可治风湿病，皆为风寒湿多邪相搏，与正气结聚不解致病；治疗时应兼顾正之虚、邪之胜，裁度扶阳、祛风、除湿之品的用量，最终使正气足、邪气弱、交结之势解。

可见，古人对"搏"字的内涵理解颇深，并运用自如，仅一"搏"字，将正气与邪气、邪气之间相互斗争交结难解的致病过程描绘得痛快淋漓，如一场战斗一次变革，从根本上改变了疾病的性质，治则治法焉能不变？若不领会至此，则很难解析众多复杂病证。

（五）临床应用

然医理深奥，难解难用；"搏"字意深难析，且点校多有舛错，如何在识证、辨证、解证中运用自如，则难乎其难。

中国中医基础医学杂志，2010，16（6）：462-463

第四节　"强阳搏实阴之病"的探讨及意义

"强阳搏实阴之病"首见于倪维德《原机启微》（以下简称《原机》），其云："……火强搏水，水实而自收。其病神水紧小，渐小而又小，积渐之至，竟如菜子许。"最近，笔者在学习和查阅文献中发现大家对"强阳搏实阴之病"的认识大都仅将其等同于中医"瞳神紧小"之病名而已，而且对"强阳""实阴"和"搏"字未作释义，甚至将"搏"讹误为"搏"，与原意有偏。今将学习"强阳搏实阴之病"的体会，供同道参考。

《原机启微·强阳搏实阴之病》中的原文对"强阳搏实阴之病"的描述相当完整，可概括为四个部分，包括病因、病机、症状及治法与方药。现分别论述如下。

（一）"强阳搏实阴之病"的病因

《原机》云："强者，盛而有力也；实者，坚而内充也。故有力者，强而欲搏；内充者，实而自收，是以阴阳无两强，亦无两实。唯强与实，以偏则病。内搏于身，上见于虚窍也。"其中，"强"即强阳，指火热，盖因多为外感风寒，入里化热，而风热相搏，或相火内盛，故而称之为强阳；"实"即实阴，因瞳神在脏属肾，而肾在五行属水，为阴中之阴，故而称之为实阴。其中水实而自收，提示水实即表示阴充实而不虚也。"搏"，释为把散碎的东西捏聚成团（《辞海》）。因此，"强阳搏实阴之病"的病因即火热挟风，又与寒水相结聚，而上犯清窍。

（二）"强阳搏实阴之病"的病机

《原机》云："足少阴肾为水，肾之精上为神水，手厥阴心包络为相火，火强搏水，水实而自收。"此为对该病的病机描述。疾病之所以能够发生发展，主要取决于正邪两方面的斗争。因正不胜邪而发生眼病，其病理变化概括起来不外阴阳失调，升降失常。眼的五轮是五脏六腑之精华，《审视瑶函·五轮不可忽论》载："夫目之有轮，各应乎脏，脏有所病，必现于轮……轮之有症，为脏之不平所致"。因此，运用轮脏相应理论，"强阳搏实阴之病"的病机即外感或内蕴之火热挟风上炎，致阳强盛而有力也；同时，机体阴气坚实不虚而有御，最终强阳与实阴二者相搏，上应瞳神，发为本病。

（三）"强阳搏实阴之病"的症状与体征

《原机》云："其病神水紧小，渐小而又小，积渐之至瞳人竟如菜子许。又有神水外围，相类虫蚀者，然皆能睹而不昏，但微觉眊矂羞涩耳……终止于边鄙皮肤也，内无所伤动。"此处为"强阳搏实阴之病"体征和症状的概括。从其描述的症状"睹而不昏"，但"微觉眊矂羞涩"，可知为其轻症阶段，而并非大虚大实之病，"搏"字反映了本病的复杂病因和症状体征。因此，对本病可以理解为现代医学的前部葡萄膜炎，属于机体应激力强时而做出的病理反应。

（四）"强阳搏实阴之病"的治法与方药

"强阳搏实阴之病"的治疗，《原机》云："治法：当抑阳缓阴则愈。以其强耶，故可抑；以其实耶，唯可缓而弗宜助，助之则反胜，抑阳酒连散主之。"究抑阳酒连散之方剂组成，可见其抑阳缓阴治法之思想体现得甚是清晰。方中重用黄连（酒制）、黄芩（酒制）、炒栀子、寒水石、黄柏、知母、生地、前胡、生甘草等，清热泻火，可除上、中、下三焦之实火，以奏抑阳之效，又用独活、羌活、防风、白芷、蔓荆子、防己等辛温发散升阳，疏风化湿之品，以解郁滞，散郁结，通玄府，以达缓阴之功；二者相辅相成，一宣一降，相须为用，共奏抑阳缓阴之效。

（五）反佐与引经药在治法中的应用

1.方中强调黄连、黄芩要用酒制，其作用为"……大抵强者则不宜入，故以酒为之导引，欲其气味投合，入则可展其长，此反治也"。酒性辛温，在此方中有两种意义：一是反佐药，即协助方中辛温发散之品以加强缓阴之效；二是引经药，因强阳不易入，而酒性与强阳之性相近，故能引方中寒凉之药以达病所，以清热泻火，发挥抑阳之功。

2. 为了加强反佐作用,方中以寒药口服治实火,而且最后明确指出"大热服",此乃"寒因热用",不致格拒也。

3. 在此需强调的是,《原机》的作者倪维德,对引经理论尤为重视,从《原机》的遣方用药方面即可见一斑。其中在使药中经过初步分析,即凡涉及补益脏腑、气血精液者,其所用使药即引经药多为散发升举之品,如补气药中多选葛根、升麻、蔓荆子;而补精血药中多选用柴胡、防风;有热邪(包括淫热或内火)导致眼病的治疗方剂中,使药多用苦寒清热泻火之品,如龙胆草、黄芩、黄连、黄柏、石膏等。上述药物已不是单纯起到治疗主病的作用,而且也包括了引经报使之用。综观抑阳酒连散,可见其引经理论在该方中亦体现得淋漓尽致。

在《原机》中共论述了十八个病症,唯独"强阳搏实阴之病"以"搏"字阐述该病的病因病机,并以此指导立法处方,是倪氏对《素问》《灵枢》《伤寒》《金匮》等经典著作中所用"搏"字阐述疑难疾病病因病机的领悟和应用,并以此指导临床对疑难眼病的立法处方。

在大力倡导"读经典,做临床"的今天,如何真正读懂经典,做好临床,是我们面临的一大挑战,特别是我们青年眼科医生应思考如何为博大精深的中医学科的发展奉献自己的一份微薄之力。

辽宁中医杂志,2009,36(5):719-720

第五节　青风、绿风、黄风内障与闭角型青光眼的辨误

中医学对于闭角型青光眼这一眼病早有认识,隋唐《秘传眼科龙木论·卷之一》七十二证方论中首次在"五风变内障"病名中论及"乌绿青风及黑黄",在"卷之二"只描述了青风、绿风、乌风、黑风四风,对于黄风则未见说明。明代王肯堂在所著《证治准绳·七窍门》中,对闭角型青光眼的论述渐趋完善,如对青风、绿风、黑风和黄风的病因、病机、症状、鉴别、转归、治疗及预后等内容皆有所论及,形成了较系统的理论认识,为这一眼病的中医研究做出了划时代的贡献。

(一)青风、绿风、黄风内障是一个疾病的早中晚期

古人对于"青风、绿风、黄风内障"的症状观察细微,对其预后描述极为明确和具体。根据《证治准绳·七窍门》描述如下:青风内障为"视瞳神内有气色昏蒙,如青山笼淡烟也。然自视尚见,但比平时光华则昏蒙日进,急宜治之,免变绿色。变绿色则病甚而光没矣……病至此亦危矣,不知其危而不急救者,盲在旦夕耳"。此文具体描述了闭角型青光眼的前驱期表现。绿风内障可见"瞳神气色浊而不清,其色如黄云之笼翠岫,似蓝靛之合藤黄,乃青风变重之证,久则变为黄风……先散瞳神,而后绿后黄……故瞳愈散愈黄,大

凡病到绿风，危极矣。十有九不能治也。一云，此病初患则头旋，两额角相牵瞳人，连鼻鬲皆痛，或时红，白花起，或先左而后右，或先右而后左，或两眼同发，或吐逆"。此文生动描写了闭角型青光眼急性发作期的表现。黄风内障时"瞳神已大而色昏浊为黄也。病至此，十无一人可救者"。此文具体描述了闭角型青光眼的绝对期表现。可见《证治准绳》中已经认识到青风、绿风、黄风内障分别为急性闭角型青光眼的前驱期、急性期、绝对期。

（二）青风、绿风、黄风内障是三个不同的发展阶段

1.《证治准绳》描写了急性闭角型青光眼早中晚期三个发展阶段的转变过程：其中指出，"在青风内障，急宜治之，免变绿色"，"绿风乃青风变重之证，久则变为黄风"，说明早期发病时，如果对此病不认识，救治不及时，可发展为绿风内障，晚期发展成黄风内障。可见，青风、绿风、黄风内障是同一疾病三个不同的发展阶段。

2. 症状和体征逐渐加重的急性发病过程：根据《证治准绳》描述，青风内障为"然自视尚见，但比平时光华则昏蒙日进……变绿色则病甚而光没矣"。绿风内障"初患则头旋，两额角相牵瞳人，连鼻鬲皆痛，或时红，白花起……故瞳愈散愈黄，大凡病到绿风，危极矣"，较青风症状严重。黄风内障"瞳神已大而色昏浊为黄也。病至此，十无一人可救者"。由此可见，不论从视功能、自觉症状、瞳神散大程度几方面，都说明青风、绿风、黄风内障是急性闭角型青光眼逐渐加重的急性发病过程。

3. 治疗原则及预后：青风内障"急宜治之……病至此亦危矣，不知其危而不急救者，盲在旦夕耳"。绿风内障"大凡病到绿风，危极矣。十有九不能治也"。黄风内障"病至此，十无一人可救者"。这说明当时对急性闭角型青光眼不能给予及时和有效的治疗，预后越来越差，导致不可逆盲的结局。

（三）绿风内障与黑风内障的关系

黑风患者为数不多，现代中医眼科教材较少论及。《秘传眼科龙木论》描述黑风内障："初患之时，头旋额角偏痛，连眼睑骨及鼻颊骨时时亦痛，兼眼内痛涩。有黑花来往，先从一眼先患，以后相牵俱损。亦因肾脏虚劳，房室不节。"歌曰："黑暗形候绿风同，脏腑推寻别有踪。黑即肾家来作祸，绿风本是肺相攻。"《证治准绳》与前者观点一致，简单描述黑风内障证："与绿风候相似，但时时黑花起，乃肾受风邪，热攻于眼。"可见，古人认为"绿色"与"黑色"只是表象，而发病的本质是一致的。我们考虑：急性闭角型青光眼多为40岁以上的中老年人，其中有一部分人已经有核性白内障或后囊下白内障的发生，瞳孔内呈现出黄棕色的背景。眼压急剧升高时，瞳神散大，角膜水肿明显。观察瞳神时，可见瞳色淡绿，因此称为绿风内障；而黑风内障的患者可能白内障尚未发生，晶体透明、清亮，发病时患者仅为角膜水肿，瞳神散大，更显瞳色幽黑深邃，与绿风内

障的瞳神颜色明显有别。所谓"绿风在肺,黑风在肾"的解释,是古人限于当时的检查条件,未能观察到晶体混浊的真相,故对二者所产生的理解,不必拘泥。总的来说,黑风内障与绿风内障发病时自觉症状基本类似,其病因为肝肺受邪,风火痰郁所致,或肝肾阴亏,肝阳上亢所致,症状表现以实证、热证为多。

(四)青风、绿风、黑风、黄风命名之探讨

古人受当时医疗条件所限,只能根据瞳神的障翳气色的不同,进行命名。随着现代检查手段的进步,我们考虑急性闭角型青光眼发作时角膜水肿,瞳神散大,晶状体不同程度混浊,故古人观察瞳神时,以角膜水肿和晶状体的颜色为背景命名。不同颜色的形成主要与以下几方面有关:①角膜水肿的轻重程度;②老年性白内障的程度;③瞳孔散大的程度。

青风时,角膜水肿较轻,瞳孔轻度散大或不散大,"视瞳神内有气色昏蒙,如青山笼淡烟也"。绿风时角膜水肿严重,瞳孔散大为主,晶状体呈棕黄色混浊,因此可见瞳色为绿色,"瞳神气色浊而不清,其色如黄云之笼翠岫,似蓝靛之合藤黄"。黑风内障的患者晶体透明、清亮,发病时患者的角膜水肿,瞳神散大,更显瞳色幽黑深邃。至黄风阶段,主要以瞳孔散大、晶状体严重混浊为主,角膜或有水肿,"瞳神已大而色昏浊为黄也"。

古人以"风"来命名疾病,主要与其发病急、病情重有关,如视力急骤下降,眼胀痛、头痛程度严重,符合"风性善行而数变"的特点。

(五)后世对青风、绿风的辨误之议

1. 青风、绿风和黄风内障反映了闭角型青光眼的发展过程

《证治准绳》在《秘传眼科龙木论》的基础上,认识到青风、绿风、黄风是一个疾病发展的三个过程,与急性闭角型青光眼的前驱期、急性期、绝对期的发展过程相吻合。急性闭角型青光眼具有浅前房的解剖特点。前驱期患者用眼疲劳或情绪波动常为诱发因素,使房角变窄,眼压轻度升高,角膜轻度水肿,瞳孔不大或轻度散大,晶体清亮,可见瞳色泛青,此时症状轻微,经过适当休息和及时治疗,房角开放,症状可以自行缓解,此期归属于青风内障,如果对此病不认识,救治不及时,可发展为急性发作期。急性发作期表现为房角大部分或全部关闭,瞳孔散大,眼压突然升高,此时眼部胀痛,伴头痛、恶心呕吐、视力急剧下降等,病情危急,比青风要重,限于当时的医疗条件,很难救治,此期归属于绿风或黑风内障。长期高眼压,导致视功能完全丧失,瞳孔散大不收,并发白内障,视力丧失,为该病的晚期,已无回天之力,此期归属于黄风内障。至于急性闭角型青光眼的缓解期、慢性期,根据症状表现,亦可归属于青风内障范畴。

2. 眼科教材中的理解辨误

二十世纪六十年代中医学院教材《中医眼科学讲义》仍遵循古代医籍《秘传眼科龙目论》和《证治准绳》的思想，认识到"青风和黄风内障是绿风内障发展过程中不同阶段的表现"。而后八十年代的中医学院眼科教材逐渐将青风内障与绿风内障分为两个中医病名论述，已经认识到"二者皆类似于西医学之青光眼"，但有急慢之分。九十年代至今，一些中医眼科丛书和中西医眼科教材认为"青风内障"起病隐伏，眼球逐渐变硬，眼内气色淡青，视物日渐昏蒙，症状与开角型青光眼接近，故将其归为开角型青光眼，并一直沿用至今，这否定了古籍中"青风"转变为"绿风"的发展过程，而未叙述其原因。

3.《证治准绳》是现代中医眼科医生临床的重要参考

重读古书，可见关于眼科相关资料，自晋唐以来分载入有关医籍及为数不多的眼科专著中，如《秘传眼科龙目论》《银海精微》《原机启微》等。明代医家王肯堂在博览前朝医籍并结合自己临床经验的基础上，历经十一年编成《证治准绳》一书，刊于1602年，从而对其以后大多数眼科著作有较大影响，《审视瑶函》《张氏医通》的眼目部分均以该书为蓝本编辑而成。其创造性地对急性眼病进行了全面系统观察和总结，改变了以往总是孤立地以症状为主进行描述和命名，是中医眼科学发展史上划时代的进步，为眼科专著《审视瑶函》奠定了基础。《审视瑶函》以《证治准绳》为蓝本，描述了青风和绿风内障的症状、病因病机和用药，仅在绿风内障部分提到"久则变为黄风"，删掉了对黄风内障证的详细叙述。

我们通过较深入的理论研究和临床实践认识到：通过《证治准绳》作者对青风、绿风和黄风内障的表现及传变描述，可见其对闭角型青光眼整个发病过程理解清晰，其从以往割裂认识疾病过程中的某一阶段，或某一主要症状，进入到比较全面系统地掌握某一病的发生、发展和转归的规律，为后世对闭角型青光眼的认识做出了积极的贡献，对认识中医眼科疾病是一个质的飞跃，是现代中医眼科医生临床的重要参考。

中国中医眼科杂志，2010，20（3）：178-180

第六节　《证治准绳》对原发性青光眼认识方面的贡献

《证治准绳》是明代王肯堂于公元1602年辑成的临床医学巨著，其中的"七窍门"（上）为眼科专论。卷中首论眼的解剖生理，提出眼内包涵神膏、神水、神光、真气、真血、真精之说；继后列述了眼部病症170余种，大大超过了自宋、元以来流行的72种眼病的范围。特别值得提出的是书中对于"五风内障"的论述较为详尽，即对原发性青光眼的认识方面做出了积极的贡献。

中医学对于原发性青光眼这一眼病早有认识，在唐《外台秘要》中即有记载，其中"绿翳青盲""乌风"即类似本病，书中指出"此疾之源，皆从内肝管缺，眼孔不通所致"。宋《秘传眼科龙木论》首次提出"五风内障"病名，在其中的七十二证方论的"五风变生内障"的诗中论及"乌绿青风及黑黄"，而在以后只描述了青风、绿风、乌风、黑风四风，对于黄风则未见说明。明代王肯堂在所著《证治准绳》中，对原发性青光眼的论述渐趋完善，如对青风、绿风、乌风、黑风和黄风这"五风"的病因、病机、症状、鉴别、转归、治疗及预后等内容皆有所论及，形成了较系统的理论认识，为这一眼病的中医研究做出了贡献。

（一）五风变成内障证

《证治准绳》认为"五风变成内障证"是五风内障发病过程的最后结果，在论述中描述：其候头旋，偏肿痛甚，瞳人结白，颜色相同，却无泪出。最后是：目中如坐暗室，常自忧叹。

五风内障包括了原发性青光眼发病过程的五种不同阶段或病症，即青风、绿风、黑风、乌风、黄风，和五风变成内障这一结果。《证治准绳》中概括地描述了五风内障的七大特点：①发病急剧；②自觉病侧眼胀、头痛为主的风症表现；③瞳神散大；④有障翳气色可见，或青、或绿、或黄、或黑、或乌、或结白等多种表现；⑤视功能改变；⑥治疗原则首先收缩瞳孔；⑦预后不良。这与现代医学所论述的原发性青光眼基本相吻合。其中特别是五风内障中的青风内障、绿风内障、黄风内障，体现了急性闭角型青光眼的典型发病过程。

因本病发病后瞳神散大，眼压升高，视物模糊，并分别呈现以上颜色，且病势急骤，善变如风，故在《证治准绳》中以青风、绿风等命名，变成内障证说明疾病发作后，对瞳神及其后的眼内组织有不同程度的损伤，是脏腑经络气血功能失调所致的严重眼病。瞳人结白，即为青光眼后期出现的并发性白内障。

（二）青风、绿风和黄风内障

《证治准绳》对于五风内障中的凡肉眼所能观察到的眼部体征和患者的自觉症状，几乎都做了描述，并同时论述了预后转归与治疗。

1. 青风内障

"视瞳神内有气色昏蒙，如青山笼淡烟也，然自视尚见，但比平时光华，则昏蒙日进。急宜治之，免变绿色。"这说明青风内障之自觉症状和他觉症状均较轻，有轻度的眼胀眼痛，伴虹视，视力减退，眼压轻度升高，瞳孔稍开大等，并可演变成绿风内障。"病至此亦危矣，不知危而不急救者，盲在旦夕耳"道明不及时治疗会导致危症，甚至直接致盲。其病因为"阴虚血少"，"竭劳心思、忧郁忿恚、用意太过"为青光眼发病的重要诱因之一，已为现代医学认可。治疗用方：羚羊角汤、白附子丸、补肾磁石丸、羚羊角散、还睛散等。

2. 绿风内障

"瞳神气色浊而不清，其色如黄云笼翠岫，似兰靛之合藤黄……先散瞳神，而后绿后黄。"此所描述均为眼压升高出现的瞳神散大、角膜水肿、房水混浊等引起的视物模糊不清的表现。强调眼胀痛症状，引用来自《秘传眼科龙木论》中对于绿风内障中的眼胀痛特点的描述："此病初患则头旋，两额角相牵瞳人，连鼻鬲皆痛，或时红白花起"，并指出"若伤寒疟疫热蒸"，说明本病的头痛寒热症状在临床常被误诊为感冒而误治。引用《世医得效方》卷十六："或先左而后右，或先右而后左，或两眼同发。或吐逆，乃肝肺之病。"说明原发性青光眼具有双眼发病以及眼压高会引起的胃肠道反应的特点。其病因"虽曰头风所致，亦由痰湿所攻，火郁忧思忿怒之过"，对其病变预后的论述有："大凡病到绿风危极也，十有九不能治也"，"盖久郁则热胜，热胜则肝木之风邪起，故瞳愈散愈黄。"治疗用方："先服羚羊角散，后服还睛散。"

3. 黄风内障

"瞳神已大，而色昏浊为黄也。"此为瞳神散大不收，睛珠变黄，见瞳内为黄色而得名，即为虹膜萎缩功能丧失，瞳孔不能回收，并有并发性白内障出现。"病至此，十无一人可救者。"说明到这一期，治疗不能挽救视功能，正如《秘传眼科龙木论》所述"问睹三光不见光"，此期视力无光感。

4. 从青风到黄风反映了一个疾病的发展过程

《证治准绳》："绿风……乃青风变重之症，久则变为黄风。"清楚说明了青风、绿风、黄风是一个疾病的三个不同发展阶段，与现代急性闭角型青光眼的前驱期、急性期、绝对期相吻合。

急性闭角型青光眼具有浅前房、窄房角的解剖特点。在前驱期患者的疲劳或情绪波动常为诱发房角关闭的因素，经常是在傍晚或夜间瞳孔散大的情况下发作，此时经过适当休息和及时治疗，症状则可以自行缓解，即为"急宜治之，免变绿色"的阶段，此期归属于青风；急性期表现为房角大部分或全部关闭，眼压突然升高，此时眼孔不通，神水瘀滞，故见眼部胀痛红赤、视力急剧下降等急重症状，其病因为风火痰湿所致，表现症状以实证、热证为多，此期归属于绿风；长期高眼压，导致视功能完全丧失，眼部组织结构破坏，并发白内障，虹膜萎缩，瞳孔散大不收，此期归属于黄风。

至于现代青光眼分期中的急性闭角型青光眼的缓解期、慢性期根据症状表现的特征，亦可归属于青风内障范畴。

（三）黑风内障

在《证治准绳》中认为黑风内障与绿风内障症状基本相似，唯一不同的是"但时时黑花起"，是一种非典型的绿风表现，故称"与绿风候相似"。其病位脏腑在于肾，病因为"肾受风邪，热攻于眼"，治疗处方为"凉肾白附子丸、补肾磁石丸、还睛散"。

（四）乌风内障

乌风"色昏浊晕滞气，如暮雨中之浓烟重雾"，其描述无明显的证候特点，仅有瞳神气色改变，未言及如绿风内障中的"先散瞳神"的程度，在中晚期可能仅为瞳神稍大，对光反应迟钝的表现。《秘传眼科龙木论》在正文下诗中最后谓："瞳神干定是为难"，反映了临床的真实情况，故《外台秘要》中指出"若见黑烟赤光，瞳子黑大者，为乌风"。病因病机：风痰人嗜欲太多，败血伤精，肾络损而胆汁亏，真气耗而神光坠矣。可见其视力视野下降是一个慢性过程，与中、晚期的开角型青光眼、慢性闭角型青光眼相关。

（五）五风内障的瞳神散大是主要症状之一

瞳神散大是五风内障的主要症状。《证治准绳》对瞳神散大这一症状亦有详细论述，曰："瞳神散大，而风轮反为窄窄一周，甚则一周如线者，乃邪热郁蒸，风湿攻击，以至神膏游走散坏。"并阐明五风中的瞳神散大是五风内障的主要症状之一，不同于以瞳神散大命名的病症。其曰："未起内障颜色，而止是散大，直收瞳神，瞳神收而光自生矣。散大而有内障起者，于收瞳神药，渐加攻内障治之。"说明五风内障眼病中瞳神散大还同时见有瞳神颜色的改变。对于五风内障的瞳神散大，不能仅采用收瞳治疗，而须同时治疗内障。"若风攻则内障即来，且难收敛，而光亦损耳。"说明瞳神散大症状出现在五风内障中，其病机复杂，难于治疗，属于危重之证而终将丧失视力。

（六）"收瞳"是五风内障早期治疗的重要措施

在五风内障的整个治疗过程中，提出早期治疗，预防为先。并同时强调了治疗重点在于收瞳，如"病既急者，以收瞳神为先，瞳神但得收复，目即有生意"，说明了瞳孔功能的恢复对患眼预后有着重要的作用。这与现代眼科学中闭角型青光眼的早期治疗关键在于缩瞳，以解除房角处虹膜根部机械性阻塞的理论不谋而合。可惜在400年前的眼科医生尚未发现有效的缩瞳药，只能是束手无药。

《证治准绳》对五风内障病症的分类具有一定的科学性，对于五风的自觉症状、体征、预后等七大特点观察细微，描述表达生动真实，如实反映了原发性青光眼，特别是闭角型青光眼临床的实际情况，对青光眼的认识做出了积极的贡献。建议今后中医院校眼科教材的编写，将"五风内障"作为一个疾病编写，以便更好地反映本病发病全过程及其本质，使学者有一个全面认识。

中国中医眼科杂志，2004，14（1）：40-41

第七节　论我国第一部眼科手术著作《秘传眼科龙木论》

中医眼科有关手术治疗的记载，最早可追溯到东汉末年的名医华佗，华佗为我国眼科手术第一人，他曾为魏国大将军司马懿之子司马师（婴孩时）做过割除目瘤手术（207～208）。《审视瑶函》中说"钩割针烙之法，肇自华佗"，并指明"针非砭针之针，乃针拨瞳神之针"，即指当时的白内障针拨术。隋唐时期的眼科手术已发展到相当高的水平，唐代眼科医家不但掌握了"金篦决目"的白内障治疗技术，而且已能配制假眼。这些有关手术治疗眼疾的内容，散见于各种医籍和文献中。对眼科疾病施用手术治疗全面系统的论述，最早首推《秘传眼科龙木论》，这可以说是我国第一部眼科手术著作。

（一）《秘传眼科龙木论》成书于唐代

《秘传眼科龙木论》是著名的眼科专著，过去被认为是宋代医家辑前人眼科著述而成，托名为葆光道人所著。我们据白居易眼病诗云"案上漫铺《龙树论》，盒中空捻'决明丸'，人间方药应无益，争得金篦试刮看"，认为诗中《龙树论》系指《秘传眼科龙木论》，并在"乌风内障"中有决明丸之方，说明该书在白居易（772—846）诞生之前即已广为人知。故《秘传眼科龙木论》应成书于唐代，而不是宋代。

（二）首次全面论述眼科手术治疗方法

《秘传眼科龙木论》列眼科常见病症72个，其中内障病23个，外障病49个，如果按后世内外障分类含义，外障病中"血灌瞳神""坐起生花""瞳人干缺"和"小儿青盲"应列入内障病类，则内障病共为27个病症，外障病则为45个病症，广泛记载了有关手术的适应证和手术方法。

手术适应证广泛，手术方法多：在27个内障眼病中，有14种适于行针拨白内障手术；在45个外障眼病中，有27种适于用镰洗、钩割、熨烙、火针、烧炙等手术方法治疗。内、外障手术病症共有41个，占72种病的56.94%，说明这些眼病中手术适应证广泛。对手术适应证，用"须""必须""宜"或"可"表达。治内障病中的白内障主要以金针拨内障为主，外障眼病中用于治疗的手术方法有铍镰、镰洗、钩割、熨烙等，其中还特别说明了熨烙法用于翼状胬肉钩割术后可防止复发。

手术禁忌证严格：《秘传眼科龙木论》72症中，对内障方面有5症明确提出不宜手术，对外障方面有11症明确指出不要误做手术，对内外障共有16症明确提出手术的不适应证，共占72症中的22.22%，对手术禁忌证用"不宜""莫"等表述，对误用手术治疗的用"针之无效""恐损眼"等予以警告。

手术适应证和禁忌证的互补性：一部较好的手术学，不仅要全面、重点地叙述各种手术的适应证，还应该重点叙述各种手术的不适应证或禁忌证，只有这样相辅相成，才能客观地体现手术学的科学性、统一性和完整性。《秘传眼科龙木论》完全做到了这一点，该书眼科手术适应证 41 个，加上手术禁忌证 16 个，两者共 57 个，占 72 症中的 79.17%。从手术学的角度看，该书有近 80% 的内容论述了眼科方面手术的适应证和禁忌证，从而充分说明了该书是一部以眼科手术为主的专著。

手术器械多种多样：《秘传眼科龙木论》中根据手术病症不同需要，记载了多种手术器械。白内障拨障金针型号有 4 种，针型主要区别在针头部分的粗细和长短不同。粗针用于形大、质软而浮嫩的白内障，俗称"嫩翳"，由于针形粗，术中与白内障的接触面大，可避免术中拨破白内障；细针适合形稍小，色黄或棕黄色，质地较坚的白内障，俗称"老翳"。故特别提醒医师，"用意临时体候看，老翳细针粗薄嫩，针形不可一般般"；针头部分有长短之别，如"沉翳内障"下又强调"此障拨时需远穴，劝君莫用短头针"。这些都说明医师面对白内障手术的复杂性，其中还相应创造了多种功能的手术器械以应对手术操作的需要。外障病症手术器械也有多种，如铍针、镰针、钩具、割具、烙具等不同，可供术者针对不同的手术病症选用。

手术方法技巧多：如白内障手术进针部位的选定，为白内障拨障技巧的一部分。根据书中所记载，可看出拨障进针部位有三种：一种为常规的进针部位；第二种进针部位距离黑睛（角膜）较近一点，主要针对形体较大、色白浮满的嫩翳，如"浮翳内障"中强调"金针拨出近乌睛"，对减少术中刺破白内障有一定意义；第三种进针部位距黑睛缘较远一点，是针对体积较小的一些沉翳内障所选择。该书还强调金针拨障术的手术程序，针对白内障的不同类型和性质，拨障程序有常法和变法，如涩翳内障采用常规拨障法，"此障拨时依本法，用针三五不还迟"；对横翳内障则要求"开时先向中心拨，随手还当若雾披"；对偃月内障要求"欲知巧妙行医法，厚处先宜拨便开"。对枣花翳内障又有所不同，应为"拨时从上轻轻拨，状似流星与落霞"。有些则强调防止刺破白内障的并发症发生，如浮翳内障指出"但依教法施心力，免触凝脂破不明"。这些都强调了手术程序的重要性和安全性。对特殊病情以手术特别处理：如对滑嫩轻软的白内障，在术中不易拨下，则采用直接刺破白内障的方法，使皮质溢出，让其自然吸收，为了减少白内障皮质吸收过程中的并发症，以术后服药促进吸收，缩短病程提高疗效。如滑翳诗中说："针拨虽然随手落，拟抽针出却归源，缩针穿破青涎散，五月金乌照远天。"在西医学发展史中，对小儿先天性白内障，用刺囊术让其皮质自然吸收的方法，也一直沿用了比较长的时间，但也产生了继发青光眼等许多并发症。

以上说明，手术经验的积累，都是在大量临床实践的基础上，才能总结出这样详细而又行之有效的手术技巧及注意事项。综观近代白内障手术，从白内障的囊内或囊外手术，或近几年迅速发展的超声乳化加人工晶体植入术等，对手术切口的要求，根据手术方式的不同，而选择有距角膜缘内、外不同距离做切口。对白内障皮质性或核性所决定的不同的软硬程度（即嫩翳或老翳）将白内障进行分级，最多分为六级，以作为手术难易程度的参考。而这些内容的基本精神，在《秘传眼科龙木论》中已体现得淋漓尽致。而不同的是，一为用肉眼在没有散瞳剂的情况下详细观察和通过手术实践的总结；另一为用光电仪器的检查方法，有较好的散瞳剂和麻醉剂的辅助下，高科技仪器手术的经验总结。在 1000 多年前的条件下，其先进性不言可知。

（三）术前检查和术前准备

术前视功能的检查：如白内障术前的检查，不仅仅是对白内障的形态、色泽、成熟程度等方面的检查，更重要的是对手术眼所存在视功能的情况要进行客观检查，以便对手术后视力恢复做出正确估计。该书科学地提出了术前两项检查结果必须达到正常要求，第一项为"不辨人物，唯睹三光"，说明患者视力已降至严重程度，但仍能辨别日、月、火三光的光觉情况。第二项为"瞳人端正，阳看则小，阴看则大"，瞳人阳看（对强光刺激）能迅速缩小，阴看（对弱光刺激）能迅速放大，是客观反映视功能好坏的标准之一，两项指标长期以来是判定白内障手术适应证和禁忌证的金标准。如雷头风内障诗中说："瞳人微大或微小，坐对三光黑不红……医师不了便针通，虽然翳坠依前暗，自愧庸医不用功。"

术前对患眼局部的详细检查：在对眼局部检查中，要充分了解外眼情况和眼内白内障的形态色泽、浮沉老嫩等状态，以便选择针具、进针部位及手术的程序，以减少并发症的发生和保证手术的完满成功。如"针内障眼法歌"中说："内障由来十六般，学医人子审须看，分明一一知形状，下针方可得安然。"这是在强调术前对白内障检查分型的重要性。

术前对患者身体的健康状况评价及术前治疗：术前对患者的身体健康状况进一步了解，能否适应手术过程，心理状态是否正常，能否很好配合手术治疗。如"针内障眼法歌"中说："冷热先明虚与实，调和四体持安然，不然气闷违将息，呕逆劳神翳却翻，咳嗽振头皆未得，多惊先服镇惊丸……"指出了术前可用药物调理身体，也包括根据患者精神状态的勇悍怯弱，对患者进行心理调治，使患者调整好心态，以防"气闷违将息"的发生，保证手术的顺利进行。

（四）重视围手术期治疗

《秘传眼科龙木论》不仅记载了多种手术方法及手术适应证、禁忌证，同时，还把围手术期的治疗作为手术治疗学的重要组成部分加以介绍，对手术患者术前调理可以缓解术前症状而利于手术，术后治疗能减轻手术反应及并发症，进而缩短疗程，提高疗效。眼科学家们在围手术期的治疗经验，形成了中医药手术发展中的一大特色，至今仍可借鉴发扬。

围手术期治疗的广泛性：该书中对凡是适合手术治疗的 41 种内外障眼病在术前或术

后的围手术期内均采用了相应的一种或几种治疗，覆盖率达 100%。

围手术期用药的多样性：书中根据病情需要和使用方便，围手术期用药采用多种剂型。如内服药有汤剂、散剂。外用眼药有膏、散和洗剂，以及配合按摩用的外用膏剂等。

围手术期治疗方法多：书中介绍了多种多样的围手术期治疗方法，如药物有内服法、外用法。外用法中有点眼法、冲洗法及按摩法。此外，还根据患者具体情况，眼病的性质及手术操作难易程度，选用针刺或火针配合治疗，以疏通经络气血，术前调整身体之阴阳虚实以利手术，术后减少手术刺激反应，增强手术疗效。对于外障病中的"膜入水轮""冲风泪出""赤膜下垂"等 6 个外障眼病也采取了术前治疗。如"暴风客热外障"说："此疾宜服泻肺汤，补肝散，铍镰出血，后点抽风散即瘥。"白内障手术的 14 个病症均于手术后，根据白内障的不同特点，手术操作中的难易程度，选用了相应的方药治疗。26 个外障眼病术后也均采用了药物治疗，内外障眼病术后用药的覆盖率达 100%。

围手术期的调护：正确的护理，可以缩短疗程，提高疗效，因此，护理工作是医疗工作中不可忽视的环节，特别是手术患者，手术前后的调护对手术成功与否关系密切。《秘传眼科龙木论》在"针内障眼叙法歌"中十分重视手术前后的护理，提出术前要调理身体，避免呕逆、咳嗽等；术后双眼要包扎，头枕要安稳，进食宜粥饭，便时勿用力等，至今对临床护理仍有一定的指导意义。

围手术期治疗效果显著：围手术期的治疗不仅可以减少术中和术后并发症的发生，对减少手术痛苦，提高手术疗效也有着不可估量的积极意义。例如白翳黄心内障者在针拨术后可服坠翳丸使其下沉，如"用金针轻拨，然后服坠翳散即效"。该书中对围手术期病症的治疗效果有一定的评价，书中用"即瘥""即效""立效""神效""主之效"等表达了不同程度的治疗效果。

重视手术前后的心理疏导：一般情况下，围手术期患者可有各种心理变化，如术前焦虑、害怕、担心手术失败、担心盲目等。对于术后创口疼痛等一些正常反应，多虑患者可误解为异常反应，产生担心手术失败等心理障碍，不利于手术及术后康复。书中强调此时需要医生及时进行心理疏导，高度重视术后康复阶段的心理治疗，达到使患者早日康复的目的。

强调反对迷信：书中倡导有病要早就医的科学思想，反对封建迷信，提出迷信活动延误病情，终致失明的严重后果。如在"五轮歌"中明确指出"愚痴初患不将治，初问针药却生疑，求神拜鬼闲烧灸，痛极狂心狂祷神，风热渐深牢固后，昏沉翳膜始求医"。在"胎患内障"和"肝虚积热外障"也有类似记载，体现了书中强调反对迷信愚昧，树立信医不信巫的科学思想。

医者要具备高度同情心：书中还要求医护人员树立高尚的医德，急患者所急，想患者所想，提倡"安心定意行医道，念佛亲姻莫杂喧"，"针者但行贤哲行，恻隐之情实善缘"，实乃医护人员行医做人之准则。

（五）对后世的学术影响

手术方法源远流长：《秘传眼科龙木论》所载的手术方法，为后世中医眼科手术的发展奠定了基础，做出了贡献，如宋代元丰年间（1078—1080），太医局设九科，眼科为其中之一，当时将《龙木眼论》定为讲授课程之一，称为小经，为各科必读之书。学生3000人，分配于眼科者20人，可见至宋代我国眼科之兴盛。如元代《世医得效方》和清代《医宗金鉴·眼科心法要诀》均是在此基础上稍做辑录修改而流传于世。书中所载金针拨障术在我国流传较久，特别是到了清代，黄庭镜所著《目经大成》"内障"中详述金针拨障术的进针部位，"去风轮与锐眦相半，正中插入，毫发无偏"，以及金针拨障术的手术"八法"，使后人有所遵循和学习。我国当代著名中医眼科专家唐由之教授于二十世纪六十至七十年代就对此做了大量深入研究，并在此基础上有所创新，改革了针拨白内障手术方法，发明了"白内障针拨套出术"，并于1985年获国家科技进步二等奖。针拨术在睫状体平坦部的进针手术部位，仍为近代高精尖显微眼科手术中的玻璃体切割术、视网膜移植术所采用。

围手术期治疗日益受重视：围手术期治疗，作为手术治疗学的重要组成部分，对减少手术并发症，提高手术疗效有着十分重要的意义。在古代，由于缺乏消毒手段，手术器械简陋，对眼组织结构欠了解等，故术中和术后并发症较多，为此，眼科学家们充分发挥了中医药学的优势，在围手术期的治疗方面进行了大量的探索和实践，积累了丰富的经验。《秘传眼科龙木论》记载了这些经验，后世医家代有发挥。现代中医眼科学者，运用中医药辨证治疗一些手术并发症，如玻璃体切割术后、角膜移植术后、网脱术后、眼底病激光术后等，取得了很好的疗效。对患者手术后视功能的康复，起到了积极的作用，已成为中医治疗眼病的一大特色，其独特的疗效，为中西医眼科界及眼病患者所瞩目，中医眼科围手术期治疗理论不断得到充实、发展、创新、提高，并将对以后眼科学术发展发生深远的影响，起到不可替代的治疗作用。

总之，《秘传眼科龙木论》一书应产生于唐代，该书首次全面系统地论述了古代眼科手术的内容，从手术方法、适应证、禁忌证到围手术期治疗，包括药物的、心理的疗法，外治的、内服的方法，针灸、按摩等多种形式，内容全面，充分反映了唐代后期眼科医家的手术治疗经验，它代表了我国唐代眼科手术治疗学的学术体系已经形成。从中医眼科手术学的形成发展看，《秘传眼科龙木论》最早系统全面记载了眼科疾病的手术治疗方法，体现了眼科手术治疗学的主要内容，所以说，《秘传眼科龙木论》是我国第一部全面系统论述眼科手术的著作，要比阿拉伯名医 Ali ibn Isa（940—1010）所著的眼科教科书三卷至少要早200年左右，因此深入研究这部医学著作，可更好地继承和发展中医眼科学术，更好地发挥中医眼科优势，进而为现代眼科临床服务，为中医眼科学术的发展做出贡献。

中华医史杂志，2005，35（3）：179–182

第八节 读评《医宗金鉴·眼科心法要诀》

《医宗金鉴》一书是由清代乾隆皇帝钦定编纂的一部国家级大型综合论著，于公元 1742 年刊行，其中《眼科心法要诀》（以下简称《要诀》）的内容主要参照了《秘传眼科龙木论》（以下简称《龙木论》）的编目及内容进行了编写和论述。《龙木论》成书于唐代，为医家集前人眼科著述而成，是著名的眼科专著，尤其对于眼科病症的手术治疗有大量篇幅的论述，被认为是我国第一部全面系统论述眼科手术的专著，但《要诀》这部论著，无论其学术专业性还是内容的丰富性，尤其在手术治疗方面都与《龙木论》有极大的差异，现择要点分析如下。

（一）眼科病症目录的增减情况

《要诀》中所列病症在《龙木论》72 病症基础上做了增减及调整，共列眼科病症 72 个，其中内障眼病 24 个，外障眼病 48 个。内外障病名大部分沿袭了《龙木论》中的名称，删去了症状和体征描述得不够具体的"肝风目暗内障""坐起生花"，新增加了"黄风内障"，并把"瞳人（仁）干缺"做了更正，从外障眼病列入内障病中，在外障眼病中增加了"睥生痰核"，使之更切合临床实际。另外，值得提出的是，《要诀》参考了《证治准绳》《审视瑶函》的内容，选择了 10 种眼病在正文后做了"补遗"，包括"能近怯远""能远怯近""瞳神紧小""干涩昏花"等，体现了《龙木论》之后的发展情况。

（二）内障眼病的治疗原则

1. 白内障针拨术的手术治疗方法几乎被删除

《要诀》在每个内障眼病治疗中附以 1～2 个方剂，包括白内障，绝大部分以内治为主，而只在"散翳"症歌诀中提到手术治疗，如"散翳形散如鳞点，乍青乍白映瞳中，胞内粟生兼烂痛，金针一拨目光通"。文中虽提到治疗"散翳内障"可用金针拨障术，但其所述"胞内粟生兼烂痛"显然是不了解手术的外行话，因为这是金针拨障术之不适应证。而《龙木论》在 23 个内障眼病中，有 14 个提出了金针拨内障的手术方法。书中各以"其眼须针""宜金针拨之""金针针之""依法针之立效"等表达，并对 6 症明确提出不宜手术，如"五风变内障"篇曰："后有脑脂如洁白，真如内障色如霜，医人不识将针拨，翳落非明目却伤。"可见《要诀》对《龙木论》这一方面内容有较大删减。

2. 白内障围手术期的治疗被错误地认为是对白内障的治疗

《要诀》把《龙木论》中所列手术后应服方药视为治疗眼病之方药，错误地理解了《龙木论》原书的本义。《龙木论》不仅记载了多种手术方法及适应证、禁忌证，同时，还把围手术期的治疗作为手术治疗学的重要组成部分加以介绍，对手术患者术前调理可以缓解术前症状而有利于手术，术后治疗能减轻手术反应及并发症，进而缩短疗程，提高疗效。《龙木论》在手术病症论述中多附有术前处理或术后用药方剂，如《龙木论》"涩翳内障"篇中提道："此眼初患之时，朦胧如轻烟薄雾，渐渐失明，还从一眼先患，后乃相牵俱损，不睹人物，犹辨三光……金针针之，然后服还睛丸、七宝丸立效。"即指金针拨障术后可服还睛丸、七宝丸调理。《要诀》中涩翳歌诀大意为：此病瞳神内色白而微赤，如膏脂凝结之状，瞳神端正，渐渐失明，乃肝肺风热上攻目系，神水被灼，晶珠混浊而成。宜用消散肝肺风热之还睛丸、七宝丸治之。后附涩翳还睛散方和涩翳七宝丸，其方药组成与《龙木论》中相同。对于《龙木论》所提到的金针拨障术的 14 个内障病后所附方剂，《要诀》中有 10 个病症治疗方剂与之完全相同，其余 4 个病症所列方药只是略有少数药物增减，但除散翳症中所提到的手术后可先服"散翳还睛散"，再用散翳补肝散外，其余恰恰是把《龙木论》中围手术期用药当作白内障治疗方法，可见前者曲解了后者的本义，对后来学者产生了极大的误导，将应该采取手术治疗的白内障仍以药物做无效的治疗，于事无补。《龙木论》中也明确指出："求神拜鬼闲烧炙，痛极狂心枉祷神。"

3. 手术方法、术前术后的护理和注意事项被删除

（1）手术方法：《龙木论》一书根据手术病症不同需要，记载了 4 种手术器械、3 种不同进针部位及相关的手术方法。例如：手术器械主要为拨障针，有长头针和短头针、粗针和细针之分。进针部位：一种为常规的进针部位；第二种进针部位距离黑睛（角膜）较近一点，主要针对形体较大色白浮满的嫩翳，如"浮翳内障"中强调"金针拨出近乌睛"对避免术中刺破白内障有一定意义；第三种进针部位距离黑睛较远一点，是针对体积较小的"沉翳内障"所选择。此外，《龙木论》还强调金针拨障术的程序。针对白内障的不同类型和性质，拨障程序有常法和变法。如"涩翳内障"采用常规拨障法："此障拨时依本法，用针三五不还迟"；对"横翳内障"则要求"开时先向中间拨，随手还当若雾披"；有些则强调防止刺破白内障的发生，如"浮翳内障"指出"但依教法施心力，免触凝脂破不明"。这些都强调了手术程序的重要性和安全性。另外，书中也提到了特殊白内障手术的处理方法。如对滑嫩轻软的白内障，可采用直接刺破白内障的方法，使皮质溢出，让其自然吸收，或术后服药帮助其吸收。由此可见，《龙木论》作者对白内障手术是有很丰富的临床经验的。而这些详细论述在《要诀》中均被删去。

（2）围手术期治疗：《龙木论》一书中对凡是适合手术治疗的内障眼病在术前或术后的围手术期内均采用了相应的一种或几种治疗，并根据病情需要和使用方便，对围手术期的用药采用了多种剂型。如内服药有汤剂、散剂；此外，还根据患者具体情况、眼病性质及手术操作难易程度，选用针刺或火针配合治疗，以疏通经络气血，术前调整身体寒热虚实以利手术，术后减少手术刺激反应，增强手术疗效。如"白翳黄心内障"所说"先须凭服汤药丸散，将息谨护，即宜针刺诸血脉，后更用金针轻拨。然后服坠翳散即效"。

而《要诀》中几乎未提及手术治疗，所以也无从谈起围手术期治疗。

（3）围手术期注意事项：《龙木论》在"针内障眼叙法歌"中十分重视手术前后的护理,提出术前要调理身体,避免呕逆、咳嗽;术后要双眼包扎,进食宜粥饭,便时勿用力等,这些内容在《要诀》中均未见提及。

（4）手术前视功能检查：《龙木论》书中科学地提出了术前两项检查结果必须达到正常要求。第一项为"不辨人物,唯觑三光",说明患者视力已降至严重程度,但仍能辨别日、月、火三光的光感情况。第二项为"瞳人端正,阳看能小,阴看能大",即瞳孔对光反应良好,是客观反映视功能好坏的标准之一。而且在圆翳内障、涩翳内障、沉翳内障、横翳内障、胎患内障多个病症中都提及此方面的内容。《要诀》在内障眼病里虽然也提到有关视功能检查方面的内容,如浮翳歌诀曰:"明看细小暗看宽",圆翳歌诀曰:"明视翳小暗看宽",表示阳看（对强光刺激）瞳仁缩小,其翳略小。阴看（对弱光刺激）瞳仁放大,其翳变大,但论述不仅相对较简单,而且将学者重点转到注意观察翳的大小、形态,而易于使人忽略瞳仁的形态及功能,而后者恰恰是《龙木论》所强调的。

（三）外障眼病手术治疗方法及用药有删减

1. 外障眼病较少病症采用手术治疗

《要诀》在48个外障眼病中仅有7个病症采用了镰洗、钩割、熨烙等手术方法,并且每个病症的手术治疗方法种类也较少。《龙木论》在45种外障眼病中,对27种提出用镰洗、钩割、熨烙、火针、烧灸等方法治疗,可见其适应证之广泛,外治方法之多;还介绍了外障患者手术器械有铍针、镰针、钩具、割具、烙具等不同种类,以供术者针对不同手术病症选用。

2. 手术后用药有删减

《要诀》外障眼病虽然提到了手术后辅助用药,如"胬肉攀睛"治疗宜钩割熨烙,后服除风汤。但7个采用手术治疗的病症后所附方药基本沿用《龙木论》方药,部分有增减或方名有改动。如"暴赤生翳"证基本沿用了《龙木论》所述手术方法和方药。只是芦根饮方中将"黄芪"改为"黄连";而"睑硬睛痛"症《要诀》中把泻肝散方名改为凉膈散,只是将方中"天冬"改为"栀子"。

由此可见,《要诀》并非眼科专业人士所编著。第一,作者对清以前眼科发展的历史和水平知之不多,此前医家所收集的大部分内容未被收录进来,遗漏了许多古人的治疗经验;第二,对眼科学中积累的多种手术方法和丰富的手术经验知之甚少,或者从未见过,故避而不谈,未提及白内障手术的有关内容,于外障内容也很少谈到手术治疗;第三,作者对根据内障的成熟程度、形态、色泽等表现考虑对手术治疗中方法的选择以及术前、术后的用药治疗目的和作用几乎不理解。

总之,从以上对照学习中可以明显看出,《要诀》应为理论水平不高,缺乏眼科临床实践经验之士所著，不管其主观目的如何，客观上长期以来误导了眼科学子，其论述重点偏向于内治法，客观上影响了中医眼科手术学的发展。特别对于缺乏一定理论和经验的初学者，缺乏辨认其真伪能力的情况下，可能弊大于利，故不应作为推荐给初学眼科者学习的参考书。

中国中医眼科杂志，2005，15（4）：225-226

第九节　加味逍遥饮溯源及其在中医眼科中的应用和发展

加味逍遥散一方是在《和剂局方》逍遥散基础上加减而成，是后世中医临床应用较广泛的方剂之一，傅仁宇在所著眼科专著《审视瑶函》中将组方药味做了适当调整，最早用于治疗"暴盲"，方名为加味逍遥饮，自此为眼科常用方，在近代成为治疗急性视神经炎、视神经萎缩等多种病症之经典方剂。临床中如欲很好应用加味逍遥饮，必须对其特点、源流、演变发展等问题进行深入探讨和研究，免除应用中出现误区，方可更加合理恰当。

（一）加味逍遥饮之临床应用

1. 傅仁宇是眼科引用"加味逍遥饮"治疗暴盲第一人

在中医眼科发展历史上，傅仁宇是最早用加味逍遥饮治疗"暴盲"的人。《审视瑶函》应是引用"加味逍遥饮"治疗暴盲的第一部专著，在此之前，《证治准绳》以刘完素之玄府理论为指导，对暴盲的病因病机做了较深入的探讨，但书中有论无方，故本方应为疏利玄府、清肝解郁治疗暴盲第一方，为后世治疗急性视神经视乳头炎、视神经萎缩、皮质盲等病症及其他眼科病变打下了良好的基础。

2. 加味逍遥饮（《审视瑶函》）的方药与主治

方药组成：当归身 10g，白术 10g，白茯神 10g，生甘草梢 6g，白芍药 10g，柴胡 10g，炒栀子 10g，牡丹皮 10g。功效：清肝解郁、疏理玄府。主治怒气伤肝，并脾虚血少，或热病后期所致目暗不明，暴盲或青盲早期，头目涩痛，或妇女月经不调等症。方中以柴胡疏肝解郁，当归身、白芍补血养肝，白术健脾和胃，茯神宁心安神，使神光不致散乱，炒栀子、牡丹皮清肝中郁火，生甘草梢加强丹、栀之功，全方配伍共奏清肝解郁、补血养肝、宁神明目之功。刘河间认为，目盲发生的病因病机乃"悉由热气怫郁，玄府闭密，而致气、液、血、脉、营、卫、精神不能升降出入故也"。王肯堂对暴盲的症状、病因病机、预后等都有较详细的论述，但未提出治疗方药。傅仁宇继王肯堂之后，深刻领会王肯堂之说，以刘完素玄府理论为指导，首选清肝解郁法，疏理玄府，在加味逍遥散基础上适当调整了某些药物，以更适合暴盲症的特点。

3. 加味逍遥饮用药特点

傅仁宇根据"暴盲"发病的病因病机，调整了方中三味药，对此应该给予足够的理解和重视。

（1）方中用当归身而不用当归：因"暴盲"多由忿怒暴悖，恣酒嗜辛，好燥腻及久患热病、痰火之人得之，此必将耗血伤阴，当归身合白芍，功在滋养肝血，平肝敛阴，令目得血而能视。

（2）方中用茯神而不用茯苓：因暴盲者多有思虑太过，用心罔极，忧伤至甚者，用茯神之意在于加强宁心安神之功效，使神光不得散乱。

（3）方中用生甘草梢而不用炙甘草：因其邪热郁于肝胆玄府，取其凉而泻火，消肿解毒之功，与柴胡、栀子相配，清心火之上炎，泻肝胆之郁火，疏利玄府幽邃之源，开启通光之道，更优于炙甘草。本方与丹栀逍遥散药味形似相同而取材有异，对于"暴盲"的病因病机及病症，更具有针对性。

4. 加味逍遥饮引领后世治疗暴盲、青盲等眼病的进一步发展

眼科名老中医韦文贵先生在古方加味逍遥散基础上加白菊花、石菖蒲、枸杞子，名为"逍遥散验方"，在养血疏肝清火的基础上，加菊花以加强平肝明目的作用，枸杞子滋养肝肾明目，石菖蒲芳香开窍，疏利玄府，使目得养而神光充沛。此方用于七情内伤所致肝郁气滞型，或温热病后，玄府郁闭而致双目失明，如球后视神经炎、视神经萎缩、皮质盲；或突然失明（暴盲），如急性球后视神经炎、视网膜中央动脉阻塞、视网膜静脉阻塞、视网膜静脉周围炎所致玻璃体出血（大量出血时类似暴盲）。韦玉英主任继承了韦文贵先生运用逍遥散验方治疗儿童视神经萎缩的经验，做了大量的临床观察，其研究课题"明目逍遥汤治疗儿童血虚肝郁型视神经萎缩的临床研究"获得了卫生部医药卫生科学技术甲等奖。庞赞襄老先生为庞氏眼科第三代传人，14岁从父学习眼科，18岁独立应诊，37年后将临床经验总结写成《中医眼科临床实践》一书，先后两次共发行21万册，在中西医眼科界影响颇大。书中用加味逍遥散治疗视乳头炎、球后视神经炎等眼疾，此为继傅仁宇以后应用加味逍遥散的进一步发展。

（二）加味逍遥饮之来源及功效

1. 逍遥散之组方及主治

逍遥散一方出自《和剂局方》，为和理肝脾、疏利玄府之名方。其方药组成为：炙甘草 4.5g，当归、茯苓、白芍药、白术、柴胡各 9g，烧生姜一块，薄荷 3g。功效：疏肝解郁，健脾养血。主治血虚劳倦，五心烦热，肢体疼痛，头目昏重，心忪颊赤，口燥咽干，发热盗汗，减食嗜卧及血热相搏，月水不调，脐腹胀痛，寒热如疟。又疗室女血弱阴虚，荣卫不和，痰嗽潮热，肌体羸瘦渐成骨蒸等症。

2. 加味逍遥散之出处及功效

加味逍遥散出自薛己《校注妇人良方》或《内科摘要》中，是在《和剂局方》逍遥散基础上去薄荷及烧生姜二药，增加了栀子、牡丹皮两味，故又称丹栀逍遥散或八味逍遥散。其功用为清肝解郁，养血调经。适用于肝郁化火，血虚有热，头痛目涩，潮热颧红，自汗盗汗，口干；或月经过多，少腹作痛，小便涩痛。栀子苦寒，入心、肝、肺、胃经，能清热泻火，凉血解毒；能散肌表热，又能泻里热，用于外感热痛，表里俱热之候，起双解作用；能泻上中下三焦之火，除热病心胸烦闷，治疮疡肿毒；能清气血之热，还能清利湿热；具有轻清上行之性，善解肝胆之郁火，清利玄府之郁热，为治头目诸热证之要药；外可治胞睑赤肿疮疡，白睛、黑睛之患，内可疗目昏、暴盲，眼底出血诸疾；唯脾虚便溏者不宜。牡丹皮苦辛微寒，入心、肝、肾经，能泻阴中之火，退火生阴；丹皮为血中之气药，既可和血生血，又可条达气血，与黄柏苦寒而燥久用既伤阳气又伤阴分不同，黄庭镜在《目经大成》中对以上二味药给予极高的评价，谓："丹栀色赤入血，味苦从火。既伐肝邪，自疏肝气，薛氏以治上症，诚有卓见。"

赵献可在其所著《医贯》中提到"古方逍遥散"，方药组成为柴胡、薄荷、当归、芍药、陈皮、甘草、白术、茯神，并提到"加味者，加丹皮、山栀。予以山栀屈曲下行泄水，改用吴茱萸炒黄连"，此方虽不是专为治疗眼科疾病而设，但其组方用药原则，值得我们借鉴。《目经大成》点评其优点时提道："对脾虚便溏者，用吴茱萸炒黄连代替炒山栀，复增橘皮，取其辛燥之气，引连入目，木平则心火也因之而息。且火不刑金，而金能制木，又得佐金之意。"《目经大成》还提到另一加味逍遥散加减方，名为"羚犀逍遥散"，改用羚羊角、犀角（现在犀角一般用水牛角代替，下同）磨水调服本方，称其"效尤速"。

（三）临床应用加味逍遥散中的误区

在临床应用中，由于逍遥散、加味逍遥散、加味逍遥饮针对的病症的病因病机发生、发展及临床表现有所不同，因此其药味组成、功能、主治方面各有具体的特点，对这些特点未能及时注意和理解，从而出现一些误区，并常出现于学术著作或论文中。

1. 将逍遥散中的烧生姜（即煨姜）误作生姜。

2. 误认为加味逍遥散是在逍遥散八味药的基础上加牡丹皮、栀子，实则为原方去掉烧生姜和薄荷，另加丹皮和栀子。我们常见到文章中加味逍遥散的加减应用中写成"去生姜"，"去薄荷"，实为画蛇添足之举。

3. 近代有关眼科的文献中，对本专业特色的亮点和细节注意不够，很少提及《审视瑶函》中最早应用加味逍遥饮治疗暴盲，有的即使提到，也未对其用药特点及独特见解予以应有的重视和采纳。

4. 笔者认为，加味逍遥饮中之柴胡是否可用银柴胡为宜，对此问题将另做讨论。总之，疏利玄府、清肝解郁之加味逍遥饮是治疗眼科急症暴盲常用方，首先要用好，更要用活，才能达到明目除昏之目的。

（四）加味逍遥饮中一般宜用银柴胡

明代倪朱谟在其《本草汇言》中提道："银柴胡、北柴胡、软柴胡气味虽皆苦寒，而俱入少阳、厥阴，然又有别也。银柴胡清热，治阴虚内热也；北柴胡清热，治伤寒邪热也；软柴胡清热，治肝热骨蒸也……如《伤寒》方有大小柴胡汤，仲景氏用北柴胡也；脾虚劳倦，用补中益气汤，妇人肝郁劳弱，用逍遥散、青蒿煎丸，少佐柴胡，俱指软柴胡也。业医者当明辨而分治可也。"《本草纲目》举例曰："《和剂局方》治上下诸血，龙脑鸡苏丸用银柴胡浸汁熬膏之法，则世人知此法者鲜矣。按庞元英《谈薮》云张知阁久病疟，热时如火，年余骨力，医用茸、附诸药，热益甚。招医官孙琳诊之，琳投小柴胡汤一帖，热减十之九，三服脱然。琳曰：此名劳疟，热从髓出，加以刚剂，气血愈亏，安得不瘦？盖热有在皮肤，在脏腑，在骨髓非柴胡不可。若得银柴胡只须一服，南方者减，故三服乃效也。"此案例小柴胡汤中所用柴胡为南柴胡（即软柴胡）。以上说明北柴胡解肌表热，邪在半表半里，引热邪外出，用于大小柴胡汤最宜，而不宜用银柴胡；南柴胡较北柴胡力弱，能解脏腑之热，补中益气汤中治劳倦内伤脏腑之热适宜；逍遥散中用于治疗阴虚内热，发自骨髓，以银柴胡为宜。加味逍遥饮一般应用银柴胡，与丹皮、栀子配合，对于热病伤阴而热入玄府；或因暴怒忿郁，忧伤过度，肝郁气滞玄府闭塞，因郁而热，因郁而耗伤阴血所致暴盲或青盲早期最为适用。综上所述，庞赞襄先生在多年的中医临床实践中，用银柴胡代替柴胡治疗眼科疾病有其一定道理，加味逍遥散用于因热郁而伤及阴血之眼科疾患，以银柴胡为佳，而在治疗外感热邪之眼病时，如羌活胜风汤、钩藤饮方中，用柴胡协助祛风清热，理之当然。

中国中医眼科杂志，2007，17（4、6）：230、352-353

第十节　近代中医理论家杨则民及其《黄帝内经》哲学思想研究

杨则民（1893—1948），诸暨人，浙江近代名医。近代著名中医理论家，首次提出以唯物辩证法思想指导《内经》研究，在中医理论上独树一帜，是我国近代中医界接受和运用马克思主义哲学的先行者。

（一）生平简介

杨则民先生又名寄玄，字潜昌，浙江诸暨五泄人氏，生于1893年8月，于1948年6月惨遭国民党杀害，终年56岁，中华人民共和国成立后被定为革命烈士。杨则民青年时期曾就读于浙江第一师范学校，因从事革命活动曾二次被捕入狱，获释后致力于中西医籍的研究，学识渊博，医理精通，对《内经》《伤寒论》等典籍造诣精深，受到当时医界的重视和瞩目。1928年执教于浙江中医专门学校，致力于中西医汇通，敢于创新，勤于著述，撰写出大量哲理明通的论著，其手稿有《中药方论》《医事类记》《旅桐随记》《医林独见》等，石印本讲义有《内经》《药物概论》《方剂学》等共30余册。其中最具影响的是"内经之哲学的检讨"，该文最早发表于《浙江中医专门学校校友会会刊》，后转载于1935年《国医公报》第2卷，又连载于1942年《国医砥铨》第1～12期，1948年出版的《中国医药论文选》亦将其收录。中华人民共和国成立后，上海中医学院、中华全国中医学会又分别于1962年、1984年进行翻印，可见此文影响之大。

（二）以辩证法思想统筹《内经》研究

杨则民认为，理解《内经》的正确途径是研究其理论中包含的思想方法，通过对大量唯物辩证法哲学著作的深入研究，认为研究《内经》不应以机械的科学方法研究与批判，而应从哲学的角度审视之。他在"内经之哲学的检讨"一文中提出，《内经》作者不以分段视人体，不以单体视疾病，而以整个互相联系的观念视病体，并一针见血地指出："然《内经》之最高理论为何？曰辩证法的观察是也。"杨则民认为，《内经》的研究应以辩证法思想为指导，《内经》的阴阳五行学说中都包含着辩证法思想，认为"《内经》之方法为辩证法……其最高理论为阴阳五行生长收藏与调节，以辩证法叙述之，故欲研究而理解其内含之精义，自以辩证法为最正确之途径"；"现代之辩证法的唯物论，与吾先民之辩证法，非纯相符合也。盖对立、发展、变化、统一联系以及唯物诸义，求之《内经》无不俱有而相同。"这些见解驳斥了当时视《内经》为玄学的"取消派"理论，反映出杨则民以唯物辩证法统筹《内经》理论的研究，从哲学高度说明中医学强大生命力之所在。在20世纪30年代初，这种创新性地将唯物辩证法与传统医学相结合的思想，在当时的医学界引起了不小的轰动。

（三）《内经》的主要理论与唯物辩证法

关于阴阳五行的认识，杨则民通过将唯物辩证法与《内经》理论相结合指出："今之浅人视阴阳二字即为迷信之代词，不知宇宙对立者也，而阴阳是以说明之……《内经》以阴阳表示对立之原素，以五行表示发展之过程，此真理也，但为时代所限，科学未兴，故说明不能不幼稚耳。"这些见解运用马克思主义哲学思想解释了《内经》理论的科学性与合理性，既批驳了视阴阳五行为迷信的错误观点，同时也认识到阴阳五行学说之不足，为辩证性地认识研究《内经》打下了良好的基础。

1. 关于阴阳的认识

杨则民认为阴阳是用以概括宇宙间相互对立事物性质的，而非迷信的代名词。他列举了《内经》中用阴阳学说论述人体生理、病理、诊断和自然界的大量条文，论证了其中包含的辩证法思想及其时代的局限，根据唯物辩证法指出阴阳除对立关系外，尚有阴阳相消（消长）和阴阳相生（互根）及相互转化的关系，而中医治疗疾病的根本在于调理阴阳，使之复归于平。阴阳的对立统一、互根、消长、转化等基本特征，说明阴阳矛盾对立的双方处在一个统一体中，不是静止不变的，而是运动变化的，并有量变到质变的过程。这些与唯物辩证法的三大规律，即对立统一规律、质量互变规律与否定之否定规律是很吻合的。

唯物辩证法认为，一切存在的事物都由既相互对立又相互统一的一对矛盾组合而成，双方既具有同一性，又具有斗争性。同一性是指矛盾双方相互依存、相互肯定的属性，二者共处于一个统一体中，互为存在的前提（即阴阳互根）；斗争性是指矛盾双方相互排斥、相互否定的属性，通过斗争实现双方力量的对比和相互关系的不断发生变化（即阴阳消长），此为量变的过程，达到一定程度可以使双方相互过渡、相互转化（即阴阳转化），使事物向对立面转化，也就是达到质变的飞跃。阳证在一定条件下可以转化为阴证，阴证在一定条件下又可以转化为阳证。这也是事物本身的自我否定，如果过程继续进行下去，否定它事物的事物又被否定，这就是否定之否定，从而促进事物的不断前进与发展。通过对比分析阴阳学说及唯物辩证法的基本内容，说明唯物辩证法的基本规律在中医阴阳学说中的体现是相当充分而具体的，阴阳学说的本质特征，不但符合唯物辩证法，而且可进一步充实其内容。

2. 关于五行的认识

杨则民的论述颇为精辟："五行又称五运，曰运曰行，皆为变动不居之义也，此其一；金木水火土五行，顺次则相生，为生长发展之义，逆次则相消相克，为矛盾破坏之义，此其二；五行相互而起克，有彼此关联之义，此其三；五行之中，亦分阴阳，有对立之义，此其四；五行相生相克，具有扬弃之义，此其五。凡此皆辩证法之含义，征之自然与社会而可信者也。"

杨则民将五行称为"五运"，首先，无论"行"或是"运"都强调五行不是静止的，如同运动是物质世界的基本属性一样，五行的主要特性亦是"变动不居"，即永恒运动，无论自然界或是人体，无论脏腑或是经络，无论生理或病理中的五行生克亦复如是；其次，五行的运动产生了普遍联系及生克制化，如同马克思主义哲学所讲的物质世界是普遍联系的一样，五行彼此间不是孤立的，而是存在着相生、相克、相乘、相侮，既对立又统一的辩证关系。此外，唯物辩证法认为，在事物的普遍联系中最突出的就是系统联系，系统是一个标志事物整体的哲学范畴，系统中的各要素按一定的方式组成，各内部之间及与周围环境之间互相联系，互相作用，其本质是由多方面的对立统一构成的矛盾体系。将世间纷繁复杂的万物分门别类地归于五行之下，研究其相互作用的规律，这是一种原始的系统论。

五行学说不仅仅是提供了一种分类方法，更重要的是将事物间的联系归于系统中，其正是论述系统之间相互联系与作用规律的理论工具，五行之间具有"生长发展""彼此关联""矛盾破坏""对立""扬弃"等相互联系、相互斗争、相互转化的规律，均是唯物辩证法思想的体现。

五行学说是我国古代的一种哲学思想，正像邓铁涛所言："虽然在它的发展过程中曾为象数之术所兴，为神学政治所染，但它所包含的有关事物间的互动关系的模式，乃是中国先哲理性思维之结晶。当它融入唯物的中医实践过程之中后，就在不断地摆脱和远离着原来缠绕着它身上的宗教的和哲学的外壳。"而杨则民正是以唯物辩证法践行这种中医实践的先行者。

3. 关于生长化收藏之理

杨则民提出《内经》中另一个体现辩证法思想的内容为"生长化收藏"理论。古人观察到万物在天地交泰中有春生、夏长、秋收、冬藏之化，即阳生阴长、阳杀阴藏的节律，同时生命体应四时节律的变化也有生、长、壮、老、已的变化，而这种周期的变化绝不是简单的机械运动重复，而是有更丰富的内涵。杨则民继承了恽铁樵《内经》以四时为本的思想，认为恽氏的"四时"与自己的"生长化收藏"均指辩证法的生长发展毁灭过程，其实质是事物的发展变化，并列举了许多事例说明《内经》生长化收藏之理，包括天体发生的星云说及马克思经济学说资本积累的过程等。杨则民认为《内经》作者用五行做论说工具是不得已而为之，并已采取了弥补措施，即不断对五行含义加以延伸，并赋予新的内涵，即"取义于生长化收藏，纯以生长发展毁灭为言，换言之，即以辩证法的思想为训者也，此《内经》一大特色也"。杨则民认识到五行学说的机械性与局限性，认为事物的相互规律并不能单纯以五行学说封闭的循环理论来解释，认为《内经》五行更重要的内涵是言"生长化收藏"，五行各要素之间相互生克，其更重要的实质是体现发展变化，进而指出："《内经》以发展变化言五行，其言六气，六经，论脉，论五脏疾病，亦皆以变化发展为言者也。"《内经》中的阴阳、五行学说，是古代的认识论、方法论，是哲学特别是关于人的生命哲学，体现的是一个宏观的生命观，其根本是研究以"生长化收藏"为核心的人的生、老、病、死问题。而杨则民认为这些与唯物辩证法对宏观世界的认识是相通的，尽管人的生命是复杂多变的，但先哲们却能以哲学的视野，借用阴阳五行这些说理工具来揭示人与自然界相关联的时空、地域、方位等的整体运动特征与规律。

4.《内经》治疗学与唯物辩证法

杨则民对于《内经》中的治疗理论评价很高，指出其由哲学思想引申而来，蕴含着丰富的辩证法思想，且经过数千年的实践检验验之而不虚。包括《素问》的"至真要大论""标本病传论""阴阳应象大论""五常政大论"等经文中涉及诊断学的分阴阳、别虚实、定标本，治疗学的正治反治、标本治法，方剂学的组方原则等许多重要内容。杨则民以辩证法为纲领，将《内经》的治疗学思想概括为纵、横、和三方面："所谓纵者，即五行四时也，以生长收藏发展为义也。张仲景以六经为说，刘守真与后世温热派，以三焦为词，易以今语，犹初期中期末期疗法也……论虽不同，要之根据生长化收藏之理以施治，固大同也。所谓横者，即阴阳也，以对立为义也。古人以阴阳言病体，以虚实言体质，以表里言病位，以寒热言病势，以温清言用药，以攻补言治法，以脏腑别阴阳，以营卫气血定证治，皆对立为义也。所谓和者，即调节之义。盖疾病为生活细胞机能亢进或减退之谓，为体内化学成分过与不及之谓，为生理之调节功能失效，而或亢奋或衰弱，反生异常之谓，治病之道无他，过者除之，不及益之，病理机转亢进则抑制之，生理机转减退则扶助之……此皆旨在使生理之调节机能勿减退或亢进，而恒归于调节也。"

杨则民认为《内经》治疗学的核心在于"以辩证法的观察，以辩证用药；又以辩证法的方法而处方施治也"。其特点包括中医诊病，为整体统一的观察，故重证候而轻言病所；中医为变动的生机观察，故治无定法，唯变为适，其智以圆；中医崇尚自然，而轻言攻毒，虽无毒治病，亦十去其九而止，更注重人体自身机能的调节等。杨则民指出《内经》治疗学与现代辩证法的区别在于，前者主调和（矛盾的统一性）而后者言革命（矛盾的斗争性）。杨则民倾向于前者，并总结性地指出："吾前文所屡称为《内经》最高之思想与妙义者，实为调节调和之论。"

总之，杨则民研究《内经》中的哲学思想，是将马克思主义哲学思想与传统中医理论相结合，抓住唯物辩证法这一关键，经过独立思考，从阴阳五行整体观入手，指出《内经》是以阴阳体现人体中的对立统一，以五行说明人体生理病理相互联系与作用规律，以生长化收藏认识生命的发展与变化，而其中尤以调节调和论为其特色。由于时代与学术的局限，杨则民的学术观点还有许多不足之处，但在那个由中医理论存废问题引发的抗争时代，杨则民准确地把握了辩证法联系、发展的总体特征，从全新的理论高度概括出《内经》理论所包含的哲学思想实质，既有力地驳斥了废止中医的错误观点，也为后世关于《内经》哲学思想的研究及中医事业的发展做出了重要贡献。

中国中医基础医学杂志，2019，25（11）：1549-1551

第二部分　临证精华

第五章　眼表疾病

第一节　霰粒肿

霰粒肿（meibomian cyst/chalazion）又称睑板腺囊肿，是因睑板腺排出管道阻塞和分泌物潴留的基础上而形成的睑板腺慢性炎性肉芽肿。它由纤维结缔组织包囊，囊内含有睑板腺分泌物及包括巨细胞在内的慢性炎症细胞的浸润。在眼睑上可触及坚硬肿块，但无疼痛，表面皮肤隆起，日久，硬结变软，自行溃破，排出胶样内容物，并在睑内生肉芽。该病进展缓慢，可反复发生，是一种常见病，儿童和成人均可患此病。本病可单发或多发。若系老年人，术后复发，迅速增大者，须注意排除肿瘤。

本病在中医称"胞生痰核"。《证治准绳·七窍门》称睥生痰核，又名疣病、胞睑肿核等。《审视瑶函》谓："乃睥外皮内，生颗如豆，坚而不疼。火重于痰者，其色红紫，乃痰因火滞而结。此生于上睥者多，屡有不治自愈。有恣辛辣热毒，酒色之人，久而变为瘿漏重疾者，治亦不同。若初起知劫治之法，则顷刻而平复矣。"

（一）病因病机

该病主要病因病机包括两种。脾失健运，痰湿内聚，上阻胞睑脉络，与气血混结而成本病；或恣食炙煿厚味，脾胃蕴积湿热，灼湿生痰，痰热相结，阻滞脉络，以致气血与痰热混结于睑内，隐隐起核，发为本病。

（1）发病：多因恣食辛辣肥厚，脾失健运，痰湿内聚，上阻胞睑脉络，与气血混结发为本病。

（2）病位：病在胞睑，属外障眼病，与肝脾两脏关系最为密切。

（3）病性：多为实证，寒热并见。

（4）病势：病程进展缓慢，预后一般良好。少数患者可自行消散，但多数逐渐长大，日久不消，坚硬隆起，尤以闭睑明显，部分患者胞睑重坠感。

（5）病机：多因恣食辛辣肥厚，过食酒浆，痰湿郁滞于胞睑，血气不分，混而遂结；亦可因针眼日久不溃，硬结不消，转化而成。

（二）施治要点

本病主因痰湿、痰热阻滞胞睑脉络，致使气血不行。临床辨证时应局部结合整体，辨明外感内伤，脾胃虚实等，然后论治。如属风热外袭所致者，治以祛风清热为主；属脾胃热毒上攻者，治以泻火解毒为主；属湿热上攻者，治以清热利湿为主；属风湿热合邪上攻者，治以祛风清热利湿为主等。

（三）治疗原则

1. 早期较小的霰粒肿，可通过热敷或者理疗按摩疗法，促进消散吸收。
2. 内服中药主要在于健脾除湿，化痰散结。

（四）辨证论治

1. 内治

（1）痰湿阻结证

［症状］胞睑内生硬核，皮色如常，按之不痛，与睑皮肤不粘连；若大者，硬结隆起，胞睑有重坠感；舌质红，苔薄白，脉缓。

［治法］化痰散结。

［方药］化坚二陈丸（《医宗金鉴》）加减。陈皮、半夏、白茯苓、甘草、白僵蚕、黄连、荷叶等。

［加减］脾湿重加白术，消化不良加焦山楂、鸡内金，以助健脾消食、化痰散结；或加昆布、海藻，以加强散结的作用。睑板腺囊肿多因痰湿阻滞胞睑脉络，致使气血不行，凝而遂结，故亦可于方中加入一些活血的药，如赤芍、桃仁，以活血行滞；若肿核日久不散者，加夏枯草、浙贝母，以软坚散结。

（2）痰热阻结证

［症状］胞睑硬结处，皮色微红，睑里相应部位色呈紫红；舌红，苔黄，脉滑数。

［治法］清热散结。

［方药］清胃汤（《病因脉治》）加减。升麻、黄连、生地、栀子、甘草、葛根、石膏、犀角（以水牛角替代）等。

［加减］热重者加栀子、连翘、黄芩清热；风邪重者加荆芥穗、防风祛风散郁；腹胀者可加枳壳、陈皮行气散结。

2. 外治

初起可局部按摩或湿热敷，促其消散。

生南星磨醋，加冰片少许，调匀涂患处皮肤；三七散温热外敷。

（五）中成药

（1）马应龙八宝眼膏：用于湿热壅盛证。

（2）龙胆泻肝丸：用于湿热壅盛证。

（六）高健生经验

胞睑在《内经》中称约束，又名眼胞、眼睑和睥。在五轮中胞睑属肉轮，脾与胃相表里，故胞睑疾患首当责之于脾胃。胞睑疾病属于外障范畴，且多常见，但若失治或误治，也可变生他症，故临证时不容忽视。胞睑发病内因多为脾胃功能失调，外因常为六淫侵袭，及饮食不节所致。故临床辨证时须局部结合整体，辨明外感内伤、脾胃虚实等进行论治。本病特点为痰、湿、热邪互结，上攻于目。一则火为阳邪，其性炎上，易生风动血，易致疔疮。二则询问病史，部分患者有（七情所致）上火症状，刘完素"玄府学说"中五志、六欲、七情皆为中医情志致病的范畴，认为"情志所伤皆属火热"。对于严重的霰粒肿，尤其是伴有局部红肿，属痰热阻结证者，高老常对症应用牛黄清心丸口服，配合马应龙麝香药膏外用。

马应龙麝香痔疮膏是用来治疗痔疮的，为什么高老会想到用于治疗这一眼科疾病呢？马应龙麝香痔疮膏具有清热解毒、活血消肿、去腐生肌的功效。主要成分有麝香、人工牛黄、珍珠、琥珀、硼砂、冰片、炉甘石。辅料包括凡士林、羊毛脂、二甲亚砜。方中牛黄苦甘凉，有清肝解毒，化瘀开窍之功，对肝火上扰目窍所致眼疾皆属所宜，为君药。麝香辛香透达，能开窍辟秽，解毒散瘀，以退目翳，为臣药。炉甘石收湿敛疮，退赤去翳；硼砂消积软坚；琥珀破瘀散结；珍珠甘寒清解，能清热解毒敛疮，共为佐药。冰片通诸窍，散郁火，去翳明目，为使药。

马应龙八宝眼膏是眼科制剂，具有清热退赤，止痒去翳的功效。其主要成分在马应龙麝香痔疮膏的7个主要成分的基础上多一味中药硇砂。硇砂可消积软坚，破瘀散结。有一段时期马应龙八宝眼膏经常买不到，因此在没有眼膏的情况下，高老选用马应龙麝香痔疮膏治疗本病，也收到了良好的效果。

牛黄清心丸主要组成为人工牛黄、羚羊角、麝香、人参、白术（麸炒）、当归、白芍、柴胡、干姜、阿胶、桔梗、水牛角浓缩粉等27味，具有清泻心肝之火，益气养血，镇静安神，化痰息风的作用。适用于气血不足，痰热上扰引起的内科疾病，如：胸中郁热，惊悸虚烦，头目眩晕，中风不语，口眼歪斜，半身不遂，言语不清，神志昏迷，痰涎壅盛。

疾病不同，辨证相同，治法相同，即异病同治，正所谓中医的"医者意也"的体现。"医者意也"是中医特有的提法，在一定程度上反映了中医诊疗思想的特点。如何理解"医者意也"？"医者意也"最早见于《后汉书·方术列传·郭玉传》，原文载"医之为言意也。腠理至微，随气用巧，针石之间，毫芒即乖，神存于心手之间，可得解而不得言也"。

它重联系，主张在万事万物中寻求关联性，不计较事物间的特殊性，只要"理"通即可；它重视思维的灵活性，使中医诊疗能跳出成规；它重视实践，疗效是其合理性的有力证据。这也反映了中医内在的哲学思想。

"异病同治"是中医"医者意也"的体现。在中国古代哲学思想中，"意"是人对客观世界的体悟；中医学的"意"是辨证论治在文字表达中的产物。唐·孙思邈也是较早提出"医者意也"的医家，他在《千金翼方》中指出"医者，意也，善于用意，即为良医"。《说文》曰"意，志也，从心，察言而知意也"，意的产生源于宏观，虽然抽象，但用于处理庞大的系统问题却是一个十分有用的工具，正好用来解释和概括人这个活的复杂的个体。"医者意也"体现的是中医的思维方式，"辨证论治"说明的是中医处理事情的方法。将二者有效结合起来，需要医者熟读经典，勤于思考，通知理论。中医理论体系的建立和发展，主要归于古代哲学形象思维的大量运用，它提示了中医学术的文化与哲学背景。

（七）典型案例

病案举例 1

周某，男，30 岁。2014 年 6 月 10 日初诊。

[主诉] 右眼上睑局部肿胀、痒 5 天。

[现病史] 右眼上睑局部肿胀，微痒。纳食、睡眠可，小便黄，舌红、苔黄、脉弦。

[既往史] 无特殊。

[检查] 双眼视力 1.0。眼压正常。右眼上睑局部隆起，质软，无压痛，直径约 4mm，其余未见明显异常。

[西医诊断] 右眼睑板腺囊肿。

[中医诊断] 右眼胞生痰核。

[辨证] 风痰阻络。

[治则] 清心化痰，镇惊祛风。

[处方] 牛黄清心丸 3g，每日 2 次口服；马应龙麝香痔疮膏外用，每日 3 次。

[二诊] 2014 年 6 月 17 日。右眼上睑肿物较前明显吸收，眼睑痒症状减轻。查右眼上睑局部轻度隆起，质软，无压痛，大小直径约 2mm，压痛（－），嘱原药继用。

[按语] 该患者就诊时右眼上睑局部肿胀痒，小便黄，舌红、苔黄、脉弦。右眼上睑局部隆起，质软，无压痛，大小直径约 4mm，压痛（－），辨证为风痰阻络。给予牛黄清心丸口服，马应龙麝香痔疮膏外用，以清心化痰，镇惊祛风，活血消肿。1 周后复诊见右眼上睑肿物较前明显吸收，大小直径约 2mm，压痛（－）。疗效甚好。

病案举例 2

赵某，男，42 岁。2015 年 5 月 14 日初诊。

［主诉］左眼下睑多发肿物，局部红肿胀 2 天。

［现病史］左眼下睑多发肿物，局部红肿胀。饮食、睡眠可，小便短赤，舌红、苔黄、脉洪。

［既往史］高血压 10 年，自诉血压可控。

［检查］双眼视力 1.0。眼压正常。左眼下睑多发肿物，局部红肿隆起，质软，皮色微红，轻度压痛，下睑睑结膜弥漫充血，结膜囊内可见少量白色分泌物，角膜光滑透明，余未见明显异常。

［西医诊断］左眼睑板腺囊肿，左眼结膜炎。

［中医诊断］左眼胞生痰核。

［辨证］痰热阻结。

［治则］清热散结。

［处方］予牛黄清心丸 3g，每日 2 次口服；马应龙麝香痔疮膏外用，每日 3 次；左氧氟沙星滴眼液 1 滴，左眼，每日 4 次。

［二诊］ 2015 年 5 月 21 日，患者诉左眼下睑多发肿物局部红肿胀感较前减轻。查左眼下睑多发肿物较前平复，质软，无压痛，睑结膜面充血减轻，结膜囊内未见分泌物，角膜未见明显异常。因肝开窍于目，给予清肝热、解毒药物，嘱调整用药：停牛黄清心丸，加红花清肝十三味丸。

［三诊］ 2015 年 5 月 28 日，患者诉左眼下睑多发肿物局部红肿胀感症状消失。查左眼下睑肿物一处，质软，无压痛，皮色如常，直径约 1.5mm，睑结膜面轻度充血，角膜未见明显异常。嘱原药继用。

［按语］该患者就诊时左眼下睑多发肿物，伴局部红肿胀感，小便短赤，舌红、苔黄、脉洪。中医辨证为痰热阻结，对症治疗，给予牛黄清心丸口服和马应龙麝香痔疮膏外用以清热散结，1 周后复诊，左眼下睑多发肿物局部红肿胀感较前减轻，因痰热缓解，肝热仍存，改为清肝热治疗，停牛黄清心丸，加红花清肝十三味丸。红花清肝十三味丸药物组成为红花、麦冬、木香、诃子、川楝子、栀子、紫檀香、人工麝香、水牛角浓缩粉、人工牛黄、银朱、丁香、莲子，以加强活血消肿、清热燥湿解毒作用。1 周后三诊，见左眼下睑多发肿物的局部红肿胀感症状消失。左眼下睑肿物多处吸收，仅剩一处，直径约 1.5mm，疗效显著。足见中医药辨证论治的重要性，对于中成药的使用仍然需要辨证，才能取得疗效。

病案举例 3

钟某，女，35 岁。2015 年 5 月 28 日初诊。

［主诉］右眼下睑红肿痛 4 天。

［现病史］右眼下睑红肿痛，饮食、睡眠可，二便调。

［既往史］否认全身病。

［检查］双眼视力 1.0。眼压正常。右眼下睑红肿隆起，质略硬，皮色微红，轻度压痛，下睑睑结膜局部充血，角膜光滑透明，余未见明显异常。舌红、苔薄黄、脉数。

［西医诊断］右眼炎性睑板腺囊肿。

［中医诊断］右眼胞生痰核。

［辨证］痰热阻结。

［治则］清热散结。

［处方］予牛黄清心丸 3g，每日 2 次口服；马应龙麝香痔疮膏外用，每日 3 次；左氧氟沙星滴眼液 1 滴，左眼，每日 4 次。

［二诊］ 2015 年 6 月 4 日，患者诉右眼下睑红肿痛减轻。查右眼下睑红肿痛减轻，局部肿物较前减小，无压痛，睑结面充血减轻，结膜、角膜未见明显异常。嘱原药继用。

［三诊］ 2015 年 6 月 11 日，患者诉右眼下睑红肿痛症状消失。查右眼下睑红肿痛减轻，局部肿物较前减小，无压痛，睑结面充血基本消失，结膜、角膜未见明显异常。嘱暂停牛黄清心丸，继用马应龙麝香痔疮膏及左氧氟沙星滴眼液。

［按语］该患者就诊时右眼下睑红肿痛。饮食、睡眠可，二便调，舌红、苔薄黄、脉数。查右眼下睑红肿痛，局部隆起，皮色微红，质稍硬，轻度压痛，睑结膜面局部充血。西医诊断为右眼炎性睑板腺囊肿，中医辨证为痰热阻结，给予牛黄清心丸口服以清心火，安神，养血，祛瘀，外用眼膏可清热散结，提高疗效。1 周后复诊，效果明显，2 周后三诊见右眼下睑肿物基本消失，无压痛，睑结面充血基本消失，疗效显著。

以上 3 个病案，虽然患者都没有叙述明显的情志失调病史，但是舌脉都有热象表现，加上眼局部胞睑痰核肿胀、硬结，甚至疼痛，胞睑五轮属脾，辨证均为痰热互结，或者风痰阻结，临床辨证论治疗效显著。足见中医药辨证论治的重要性。尤其提示，中成药的使用仍然需要辨证，才能取得疗效。

第二节 麦粒肿

麦粒肿又称睑腺炎（hordeolum），是化脓性细菌侵入眼睑腺体而引起的一种急性炎症。如果是睫毛毛囊或其附属的皮脂腺（Zeis 腺）或汗腺（Moll 腺）感染，称为外睑腺炎。如果是睑板腺感染，称为内睑腺炎。临床表现，初起，胞睑微痒微痛，近睑弦部皮肤微红微肿，继之形成局限性硬结，并有压痛。部分患者可于耳前或颌下触及肿核，并有压痛，甚至伴有恶寒发热、头痛等全身症状。本病轻者 2～3 日后局部皮肤出现黄色脓点，形如麦粒，硬结软化，可自行溃破排出脓液，红肿迅速消退，症状缓解。亦可不经穿破排脓而自行吸收消退。若致病菌毒性强烈，或患者抵抗力低下，则炎症反应剧烈，可发展成为眼睑脓肿。此时整个眼睑红肿，不能睁开，触之坚硬，压痛明显，并波及同侧颜面部。

往往伴有体温升高、寒颤、头痛等全身中毒症状。如不及时处理，有可能引起败血症或海绵窦血栓形成而危及生命。内睑腺炎因受紧密的睑板组织限制，一般范围较小，有硬结、疼痛和压痛。睑结膜面局限充血，肿胀，2～3日后其中心形成黄色脓点，多可自行穿破睑结膜而痊愈。若久不溃破而遗留肿核者，可按为胞生痰核处理。本病为常见多发病，患者以青少年较多见，素体虚弱，或有近视、远视及不良卫生习惯者，常易罹患。

本病中医称之为针眼。《诸病源候论》又名偷针、土疳、土疡。《证治准绳·七窍门》："土疳症谓睑上生毒，俗呼偷针眼是也。有一目生又一目者，有止生一目者，有邪微不出脓血而愈者，有犯触辛热燥腻，风沙烟火，为漏，为吊败者，有窍未实，因风乘虚而入，头脑俱肿，目亦赤痛者。其病不一，当随宜治之……世传眼眦初生小疱，视其背上即细红点如疮，以针刺破，眼时即瘥，故名偷针。实解太阳经结热也。"

（一）病因病机

该病主要病因病机为风邪外袭，脾胃积热，余邪未清，热毒蕴伏，或素体虚弱，卫外不固。

（1）发病：风热邪毒客于胞睑，滞留局部脉络，气血不畅，发为本病。

（2）病位：病位在胞睑，主要涉及脾心。

（3）病性：发病初期以实证为主，治疗得当，则病邪去而诸症消，若失治误治，则缠绵难愈，最终导致虚实错杂证。

（4）病势：病情轻者数日后可自行消散，病重者剧痛成脓，脓出始愈。如脓点经久不溃，红肿渐消，则可转化为胞生痰核。

（5）病机：风邪外袭，客于胞睑而化热，风热煎灼津液，变生疮疖；或过食辛辣炙煿，脾胃积热，循经上攻胞睑，致营卫失调，气血凝滞，局部酿脓；或余邪未清，热毒蕴伏，或素体虚弱，卫外不固而易感风邪者，常反复发作。

（二）施治要点

临床辨证时应局部结合整体，辨明外感内伤，脾胃虚实等，然后论治。如风与热邪皆能致痒，风胜、热胜亦皆致肿。今风热之邪客于胞睑，故胞睑红肿而痒，此属风热外袭所致者，治以祛风清热为主；脾胃蕴热，上攻胞睑，阻滞脉络，营卫失调，故疖肿红赤焮痛。内蕴热毒，以致口渴喜饮，便秘溲赤，苔黄脉数等，属脾胃热毒上攻者，治以泻火解毒为主；属湿热上攻者，治以清热利湿为主；属风湿热合邪上攻者，治以祛风清热利湿为主；原患针眼，瘀血，为脾胃伏热，不时上攻胞睑，组织脉络或脾胃虚弱，气血不足，正气不固，时感外邪，以致本病反复发作，由于正气虚，邪气不盛，故诸症不重，属脾胃虚弱者，治以扶正祛邪为主等。

（三）治疗原则

对本病的治疗，原则上对未成脓者，可热敷、耳尖放血，退赤消肿，促其消散；已成脓者，根据病情可切开排脓。及时应用中医内治、外治及针法治疗。

（四）辨证论治

1. 风热外袭证

［症状］病初起，局部微有红肿痒痛，并伴有头痛、发热、全身不适等症；舌苔薄白，脉浮数。

［治法］疏风清热。

［方药］银翘散（《温病条辨》卷一）加减。薄荷、豆豉、荆芥、桔梗、牛蒡子、金银花、连翘、竹叶、芦根、甘草、荆芥、豆豉。

［加减］偏热重者，可去荆芥、豆豉，加黄连、黄芩以助清热解毒。

2. 热毒壅盛证

［症状］胞睑局部红肿，硬结较大，灼热疼痛，伴有口渴喜饮，便秘溲赤；苔黄，脉数。

［治法］清热解毒，消肿止痛。

［方药］仙方活命饮（《校注妇人良方》）。穿山甲、白芷、天花粉、皂角刺、当归尾、甘草节、赤芍、乳香、没药、防风、贝母、金银花。

［加减］严重者可与五味消毒饮合用，以增强清热解毒之功；大便秘结者，可加大黄以泻火通腑；口渴引饮者，可加天花粉清热生津，且有助于消肿排脓。

3. 脾胃伏热或脾胃虚热证

［症状］针眼反复发作，但诸症不重。

［治法］清解脾胃伏热，或扶正祛邪。

［方药］清脾散（《古今医统》卷五十一）合四君子汤（《太平惠民和剂局方》）加减。石膏、栀子，黄芩、防风，薄荷、升麻、赤芍，枳壳，藿香、陈皮、甘草、人参、茯苓、白术、甘草。

［加减］硬结小且将溃者，加薏苡仁、漏芦、紫花地丁、桔梗，以清热排脓。

（五）中成药

（1）明目上清丸、黄连上清丸、牛黄上清丸：用于风热外袭证。

（2）银翘解毒丸：用于热毒壅盛证。

（六）高健生经验

和睑板腺囊肿一样，对于麦粒肿，高老也经常予牛黄清心丸口服，用于热毒上攻证。

对于热毒上攻证，脾胃伏热或脾胃虚热证，还配合马应龙麝香药膏每天三次外用，均收到很好的疗效。睑板腺囊肿是睑板腺排出管道阻塞和分泌物潴留的基础上而形成的睑板腺慢性炎性肉芽肿；睑腺炎是化脓性细菌侵入眼睑腺体而引起的一种急性炎症，二者均是眼睑腺口病变导致局部病变隆起。临床表现大体相同，又各有不同侧重表现，应用中药制剂大致相同，同时可结合中医辨证思想用药，辨明外感内伤，脾胃虚实等，然后论治。

高老认为，应用马应龙麝香痔疮膏外用联合牛黄清心丸口服治疗本病时要分不同情况，对未成脓和已成脓患者不是均有效。根据针眼病变发展的两个阶段（未成脓和已成脓）和两种药物（马应龙麝香痔疮膏、牛黄清心丸）的功能主治特点，对于已成脓者，确实当促其溃脓或切开排脓，使其早愈。临床上应用中医疗法治疗主要针对未成脓者或起病初期伴有明显的眼睑红、肿、痛的患者，疗效更好。

外睑腺炎和内睑腺炎的治法相同吗？临证中高老同样应用牛黄清心丸口服和马应龙麝香痔疮膏外用，均收到很好的疗效。本病虽是化脓性细菌感染所致，却可以不用抗生素眼药水。因外睑腺炎和内睑腺炎的具体病变位置虽然不同，但其病因均是化脓性细菌侵入所致的急性炎症，故二者的治法是相同的。

疾病不同、辨证相同、治法相同，即异病同治，中医基础理论，在这里有充分的体现。同样，与睑板腺囊肿之间，亦是异病同治的体现。牛黄清心丸主要成分有人工牛黄、羚羊角、麝香等27味药，具有清泻心肝之火，益气养血，镇静安神，化痰息风之作用。马应龙麝香痔疮膏有7种主要成分，具有清肝解毒、化瘀开窍、去腐生肌之功。本病临床表现均是患处呈红、肿、热、痛等急性炎症的典型表现，故虽异病，临床表现却相同，中医辨证治法即相同。辨证相同，大体用药基本相同。

不需要应用抗生素眼药水，中药治疗睑腺炎同样可以具有很好的抗炎消肿的作用。这是中医治疗该疾病的又一神奇之处。

（七）典型案例

病案举例1

赵某，男，45岁。2015年7月9日初诊。

[主诉] 右眼上睑红肿痛2天，伴分泌物。

[现病史] 右眼上睑红肿痛，伴分泌物。饮食、睡眠可，大便干。

[既往史] 无特殊。

[检查] 双眼视力1.0。眼压正常。查：右眼上睑弥漫性红肿、隆起，质软，可触及一大小直径约5mm隆起，压痛（++），睑结膜充血（++）、角膜均未见明显异常。舌红、苔黄、脉弦。

[西医诊断] 右眼麦粒肿。

［中医诊断］右眼针眼。

［辨证］热毒上攻。

［治则］清热泻火解毒。

［处方］予牛黄清心丸 3g，每日 2 次口服；马应龙麝香痔疮膏外用，每日 3 次。

［二诊］2015 年 7 月 13 日，4 天后复诊，患者诉右眼上睑疼痛明显减轻，红肿减轻，分泌物消失，较前舒适。查右眼上睑轻度红肿，轻度隆起，质软，可触及一大小直径约 2mm 结节，压痛（＋），睑结膜充血（＋）。嘱原药继用。

［三诊］2015 年 7 月 16 日，3 天后三诊，患者诉右眼上睑疼痛症状消失，红肿症状消失。查右眼上睑红肿完全消失，质软，压痛（－），未触及肿物，睑结膜充血（＋）。

［**按语**］该患者就诊时主诉右眼上睑红肿痛 2 天，可见右眼上睑弥漫性红肿、隆起，可触及约 5mm 硬结，压痛明显。西医诊断为：右眼麦粒肿，中医辨证为热毒上攻。给予牛黄清心丸口服、马应龙麝香痔疮膏外用。4 天后复诊，右眼上睑疼痛明显减轻，红肿减轻，右眼结节减小约 2mm，压痛减轻。3 天后三诊，右上睑硬结消失，症状完全缓解，基本痊愈。本病为疾病初起，迅速用药，疗效很好。

病案举例 2

汪某，女，45 岁。2015 年 8 月 19 日初诊。

［主诉］左眼下睑红肿痛 10 天。

［现病史］左眼下睑红肿痛。饮食、睡眠可，二便调。舌红、苔黄、脉数。

［既往史］无特殊。

［检查］双眼视力 1.0。眼压正常。查：左眼下睑红肿、隆起，质软，可触及一大小直径约 4mm 隆起，压痛（＋＋），睑结膜充血（＋＋）、角膜均未见明显异常。

［西医诊断］左眼麦粒肿。

［中医诊断］左眼针眼。

［辨证］脾胃伏热。

［治则］清解脾胃伏热。

［处方］予牛黄清心丸 3g，每日 2 次口服；马应龙麝香痔疮膏外用，每日 3 次。

［二诊］2015 年 8 月 27 日，7 天后复诊，患者诉左眼下睑疼痛明显减轻，红肿减轻，查左眼下睑轻度红肿、轻度隆起，质软，可触及一大小直径约 2mm 结节，压痛（＋），睑结膜充血（＋）。

［三诊］2015 年 9 月 3 日，7 天后三诊，患者诉左眼下睑疼痛症状消失，红肿症状消失。查左眼下睑未见红肿及隆起，质软，压痛（－），未触及肿物，睑结膜充血（－）。

［**按语**］该患者就诊时主诉左眼下睑红肿痛 10 天，病程虽长，但是结节未成脓，根据舌脉表现，仍有热象。给予牛黄清心丸口服，马应龙麝香痔疮膏外用，以清解脾胃伏热。7 天后二诊，左眼结节明显减小，三诊结节完全消失，疗效甚好。因此对于麦粒肿未成

脓者或起病初期伴有明显的眼睑红、肿、痛等热象的患者，应用牛黄清心丸口服清内热，马应龙麝香痔疮膏外用消肿止痛，疗效更好。

第三节　睑缘炎

睑缘为眼睑皮肤和睑结膜的汇合处，其上有睫毛毛囊及睑板腺的开口，容易导致细菌感染而发生炎症，临床上称之为睑缘炎。素有近视、远视或营养不良，睡眠不足，以及卫生习惯不良者，易患本病。本病的基本症状是睑弦赤烂，灼热刺痒。但在临床上依主症与部位之不同，又有不同的类型。如有睑弦潮红刺痒，睫毛根部有糠皮样白屑，频喜揉擦者，属鳞屑性睑缘炎；有睑弦溃烂，生脓结痂，睫毛乱生或脱落，痛痒并作，羞明流泪，眵泪胶黏者，属溃疡性睑缘炎；有红赤糜烂限于两眦，且灼热奇痒者，属眦部睑缘炎。

《银海精微》称为"睑弦赤烂"，又名"目赤烂眦""风弦赤烂""迎风赤烂"，俗名"烂弦风"。本病以睑弦红赤、溃烂、刺痒为特征。其发于婴儿患者，则名"胎风赤烂"；而赤烂限于眦部者，又称"眦赤烂""眦帷赤烂"。《诸病源候论》："目赤烂眦候，此由冒触风日，风热之气伤于目，而眦睑皆赤烂，见风弥甚，世亦云风眼。"《审视瑶函》："眦帷赤烂，人皆有之。火土燥湿，病有轻重。重则眦帷裂而血出，轻则弦赤烂而难舒。"《眼科纂要》："烂弦风，脾胃湿热冲，赤烂沿弦红镇日，万金膏洗擦绿铜，法制要精工；除湿汤，翘滑车前同，枳壳芩连通粉甘，陈皮白茯荆防风，除湿此方雄。"

（一）病因病机

本病多因脾胃蕴热，或脾胃湿热，或心火旺盛，复受风邪，风、热、湿三邪相搏，上攻睑弦而发。风盛则痒，湿盛则烂，热盛则赤，故致睑弦红赤、溃烂、刺痒。

（1）发病：概由胞睑腠理开疏，风热之邪侵袭，客于睑弦，伤津化燥，侵淫睑肤而致；或脾胃蕴结湿热，复感风邪，风与湿热相搏，郁滞于睑缘发为本病。

（2）病位：病位在睑缘，内眦，属外障眼病，常双眼发病，与心脾相关。

（3）病性：多为实证、热证。本病多因脾胃湿热蕴结，外受风热毒邪，内夹心火，上攻胞睑所致。

（4）病势：病情顽固，时轻时重，愈后可复发。

（5）病机：①脾胃蕴热，复受风邪，风热和邪结于睑弦，伤津化燥。②脾胃湿热，外受风邪，风、湿、热邪相搏，上攻睑弦。③外感风邪，心火内盛，风火上炎，灼伤睑眦。

（二）施治要点

临床辨证时应局部结合整体，辨明外感内伤，脾胃虚实，然后论治。风盛则痒，风热客于睑弦不散，则灼热刺。风热耗伤津液，故睑弦红赤干燥而起皮屑。风湿热邪上攻睑缘，内热盛则红赤痒痛。湿热盛则赤痛溃烂，眵泪胶黏。眵泪黏结则睫毛成束，睑弦溃烂，睑皮损伤，故倒睫或秃睫。如属风热偏重者，治以祛风止痒，凉血清热；心火素盛，复受风邪引动，风火上炎，灼伤睑眦，故眦部红赤，灼热糜烂。若风火炽盛，津液受灼，还可致眦部皮肤破裂出血。如属湿热偏重者，治以祛风清热除湿；如属心火上炎者，治以清心泻火。

（三）治疗原则

治疗首先应寻找并消除病因及各种诱因，如矫正屈光异常，治疗全身慢性病，纠正生活无规律等；眼部要经常保持干净，去除皮屑、脓痂及已经松落的睫毛；局部滴用抗生素眼液，涂抗生素眼膏；病情好转后要持续用药 1～2 周，不能立即停药，以防复发。注意防治局部与全身诱发因素，临床辨证时应局部结合全身，辨明外感内伤，脾胃虚实，然后论治。

（四）辨证论治

1. 风热偏重证

［症状］睑弦红赤，睫毛根部有糠皮样脱屑，自觉灼热刺痒，干涩不适；舌红，苔薄，脉浮数。

［治法］祛风止痒，凉血清热。

［方药］银翘散（《温病条辨》卷一）加减。薄荷、豆豉、荆芥、桔梗、牛蒡子、金银花、连翘、竹叶、芦根、甘草、荆芥、豆豉。

［加减］热重者可加赤芍清热凉血；痒甚者加蝉蜕、薏仁、乌梢蛇等祛风止痒；口干者，加天花粉生津润燥。

2. 湿热偏重证

［症状］睑弦红赤溃烂，痛痒并作，眵泪胶黏，睫毛成束，或倒睫，睫毛脱落；舌红，苔黄腻，脉濡数。

［治法］清热除湿，祛风止痒。

［方药］除湿汤（《眼科纂要》卷上）加减。连翘、滑石、车前、枳壳、黄芩、川连、木通、粉甘草、陈皮、白茯苓、荆芥、防风。

［加减］热甚者，加金银花清热解毒；湿盛者，加茵陈、萆薢清热利湿；痒甚者，加苦参、蛇床子、白鲜皮等除湿止痒。

3. 心火上炎证

［症状］眦部睑弦红赤糜烂，灼热刺痒，甚者眦部睑弦破裂出血；舌尖红，苔薄，脉数。

［治法］清心泻火，佐以祛风。

［方药］导赤散（《小儿药证直诀》）合黄连解毒汤（《肘后备急方》）加减。木通、生地、生甘草梢、竹叶、黄连、黄芩、黄柏、栀子。

［加减］若心火较盛，可加黄连以清心泻火；心热移于小肠，小便不通，可加车前子、赤茯苓以增强清热利水之功；阴虚较甚，加麦冬增强清心养阴之力；小便淋涩明显，加瞿麦、滑石之属，增强利尿通淋之效；出现血淋，可加白茅根、小蓟、旱莲草凉血止血；便秘者，加大黄泻下焦实热。黄连解毒汤为大苦大寒之剂，不宜久服或过量服用，非火盛者不宜使用。

（五）中成药

（1）明目蒺藜丸、明目上清丸：用于风热偏重证（鳞屑性）。

（2）马应龙八宝眼膏：用于湿热壅盛证（溃疡性）。

（3）黄连上清丸：用于心火上炎证（眦部）。

（六）高健生经验

睑缘炎在临床上分为鳞屑性睑缘炎、溃疡性睑缘炎和眦部睑缘炎，虽然其主症及部位不同，但通过中医辨证可采用同一种治疗方法，临床均收到很好的疗效。这与中医基础理论"异病同治"完全一致。同理，睑缘炎与睑腺炎的治疗亦是同一道理。临床疗效显著，进一步验证了中医基础理论指导下辨证论治的重要性。本病是细菌感染所致，西医治疗需要用抗生素眼药水，高老治疗睑缘炎，对于辨证为心火上炎者，也选用牛黄清心丸口服和马应龙麝香药膏外用，进一步显示中药治疗睑缘炎同样可以具有很好的抗炎作用。

在保持病灶清洁的前提下用药尤其重要。这符合常规治疗本病的原则。如在鳞屑性睑缘炎中，可用2%碳酸氢钠溶液或生理盐水清洁局部，去除皮屑；在溃疡性睑缘炎中，可用生理盐水或3%硼酸溶液清洗睑缘，除去脓痂及已经松落的睫毛，使毛囊中的脓液得以引流。当睑缘有严重的糜烂或溃疡时，应用1%～2%的硝酸银溶液涂布睑缘后用生理盐水冲洗，每日一次；在眦部睑缘炎中，每日用无刺激的香波或肥皂清洁睑缘，然后热敷3～5分钟。

应用马应龙麝香痔疮膏联合牛黄清心丸临床收到很好疗效。牛黄清心丸具有清泻心肝之火，益气养血，镇静安神，化痰息风之作用。马应龙麝香痔疮膏有清肝解毒，化瘀开窍，去腐生肌之功。马应龙麝香痔疮膏与马应龙八宝眼膏具有相似功用。本病临床表现均是炎症的典型表现，虽与睑板腺囊肿、麦粒肿异病，但临床表现却相似，尤其对于辨证为心火上炎或者热邪上扰的病证，中医辨证治法类似，故大体用药基本相同。这正是中医基础理论"异病同治"的体现，疾病不同，辨证相同，治法相同，最终取得良好疗效。

（七）典型案例

病案举例 1

李某，女，60 岁。2016 年 4 月 5 日初诊。

［主诉］右眼睑缘红肿、刺痒伴干涩约 1 个月。

［现病史］右眼睑缘红肿、刺痒伴干涩。饮食、睡眠可，二便调。

［既往史］近视。

［检查］双眼矫正视力 1.0。眼压正常。查：右眼睑缘充血、肿胀，睫毛及睑缘表面覆有上皮鳞屑，并伴睑缘点状皮脂聚集于睑缘部，形成黄色蜡样分泌物，干后结痂。鳞屑除去后露出充血的睑缘表面，不见溃疡。睑结膜充血，球结膜及角膜未见异常。舌红，苔黄，脉数。

［西医诊断］右眼睑缘炎。

［中医诊断］右眼睑弦赤烂。

［辨证］风热上扰。

［治则］祛风止痒，凉血清热。

［处方］予牛黄清心丸 3g，每日 2 次口服；马应龙麝香痔疮膏外用，每日 3 次。

［二诊］2016 年 4 月 12 日，7 天后复诊，患者诉右眼上下睑缘红肿、刺痒伴干涩症状减轻。查右眼睑缘充血、肿胀减轻，睫毛及睑缘表面覆有上皮鳞屑较前减轻，睑缘点状黄色蜡样分泌物较前减少，睑结膜充血减轻，舌红、苔薄黄、脉缓。嘱暂停牛黄清心丸，余原药继用。

［三诊］2016 年 4 月 19 日，7 天后三诊，患者诉右眼睑缘红肿进一步减轻、刺痒症状消失。查右眼睑缘充血、肿胀进一步减轻，睫毛及睑缘表面未见上皮鳞屑，睑缘点状黄色蜡样分泌物稀疏可见，睑结膜充血减轻，球结膜及角膜未见异常。原药继用，随诊。

［按语］该患者就诊时主诉右眼睑缘红肿、刺痒伴干涩，舌红、胎黄、脉数。热象明显，牛黄清心丸口服后，二诊热象不显，遂停用口服牛黄清心丸，以后眼症逐渐缓解。牛黄清心丸不宜久服，中病即止。

病案举例 2

梁某，女，30 岁。2015 年 9 月 15 日初诊。

［主诉］双眼睑缘溃烂，生脓结痂，痛痒伴黏性分泌物反复发作 2 个月。

［现病史］双眼睑缘溃烂，生脓结痂，痛痒伴黏性分泌物。饮食、睡眠可，二便调。

［既往史］近视、视疲劳病史。

［检查］双眼矫正视力 1.0。眼压正常。查：双眼睑缘充血，睫毛根部可见散在的小脓包和痂皮覆盖，去除痂皮后，有脓液渗出，并露出小溃疡，局部少量秃睫，睑缘肥厚。睑结膜充血，球结膜及角膜未见异常。舌红，苔黄腻，脉数。

［西医诊断］双眼睑缘炎。

［中医诊断］双眼睑弦赤烂。

［辨证］湿热上攻。

［治则］祛风清热除湿。

［处方］予牛黄清心丸 3g，每日 2 次口服；马应龙麝香痔疮膏外用，每日 3 次。局部生理盐水清洁睑缘。

［二诊］2015 年 9 月 22 日，7 天后复诊，患者诉双眼睑缘溃烂减轻，仍生脓结痂，痛痒感减轻，黏性分泌物明显减少。查双眼睑缘充血较前减轻，睫毛根部小脓包减少，局部少量秃睫，睑缘肥厚。睑结膜充血，球结膜及角膜未见异常。嘱暂停牛黄清心丸，余原药继用。

［三诊］2015 年 9 月 27 日，7 天后三诊，患者诉双眼睑缘溃烂进一步减轻，极少量生脓结痂，痛痒及黏性分泌物基本消失。查双眼睑缘充血较前进一步减轻，睫毛根部小脓包基本消失，局部少量秃睫，睑缘肥厚略减轻。睑结膜充血减轻，球结膜及角膜未见异常。原药继用，随诊。

［**按语**］该患者就诊时主诉双眼睑缘溃烂，生脓结痂，痛痒伴黏性分泌物反复发作，舌红、苔黄腻、脉数。结合眼局部表现，辨证为湿热上攻。给予牛黄清心丸口服及马应龙麝香痔疮膏外用。7 天后复诊，诉双眼睑缘溃烂减轻，局部热象不显，所以停用牛黄清心丸，中病即止。继续外用膏剂祛湿，三诊，病证基本缓解。

霰粒肿、麦粒肿、睑缘炎是 3 个不同的眼病，虽然患者都没有叙述明显的情志失调，也没有典型的外感病史，但是舌脉都有热象或者不典型的表现，眼局部都有胞睑痰核肿胀、硬结，甚至疼痛，或者溃烂等湿热症状。按照五轮学说，胞睑属脾，按照八纲辨证，辨证有虚实、寒热之分，此三种眼病均为外眼病，痰、湿、热常见，伴有风邪侵袭，对于证型相同者，异病同治，疗效显著。这验证了中医的整体观和辨证论治的重要性。外眼病的辨证仍以五轮八廓为主，兼顾八纲、脏腑、气血辨证，不论是中药还是中成药的使用，都需要辨证论治，才能取得疗效。

第四节　过敏性结膜炎

过敏性结膜炎（allergic conjunctivitis，AC）是结膜对外界过敏原刺激产生的一种超敏反应，以 Ⅰ 型和 Ⅳ 型超敏反应为主，是常见的眼表疾病之一。包括季节性过敏性结膜炎、常年性过敏性结膜炎、春季角结膜炎、巨乳头性结膜炎和特应性角结膜炎。临床典型症状为眼痒或伴异物感及结膜囊分泌物增多等。最常见体征是结膜充血，可伴不同程度的结膜水肿。流行病学调查显示 AC 发生率高，在眼表疾病中达 6% ～ 30%，儿童中达 30%，且易反复发作。

过敏性结膜炎类似于中医眼科"目痒",在古代还有"时复目痒""痒极难忍""眼内风痒""痒如虫行症"等记载。本病的主要症状是眼部奇痒,《太平圣惠方·治目痒急诸方》谓:"夫目痒急者,是风气客于睑眦之间,与血气津液相抟,使眦痒而泪出。"《秘传眼科龙木论》也有眼痒极难忍外障的病名。《证治准绳·杂病·七窍门》称痒若虫行证,同时该书又有时复证的记载,时复证的特点是至期而发,至期而愈。因此,上述两症紧密相关,当代著作论述时复证时通常以目痒难忍的病变为主。

(一)病因病机

该病主要病机为肺卫不固、肺脾气虚、肝血不足为本,风湿热壅滞目窍为标。

(1)发病:先天禀赋素虚,肺脾不足,卫外不固,外感风热;或内伤饮食,酿生湿热;或情志、劳倦所伤,肝血亏虚,风热夹杂,侵及胞睑、白睛而发病,湿邪郁阻,致病情反复。

(2)病位:病在目,以胞睑内面及白睛表面为主,属外障眼病,涉及五脏,以肺、脾为主。

(3)病性:早期以实证居多,风热犯目为主,晚期反复不愈,则为虚实夹杂,本虚标实,气血亏虚为本,湿郁目窍为标。

(4)病势:初得多实证,病程短,因风热外邪上犯致病,邪去则痒止;久而为虚实夹杂,病程较长,多为气血不足,湿邪阻窍,极易反复发作。

(5)病机:肺卫不固,风邪侵袭,邪气往来流行于眼睑目眦之间而发病;肺脾气虚,气虚风邪易于侵袭,脾虚日久湿热内生,风湿热相抟上犯于目;肝血亏少,血虚风动而作痒。风为阳邪,最易犯目,风性善动,发而为病;湿为阴邪,易伤肉轮,湿性黏腻,故病程缠绵,反复难愈;热邪壅滞眼部脉络则眼红肿甚。

(二)施治要点

风盛则痒,止痒必先祛风。外感风热,邪气往来于胞睑肌肤之间,脉络阻遏,气血不行,故祛风清热、散邪止痒为关键。湿热郁遏,外受风邪,内外合邪,上壅于目,气血郁阻,当清热除湿,祛风止痒。风湿热合而入血分,故应考虑凉血活血。血虚无以营养荣卫,易受风邪而致痒,应养血以息风。

(三)治疗原则

过敏性结膜炎的治疗原则包括健康教育、脱离过敏原、减轻患者症状及体征。对于多数患者,主要缓解眼痒、眼红等不适,中医治以疏风清热、除湿止痒;对于长期发作或病情迁延患者,则以控制炎症反应状态为主,中医治以健脾运湿、养血息风、清热止痒。

（四）辨证论治

本病以眼痒为主要临床表现，其主要病机为肺卫不固、肺脾气虚、肝血不足为本，风湿热壅滞目窍为标，其中主要致病因素为风邪，发作期治疗以祛风止痒为主，辅以清热除湿，缓解期则补肺益气、健脾养血固其本。

1. 风邪外侵证

［主证］双目作痒，外形无异常，无明显红赤，或目痒灼热，遇风、日晒或近火熏灼加重；舌淡红，苔薄白，脉缓。

［治法］疏风散邪止痒。

［方药］驱风一字散（《审视瑶函》）加减。炮川乌、川芎、荆芥穗、羌活、防风。

［加减］痒甚者可加地肤子、蛇床子、川椒加强祛风止痒作用；证偏热者，可加黄芩、生地、苦参祛风散邪，兼以清热；素体较弱者，可加黄芪、当归补气养血。

2. 风热上犯证

［主证］双眼灼痒，流泪，睑内红赤，或白睛红赤，或半透明颗粒，或红赤颗粒，或排列如铺路石样，遇日晒或近火熏灼病情往往加重；舌淡红，苔黄，脉数。

［治法］祛风清热止痒。

［方药］银翘散（《温病条辨》）加减。金银花、连翘、荆芥、薄荷、牛蒡子等。

［加减］白睛充血明显的可加丹皮、赤芍、知母、桑白皮凉血活血；痒甚者加桑叶、菊花、刺蒺藜、地肤子、蛇床子、川椒加强祛风止痒之功。

3. 风热夹湿证

［主证］睑内奇痒难忍，眵泪胶黏，胞睑沉重，睑内红色颗粒累累巨大，如铺路石样，白睛黄浊，色污浊，黑白睛交界处呈胶样结节隆起；舌红，苔黄腻，脉数。

［治法］祛风清热，除湿止痒。

［方药］除湿汤（《眼科纂要》）加减。连翘、滑石、车前子、枳壳、黄芩、黄连、木通、陈皮、荆芥、茯苓、防风等。

［加减］痒甚者可加地肤子、乌梢蛇、茵陈、白鲜皮、川椒除湿止痒；睑内颗粒明显胶样结节者，可加郁金、川芎消瘀除滞，胶样结节较大者，可加赤芍、夏枯草。

4. 血虚生风证

［主证］眼痒势轻，时作时止，或常年反复发作，白睛红赤不明显，或白睛赤丝隐隐；面色少华或萎黄，爪甲色淡；舌淡，脉细。

［治法］养血息风。

［方药］四物汤（《和剂局方》）加减。熟地、当归、川芎、白芍等。

［加减］可加僵蚕、白蒺藜、防风、荆芥增祛风止痒之功；可加白术、茯苓健脾以滋气血生化之源；若失眠加夜交藤、酸枣仁、远志养血安神。

（五）中成药治疗

（1）熊胆滴眼液：用于风热上犯之双眼灼痒、白睛红赤者。

（2）鱼腥草滴眼液：用于风热夹湿之目痒流泪、眵泪胶黏者。

（3）明目上清丸：用于风热上犯证。

（六）高健生经验

本病治疗传统应用寒凉之剂，以祛风、清热、止痒为主，高老突破传统治法，在治疗中加用温热药川椒少量，热因热用，形成临床治疗目痒（AC）的特色经验方——川椒方，以解玄府湿郁，从而达到较好的治疗效果。川椒方主要成分为地肤子、蛇床子、荆芥、防风、知母、川椒、生地、蔓荆子，具有疏风清热、祛湿止痒的作用。

（七）典型案例

刘某，女，54岁，2009年5月20日就诊。

［主诉］双眼突然红肿痒1个月。

［现病史］在多家医院就诊，诊为过敏性结膜炎，点奥洛他定、色甘酸钠、氟米龙，口服中药未见好转，治疗一周后反而加重，眼痒甚。

［既往史］无。

［检查］双眼睑水肿红赤，睑球结膜充血水肿，畏光难以睁眼，睑结膜不能配合检查。

［西医诊断］双眼过敏性结膜炎。

［中医诊断］目痒。

［辨证］风热上犯。

［治则］疏风清热止痒。

［处方］川椒方加味，荆芥，知母，生地，地肤子，川芎，防风，前胡，牛蒡子，蛇床子，川椒。7剂，水煎服。锡类散4瓶外用。

［二诊］2009年5月27日。症状明显好转，眼痒减轻，眼睑红肿明显减轻，双眼可以睁开，结膜充血水肿减轻，睑结膜乳头滤泡肥厚。患者信心大增。处方：

上方加青皮、陈皮、川朴。7剂，水煎服。

［三诊］2009年6月4日。眼部症状及体征均减轻，处方：上方加归尾、赤芍、丹参。14剂，水煎服。

［四诊］2009年6月11日。眼痒基本消失，眼睑、结膜水肿消失，睑内结膜仍有滤泡乳头，但减轻。

［**按语**］过敏性结膜炎属于中医的"目痒"范畴，目前文献在中医药方面对本病尚

无统一、疗效明确的治疗方法，大多认为是外感风热时邪，或湿热上泛所致，治疗以疏风清热止痒或清热利湿止痒为主。过敏性结膜炎是眼科顽固性眼疾，病因病机为脏腑经络先有蓄热，热闭于内，于春夏之交或夏秋之交，腠理疏松之际，外感风寒，热为寒郁，日久寒热相持，故病情复杂难治。川椒方突破传统的祛风、清热、止痒之剂，在治疗中加用温热药川椒少量，热因热用，形成临床治疗目痒的特色经验方——川椒方，以解玄府湿郁，从而达到较好的治疗效果。

第五节　细菌性结膜炎

细菌性结膜炎（bacterial conjunctivitis）是感染细菌所导致的一种结膜组织炎症性疾病，是常见的感染性眼部疾病。根据其发病快慢可分为超急性、急性或亚急性和慢性结膜炎。其特征性临床表现为结膜充血、脓性或黏液脓性分泌物，此外还可见到畏光、流泪、烧灼感、结膜水肿等表现。超急性细菌性结膜炎发病极为迅速，传染性极强，对眼组织破坏性很大；急性细菌性结膜炎常见于春秋季节，传染性强，可散发感染；慢性结膜炎可由急性结膜炎演变而来，或毒力较弱的病原菌感染所致，多见于鼻泪管阻塞或慢性泪囊炎患者，或慢性睑缘炎或睑板腺功能异常者。

根据其发病快慢，超急性细菌性结膜炎属中医眼科"脓漏眼"范畴，古籍中无相关记载；急性细菌性结膜炎属中医眼科"暴风客热"（《银海精微》）范畴，《秘传眼科龙木论》中提到"此眼初患之时，忽然白睛胀起，都覆乌睛和瞳人，或养或痛，泪出难开"；慢性结膜炎属中医眼科"赤丝虬脉"（《审视瑶函》）或"赤丝乱脉"（《证治准绳》）范畴。

（一）病因病机

该病主要病机为风热外袭、感染邪毒、内生湿热、阴虚火旺所致的热邪上犯白睛。

（1）发病：外感风热邪毒，相持于目；热病治疗不彻底，风热客留肺经；饮食不节，嗜食肥甘厚味，脾胃酿生湿热，上熏于目；素有肺经蕴热，热病伤阴，阴虚火旺，上犯白睛。

（2）病位：病在目，位在白睛，属外障眼病，涉及五脏，以肺、脾、肝为主。

（3）病性：为虚实夹杂，风热、邪毒、湿热上犯白睛，病初以邪实为先，病久正虚为主。

（4）病势：热邪是影响病情发展的关键证候因素，热去则白睛不病，若热未去，则疾病迁延。

（5）病机：外感风热邪毒，客于内热之人，风热邪毒相持于目；热病治疗不彻底，风热客留肺经，上应于白睛；饮食不节，过食肥甘厚味，脾胃蕴积湿热，上熏于白睛；素有肺经蕴热，热病伤阴，阴虚火旺，上犯白睛。

（二）施治要点

《证治准绳》指出"乃素养不清，躁急劳苦客感风热，卒然而发也"，素有内热，外触风热邪毒是该病发生的基础，故清热解毒应为治病根本，但应注意到，清热应兼顾内外之热，以去除病因，防止疾病迁延再犯。

（三）治疗原则

细菌性结膜炎的治疗原则是及时、彻底去除病因，防止复发。中医治疗多采用祛风清热、泻火解毒、清热利湿、滋阴降火之法以除热邪，解决疾病发生的根本原因。

（四）辨证论治

本病以结膜充血、伴有脓性或黏液脓性分泌物等多种症状为临床表现，其主要病机为风热外袭、感染邪毒、内生湿热、阴虚火旺所致的热邪上犯白睛，治以祛风清热、泻火解毒、清热利湿、滋阴降火。火热易伤津液，临证时要注意固护阴液。

1. 脓漏眼

（1）热毒炽盛证

［主证］灼热羞明，疼痛难睁，眵多带血，睑内红赤，白睛红肿，甚则白睛浮壅高出黑睛，黑睛星翳，或见睑内点状出血及假膜形成；伴见恶寒发热，便秘溲赤；舌红，苔黄，脉浮数。

［治法］泻火解毒，行气利水。

［方药］普济消毒饮（《东垣试效方》）加减。黄连、黄芩、甘草、玄参、柴胡、桔梗、连翘、板蓝根、马勃、牛蒡子、僵蚕、升麻、人参、陈皮、薄荷。

［加减］白睛红赤明显者，可加生地、丹皮以清热凉血；白睛浮肿较甚者，加葶苈子以下气行水。

（2）气血两燔证

［主证］白睛赤脉深红粗大，眵多成脓，从睑内溢出，白睛浮肿，黑睛溃烂，甚则穿孔；伴见头痛身热，口渴咽痛，小便短赤，大便秘结；舌绛，苔黄，脉数。

［治法］泻火解毒，气血两清。

［方药］清瘟败毒饮（《疫疹一得》）加减。生石膏、生地、栀子、黄连、桔梗、黄芩、知母、玄参、连翘、丹皮、竹叶、甘草。

［加减］白睛赤脉深红粗大者，可加紫草、茜草以增强凉血活血之功；眵多成脓者，加金银花、蒲公英、紫花地丁以清热解毒；黑睛溃烂者，加石决明、夏枯草以凉血解毒、清肝退翳。

（3）余热未尽证

［主证］病后数日，脓性眼眵减少，疼痛减轻，干涩不适，睑内红赤，白睛微红，黑睛翳障未消；舌红，苔薄黄，脉细数。

［治法］清热消瘀，退翳明目。

［方药］石决明散（《普济方》）加减。石决明、草决明、赤芍、青葙子、麦冬、栀子、木贼、荆芥。

［加减］瘀热重者，可加川芎、赤芍以活血消瘀；黑睛遗留翳障明显者，加密蒙花、谷精草、青葙子以助退翳。

2. 暴风客热

（1）风重于热证

［主证］痒刺疼痛，羞明流泪，眵多黏稠，白睛红赤，胞睑微肿；伴见头痛、恶风；舌红，苔薄白或薄黄，脉浮数。

［治法］疏风清热。

［方药］银翘散（《温病条辨》）加减。连翘、金银花、桔梗、薄荷、竹叶、甘草、淡豆豉、牛蒡子、荆芥穗。

［加减］白睛红赤甚者，加蒲公英、丹皮、野菊花以助清热解毒。

（2）热重于风证

［主证］目痛甚，怕热畏光，眵多黄稠，热泪如汤，胞睑红肿，白睛红赤浮肿；伴见口渴，小便黄，便秘；舌红，苔黄，脉数。

［治法］清热疏风。

［方药］泻肺饮（《眼科纂要》）加减。石膏、赤芍、黄芩、桑白皮、枳壳、木通、连翘、荆芥、防风、栀子、白芷、羌活、甘草。

［加减］白睛赤肿浮壅者，重用桑白皮，可加桔梗、葶苈子以泻肺；加生地、丹皮以清热解毒、凉血退赤。

（3）风热并重证

［主证］患眼焮热疼痛，刺痒交作，怕热畏光，泪热眵结，白睛赤肿；伴见头痛鼻塞，恶寒发热，口渴，溲赤便秘；舌红，苔黄，脉数。

［治法］疏风清热，表里双解。

［方药］防风通圣散（《宣明论方》）加减。防风、大黄、赤芍、连翘、芒硝、薄荷、滑石、甘草、栀子、桔梗、石膏、荆芥、黄芩、生姜。

［加减］热毒偏盛，加蒲公英、金银花以清热解毒；刺痒甚者，加蔓荆子、蝉蜕以祛风止痒。

3. 赤丝虬脉

（1）肺经风热证

［主证］眼痒涩，异物感，晨起内眦部有分泌物，白天眦部可见到白色泡沫状分泌物，结膜轻度充血；舌红，苔薄白，脉数。

［治法］疏风清热。

［方药］桑菊饮（《温病条辨》）加减。桑叶、菊花、杏仁、连翘、薄荷、桔梗、甘草、苇根。

［加减］眼干涩甚者，加麦冬、石斛以养阴生津。

（2）肺胃湿热证

［主证］眼痒涩隐痛，异物感，白天眦部可见到白色泡沫状分泌物，多且黏，结膜轻度充血，病程久；伴见口臭或口黏，尿赤便溏；舌红，苔黄腻，脉濡数。

［治法］清热利湿。

［方药］三仁汤（《温病条辨》）加减。杏仁、滑石、白蔻仁、厚朴、通草、淡竹叶、薏苡仁、半夏。

［加减］结膜充血甚者，加黄芩、桑白皮、丹皮以凉血退赤。

（3）阴虚火旺证

［主证］眼干涩不爽，不耐久视，结膜轻度充血，病程久；舌红，少苔，脉细数。

［治法］滋阴降火。

［方药］知柏地黄丸（《医宗金鉴》）加减。知母、黄柏、熟地、山茱萸、山药、茯苓、泽泻、丹皮。

［加减］眼痒干涩甚者，可加当归、蝉蜕、蒺藜以祛风止痒；结膜充血甚者，加地骨皮、桑白皮以清热退赤。

（五）中成药治疗

（1）鱼腥草滴眼液：适用于风热疫毒上攻所致的暴风客热。
（2）熊胆滴眼液：适用于风热疫毒上攻所致的暴风客热。
（3）明目蒺藜丸、黄连上清丸：适用于风重于热证所致的暴风客热。
（4）明目上清丸：适用于热重于风证所致的暴风客热。

（六）高健生经验

高老认为结膜炎虽以外感为主，也多与全身寒热情况有关，久病可致寒热错杂、虚实兼夹，部分患者适合乌梅丸方。临床治疗中，除口服中药外，高老常使用鱼腥草滴眼液配合治疗。他认为鱼腥草对多种细菌、真菌、结核、钩端螺旋体等有较强的抑制作用；还有镇痛、止血、轻度抗惊、镇静等作用；还可提高机体部分免疫功能。通过大量临床观察，鱼腥草滴眼液对眼科细菌或病毒等引起的感染性疾病亦有较好的疗效,体现了安全、有效、使用方便的特点和优势。

(七)典型案例

王某,男,27岁。2014年8月18日初诊。

[主诉]双眼红反复2年余。

[现病史]2年余前患者目红反复发作,伴目痒目干,时轻时重。全身无不适,二便调。曾经点用多种眼药水,无明显改善。近三月来口服疏风清热中药、益气养血、散邪通络中药治疗。

[既往史]否认隐形眼镜佩戴史、外伤史。否认过敏史。

[检查]视力:双眼1.0,双眼结膜充血,可见乳头滤泡增生,结膜囊内可见少许黄色分泌物,角膜透明,荧光素染色(-),后部组织结构未见异常。舌红,少苔,脉细数。

[西医诊断]双眼慢性结膜炎。

[中医诊断]暴风客热。

[辨证]气阴两虚。

[治则]益气养阴。

[处方] ①乌梅丸加减:枸杞子、麦冬、玄参、川椒、石斛、桂枝、制附子、细辛、干姜、当归、党参、乌梅。14剂,水煎服。②加用鱼腥草滴眼液,每日四次。嘱患者注意局部卫生。

两周后电话随访,患者未诉不适,已停药。

[按语]该患者病程较长,病邪缠绵不尽,经中药散邪通络之后,仍时有目干涩痒。结合舌脉,考虑患者久病,气阴两亏,寒热、虚实夹杂,侵袭目络而致病久不愈,故予乌梅丸寒热并用、辛开苦降,并配合益气养阴之法,以扶正固本,祛邪外出。局部应用鱼腥草滴眼液,清热祛邪,最终收效。

第六节　干眼

干眼(dry eye)是多因素引起的慢性眼表疾病,由泪液的质、量及动力学异常导致的泪膜不稳定或眼表微环境,可伴有眼表炎性反应、组织损伤及神经异常,造成眼部不适症状及视功能障碍。可分为水液缺乏型、脂质异常型、黏蛋白异常型、泪液动力学异常型和混合型五种类型。临床可见眼干涩感、异物感、烧灼感、畏光、视物模糊和视疲劳等多种症状。流行病学显示,以干眼症状为基础的患病率在6.5%～39.2%,中国发病率在21%～30%,随着电子产品的普及和应用,干眼的发病率越来越高。

干眼属中医眼科"白涩症"(《审视瑶函》)范畴,谓之"不肿不赤,爽快不得,沙涩昏矇,名曰白涩",此外还有"干涩昏花症""神水将枯症"等记载。

（一）病因病机

该病主要病机为邪热留恋、燥热侵袭、脾胃湿热、肺阴不足及肝肾亏虚所致的津液不足。

（1）发病：天行赤眼或暴风客热治疗不彻底，余热未清，隐伏肺脾之络；或风沙侵袭日久，或久居干燥之所，燥伤津液，燥热犯目；或年老精亏，少气乏源，生化不足；或久视近处，过用目力，耗气伤津；饮食不节，嗜食肥甘厚味，脾胃酿生湿热，气机不畅，阻碍津液敷布。

（2）病位：病在目，以白睛为主，累及黑睛，属外障眼病，涉及五脏，以肺、脾、肝为主。

（3）病性：为虚实夹杂，燥热、湿热之邪上犯，脏腑阴液不足，致白睛失于津液濡养，病初以邪实为先，病久正虚为主。

（4）病势：津液不足是其基本病机，早期热邪侵犯，煎熬津液发病，热去则津液不伤，久病或肺阴不足，或肝肾亏虚，生津乏源，甚至累及黑睛。

（5）病机：余热未清，邪热留恋，隐伏肺脾之络，上犯白睛；燥热犯目，耗伤津液，肺阴不足，目失濡养；肝肾不足，阴血亏损，目窍失养；饮食偏嗜，脾胃蕴积湿热，气机不畅，阻碍津液敷布。

（二）施治要点

津液不足，应明辨属局部缺乏、输布失常或生成不足，因于邪热熏蒸局部，应清除邪热。输布失常，可因脾胃湿热，气机不畅所致，可因肝血不足，肝体失用，疏泄失调所致，应恢复中焦气机升降，以使津液输布如常。责之生成不足，多见肺阴不足及肝肾阴虚，应补其不足，使津液生化有源。

（三）治疗原则

干眼的治疗原则是缓解症状，保护视功能，尽可能去除病因。轻、中度干眼应在缓解症状的同时尽可能去除病因，中医治以清热除湿、滋阴润燥；严重干眼多病因复杂，则以保护视功能并缓解症状为主，中医治以健脾利湿、养阴清肺、补益肝肾。

（四）辨证论治

本病以眼干涩感、异物感、眼疲劳或视物模糊等多种症状为临床表现，其主要病机为邪热留恋、燥热侵袭、脾胃湿热、肺阴不足及肝肾亏虚所致的津液不足，治以清热润燥、健脾利湿、养阴润肺、补益肝肾。临证要明晰津液不足属局部缺乏或输布失常或生成不足，审因论治。

1. 邪热留恋证

［主证］常见于暴风客热或天行赤眼治疗不彻底，微感畏光流泪，干涩不爽，白睛少许赤丝细脉，迟迟不退，睑内轻度红赤；舌红，苔薄黄，脉数。

［治法］清热利肺。

［方药］桑白皮汤（《审视瑶函》）加减。桑白皮、玄参、甘草、麦冬、黄芩、旋覆花、菊花、地骨皮、桔梗。

［加减］热象明显者，可加金银花、赤芍，以增清热解毒凉血之力。

2. 肺阴不足证

［主证］眼干涩不爽，不耐久视，白睛如常或稍有赤脉，黑睛可有细点星翳，反复难愈；可伴口鼻咽干燥，干咳少痰，便秘；舌红，苔薄少津，脉细无力。

［治法］养阴润肺。

［方药］养阴清肺汤（《重楼玉钥》）加减。甘草、芍药、生地、薄荷、玄参、麦冬、贝母、丹皮。

［加减］气虚重者，可加太子参、五味子以益气养阴；黑睛星翳者，可加蝉蜕、密蒙花、木贼、菊花以退翳明目。

3. 脾胃湿热证

［主证］眼内干涩隐痛，视物模糊，眼眵呈丝状或白色泡沫样，白睛稍有赤脉，病程持久难愈；可伴口黏或口臭，便秘不爽，溲赤而短；舌红，苔黄腻，脉濡数。

［治法］清利湿热，宣畅气机。

［方药］三仁汤（《温病条辨》）加减。杏仁、薏苡仁、白蔻仁、滑石、厚朴、通草、淡竹叶、半夏。

［加减］白睛赤脉甚者，可加黄芩、地骨皮、丹皮、桑白皮以清热泻肺、凉血退赤。

4. 肝肾阴虚证

［主证］眼内干涩不爽，双目频眨，羞明畏光，白睛隐隐淡红，不耐久视，久视后诸症加重，视物昏朦，黑睛可有细点星翳；可伴口干少津，腰膝酸软，头晕耳鸣，失眠多梦；舌淡红，苔薄，脉细。

［治法］补益肝肾，滋阴养血。

［方药］杞菊地黄丸（《医级》）加减。枸杞子、菊花、熟地、山茱萸、山药、茯苓、泽泻、丹皮。

［加减］白睛隐隐淡红者，可加地骨皮、桑白皮以清热退赤；可加白芍、当归养血合营；黑睛星翳者，可加蝉蜕、密蒙花以明目退翳；口干少津甚者，可加五味子、玄参、麦冬、沙参以养阴生津。

（五）中成药治疗

（1）杞菊地黄丸、明目地黄丸：适用于肝肾阴虚证。

（2）养阴清肺丸：适用于肺阴不足证。

（六）高健生经验

女性围绝经期是干眼症发生的一个特殊阶段，患者不仅具有眼部干涩、异物感、视物模糊等局部症状，还伴有潮热、心悸、头晕、失眠、烦躁等全身症状，严重影响患者的生活质量。高老认为治疗围绝经期女性的干眼症，仅仅补益肝肾是不够的，应将全身辨证与局部辨证相结合，以调理阴阳平衡。其病机为肾气日衰，天癸将竭，冲任二脉逐渐亏虚，阴血日趋不足，肾的阴阳易于失调，或偏阴虚，或偏阳虚，或阴阳俱虚。肾阴虚，不能涵养肝木，使肝肾阴虚，则生内热，虚热上扰，目窍津液亏损；肾阳虚则不能温煦脾阳，气化无权，津液不得上承于目。此外，患者多伴有情志不舒，肝郁日久化火，气火上逆，灼伤目之津液。辨证为冲任失调、阳虚阴亏、肝旺脾弱、运化失调，治以温肾滋阴、清肝和脾，予自拟温肾逍遥汤，方中巴戟天、淫羊藿温补肾阳，化气明目；白芍、当归、知母养血滋阴，降火润目；柴胡、栀子疏肝解郁、清泄肝火，白术、茯苓、甘草补气健脾，全方共奏温肾滋阴、清肝和脾之功。

（七）典型案例

王某，女，41岁。2010年5月27日初诊。

［主诉］双眼干涩疼痛1年余。

［现病史］患者平素看电脑多，每天电脑前工作7小时，之后出现双眼干涩不适，经检查确诊为干眼症，在外院也曾诊断"正常眼压青光眼"，平素应用人工泪液、普南扑灵滴眼液点眼。现症见：双眼干涩疼痛，眼疲劳，怕冷，膝盖疼。

［既往史］否认糖尿病、高血压。

［检查］视力：双眼1.0，BUT：右眼2秒，左眼3秒，shirmer试验：右眼5mm，左眼6mm，角膜荧光染色：双眼角膜弥漫点状荧光着染。

［西医诊断］干眼症。

［中医诊断］白涩症。

［辨证］肝肾不足。

［治则］滋补肝肾。

［处方］杞菊地黄丸加减：生地、山茱萸、山药、茯苓、泽泻、丹皮、枸杞子、麦冬、五味子、菊花、柿蒂、柴胡、仙灵脾、制附子、熟地。7剂，水煎服。

［二诊］ 2010年6月10日。患者诉脘腹痞胀，肠鸣欲吐。处方：杞菊地黄丸合生

姜泻心汤加减：生地、山茱萸、山药、茯苓、泽泻、丹皮、枸杞子、干姜、姜半夏、大枣、黄连、黄芩、生姜、党参、炙甘草。14 剂，水煎服。中成药同前。

［三诊］ 2010 年 7 月 6 日。双眼干涩疼痛减轻，眼疲劳减轻，伴腹胀。检查：右眼角膜荧光染色消失，左眼仍有少量着染。处方：上方加川朴、大腹皮。14 剂，水煎服。

［四诊］ 2010 年 7 月 20 日。眼干明显减轻，腹胀消失。检查：双眼角膜荧光染色均消失。处方：上方加生黄芪、草乌。14 剂，水煎服。

［**按语**］该患者为中年妇女，患干眼症，长期点眼药未能治愈，已经出现角膜上皮的损伤，症状较重，辨证为肝肾阴虚，阴液不能上承于目窍所致，故用杞菊地黄丸加参麦饮以助生津补液，高老在方中加用仙灵脾、附子温肾，益火之源，助精化气升腾，濡养目窍。二诊因其胃病较为明显，中脘痞胀不舒，肠鸣欲吐，改用杞菊地黄丸合仲景生姜泻心汤，温中散寒，调理中焦气机升降之枢纽，使肝肾之精输布正常，上荣于目。

第七节　单纯疱疹病毒性角膜炎

单纯疱疹病毒性角膜炎（herpes simplex keratitis，HSK）是由单纯疱疹病毒（herpes simplex virus，HSV）引起的一种严重的致盲性角膜感染性疾病。HSV 一般分为 HSV-1 型和 HSV-2 型，其中 1 型主要感染眼部，2 型主要侵染生殖器官，偶尔见于眼部。HSV 的感染分为原发性和复发性感染两种类型。HSV 的原发性感染多发生于免疫力低下的幼儿时期，并有超过 90% 的人感染后病毒长期潜伏在三叉神经节，而在如发热、月经、劳累、外伤、紫外线照射、激素以及一些免疫缺陷病的刺激下，潜伏病毒再活化导致复发性感染。临床表现主要为自觉畏光流泪、沙涩不适、疼痛、视功能损伤、角膜溃疡，常反复发作，最终可导致失明。原发性单纯疱疹病毒感染常见于幼儿，病变呈自限性，大多数不累及眼部，眼部受累可表现为急性滤泡性结膜炎、假膜性结膜炎、眼睑皮肤疱疹、点状或树枝状角膜炎。复发性单纯疱疹病毒感染通常具有典型的临床表现，根据病变深浅可分为上皮型角膜炎、神经营养性角膜病变、基质型角膜炎和内皮型角膜炎四种类型。上皮型角膜炎特征为角膜知觉减退，树枝状角膜溃疡，可发展为地图状角膜溃疡；神经营养性角膜病变多发生于 HSK 恢复期或静止期，角膜溃疡呈圆形或椭圆形，多位于睑裂区；基质型角膜炎又分为免疫性和坏死性两种，免疫性最常见为盘状角膜炎，角膜中央基质盘状水肿，不伴炎症细胞浸润和新生血管，坏死性表现为角膜基质内黄白色坏死浸润灶、基质溶解坏死及上皮广泛性缺损，常诱发基质层新生血管；内皮型角膜炎可分为盘状、弥漫性和线状三种，表现为角膜基质水肿，严重者可导致角膜内皮功能失代偿。流行病学研究显示，HSK 的发病率和致盲率均为角膜病的首位，且由于抗生素和皮质类固醇激素的滥用导致该病的发病率进一步上升。

单纯疱疹病毒性角膜炎属中医眼科"聚星障"（《证治准绳》）范畴，书中详细记载了角膜翳之形、色变化过程，"乌珠上有细颗，或白色，或微黄。微黄者急而变重。或联缀，或团聚，或散漫，或一同生起，或先后逐渐一而二，二而三，三而四，四而六七八十数余，如此生起者……团聚生大而作一块者，有凝脂之变……若兼赤脉爬绊者，退迟"。

（一）病因病机

该病主要病机为风热侵目、肝火上扰、湿热蕴积、虚火上炎所致的风热犯目。

（1）发病：风热外感，侵袭黑睛；肝经素有伏火，或遇外邪入里化热引动，内外合邪上犯；饮食不节，偏食肥甘，脾胃酿生湿热，土反侮木；素体肝肾阴虚，或患热病后津液耗伤，虚火上炎。

（2）病位：病在目，以黑睛为主，属外障眼病，涉及五脏，以肺、脾、肝、肾为主。

（3）病性：多实证，为外感风热、肝胆火炽、湿热熏蒸侵犯黑睛，反复发作则肝肾阴虚，虚火上炎，为虚实夹杂。

（4）病势：风热之邪贯穿始终，早期风热、肝火、湿热侵袭黑睛发病，风热去则黑睛可愈，若体内伏火仍存，则火遇风重燃，疾病反复。

（5）病机：遇风热外感，伤及黑睛，致生翳障；外邪入里化热，或肝经素有伏火，内外合邪，肝胆火炽，灼伤黑睛；嗜食肥甘煎炒，脾胃受损，酿生湿热，土反侮木，熏蒸黑睛；素体肝肾阴虚，或患热病后津液耗伤，复感风邪，虚火上炎。

（二）施治要点

《证治准绳》中"翳膜者，风热重则有之"，热邪是该病发生的基础，风热外感，内生肝火、湿热、虚火，均以热上扰黑睛，致生翳障，故清热解毒是为关键。风邪是该病发生以及反复的原因，热在内，风火相扇，火遇风则盛，故在清热的同时，应注重疏风、祛风，且在病愈后，应注意实卫，避免招致外感，使疾病反复。

（三）治疗原则

单纯疱疹病毒性角膜炎的治疗原则是应用多种治疗方法控制炎症反应，促进溃疡愈合及角膜浸润的吸收，最大限度地保护视力，并减少复发。中医治疗多采用清热解毒、凉血祛风类药物以切中风热之病机要点，辅以退翳明目之品。

（四）辨证论治

本病以畏光流泪、疼痛、角膜溃疡、视功能损伤等多种症状为临床表现，常反复发作，其主要病机为风热侵目、肝火上扰、湿热蕴积、虚火上炎所致的风热犯目，治以清热疏风、清肝泻火、清热除湿、滋阴祛风、退翳明目。临证时要明晰患病之新久，新起者以祛邪为主，病久迁延者，扶正祛邪。

1. 风热客目证

［主证］患眼涩痛，羞明流泪，视物模糊，黑睛浅层点状星翳，或多或少，或疏散或密集；可伴恶风发热，头痛鼻塞；舌红，苔薄黄，脉浮数。

［治法］疏风清热，退翳明目。

［方药］银翘散（《温病条辨》）加减。连翘、金银花、桔梗、薄荷、竹叶、生甘草、荆芥穗、淡豆豉、牛蒡子。

［加减］结膜睫状充血，眼痛明显者，可加板蓝根、大青叶、菊花、紫草清热解毒，加柴胡、黄芩以祛肝风热；眼睑红肿、畏光流泪明显者，可加蔓荆子、防风、桑叶清肝明目。

2. 肝胆火炽证

［主证］胞睑难睁，碜涩疼痛，灼热畏光，热泪频流，黑睛生翳，呈树枝状或地图状，白睛混赤；可伴口苦咽干，胸胁疼痛，小便黄；舌红，苔黄，脉弦数。

［治法］清肝泻火。

［方药］龙胆泻肝汤（《医方集解》）加减。龙胆草、生地、当归、柴胡、木通、泽泻、车前子、栀子、黄芩、生甘草。

［加减］可加蝉蜕、木贼、密蒙花以退翳明目；大便秘结者，加大黄、芒硝通腑泻热；小便黄赤可加萹蓄、瞿麦以清利小便。

3. 湿热犯目证

［主证］患眼热泪胶黏，抱轮红赤，黑睛生翳，如地图状，或黑睛深层生翳如圆盘，混浊、肿胀，或病情反复，缠绵难愈；可伴头重胸闷，口黏纳呆，大便稀溏；舌红，苔黄腻，脉濡数。

［治法］清热除湿。

［方药］三仁汤（《温病条辨》）加减。杏仁、薏苡仁、白蔻仁、滑石、厚朴、通草、淡竹叶、半夏。

［加减］抱轮红赤显著者，可加黄连、赤芍以增清热退赤之功；黑睛肿胀甚者，可加金银花、秦皮、乌贼骨以解毒退翳。

4. 阴虚夹风证

［主证］眼内干涩不适，羞明不甚，抱轮微红，黑睛生翳日久，迁延不愈，或时愈时发；可伴口干咽燥；舌红少津，苔少，脉细或细数。

［治法］滋阴祛风。

［方药］加减地黄丸（《原机启微》）加减。生地、熟地、牛膝、当归、枳壳、杏仁、羌活、防风。

［加减］可加菊花、蝉蜕、密蒙花、木贼以增退翳明目之功；兼见乏力气短，目珠干涩者，加太子参、麦冬以益气生津；抱轮红赤明显者，加知母、黄柏增滋阴降火之力。

（五）中成药治疗

（1）牛黄解毒丸、黄连上清丸：适用于肝胆火炽证。

（2）明目蒺藜丸：适用于风热客目证。

（六）高健生经验

反复发作是单纯疱疹病毒性角膜炎的发病特点，也是治疗难点，目前尚无控制复发的有效药物，西医治疗以抗病毒药物为主。《内经》云："正气存内，邪不可干。""邪之所凑，其气必虚。"据此，高老认为，本病属人体正气不足为本，邪气盛为标，主要病因是伏邪内伤，新感即发，病机为气虚邪留，邪热内伏，是在邪侵正虚基础上演变为正虚邪恋的互患之势，治宜益气扶正、清热解毒。在治疗此类疾病时，以扶正为主，采用益气固表、疏风解毒法治疗，并总结出了"益气解毒方"，临床疗效肯定。在此基础上，受"诸方辨论药性"中"仙灵脾"经验方治疮毒入眼启发，针对反复发作久治不愈的角膜溃疡，运用仙灵脾"补肾托毒"治疗，效果理想。在益气解毒方基础上进一步凝炼、升华，采用益气固表、补肾托毒法治疗，形成了高健生补肾托毒方。方由黄芪、炒白术、防风、仙灵脾、菊花、生地黄、丹皮、木贼草、蝉蜕等组成，具有益气固表、补肾托毒、疏风解毒明目的功效，用于治疗病毒性角膜炎，有良好效果。

（七）典型案例

陈某，男，28岁。2009年3月19日初诊。

［主诉］双眼异物感伴视物模糊1月。

［现病史］ 1月前患者无明显诱因出现双眼异物感伴视物模糊，曾诊断为"病毒性角膜炎"，点用抗病毒眼药、抗生素眼药、角膜生长因子等多种眼药未见好转，反而进一步加重。现疲乏无力，自汗出，面色㿠白，二便调，舌淡，脉细。

［既往史］糖尿病病史6年，目前戴胰岛素泵，血糖控制在正常范围。否认高血压病史。

［检查］视力：右眼0.1，左眼0.06，双眼角膜水肿增厚，上皮弥漫点状混浊，荧光素染色（+），后部组织结构不清，眼底模糊可见视盘，周边视网膜可见激光斑。

［西医诊断］双眼单纯疱疹病毒性角膜炎。

［中医诊断］聚星障。

［辨证］正虚邪恋。

［治则］益气托毒，疏风清热。

［处方］ ①停用所有抗生素眼药水；②生黄芪、太子参、知母、天花粉、女贞子、防风、细辛、仙灵脾、麻黄根、密蒙花、乌梅、黄连、益母草、肉桂。14 剂，水煎服。

［二诊］ 2009 年 4 月 2 日。双眼异物感较前减轻。检查：角膜水肿明显减轻，上皮混浊减轻。处方：上方加西洋参。14 剂，水煎服。

［三诊］ 2009 年 4 月 16 日。双眼异物感消失。检查：双眼角膜水肿消失，少量角膜上皮混浊，散在点状荧光着染色。

［按语］该患者发现 1 型糖尿病 6 年，全身可见气虚及阴阳两虚之象。眼局部抗生素及抗病毒眼药水用之过频，时间较长，效果不佳，单从局部用药，不仅实难取效，且已有害无益，故停用一切外用药。从患者全身整体状况进行辨证，阴阳两虚已现，故治疗应大补元气以托毒生肌，温阳化气以解除寒凝，因此虽然是炎症性眼病，方中于补气祛风同时，加用了温热之剂，通过扶正达到祛邪的目的。

第八节 角膜溃疡

角膜溃疡（corneal ulcer）是指在细菌、真菌、病毒等微生物的侵袭下，引起角膜缘血管网充血、炎性渗出，炎症细胞侵入病变区，产生的酶和毒素扩散，造成角膜上皮和基质层破坏、脱落形成的灰白色混浊灶。角膜溃疡临床表现为眼痛、畏光，伴视力下降等，导致角膜溃疡的病原微生物为细菌、真菌及棘阿米巴，另外还包括非感染性角膜溃疡。

细菌是角膜溃疡第一位致病菌，特点是角膜刺激症状重，角膜环状中央溃疡，严重者表面有淡绿色脓液，前房积脓。真菌是角膜溃疡第二位致病菌，角膜病灶呈灰白或黄白色，外观干燥而粗糙，溃疡表面由菌丝和坏死组织形成边界清楚的灰白隆起病灶，溃疡边缘可见树根样浸润或结节状浸润，菌丝灶周围有时出现灰白环形浸润。棘阿米巴角膜炎临床特征为剧烈眼痛和进行性角膜溃疡，溃疡周围基质层常见弧形或环形白色浸润。风湿病多伴发边缘性角膜溃疡。

角膜溃疡属中医"花翳白陷""凝脂翳"范畴。《目经大成·花白翳陷》曰："看之与混睛障相似，却擅长速变，且四围翳起，中央自觉低陷，甚则翳蚀于内，故名花翳白陷。"

（一）病因病机

（1）发病：本病可因多种情况发病：黑睛外伤后，卫外不固，邪气触染发生病变；感冒或热病后，黑睛表层出现浅灰色小点，扩大融合成溃疡；黑睛溃陷从周边部开始，逐渐呈蚕食状向前发展，溃陷边缘呈灰白色突起，底部有脉络生长；被树枝、稻谷麦穗擦伤角膜后黑睛溃陷，表面粗糙不平，呈牙膏样，多数合并黄液上冲，脓色乳白或淡黄，量较多。

（2）病位：本病病位在黑睛，黑睛生翳溃陷，四周略高起，中心低陷，边缘不整齐，形状如花瓣或碎米。

（3）病性：发病急，发展快，失治可变生黄液上冲、瞳神紧小等，预后常遗留瘢痕翳障，视力减退。

（4）病机：外感热毒之邪，肝经火炽于内，内外相抟，攻冲黑睛；肝经素有伏热，又感风邪，上攻于目；毒邪深入，肝胆火炽，酿成腑实热证，热胜则肉腐；湿热外袭，郁结肝胆，热为湿阻，湿胜则烂。或脾失健运，影响肝气疏泄，郁而生火，火灼津液成痰，上扰目窍；或素体阴虚或热病后灼伤津液，以致阴津亏乏，复感风邪。

（二）施治要点

本病多以实证热证居多，亦有虚实夹杂者。症初起，多外感风热毒邪，治宜疏风清热解毒；毒邪深入，导致肝胆实热，治宜清肝泻热；肝胆火炽出现腑实热证，治宜泻火通腑；夹湿者病程缠绵，治宜清热利湿。

（三）治疗原则

控制感染，减轻炎症反应，促进溃疡愈合，减轻瘢痕形成。

（四）辨证论治

1. 肝经风热证

［主证］畏光流泪，眼内磨痛，白睛抱轮红赤，黑睛灰白翳；舌红，苔薄黄，脉浮数。

［治法］疏风清热。

［方药］加味修肝散（《银海精微》）加减。羌活、防风、荆芥、桑螵蛸、薄荷、当归、赤芍药、川芎、甘草、麻黄、连翘、菊花、木贼、白蒺藜、大黄、黄芩、栀子。

［加减］若肺火偏盛，去麻黄、羌活，加桑白皮、生石膏以清肺热；翳障扩大者，可加龙胆草以助清肝热。

2. 热炽腑实证

［主证］头目剧痛、胞睑肿胀紧闭，白睛混赤水肿、黑睛生翳溃陷，从四周向中央蔓延，可遮盖整个黑睛，或见瞳神紧小，黄液上冲；发热口渴，喜冷饮，小便短赤，大便秘结；舌红，苔黄厚，脉数或弦数。

［治法］通腑泻热。

［方药］泻肝散（《银海精微》）加减。玄参、大黄、黄芩、知母、桔梗、车前子、羌活、龙胆草、当归、芒硝。

［加减］白睛混赤严重者，可加桑白皮、金银花、夏枯草等以清肝泻肺。疼痛明显者，可加红花、赤芍、丹皮凉血化瘀止痛。

3. 阳虚寒凝证

［主证］视力下降，眼痛，头痛，白睛暗赤，黑睛溃烂时轻时重，久而不愈；四肢不温；舌淡，无苔或苔白滑，脉沉细。

［治法］温阳散寒。

［方药］当归四逆汤（《伤寒论》）加减。当归、桂枝、白芍、细辛、炙甘草、通草、大枣。

［加减］白睛暗赤重者，可加丹参、红花以活血通脉；加木贼、蝉蜕、防风以退翳明目。

（五）中成药治疗

（1）明目蒺藜丸：适用于肝经风热证。

（2）龙胆泻肝丸：适用于肝胆火炽证。

（六）高健生经验

高老在治疗角膜病时常用到三味药：鹿角霜、仙灵脾（淫羊藿）、威灵仙。其中鹿角霜鼓舞阳气，助正气上升达目祛邪外出，多用在病情稳定期。而角膜炎、角膜溃疡、角膜白斑外感风邪，湿邪留恋，用仙灵脾补阳助正补先天，有提高免疫力的功能，旨在扶本护目，威灵仙祛风湿，通经络，二者合用，首见于《秘传眼科龙木论》，为治疗疱疹入眼的经验方。

（七）典型案例

王某，男性，57岁。2012年10月30日初诊。

［主诉］右眼角膜溃疡羊膜移植术后1月。

［现病史］1个月前因"右眼角膜溃疡"行羊膜移植术，术后仍目红，时有刺痛，轻度畏光。全身伴见秋冬日四末易冷，纳少，小便清长，寐尚安。

［既往史］否认特殊既往史。

［检查］视力：左眼：0.6，右眼：手动/眼前。左眼晶体皮质中度混浊。右眼结膜充血，角膜中央见一直径约4mm圆形溃疡灶，表面未见明显分泌物，染色阳性，角膜后弹力层皱褶样改变，未见明显羊膜覆盖。前房中等深，未见明显房水闪辉、积脓等。眼后节观察欠清。

［西医诊断］右眼角膜溃疡；右眼羊膜移植术后。

［中医诊断］右眼花翳白陷。

［辨证］脾肾阳虚，肝经郁热未尽。

［治则］疏肝解郁清热，温补脾肾。

［处方］柴胡、当归、白术、炒白芍、丹皮、茯苓、炒栀子、生地、秦皮、炒知母、淫羊藿、威灵仙、蝉蜕、僵蚕、木贼草、白蒺藜、生甘草、灯盏花、黄芪、鹿角霜。28 剂，水煎服。

［二诊］ 2012 年 12 月 4 日复诊，患者自诉眼刺痛感、畏光较前好转，查见右眼角膜中央溃疡灶较前平复。郁热已解，热象不显，原方去清热解毒之剂，增加补肝肾扶正之剂。处方如下：黄芪、白术、防风、当归、炒白芍、熟地、山茱萸、山药、铁皮石斛、杏仁、炒枳壳、鹿角霜、怀牛膝、白蒺藜、木贼草、淫羊藿。28 剂，水煎服。

［三诊］ 2012 年 1 月 5 日电话随访，患者诉右眼无目痛、畏光，偶有目红，余尚可，因故无法来诊，嘱患者可续服原方巩固疗效。

［按语］本例患者因角膜溃疡行手术治疗后，病症反复发作，结合其全身症状，考虑正气内虚，余热未尽，故高老首诊用丹栀逍遥散清散余热，配合鹿角霜温阳助阳、仙灵脾、威灵仙温补脾肾、祛风除湿。同时木贼合白蒺藜为一药对，高老治疗眼表疾病常用此药对，例如结膜炎和角膜炎的肝经风热证。用药后患者热症渐消，角膜溃疡有所平复，故二诊时改玉屏风散联合六味地黄汤加减扶正固本，仍助以鹿角霜、仙灵脾温补阳气、祛风除湿，取得良好的治疗效果。

第九节　巩膜炎

巩膜炎（scleritis）为巩膜基质层的炎症，本病好发于 40～60 岁，女性多见，50% 以上双眼发病。巩膜炎的病因复杂，主要包括以下几个方面：①与多种全身感染性疾病有关，也可能与感染引起的过敏反应有关；②与自身免疫性结缔组织疾病有关；③与代谢性疾病有关；④其他如外伤或结膜创面感染扩散。附近组织如结膜、角膜、葡萄膜或眶内组织炎症直接蔓延也可引起巩膜炎。根据解剖位置，可分为前巩膜炎、后巩膜炎和全巩膜炎。临床上常以眼痛为主，或伴同侧头痛，可见巩膜紫红色结节性病灶或弥漫充血，轻者伴见畏光、流泪，重者可痛及眶周。后巩膜炎较常见的眼底改变包括脉络膜视网膜皱褶和条纹，视盘和黄斑水肿，局限性隆起等。

巩膜炎属于中医"火疳"范畴，又名火疡。本病名最早见于《证治准绳·杂病·七窍门》。

（一）病因病机

（1）发病：本病可因多种情况发病：心肺热毒内蕴，或素有痹证，风湿郁热；或因肺经虚火。此外，痨瘵、梅毒等全身性疾病常可诱发本病。

（2）病位：本病病位在白睛里层。

（3）病性：发病急，发展快，重者愈后常遗留白睛青蓝、白膜侵睛，也可波及黑睛和黄仁，变生他症，甚至可造成失明。

（4）病机：《证治准绳·杂病·七窍门》认为本病是"火之实邪在于金部，火克金，鬼贼之邪，故害最急"。后世医家多宗其说，结合今之临床可归纳为：心肺热毒内蕴，火郁不得宣泄，以致气滞血瘀，滞结为疳；或素有痹证，风湿久郁经络，郁久化热，风湿热邪循经上犯所致；或肺经郁热，日久伤阴，虚火上炎而致。

（二）施治要点

本病多以实证热证居多，亦有虚实夹杂者。症初起，多为热毒、湿热而起，治宜清热解毒、化湿散结；后期可见肺阴不足者为多，宜养阴清肺。

（三）治疗原则

控制感染，减轻炎症反应，缓解疼痛，治疗全身病及并发症。

（四）辨证论治

1. 火毒蕴结证

［证候］发病较急，患眼疼痛难睁，羞明流泪，目痛拒按，视物不清；白睛结节大而隆起，或联缀成环，周围血脉紫赤怒张；伴见口苦咽干，气粗烦躁，便秘溲赤；舌红，苔黄，脉数有力。

［治法］泻火解毒，凉血散结。

［方药］还阴救苦汤（《原机启微》）加减：升麻、苍术、炙甘草、柴胡、防风、羌活、细辛、藁本、川芎、桔梗、红花、当归身、黄连、黄芩、黄柏、知母、生地黄、连翘、龙胆草。

［加减］临证应用时，可酌情减少细辛、羌活等辛温之剂或药量。

2. 风湿热攻证

［证候］发病较急，目珠胀闷而疼，且有压痛感，羞明流泪，视物不清；白睛有紫红色结节样隆起，周围有赤丝牵绊；常伴有骨节酸痛，肢节肿胀，身重酸楚，胸闷纳减，病势缠绵难愈；舌苔白腻，脉滑或濡。

［治法］祛风化湿，清热散结。

［方药］散风除湿活血汤（《中医眼科临床实践》）加减。羌活、独活、防风、当归、川芎、赤芍、鸡血藤、前胡、苍术、白术、忍冬藤、红花、枳壳、甘草。

［加减］红赤甚者，选加牡丹皮、丹参以凉血活血消瘀，加桑白皮、地骨皮以清泻肺热；若骨节酸痛、肢节肿胀者，可加豨莶草、秦艽、络石藤、海桐皮等以祛风湿、通经络。

3. 肺阴不足证

［证候］病情反复发作，病至后期眼感酸痛，干涩流泪，视物欠清，白睛结节不甚高隆，色紫暗，压痛不明显；口咽干燥，或潮热颧红，便秘不爽；舌红少津，脉细数。

[治法] 养阴清肺，兼以散结。

[方药] 养阴清肺汤（《重楼玉钥》）加减：甘草、白芍、生地黄、薄荷、玄参、麦冬、川贝母、牡丹皮。

[加减] 若阴虚火旺甚者，加知母、地骨皮以增滋阴降火之力；若白睛结节日久，难以消退者，以赤芍易方中白芍，酌加丹参、郁金、夏枯草、瓦楞子以清热消瘀散结。

（五）中成药治疗

（1）龙胆泻肝丸：适用于湿热上攻证。
（2）养阴清肺丸、百合固金丸：适用于肺阴不足证。

（六）高健生经验

中医眼科五轮学说认为，白睛属肺，巩膜为白睛的主要结构，故巩膜炎多从手太阴肺经论治，高老依其丰富的临证经验认为，巩膜炎除邪气侵袭外，不可忽视其正虚的一面，邪气往往寒邪热邪同在，正虚除气血不足外，阳气匮乏也是重要因素，故创立姜附连柏汤，该方扶正祛邪，兼顾全身，以解决巩膜炎临证之难点。高老认为，巩膜炎具有正虚邪侵，寒热夹杂，缠绵难愈，易于反复的病机特点，久病必致阳气不足，因此，在热病中加入温阳之品。方剂由黄芪、党参、当归、附子、干姜、黄连、黄柏、银柴胡、防风组成，具有益气养血温阳，清热燥湿解毒的功效，适用于巩膜炎，辨证属于正虚邪恋、寒热夹杂者，皆可据证加减使用。

（七）典型病案

薛某，女，33岁，2014年4月9日初诊。

[主诉] 右眼红赤疼痛5天。

[现病史] 5天前无明显诱因出现右眼红痛，伴轻度畏光、流泪，视物尚清晰。纳可，无口干，寐欠安，小便调，便微溏。

[既往史] 既往右肘关节炎病史2年，自行外用止痛药对症处理，无系统诊治。

[检查] 双眼视力：1.0。右眼巩膜充血，颞侧巩膜可见深红色小结节，固定，明显触痛，无分泌物，角膜清，眼后节检查未见异常。舌淡，苔微黄腻，脉弦沉细。

[西医诊断] 右眼结节性巩膜炎。

[中医诊断] 右眼火疳。

[辨证] 正虚邪侵，寒热夹杂。

[治则] 益气养血扶正，清热燥湿祛邪。

[处方] 姜附连柏汤加味：黄芪、党参、当归、附子、干姜、黄连、黄柏、银柴胡、防风、桂枝、细辛。7剂，水煎服。

〔二诊〕 2014 年 4 月 16 日，结节明显缩小，红赤变淡，压痛明显减轻，原方加地骨皮 6g，继服 7 剂。

〔三诊〕 2014 年 4 月 23 日，红赤已退，结节消失，局部疼痛消失，但患者诉右臂疼痛近两日复作，上方去地骨皮，加川椒 3g，鹿角霜 12g，桑枝 10g，继服 7 剂巩固，后未复诊。

〔**按语**〕本例患者既往有关节炎反复发作病史，此次眼部发病先于关节炎发作。结合其舌脉及全身症状，考虑正虚于内，邪之所凑，故予姜附连柏汤加减治之。方中黄芪、党参、当归益气养血；附子、干姜温阳，扶助正气；黄连、黄柏清热燥湿，解毒祛邪；银柴胡清虚热以助祛邪，取其凉血清热而不伤阴，疏肝清热、凉血解郁、通利玄府之效；防风辛散，气味俱升，可引诸药直达目窍。本方特点在于针对巩膜炎虚实夹杂、寒热交错的独特病机，扶正与祛邪药并用，温里与清热药同施，补而不燥，清而不寒，准确辨证，获得良效。

第六章 葡萄膜疾病

第一节 虹膜睫状体炎

虹膜睫状体炎（iritis）是属于前葡萄膜炎的一种，是同时发生在虹膜和睫状体的炎症。葡萄膜炎（uveitis）按解剖位置可分为前葡萄膜炎、中间葡萄膜、后葡萄膜炎和全葡萄膜炎。前葡萄膜炎（anterior uveitis）包括虹膜炎、虹膜睫状体炎和前部睫状体炎 3 种类型，是葡萄膜炎中最常见的类型。根据病程时间，小于 3 个月为急性炎症，大于 3 个月为慢性炎症。虹膜睫状体炎的病因和发病机制分为感染因素、自身免疫因素、创伤及理化因素、遗传因素等。临床表现，急性虹膜睫状体炎常有突发眼痛、眼红、畏光、流泪，伴或不伴视物模糊，检查可见睫状充血、尘状 KP、明显的前房闪辉、瞳孔缩小，可伴有纤维素渗出、前房积脓、虹膜后粘连等改变。慢性者常无睫状充血或有轻微睫状充血，眼部刺激症状不明显，KP 可为尘状、中等大小或羊脂状，可出现 Koeppe 结节和（或）Busacca 结节、虹膜脱色素、萎缩和后粘连等改变，往往因并发症而引起视力障碍。

根据临床症状及体征，本病归属于中医学"瞳神紧小（急性）、瞳神干缺（慢性）"范畴。瞳神紧小首见于《证治准绳·杂病·七窍门》。但早在《外台秘要》就有"瞳子渐渐细小如簪脚，甚则小如针"的描述，后在《目经大成·瞳神缩小》中又有相关记载："此症谓金井倏尔收小，渐渐小如针孔也。"瞳神干缺病名首载于《秘传眼科龙木论·瞳人干缺外障》。《原机启微》对其进行了更加详细的描述："若瞳神失去正圆，边缘参差不齐，如虫蚀样，则称瞳神干缺。"

（一）病因病机

（1）发病：本病初起多因外感风湿热邪、引动肝火，久病则阴液亏虚、虚火上炎所致。亦有部分可因外伤或病毒直接侵犯黄仁而起。

（2）病位：本病为瞳神、黄仁受累，多责之于肝胆。

（3）病性：急性期本病以实热为主，慢性期多因阴液耗伤，虚火上炎，多为虚实夹杂。

（4）病机：外感邪气，湿热蕴结，熏蒸黄仁；或邪气内侵于肝，或肝郁化火致肝胆火旺，循经上犯黄仁，黄仁受灼，展而不缩，而见瞳神紧小。久而不愈者，肝肾阴亏或久病伤阴，虚火上炎，黄仁失养；更因虚火煎灼黄仁，或展而不缩为瞳神紧小，或展缩失灵、与晶珠粘连而成瞳神干缺。

（二）施治要点

瞳神紧小病程短、发病急，多为实邪热证，辨证时宜分清风湿热邪孰轻孰重；多以清热利湿解毒为主；瞳神干缺多病程缠绵，属本虚标实，故辨证时应分清正虚与邪实，用药上养阴扶正与清热利湿解毒相结合。

（三）治疗原则

虹膜睫状体炎急性期首先当注重及时、足量使用散瞳剂，尽量将瞳孔扩开，防止或减缓虹膜后粘连的程度。同时配合局部激素点眼，期间注意眼压的监测。累及眼后段或局部用药效果不佳的患者可全身选用激素及免疫抑制剂。急性期须控制炎症，阻止或减少复发次数，初期因湿热邪气蕴结，或肝郁化火，治宜清利湿热、疏肝凉血，慢性期出现虚实夹杂，当扶正祛邪。

（四）辨证论治

1. 肝经风热证

［证候］发病急骤，眼珠疼痛，畏光，流泪，视物稍模糊；轻度抱轮红赤，黑睛后壁可见少许粉尘状物附着，神水微混，瞳神稍有缩小，展缩欠灵；舌苔薄黄，脉浮数。

［治法］祛风清热。

［方药］新制柴连汤（《眼科纂要》）加减。柴胡、川黄连、黄芩、赤芍、蔓荆子、栀子、木通、荆芥、防风、甘草、龙胆草。

［加减］若目珠红赤较甚，加生地黄、牡丹皮、丹参、茺蔚子等凉血活血以退赤止痛；神水混浊较明显者，可加泽泻、猪苓、海藻等以利水泄热、软坚散结。

2. 肝胆火炽证

［证候］眼珠疼痛，痛连眉骨、颞颥，畏光流泪，视力下降；胞睑红肿，白睛混赤，黑睛后壁可见点状或羊脂状沉着物，神水混浊，甚或黄液上冲，血灌瞳神；黄仁肿胀，纹理不清，展缩失灵，瞳神紧小或瞳神干缺，或见神膏内细尘状混浊；或伴口舌生疮，口苦咽干，大便秘结；舌红，苔黄，脉弦数。

［治法］清泻肝胆。

［方药］龙胆泻肝汤（《医方集解》）加减。龙胆草、生地黄、当归、柴胡、木通、泽泻、车前子、栀子、黄芩、生甘草。

［加减］眼珠疼痛甚、白睛混赤者，可加赤芍、牡丹皮退赤止痛；黄液上冲者，可

加蒲公英、紫花地丁、败酱草以清热解毒、排脓止痛；口苦咽干、大便秘结者，加天花粉、大黄以清热生津、泻下攻积。

3. 风湿夹热证

［证候］眼珠坠胀疼痛，眉棱骨痛，畏光流泪，视力缓降，抱轮红赤或白睛混赤，病情较缓，病势缠绵，反复发作；黑睛后壁有点状或羊脂状物沉着，神水混浊，黄仁肿胀，纹理不清；瞳神缩小或瞳神干缺，或瞳神区有灰白色膜样物覆盖，或见神膏内有细尘状、絮状混浊；常伴肢节肿胀，酸楚疼痛；舌红，苔黄腻，脉濡数或弦数。

［治法］祛风清热除湿。

［方药］抑阳酒连散（《原机启微》）加减：独活、生地黄、黄柏、防己、知母、蔓荆子、前胡、甘草、防风、栀子、黄芩、寒水石、羌活、白芷、黄连。

［加减］风热偏重，赤痛较甚者，去羌活、独活等，加金银花、蒲公英等加强清热解毒之力；风湿偏重者，去知母、黄柏等，酌加薏苡仁、茯苓等以渗利水湿。

4. 虚火上炎证

［证候］病势较轻或病至后期，目痛时轻时重，眼干不适，视物昏花，或见抱轮红赤，黑睛后壁沉着物小而量少，神水混浊不显，黄仁干枯不荣，瞳神干缺，晶珠混浊；可兼烦热不眠，口干咽燥；舌红，少苔，脉细数。

［治法］滋阴降火。

［方药］知柏地黄丸（《医宗金鉴》）加减：知母、黄柏、熟地黄、山茱萸、山药、茯苓、泽泻、牡丹皮。

［加减］眠差者加酸枣仁以养血安神；腰膝酸软者加女贞子、墨旱莲以补益肝肾。

（五）中成药

（1）龙胆泻肝丸、黄连羊肝丸：适用于肝经风热证和肝胆火炽证。

（2）知柏地黄丸、石斛明目丸：适用于虚火上炎证。

（六）高健生经验

《原机启微》中云"瞳神紧小"为"强阳搏（抟）实阴之病"。高老认为"搏"字形象地体现了本病致病因素的多重性及发病过程的复杂性，准确理解"搏"字的含义，是分析复杂病机及选方用药的切入点。他在认真揣读古籍的基础上，结合自身的临床经验，提出虹膜睫状体炎的病因是火热挟风，又与寒水相结聚，进而上犯清窍。其病机为外感或内蕴之火热挟风上炎，致阳强盛而有力也；同时，机体阴气坚实不虚而有御，最终强阳与实阴二者相抟，上应瞳神，发为本病。临证中要辨别虚实，顾护全身。因本病缠绵，强阳与实阴相抟，易反复发作，不可一味祛邪，适时和及时扶正，可取得事半功倍的效果。

（七）典型案例

杨某，女，27 岁。初诊 2015 年 2 月 7 日。

［主诉］右眼目红痛、视物不清 2 周。

［现病史］患者 2 周前出现右眼目红、目痛，伴轻度畏光、视物稍模糊，曾就诊于外院，以复方托吡酰胺滴眼液联合妥布霉素地塞米松滴眼液，治疗后目红痛稍好转。其人形瘦，平素怕凉，喜食辣，口干口苦，纳眠可，二便调。

［既往史］无特殊。

［检查］右眼视力 0.8，矫正不提高，左眼视力 1.0，右眼球结膜轻度充血，角膜后少量羊脂状沉着物（KP），房闪（+），瞳孔散大固定，晶状体、玻璃体及眼底未见异常。全身症状无口腔溃疡，舌淡红，苔薄黄，脉数。

［西医诊断］右眼虹膜睫状体炎。

［中医诊断］右眼瞳神紧小。

［辨证］肝经风热上扰。

［治则］舒肝清热。

［处方］丹栀逍遥散加减。银柴胡、白术、炒白芍、当归、黄芩、炒栀子、茯苓、丹皮、石斛、蒲公英、金银花、白蒺藜、木贼、僵蚕、蝉蜕、川椒、制附子、干姜、蔓荆子。7 剂，水煎服。

［二诊］2015 年 2 月 16 日，患者服药后未诉不适，检查右眼角膜后 KP 减少，房闪（±），处方：黄芪、白术、防风、丹皮、银柴胡、白芍、当归、白蒺藜、僵蚕、砂仁、党参、吴茱萸、干姜。14 剂，水煎服。

［三诊］2015 年 3 月 5 日，患者诉右眼视力仍欠清，未再出现眼红目痛等现象。查：右眼角膜后 kp 消失，房闪（-），瞳孔药物性散大。嘱继用原方，逐步减少散瞳剂用量。

［按语］该患者初诊时因食辣后出现虹膜炎，经局部用药后有所控制。高老予中药舒肝清热为主治疗，方中银柴胡、白术、炒白芍、当归、茯苓等舒肝健脾，黄芩、炒栀子、蒲公英、金银花、白蒺藜清肝热，患者身体羸弱怕凉，少佐川椒、制附子、干姜，既治其本，又防凉药伤胃。病情进一步好转后，高老稍减去寒凉之品，加玉屏风散益气健脾以固护其表，取扶正祛邪之意。

第二节　白塞氏病

白塞综合征（Behcet's syndrome，BS）又称白塞氏病（Behcet's disease，BD），是一种以血管炎为基础病理改变的慢性、复发性自身免疫/炎症性疾病，主要表现为反复发作的口腔溃疡、生殖器溃疡、葡萄膜炎和皮肤损害，亦可累及周围血管、心脏、神经系统、胃肠道、关节、肺、肾等器官。1937 年土耳其医生 Hulusi Behcet 首次报道本病，引起现代医学的关注，故命名为"Behcet′s disease"。全球综合患病率为 10.3/10 万人。我国患病率为 14/10 万人，北方可高达 110/10 万人。发病年龄多为 15 ~ 50 岁，男女发病率相似，但男性早期发病者更易出现重要脏器受累，预后较差。

BS 的首发症状为反复发作、疼痛剧烈，多发的口腔溃疡，发生率 95% 以上。BS 眼部表现主要是葡萄膜炎（Behcet′S uveitis，BU），为非肉芽肿性，亦称眼白塞综合征，眼部炎症通常发生在口腔溃疡以后 2 ~ 3 年。眼白塞综合征好发于 20 ~ 30 岁人群，男性更多见且症状更重，预后差。BU 常为双眼发病，眼前段表现为虹膜睫状体炎，可伴有无菌性前房积脓；后段表现为后葡萄膜炎和视网膜血管炎，可出现玻璃体视网膜出血、黄斑囊样水肿，甚至黄斑裂孔、视神经萎缩等。

BS 属中医"狐惑病"范畴。《金匮要略·百合狐惑阴阳毒病证治第三》："狐惑之为病，状如伤寒，默默欲眠，目不得闭，卧起不安，蚀于喉为惑，蚀于阴为狐，不欲饮食，恶闻食臭，其面目乍赤、乍黑、乍白、蚀于上部则声嗄，甘草泻心汤主之。"

（一）病因病机

（1）发病：本病多因外感湿热毒邪、引动内火，或因阴液亏虚、肝胆火旺所致。

（2）病位：足厥阴肝经循行路线。口腔溃疡与"其支者，从目系下颊里环唇内"相关，眼部病变与足厥阴肝经"连目系"一致，阴部溃疡为足厥阴肝经"循股阴入毛中过阴器"部位，结节红斑好发于小胫骨前缘，即足厥阴肝经"足跗上廉，去内踝一寸、上踝八寸"。

（3）病性：本病早期病变部位表现为充血、肿胀、溃疡、疼痛，属实属热，病程中病机转化，热结伤络，脉络郁滞，久病邪热伤阴、留滞，迁延反复。

（4）病机：阴液亏虚、肝胆火旺，或因外感湿热毒邪、引动内火而起。邪热循肝经上攻头目，致葡萄膜炎；累及肌肤，致皮肤红斑、结节及关节疼痛；下注二阴致阴部溃疡；传变至脾，见口腔溃疡及消化道溃疡；虚风内动引起头晕、头痛、肢体运动障碍等。

（二）施治要点

狐惑病主要因湿热瘀毒蕴结，循经上下攻于口眼、外阴，甚至攻注脏腑而发病。辨证时宜分清湿热孰轻孰重；湿热之邪所居主要在何脏何腑；同时结合疾病分期，分清正虚与邪实。治疗以清热化湿为要，急性发作期以清热利湿解毒为主；慢性稳定期以扶助正气与利湿解毒相结合。

（三）治疗原则

白塞氏综合征为自身免疫性疾病，眼部病变反复发作可导致严重并发症，眼前段受累者治疗同前葡萄膜炎，眼后段受累者全身选用激素及免疫抑制剂。急性期控制炎症，阻止或减少复发次数，初期因湿热毒邪蕴结，治宜清利湿热、凉血解毒，后期出现正虚邪恋、虚实夹杂，治宜扶正祛邪。

（四）辨证论治

1. 热毒炽盛证

［证候］视物模糊，前房渗出，视网膜血管炎表现；高热，口舌、前后二阴多发溃疡，疡面红肿疼痛，皮肤结节红斑或痤疮，关节肿痛，面红目赤，烦渴喜饮，小便短赤，大便干结；舌红，苔黄燥，脉滑数。

［治法］清热解毒、凉血养阴。

［方药］清营汤（《温病条辨》）加减。犀角（水牛角代替）、生地、金银花、连翘、玄参、黄连、竹叶心、丹参、麦冬。

［加减］皮肤溃疡严重者，可加野菊花、牡丹皮、紫草等以清热凉血。

2. 肝脾湿热证

［证候］视力骤降，口舌生疮，眼部检查表现为急性虹膜睫状体炎，有较多细小KP，可有前房积脓，眼底表现为视网膜血管炎；皮肤疮疡，大便秘结；舌红、苔黄腻，脉弦数或滑数。

［治法］疏肝健脾、清利湿热。

［方药］龙胆泻肝汤（《医方集解》）合甘草泻心汤（《伤寒论》）加减。龙胆草、黄芩、栀子、泽泻、车前子、当归、生地黄、柴胡、生甘草、黄连、半夏、党参、生姜、大枣。

［加减］瞳神紧小、头痛眼痛、畏光羞明，可加羌活、防风、藁本、白芷、升麻等祛风除湿。口腔溃疡、前房积脓可合清胃散。

3. 阴虚热毒证

［主证］视物模糊，前房渗出，视网膜出血、水肿，目睛干涩；口舌、二阴溃疡，疡面暗红，午后低热，五心烦热，失眠多梦，腰膝酸软，口干口苦，小便短赤，大便秘结；舌红，少苔，脉细数。

［治法］滋阴清热、活血解毒。

［方药］大补阴丸（《丹溪心法》）合四妙勇安汤（《验方新编》）加减。熟地黄、知母、黄柏、龟甲、金银花、玄参、当归、甘草。

［加减］大便秘结者，可加大黄；反复发作者，加苍术、升麻。

4. 气虚瘀毒证

［主证］视物模糊，眼前节炎症减轻，视网膜血管呈白线，视神经萎缩；舌质胖淡，苔白腻，脉沉弱。

［治法］益气扶正、清化瘀毒。

[方药] 托里消毒饮（《外科发挥》）加减。人参、黄芪、当归、白芍、川芎、白术、茯苓、金银花、白芷、甘草、皂角刺、桔梗。

[加减] 眼底闭塞性血管炎者，可加桃仁、红花等活血通络药。

（五）中成药治疗

（1）雷公藤多苷片：用于急性发作期或反复发作比较频繁，或对激素有依赖性减量至 20mg/ 日以下复发者。

（2）龙胆泻肝丸：用于肝脾湿热证。

（3）知柏地黄丸：用于阴虚热毒证。

（六）高健生经验

白塞氏病所致葡萄膜炎多因正虚于内，邪火郁结所致。而火盛，湿热邪气久蕴，正气弥虚，渐由肝肾阴虚，乃至脾肾阳虚。临证中，高老对于病程长，病情反复，症见四肢凉，下利清谷，舌质淡胖，脉沉的患者，在其稳定期于方药中配以麻黄附子细辛汤，可助阳通经，发散余邪，促进病情恢复。

（七）典型案例

万某，男，26 岁。初诊 2013 年 9 月 10 日。

[主诉] 双眼视物不清 3 年。

[现病史] 患者 3 年前被诊断为双眼白塞氏病，2 年前因视力下降，在当地医院曾口服泼尼松龙治疗，最大用量 60mg/d，后逐渐减量，半年前自觉视物不清，再次给予泼尼松龙口服治疗，目前已停药。因为病情复发，来我院就诊。

[既往史] 无特殊。

[检查] 双眼视力 0.25，矫正不提高，双眼角膜后少量沉着物（KP），房闪（−），眼底视盘边清颜色略淡，视网膜色略淡，动脉细，中心凹反光未见。全身症状无口腔溃疡，纳眠可，二便调，易劳累，舌淡红，苔薄白，脉沉缓。

[西医诊断] 白塞氏病。

[中医诊断] 狐惑。

[辨证] 脾肾阳虚，余邪未尽。

[治则] 温补脾肾，清热解毒。

[处方] 炒知母、炒黄柏、生地黄、山药、山茱萸、茯苓、玄参、连翘、黄连、肉桂、生薏苡仁、细辛、炙麻黄、制附子、车前子、怀牛膝。14 剂，水煎服。

[二诊] 2013 年 9 月 24 日，患者服药后未诉不适，检查视力右眼 0.3，左眼 0.25，右眼角膜后 KP 减少，房闪（−），处方以原方加灯盏花。

［三诊］2个月后电话随访，患者诉病情稳定，未再出现眼红、视力模糊等现象。

［按语］该患者因白塞氏病反复发作，疾病日久，耗伤人体正气，加之使用口服激素治疗，耗损元阳，致机体虚弱。高老辨证论治，以济生肾气丸合麻黄附子细辛汤加减温补脾肾之阳，方中附子、细辛温肾助阳，培补元气；茯苓、山药、薏苡仁健脾；知母、黄柏、连翘清玄府之郁热，全方寒热并用，上开玄府之郁，中调脾胃，下温肾阳，共奏清上温下之功，防止疾病复发。

第三节　急性视网膜坏死

急性视网膜坏死（acute retinal necrosis，ARN）是一种迅速进展的疱疹族病毒感染所致的视网膜炎，又名桐泽（kirisawa）型葡萄膜炎。表现为广泛视网膜全层坏死、视网膜动脉炎为主的视网膜血管炎、中度以上玻璃体混浊，以及后期视网膜脱离。发病前可有感冒等前驱因素，可能与免疫力下降导致潜伏在面神经及颅内神经的疱疹病毒激活致病有关。本病可发生于任何年龄，常见于20～50岁成人，以男性多见，多单眼受累，也可双眼发病，短期可导致失明，治疗困难，视力预后差。近年来发病率逐渐升高，可合并发生虹膜睫状体炎、玻璃体炎、伴视网膜血管炎的周边视网膜坏死。

本病临床症状与祖国医学中的"视瞻昏渺""瞳神紧小""瞳神干缺"相类似，且病变累及黄斑区时可有严重的视力下降，故将其归为"视瞻昏渺"，系指中老年人出现的眼外观无异常，但视物昏朦，且日渐加重，终致失明的眼病。

（一）病因病机

本病乃阳气内盛，外感风热邪毒，内外合邪，邪毒炽盛，气血两燔，壅滞于目；或病久热灼伤阴，阴虚阳亢，阴液亏损，目失濡养，上犯于目或挟风、热、痰、湿所致。

（1）发病：其发病可能与年龄、遗传、代谢、吸烟、慢性光损伤、营养不良、免疫异常、心血管疾病等有关。可有疱疹病毒感染史，潜伏期短者一个月，长者可达20年。

（2）病位：病在目，属瞳神病，与肝、脾、肾关系密切。

（3）病性：虚证为主，因虚致实，虚实夹杂。

（4）病势：本病一般发病较隐匿，发病急骤，病情进展迅速，一个月后进入缓解期，预后较差，常导致视力严重下降，病变经过2～3个月后，视网膜坏死发生脱离，并发多发性视网膜裂孔，短时间内双目失明，视力丧失，最终眼球萎缩。肝火上炎，火邪燔灼黄仁，强阳抟实阴，瞳神紧小；肝火上扰，灼伤目中血络，可致眼底出血。

（5）病机：邪热内犯，肝胆火热亢盛，热毒炽盛，上攻头目；饮食不节，脾失健运，不能运化水湿，浊气上泛于目；素体阴虚，或劳思竭虑，肝肾阴虚，虚火上炎，灼伤目络，则视物昏朦；情志内伤，肝失疏泄，肝气犯脾，脾失健运，气机阻滞，血行不畅为瘀，津液凝聚成痰，痰瘀互结，遮蔽神光，则视物不清；年老体弱，肝肾两虚，精血不足，目失濡养，以致神光暗淡。

（二）施治要点

本病早期以实证为主，多为热毒炽盛；后期演变成虚证，气阴两虚为主。中医在急性期治宜疏风散邪，清热解毒，中期治宜活血化瘀为主，后期治宜益气养阴。治疗中应注意虚实变化，随证加减用药。

（三）治疗原则

因其发病急骤，进展迅速，预后极差，所以早期明确诊断，抓住治疗时机进行及时有效的治疗，对于改善本病的预后至关重要。ARN 早期诊断是治疗的关键，早期全身抗病毒治疗是基础，玻璃体腔注药联合预防性眼内激光光凝及适时的玻璃体切割术是治疗ARN 的有效手段。早期多为风热或热毒外袭，宜清热解毒、疏风祛邪为主；进展期玻璃体混浊、眼底血管炎症加重，为热入营血，宜清营凉血，清热解毒；病程日久或玻璃体手术后炎症基本控制，视力下降，视网膜萎缩，为邪热伤阴或气血瘀阻，精血亏虚，宜补益气血、补益肝肾。

（四）辨证论治

急性期多表现为肝胆实热，治疗以清热解毒、凉血活血为原则，晚期则以滋阴降火、活血化瘀为主。湿热痰浊内蕴，上犯清窍；情志不舒，气滞血瘀，玄府不利；肝肾不足，精血亏耗，或心脾两虚，气血不足，致目失所养，神光衰微，治疗宜辨证施治。

1.热毒炽盛证

［主证］视力下降严重，白睛抱轮红赤，黑睛后壁大片脂状渗出，神水、神膏混浊明显；视网膜小动脉多处闭塞呈白线状，下方周边视网膜斑片状黄白色坏死及点片状出血；舌红绛，苔黄，脉弦数。

［治法］清热解毒，疏风祛邪。

［方药］银花解毒汤（《疡科心得集》）合清瘟败毒饮（《疫疹一得》）加减。金银花、地丁草、犀角（水牛角替代）、赤苓、连翘、牡丹皮、川连、夏枯草、石膏、知母、玄参、桔梗、黄芩、龙胆草、牛膝、栀子、生地、甘草等。

［加减］便秘者，可加大黄、玄明粉攻下泄热；视网膜出血多者，加生地、牛膝清热凉血。

2.脾虚湿困证

［主证］视物昏朦，视物变形，黄斑区色素紊乱，中心凹反光消失，或黄斑出血、渗出及水肿；可伴胸膈胀满，眩晕心悸，肢体乏力；舌质淡白，边有齿印，苔薄白，脉

沉细或细。

[治法] 健脾利湿。

[方药] 参苓白术散（《医方考》）加减。人参、茯苓、白术、白扁豆、陈皮、山药、甘草、莲子、缩砂仁、薏苡仁、桔梗等。

[加减] 视网膜水肿明显者，加泽泻、益母草以利水消肿。

3. 阴虚火旺证

[主证] 病至后期，视物昏朦，视物变形，眼睛干涩，眼底视网膜萎缩，黄斑部可见大片新鲜出血、渗出和水肿；口干欲饮，潮热面赤，五心烦热，盗汗多梦，腰膝酸软；舌红，少苔，脉细数。

[治法] 滋阴降火。

[方药] 生蒲黄汤（《中医眼科六经法要》）合滋阴降火汤加减。生蒲黄、旱莲草、藕节、丹参、丹皮、生地、郁金、荆芥炭、栀子、川芎、甘草、当归、黄柏、知母、牛膝、生地、白芍、甘草梢、木通等。

[加减] 出血多者，可加三七粉、郁金，以助活血化瘀；若出血日久不吸收者，可加丹参、泽兰、浙贝母等以活血消滞；大便干结者，可加火麻仁以润肠通便。

4. 痰瘀互结证

[主证] 视物变形，视力下降，病程日久，眼底可见瘢痕形成及大片色素沉着；伴见倦怠乏力，纳呆；舌淡，苔薄白腻，脉弦滑。

[治法] 化痰软坚，活血明目。

[方药] 化坚二陈丸（《医宗金鉴》）加减。陈皮、半夏、茯苓、僵蚕、川黄连、甘草等。

[加减] 加丹参、川芎、牛膝等，以活血通络；瘢痕明显者，可加浙贝母、鸡内金以软坚散结。

5. 肝肾两虚证

[主证] 视物模糊，视物变形，眼底可见黄斑区陈旧性渗出，中心凹光反射减弱或消失；常伴有头晕，失眠，或面白肢冷，精神倦怠，腰膝无力；舌淡红，苔薄白，脉沉细无力。

[治法] 补益肝肾。

[方药] 四物五子丸（《普济方》）或加减驻景丸加减。当归、川芎、熟地、白芍、覆盆子、枸杞子、地肤子、菟丝子、车前子、楮实子、五味子、川椒等。

[加减] 渗出多者，可加红花、丹参、牛膝、鸡内金、煅牡蛎等活血通络，软坚散结。

（五）中成药治疗

（1）石斛明目丸、知柏地黄丸：可用于阴虚火旺证。

（2）血府逐瘀口服液、二陈丸：可用于痰瘀互结证。

（六）高健生经验

急性视网膜坏死发病急、视力损伤较甚，应及时干预治疗，现代医学多以抗炎、抗病毒配合激素治疗。中医学认为本病为湿热毒邪壅盛所致，用药多以寒凉清热为主。高老遣方用药，常在使用寒凉之药时少佐以通阳开郁之品，一则防寒凉药中伤阳气，一则亦可引药性上行，开玄府之郁。

（七）典型案例

徐某，女，37岁。初诊2012年11月5日。

［主诉］右眼视物不清1个月。

［现病史］患者1个月前头痛后出现右眼视物模糊，眼微红，伴眼胀痛等不适症状，于当地医院就诊，测眼压右眼为38mmHg，诊断为"右眼青光眼"。予甘露醇注射液治疗，好转。半个月后因右眼视物模糊逐渐加重，在当地眼科医院就诊，诊断为"右眼急性视网膜坏死"，予阿昔洛韦注射液750mg，每日2次静滴，同时予醋酸泼尼松龙片60mg每日一次口服×7天，50mg每日一次口服×7天，40mg每日一次口服×5天，用药后症状略好转。

［既往史］无特殊。

［检查］双眼视力：右眼：0.15，矫正不提高，左眼：1.0。右眼眼前节未见异常，瞳孔药物性散大，晶体透明，玻璃体见絮状混浊，可见灰白色颗粒，眼底模糊可见视盘，血管呈白线，中周部视网膜点片状灰白色病灶及出血，颞侧视网膜隆起呈灰白色，黄斑中心凹反光未见。左眼检查未见异常，双眼眼压正常。现症状：右眼视物模糊，无明显目红、目痛及头痛症状，伴口干、口苦，纳可，寐安，二便调，舌红，苔薄，脉弦。

［西医诊断］右眼急性视网膜坏死；右眼视网膜脱离。

［中医诊断］右眼视瞻昏渺。

［辨证］热毒上攻。

［治则］清热泻火解毒。

［处方］醋柴胡、当归、黄芩、黄连、紫草、蒲公英、四季青、赤芍、生地、炒知母、花粉、玄参、连翘、白蒺藜、僵蚕、蝉蜕、木贼草、天麻、桂枝、干姜、川椒。7剂，水煎服。

服用中药的同时，行右眼玻璃体切割术联合硅油填充术，术后继续服用中药，眼底视网膜复位，病灶清除，病情稳定。

［按语］急则治标，缓则治本。本病较急，因并发视网膜脱离，故当及时予以复位。该患因邪入头目，热毒壅盛，玄府怫郁，以致神光不得发越，故用药以清热凉血为主，其中紫草、四季青、木贼草、僵蚕合用可清心肝经、凉血轻泻；高老在用凉药的同时，少佐以桂枝、干姜、川椒以通阳开郁。在围手术期应用中药，标本兼治，可以促进术后水肿渗出的吸收，尽快恢复健康。

第七章　视网膜脉络膜病

第一节　视网膜静脉阻塞

视网膜静脉阻塞（retinal vein ocelusion，RVO）是指视网膜静脉血循环发生障碍引起相应区域视网膜出血，渗出，水肿，表现为无痛性视力下降或视野缺损的眼病；是仅次于糖尿病性视网膜病变的第二位最常见的视网膜血管病。本病好发生于中老年人，亦有年轻患者发病，根据静脉阻塞发生的部位不同分为视网膜中央静脉阻塞、半侧静脉阻塞、分支静脉阻塞。又可根据严重程度的不同分为缺血性视网膜静脉阻塞和非缺血性视网膜静脉阻塞。临床表现为视力下降、视网膜静脉的迂曲扩张、视网膜内出血以及继发的黄斑水肿等症状，多为单眼发病，亦有双眼发病者。

本病属中医"血证"范畴。《三因极一病证方论·失血叙论》曰："血之周流于人……外不为四气所伤，内不为七情所郁，自然顺适。万一微爽节宣，必至壅闭，故血不得循经流注，荣养百脉，或泣或散，或下而亡反，或逆而上溢……"《景岳全书·血证》曰："血本阴精，不宜动也，而动则为病。血主营气，不宜损也，而损者为病。盖动者多由于火，火盛则逼血妄行；损者多由于气，气伤则血无以存。"这里将出血的病因概括为"火盛"及"气伤"两个方面。

（一）病因病机

本病的主要病机为多种原因致脉络瘀阻，血溢络外而遮蔽神光，肾亏为本，虚火痰瘀为标。

（1）发病：发病急骤，情志内伤，肝气郁结；或肝肾阴亏，水不涵木；或劳神思虑，阴血暗耗；或饮食不节，脾气虚弱。日久都可导致血行不畅，脉络瘀阻，血溢脉外而突发为本病。

（2）病位：病在目系络脉，属瞳神病，涉及五脏，以心、肝、脾、肾为主，涉及肺。

（3）病性：本虚标实，虚实夹杂。

（4）病势：视网膜静脉阻塞早期以肝气郁结，气滞血瘀，目络瘀阻为主，中期以瘀血阻络，痰浊内生及痰瘀互结致目络损伤为主，晚期以肝肾阴虚，气血两虚致目络反复损伤为主。

（5）病机：情志内伤，肝气郁结，肝失条达，气滞血郁，血行不畅，瘀滞脉内，血溢络外；肝肾阴亏，水不涵木，肝阳上亢，气血上逆，血不循经而外溢；过食肥甘厚味，痰湿内生，痰凝气滞，血行不畅，痰瘀互结，血脉瘀阻，血不循经，血溢脉外。

（二）施治要点

本病出血为先，瘀血在后，治疗当循唐容川《血证论》之治血四法："唯以止血为第一要法。血止之后，其离经而未吐出者，是为瘀血……故以消瘀为第二法。止吐消瘀之后，又恐血再潮动，则须用药安之，故以宁血为第三法……去血既多，阴无有不虚者矣……故又以补虚为收功之法，四者乃通治血证之大纲……"急则治标，缓则治本，除了治疗本病之外，还应尽量避免黄斑水肿及新生血管性青光眼等严重并发症的发生。因本病的基本病机是脉络瘀阻，血不循经，溢于脉外；而阻塞是瘀，离经之血亦是瘀，故血瘀是其最突出的病机。治疗时应注意止血勿使留瘀，消瘀的同时应避免再出血，并积极治疗原发病。

本病主要为血证，治疗不同于以往见血就止血，概用凉血止血等寒凉之品，又不宜用炭类药止血，恐其性燥留邪。在凉血之时，稍用活血之剂，血止还要用活血、化痰、软坚之品。既要观察局部病变，如出血、渗出、水肿的情况，还要考虑全身本虚标实的情况。

（三）治疗原则

早期以清热凉血止血法为主，酌加活血理气消瘀之品；至病变中期，积血不消，新血不生，血脉不通，则会再度出血，治疗应以活血化瘀为主；病至后期，出血已止，瘀血未尽，阻滞脉络，气血俱损，应攻补兼施，局部与全身辨证相结合，固护正气，益气养血，扶正固本。临床中应中西并用，必要时可联合玻璃体腔内注射抗血管内皮生长因子，视网膜光凝等来改善黄斑水肿，减少新生血管并发症发生。

（四）辨证论治

本病以眼底出血及视力下降为主要临床表现，其主要病机为脉络瘀阻、血溢脉外。早期出血为首发症状，应以凉血止血为主，中期以血瘀为主，治疗重点为活血化瘀，晚期虚实夹杂，气血俱虚，应在活血化瘀的同时配合补益气血的药物。临证治疗时，应局部辨证与全身辨证相结合，综合论治。

1. 气滞血瘀证

［主证］眼外观端好，视力急降，眼底表现符合本病特征；可伴见眼胀头痛，胸胁胀痛，或情志抑郁，食少嗳气；舌红有瘀斑，苔薄白，脉弦或涩。

［治法］理气解郁，化瘀止血。

　　[方药] 血府逐瘀汤（《医林改错》）加减。当归、生地、桃仁、红花、甘草、枳壳、赤芍、柴胡、川芎、桔梗、牛膝等。

　　[加减] 出血初期舌红脉数者，宜去方中川芎、当归，加荆芥炭、血余炭、白茅根、大蓟、小蓟以凉血止血；眼底出血较多，血色紫暗者，加生蒲黄、茜草、三七以化瘀止血；视盘充血水肿，视网膜水肿明显者，为血不利则为水，宜加泽兰、益母草、车前子以活血利水；失眠多梦者加珍珠母、首乌藤以镇静安神。

　　2. 阴虚阳亢证

　　[主证] 眼外观端好，视力急降，眼底表现符合本病特征；兼见头晕耳鸣，面热潮红，头重脚轻，失眠多梦，烦躁易怒，腰膝酸软；舌红，少苔，脉弦细。

　　[治法] 滋阴潜阳。

　　[方药] 镇肝息风汤（《医学衷中参西录》）加减。怀牛膝、生赭石、生龙骨、生牡蛎、生龟甲、白芍、玄参、天冬、川楝子、生麦芽、茵陈、甘草等。

　　[加减] 潮热口干明显者，可加生地黄、麦冬、知母、黄柏以滋阴降火；头重脚轻者，宜加何首乌、钩藤、石决明以滋阴潜阳。

　　3. 痰瘀互结证

　　[主证] 眼症同前，或是病程较长，眼底水肿渗出明显，或有黄斑囊样水肿；形体肥胖，兼见头重眩晕，胸闷脘胀；舌苔腻或舌有瘀点，脉弦或滑。

　　[治法] 化痰除湿，活血通络。

　　[方药] 桃红四物汤（《医宗金鉴》）合温胆汤（《三因极一病证方论》）加减。桃仁、红花、当归、生地、芍药、川芎、半夏、竹茹、枳实、陈皮、甘草、茯苓等。

　　[加减] 若视网膜水肿、渗出明显者，可加车前子、益母草、泽兰以活血利水消肿。

　　4. 气虚血瘀证

　　[主证] 发病日久，视物模糊，眼底出血色暗，水肿明显，渗出量多，视盘色淡；伴见短气乏力，面色萎黄，倦怠懒言；舌淡有瘀斑，脉涩或结代等。

　　[治法] 益气养血，化瘀通络。

　　[方药] 补阳还五汤（《医林改错》）加减。黄芪、当归、赤芍、川芎、桃仁、红花、地龙、枸杞子、菟丝子等。

　　[加减] 眼底出血较多，血色紫暗者，加生蒲黄、三七以化瘀止血；视网膜水肿明显者，宜加泽兰、益母草、车前子以活血利水；失眠多梦者加酸枣仁、夜交藤以养心安神。

（五）中成药治疗

　　（1）复方血栓通胶囊：用于血瘀兼气阴两虚证。

　　（2）和血明目片：用于阴虚肝旺，热伤络脉证。

（六）高健生经验

高老认为眼底血证是疾病的整体性和整体疾病在眼局部的反映，而不仅仅是眼局部器官的病变，因此将中医辨证和西医辨病结合起来，通过对一种疾病的整体了解，结合其在病情演变过程中的证候变化，才能更全面地认识疾病，从而采取有效的治疗方法。高老认为视网膜静脉阻塞多与全身脏腑经络的功能失调有关，与气、血、痰、火的关系尤为密切，而在眼部表现为血脉不通或血脉不畅，日久瘀塞不通或造成血溢脉外。所以，在治疗上应将祛瘀明目贯穿始终，并结合病因采取措施，防止疾病的进一步演变。早期治则以凉血止血为主，应用生蒲黄汤加减，辅以平肝潜阳、疏肝解郁、祛痰消肿之剂。肝阳上亢者加天麻钩藤饮，肝郁气滞者加柴胡疏肝散，痰瘀互结者加温胆汤，出血吸收缓慢者加夏枯草。中期以益气活血通络为主，应用血府逐瘀汤加减，辅以养阴清热、利水消肿、疏肝解郁之剂。渗出明显加茯苓、陈皮、半夏，眼底水肿者加茺蔚子、琥珀。晚期治以益气养阴为主，应用补阳还五汤加减，辅以活血化瘀、软坚散结之品。渗出、水肿吸收缓慢者加胆南星、贝母、竹茹。出血久不吸收者加桃仁、红花。眼底出血日久出现机化增殖性改变及新生血管形成，多是"痰瘀互结"所致，痰瘀日久可耗气伤血，故在祛痰化瘀的同时应辅以补气养血、滋阴明目之剂。

（七）典型案例

病案举例

邱某，女，79岁，2013年7月16日初诊。

[主诉]右眼视力骤降1月余。

[现病史]1月前无明显诱因出现右眼视物不清，当时未予重视，此后视力逐渐下降。

[既往史]高血压病史10余年。左眼高度近视病史60余年。

[检查]右眼视力0.3，矫正不提高，晶体皮质混浊，眼底：视盘边界欠清，色红，静脉高度迂曲扩张，视网膜各象限见大面积火焰状出血，沿静脉走行分布，黄斑区囊样水肿。左眼视力：指数，豹纹状眼底。眼压正常。舌暗红，苔薄白，脉沉细。

[西医诊断]右眼视网膜中央静脉阻塞；左眼高度近视，视网膜病变。

[中医诊断]右眼视瞻昏渺。

[辨证]气虚血瘀。

[治则]益气活血。

[处方]黄芪30g，白术10g，山药10g，乳香10g，没药10g，生山楂15g，三七粉3g，炒白芍30g，川芎6g，丹皮15g，生地30g，甘草6g。14剂，水煎服。

[二诊]两周后视力大致同前，查眼底：视网膜出血较前明显吸收，黄斑水肿减轻。继用原方2周，复查右眼视力提高至0.5，视网膜出血进一步吸收。

[**按语**] 视网膜中央静脉阻塞是严重致盲性眼病，分缺血型及非缺血型。缺血型预后较差，甚至可致新生血管性青光眼发生。因此早期及时治疗至关重要。视网膜静脉阻塞眼底大量出血，是应止血还是活血？高老认为：对于离经之血当采用活血化瘀之法以促进出血消散，若失治误治，疾病发展至干血期，再治疗时则更为棘手。故本方中选用乳香、没药、川芎、山楂、白芍、丹皮以活血化瘀，并使用黄芪、白术、山药、甘草以益气扶正，以免大剂量活血药损伤正气。患者用后效果良好。

第二节　视网膜动脉阻塞

视网膜动脉阻塞（retinal artery occlusion，RAO），是指视网膜动脉血流被阻断引起视网膜急性缺血，导致视力突然严重下降甚至失明的眼科急症。根据阻塞部位不同，可分为视网膜中央动脉阻塞、视网膜分支动脉阻塞、视网膜睫状动脉阻塞、视网膜毛细血管前小动脉阻塞。本病发病急骤，多为单眼发病，以中老年人多见，男性比女性发病率稍高。多数患者伴有高血压等心脑血管疾病。临床表现为单眼不可逆性无痛性视力急剧下降至指数，甚至无光感，眼底后极部视网膜广泛性灰白色水肿，黄斑樱桃红点，或者供血区视网膜灰白水肿混浊。随着全球老年化及生活方式的改变，该病的发病率有明显上升的趋势。

本病属中医"络阻暴盲"范畴。对本病特点记载较为准确的是《抄本眼科》，书中说："不害疾，忽然眼目黑暗，不能视见，白日如夜。"《证治准绳·杂病·七窍门》中谓："乃痞塞关格之病。病于阳伤者，缘忿怒暴悖，恣酒嗜辣，好燥腻，及久患热病痰火，人得之则烦躁秘渴。病于阴伤者，多色欲悲伤，思竭哭泣太频之故。"《抄本眼科》指出其病机为"元气下陷，阴气上升"所致。

（一）病因病机

该病主要病机为眼内瘀血阻络，目窍失养，玄府不利，神光郁遏。本病与心肝肾密切相关，因为肝经连目系，肝开窍于目；心经系目系，心主血脉；瞳神由肾所主，肾水不足，不能制火，心肝之火上炎，热灼目系，故暴盲。

（1）发病：发病急骤，气机逆乱，气血上壅；或恣食肥甘燥腻、恣酒嗜辣，痰热内生，血脉闭塞；或肝肾阴亏，肝阳上亢，气血并逆，瘀滞脉络；或心气亏虚，推动乏力，血脉瘀塞。日久均可导致血行滞缓，脉络瘀滞而突发本病。

（2）病位：病位在目系络脉，属瞳神病，涉及五脏，以心、肝、肾为主。

（3）病性：多属实证或为本虚标实。本虚为心肝脾肾虚，标实为气滞，血瘀，痰湿，实火等。

（4）病势：早期以气逆血壅、气血滞塞而致脉络瘀阻闭塞，中期过嗜肥甘生痰，郁而化热，痰热互结，肝肾阴亏，阴不制阳导致肝阳上亢，晚期气虚血行乏力，致血不充脉，视物昏朦。

（5）病机：忿怒暴悖，气机逆乱，气血上壅，血络瘀阻；偏食肥甘燥腻，或恣酒嗜辣，痰热内生，血脉闭塞；年老阴亏，肝肾不足，肝阳上亢，气血并逆，瘀滞脉络；心气亏虚，推动乏力，血行滞缓，脉道瘀塞。

（二）施治要点

本证具有"外不伤于轮廓，内不损于瞳神，倏然盲而不见也"的病证特征。病情危急，预后不良，救治当争分夺秒。凡阴阳平衡失调，脏腑功能乖乱，邪气瘀塞脉络，精气不能上注于目，均可致暴盲。治疗以活血通络化瘀为要。在慢性期须根据患者体质的强弱、病情的轻重、眼底的改变，兼顾脏腑之虚实，辅以益气、行气、补肝肾等治疗。

（三）治疗原则

本病为眼科急重症，应积极抢救，分秒必争，尽可能挽救视力。早期中西医协同治疗。西医急诊处理：扩张血管，降低眼压，吸氧，改善微循环。后期扩张血管，营养神经。中药早期以活血祛瘀、疏肝解郁为主；中期在疏肝、祛瘀基础上加补气、行气通络之剂；恢复期宜补益肝肾，调理肝脾，益气明目以助视力恢复。

（四）辨证论治

1.气血瘀阻证

［主证］眼外观端好，骤然盲无所见，眼底表现符合本病的特征；伴见急躁易怒，胸胁胀满，头痛眼胀；舌有瘀点，脉弦或涩。

［治法］行气活血，通窍明目。

［方药］通窍活血汤（《医林改错》）加减。红花、川芎、赤芍、桃仁、老葱、生姜、大枣、麝香、黄酒等。

［加减］可在上方基础上酌加全虫、地龙等通络之品；失眠者，加夜交藤、酸枣仁以宁神；胸胁胀满甚者，加郁金、青皮以行气解郁；视网膜水肿甚者，加琥珀、泽兰、益母草之类以活血化瘀，利水消肿；头昏痛者，加天麻、钩藤、牛膝以平肝，引血下行。

2.痰热上壅证

［主证］眼部症状及检查符合本病的特征；形体多偏胖，头眩而重，胸闷烦躁，食少恶心，口苦痰稠；舌苔黄腻，脉弦滑。

［治法］涤痰通络，活血开窍。

［方药］涤痰汤（《奇效良方》卷一）加减。胆南星、半夏、枳实、茯苓、橘红、石菖蒲、人参、竹茹、甘草等。

［加减］方中酌加地龙、川芎、郁金、牛膝、泽兰、麝香，以助活血通络开窍之力；若热邪较甚，方中去人参、生姜、大枣，酌加黄芩、瓜蒌以清热涤痰。

3. 肝阳上亢证

［主证］眼部症状及眼底检查符合本病的特征，目干涩；头痛眼胀或眩晕时作，急躁易怒，面赤烘热，心悸健忘，失眠多梦，口苦咽干；脉弦细或数。

［治法］滋阴潜阳，活血通络。

［方药］天麻钩藤饮（《杂病症治新义》）加减。天麻、钩藤、益母草、桑寄生、栀子、黄芩、石决明、杜仲、川牛膝、茯神、夜交藤等。

［加减］加石菖蒲、丹参、地龙、川芎，以助通络活血之力；心悸健忘、失眠多梦者，加珍珠母以镇静安神；五心烦热者，加知母、黄柏、地骨皮以降虚火；视网膜水肿混浊明显者，加车前子、益母草、泽兰、郁金以活血利水。

4. 气虚血瘀证

［主证］发病日久，视物昏朦，动脉细而色淡红或呈白色线条状，视网膜水肿，视盘色淡白；或伴短气乏力，面色萎黄，倦怠懒言；舌淡有瘀斑，脉涩或结代。

［治法］补气养血，化瘀通脉。

［方药］补阳还五汤（《医林改错》）加减。赤芍、川芎、当归尾、地龙、黄芪、桃仁、红花等。

［加减］心慌心悸、失眠多梦者，加酸枣仁、首乌藤、柏子仁以养心宁神；视衣色淡者，加枸杞子、楮实子、菟丝子、女贞子等以益肾明目；久病情志抑郁者，加柴胡、白芍、郁金以疏肝解郁；加丹参、莪术活血；加淫羊藿温阳明目，阴中求阳。

（五）中成药治疗

（1）速效救心丸、丹红化瘀口服液、复方丹参滴丸：适用于气血瘀阻证。

（2）复方血栓通胶囊：适用于气虚血瘀证。

（六）高健生经验

高老在辨证上认为本病为眼之急症，多因气虚、气滞、血虚、血瘀、痰阻等病因导致目之络脉壅塞。在本病病机上，亦当注意阳气虚惫、以致血瘀痰湿诸邪"搏（抟）"于"玄府"之变化。因此治疗时当明辨标本虚实，急治其标，缓治其本，急性期当以活血祛痰、通脉复明为先，慢性期或者恢复期当以补益气血为要，并灵活应用补阳、通阳之品，以助活血祛痰通脉之力。

（七）典型案例

病案举例

李某，女，55岁。2012年12月24日初诊。

[主诉] 右眼视力突降1周。

[现病史] 1周前右眼突然视物不见，急赴当地眼科急诊，诊断为"视网膜动脉阻塞"，予抗凝（具体用药不详）及高压氧治疗后，视物仍模糊，平素不耐寒凉食物，纳少形瘦，寐欠安，大便干。

[既往史] 2型糖尿病病史10年余。双眼视网膜激光光凝术后1月。否认高血压、高脂血症病史。

[检查] 血压：130/80mmHg。视力：右眼：手动/20cm，左眼：0.5，均欠矫。双眼晶体皮质轻度混浊，右眼眼底视盘边界模糊、隆起，色淡，视网膜动脉细，各象限可见陈旧性激光斑，黄斑区灰白水肿、中央樱桃红样改变。左眼视盘界清，色淡红，C/D约0.3，视网膜动脉细，各象限可见陈旧性激光斑，黄斑区中心反光未见。眼压：右眼15.2mmHg，左眼16.1mmHg。舌淡暗，苔白，脉缓。

[西医诊断] 右眼视网膜中央动脉阻塞；糖尿病性视网膜病变（激光术后）。

[中医诊断] 右眼暴盲。

[辨证] 气虚血瘀。

[治则] 补气养血，化瘀通脉。

[处方] 补阳还五汤加减：生黄芪、赤芍、地龙各30g，当归、川芎、桃仁、红花、枳壳、怀牛膝、灯盏花、桔梗各10g，柴胡、炙甘草各6g，蜈蚣1条，全蝎3g，冰片0.3g。14剂，水煎服。中成药复方血栓通胶囊。静脉输液：葛根素注射液静脉滴注，腺苷钴胺注射液肌肉注射。每日一次。

[二诊] 2013年1月7日。用药后自觉右眼视力明显好转，时有目胀目痛。查：右眼视力：0.2，眼底视盘边界转清，动脉细，黄斑区水肿较前减轻。处方：原方加蔓荆子10g，桂枝10g，干姜6g，去蜈蚣、全蝎、冰片、牛膝、桔梗、枳壳。14剂，水煎服。继用葛根素注射液静脉注射。14天后复查，视力提升至0.25。

[**按语**] 该患者右眼视物骤然模糊，经医院急诊处理后视力无明显提升，来就诊时病程已一周，结合患者既往史及日常全身症状、舌脉，考虑患者消渴日久，阴虚及阳，阳虚无力鼓动，瘀血内生，阻于目络，目珠失养，神光不得发越。故首诊以补阳还五汤益气活血，加牛膝、枳壳、桔梗、柴胡以理气行血，蜈蚣、全蝎通经活络，冰片解郁开窍，灯盏花活血利水助水肿吸收，全方共奏补气养血、化瘀通脉之功。二诊患者视力有所提升，目时有胀痛，考虑行气之功过峻，故去药性走窜之虫类药物、冰片等，予蔓荆子清利头目。本病因塞为患，加桂枝、干姜以温阳通经。取得了较好效果。

第三节　视网膜静脉周围炎

视网膜静脉周围炎（retinal periphlebitis）又称 Eales 病，或青年复发性玻璃体积血。特点为周边部血管发生阻塞性病变，静脉血管白鞘，视网膜出血，晚期视网膜新生血管，玻璃体反复出血或牵拉性视网膜脱离，严重危害视力甚至失明。本病致盲率高，预后不良。多发于男性，占 80%～90%，年龄在 40 岁以下，以 20～30 岁者为多，约 90% 的患者为双眼发病，可以同时亦可先后发病，发病间隔时间多在数月至 1 年，少数可在 10 年之后另眼才发病。

临床上根据眼部出血量的多少，眼部症状可表现为蚊蝇飞舞、云雾飘动、视物昏朦，甚至视物不见，故归属于中医的"荧光满目""云雾移睛"和"络损暴盲"等范畴。

（一）病因病机

Eales 病的发生主要与火热、瘀血、痰结有关；从脏腑辨证，与心、肝、肾功能失调有关。

（1）发病：本病常为急性发病，多由于心肝火旺，火热炽盛；或肝肾阴虚、阴虚火旺；或恣食肥甘厚味之品，火由内生；或七情内郁，五志化火。火热之邪灼伤目络，迫血妄行，致血液外溢而发病。

（2）病位：本病患眼外观端好无异常，病在视网膜血管，出血病变常波及玻璃体，属瞳神疾病，在脏腑与心、肝、肾关系密切。

（3）病性：有虚有实，实为心火、肝火、气滞、血瘀、痰浊，虚为肝肾阴虚、脾肾阳虚等。初期以心肝火旺实证为主；晚期多为本虚标实，即有肝肾阴虚、脾肾阳虚之本虚，又有瘀血、痰浊之标实，虚实夹杂。

（4）病势：病位较深，但初期出血病变多在视网膜周边部，以心肝火旺实证为主，此时及时正确的治疗容易恢复。若反复发作，每次发作即使缓解也难以使病变完全消除，总有后遗损害，使病情恶及加重。病至后期，侵及眼底后极部中央部位，且有瘀血痰浊积滞的病变，以肝肾阴虚或脾肾阳虚为主，治疗棘手，最终形成瘢痕引发视网膜脱离，严重影响视力甚至失明。

（5）病机：初期心肝火旺，火热动血，上犯目络；病程迁延，心肝之火，上灼肺阴，下竭肾阴，肺肾阴虚，阴虚火旺，虚火上炎；或恣情纵欲，劳伤过度，真阴暗耗，肝肾阴虚，阴不制阳，虚火内生，上灼目络，脉络破损，血溢脉外而见眼底出血；瘀血阻络，津液运行失常，化为痰水，而见眼底渗出、水肿等病变。病变晚期，阴损及阳，脾肾阳虚，或心脾两虚，脏腑阴阳失调，气血乖乱，目络失养，则变生瘀血、痰浊、增殖水肿，甚至脱离等病变。

（二）施治要点

本病的论治，要注意止血勿使留瘀，消瘀勿使再出血。既要及时制止出血，更要促其积血尽快消散。因本病易于反复出血，故活血药的应用宜慎重。在辨证论治的过程中常常分型，缺少全身症状，可辨病论治，以分期（常分早、中、晚三期）论治为主，亦可分期定主方，分型论加减。

（三）治疗原则

根据视网膜静脉周围炎不同阶段的病理特点，结合其证候变化规律，采用整体宏观辨证与局部微观辨病相结合的思路进行辨证施治。

（四）辨证论治

治疗应注意处理"热"与"瘀"的关系。出血之初多为热重于瘀，宜凉血止血，佐以化瘀；出血中期多为瘀重于热，宜活血化瘀，佐以凉血止血；病至后期多属瘀热伤阴，宜滋阴凉血，佐以化瘀散结。

1. 血热伤络证

［主证］眼外观端好，视力急降，眼底表现符合本病特征；伴心烦失眠，口舌生疮，小便短赤；舌红，脉数。

［治法］清热凉血，止血活血。

［方药］泻心汤（《金匮要略》）和犀角地黄汤（《外台秘要》）加减。黄连、黄芩、大黄、水牛角、地黄、赤芍、牡丹皮、旱莲草。

［加减］出血初期舌红脉数者，宜加荆芥炭、白茅根、大蓟、小蓟以凉血止血；眼底出血较多，血色紫暗者，加生蒲黄、茜草、郁金以化瘀止血；视网膜水肿明显者，为血不利则为水，宜加益母草、薏苡仁、车前子以活血利水。

2. 气滞血瘀证

［主证］眼症同前；伴眼胀头痛，胸胁胀痛，烦躁易怒；舌红有瘀斑，苔薄白，脉弦或涩。

［治法］疏肝解郁，化瘀止血。

［方药］血府逐瘀汤（《医林改错》）加减。生地、桃仁、红花、当归、生地、柴胡、赤芍、甘草、川芎、桔梗、牛膝。

［加减］出血初期可酌加牡丹皮、墨旱莲、茺蔚子、白茅根以增凉血止血之力；失眠多梦者加煅牡蛎、首乌藤以镇静安神。

3. 阴虚火旺证

［主证］病情迁延，玻璃体积血反复发作；伴头晕耳鸣，五心烦热，口干唇燥；舌

质红，苔薄黄，脉细数。

［治法］滋阴降火，凉血化瘀。

［方药］知柏地黄丸（《医宗金鉴》）合二至丸（《医方集解》）加减。知母、黄柏、熟地黄、山药、山茱萸、泽泻、茯苓、牡丹皮、旱莲草、女贞子、三七、蒲黄。

［加减］出血初期宜加荆芥炭、白茅根以凉血止血；反复发作日久者可加浙贝母、昆布以软坚散结。

4. 脾肾阳虚证

［主证］眼内反复出血，病程较久。常伴有畏寒肢冷，头晕目眩，面色㿠白，肢体倦怠，少气懒言，纳差便溏，舌质暗淡，苔薄白，脉沉细。

［治法］补肾健脾，化痰软坚。

［方药］附子理中丸（《闫氏小儿方论》）加减。附子、人参、白术、炮姜、甘草、海藻、昆布、三七粉。

［加减］纳差腹胀者，加神曲、陈皮、砂仁理气和中。

（五）中成药治疗

（1）明目上清丸、黄连上清丸：适用于血热伤络、心火亢盛证。

（2）龙胆泻肝丸：适用于肝郁气滞证。

（3）知柏地黄丸、明目地黄丸：适用于阴虚火旺证。

（4）右归丸、附子理中丸：适用于脾肾阳虚证。

（六）高健生经验

高老认为：Eales 病据其眼部征象属于眼底血证范畴，血证治疗遵循止血、消瘀、宁血、补虚的治疗原则。对于急性大量出血者，当急则治其标，施以炭类等收敛之品止血为要，然治病必审其因，唐容川言"血证气盛火旺者，十居八九"，故当以苦寒清降之品直折其势，如大黄、黄芩、黄连之属；同时凉血止血疗血热，如生蒲黄、旱莲草、藕节、大蓟、小蓟之类。待血止不复出之时，离经之血积留成瘀，当思消瘀之法，不可妄投温阳活血消瘀之品，恐致气逆血溢，当遵血热论治直须凉血散血，予丹参、三七、牡丹皮、赤芍等凉血活血之品。血之复动而妄行者，当宁静之，多调之以气，如天麻、钩藤平肝气，柴胡、郁金疏肝气，半夏、杏仁降肺气，气调则血安是也。血热必耗营阴，病久或反复易累及肝肾之阴，当着手固护肝肾，用知柏六味地黄汤加减以滋阴清热。该病的一大特点是其复发性，究其根本乃素体阴虚或病久耗伤肝肾之阴，临证有因机体阴虚化热而发者，有因情志致肝郁气滞化火引动肝肾之阴而发者，治当注意顺肝之性补肝肾之阴，平日注意调畅情志；有因感受外邪入里化热，引动肝肾虚火而发者，在补虚扶正的同时，平时亦当注意固护肌表防御外邪。

此外，临证因机往往错综复杂，不可囿于一隅，是证皆治以凉血止血、滋阴清热，当整体把握，圆机活法，辨证精准，不可寒热阴阳误判，如是此类证候，可遵上述治法，如若不是切不可盲目妄投。

（七）典型案例

病案举例

张某，男，35岁。

[主诉]双眼视力下降半年，加重伴黑影飘动1周。

[现病史]半年前无明显诱因出现双眼视力下降，未予重视，未予诊疗。1周前症状加重伴眼前黑影飘动，无眼红眼胀痛、头痛等伴随症状，为求明确诊疗来诊。刻下症见：双眼视物模糊，无眼红痛。平素易急躁，怕热，汗出，口苦、口干、口渴、喜冷饮，无口黏，偶发头晕伴耳鸣，偶有胸闷胁胀，无腹胀腹痛，纳可，多梦，大便干，小便黄。

[既往史]体健，否认高血压、糖尿病、心脑血管等病史。

[检查]视力：右眼：0.2，左眼：0.2，眼压：右眼：16.7mmHg，左眼：17.3mmHg。双眼外观无异常，前节（-），晶状体透明，玻璃体积血，眼底隐见：双眼视盘界清色可，颞上静脉迂曲扩张，可见管壁白鞘改变，后极部可见散在出血和渗出，黄斑中心凹反光未见。舌红，苔薄黄，脉弦数。

[西医诊断]双眼视网膜静脉周围炎；双眼玻璃体积血。

[中医诊断]视瞻昏渺。

[辨证]肝胆火旺，血热妄行。

[治则]清肝利胆，凉血止血。

[处方]柴胡、黄芩、生大黄、丹皮、赤芍、茜草、白及、荆芥炭、钩藤、生栀子各10g，决明子、丹参、生地黄、生蒲黄、炒蒲黄、大蓟、小蓟各15g。7剂，水煎服。

[二诊]患者服上方后自觉视力较前稍有改善，怕热、口苦等症状明显好转，大便通畅，小便正常。舌红，苔黄，脉弦数。眼科检查：视力：右眼0.3，左眼0.2，玻璃体积血较前有吸收，眼底无明显变化，效不更方，守方继服14剂。

[三诊]患者双眼视力较前明显改善，怕热、口苦等症状消失，舌脉同前。眼科检查：视力：右眼0.8，左眼0.6，玻璃体积血明显吸收，眼底出血、渗出减少。原方减生大黄为6g，继服14剂，巩固疗效。

[四诊]视力：右眼：1.0，左眼：0.8，眼底：玻璃体积血全部吸收，遗留玻璃体混浊，眼底出血、渗出消失。眼底血证愈，舌暗红，苔白，脉弦略数，予疏肝清肝和血明目之品调理全身，以防反复发作。处方：柴胡、黄芩、当归、赤芍、茯苓、生白术、丹皮、郁金、菊花、生栀子各10g，决明子、丹参、夏枯草各15g。14剂，水煎服。后随证调理3月。随访2年，未见复发。

[按语]本病为肝胆火旺，灼伤目络，血热妄行所致，属眼底血证急性出血期，急则治标，主以凉血止血，"气有余便是火"，火盛迫血妄行，"上者抑之"，故同时清泻肝胆之火，上炎之火气止，则血不上溢。此外，对于眼底血证当视其不同时期灵活予"止血、消瘀、宁血、补虚"等治疗。关于预后，此案患者平素脾气急躁，结合全身诸症、舌脉，可知其易患肝郁化火、肝阳上亢等证，"肝开窍于目""目为肝之外候"，肝木病则累及眼目，可诱发患者的视网膜静脉周围炎反复发作，故疗愈其眼病后，当调其五脏阴阳，疏肝平肝，以防其反复，肝和则目安。

第四节　中心性浆液性脉络膜视网膜病变

中心性浆液性脉络膜视网膜病变（central serous chorioretinopathy，CSC）简称中浆，以视网膜神经上皮层或同时伴视网膜色素上皮（retina pigment epithelium，RPE）浆液性脱离，后极部类圆形区视网膜神经上皮下透明液体积聚为特点，是临床上常见的眼底病之一。本病具有自限性，大多能在 3 ~ 6 个月内自行恢复，但容易复发和发展为慢性病程，慢性及反复发作可导致光感受器变性和 RPE 的萎缩，进而出现黄斑区长期浆液性脱离、黄斑囊样变性、脉络膜新生血管等，导致患者视力下降甚至致盲。CSC 多见于 39 ~ 51 岁的中年人群，男女均可发病，男性更为常见，约 14% ~ 40% 的患者双眼同时受累。

本病在临床上主要表现为单眼视力轻度下降、视物变暗或视物中心发黄、变形或小视，根据症状归属于中医"视瞻有色""视直如曲""视瞻昏渺"的范畴。《证治准绳》谓视直如曲"谓物本正，而目见为斜也"，称视瞻昏渺"目内外别无证候，但自视昏渺，蒙昧不清也"。

（一）病因病机

本病主要病机为肝、脾、肾三脏功能失调，肝肾不足为根本原因，情志伤肝和劳倦饥饱伤脾、脾失健运是本病发生的重要原因，而局部表现视网膜积液、渗出，为痰瘀湿浊之征。

（1）发病：劳倦饥饱、忧思过度；或情志不畅，肝气不舒；或肝肾阴虚，水不涵木，肝旺乘脾；或肝肾不足，精血两亏，均可发为本病。

（2）病位：病位在目，属内障眼病，涉及五脏，以肝、脾、肾为主。

（3）病性：为本虚标实、虚实夹杂。急性期、恢复期多为水湿、湿热、痰浊，以标实为主，晚期多肝肾阴虚，以本虚为主。

（4）病势：肝脾肾三脏功能失调是本病的基本病机，水湿、痰浊、瘀血为主要病理产物。急性期以水湿上犯、肝郁气滞为主；恢复期水湿聚集为痰，郁久化热，痰热互结；疾病晚期，肝肾亏损，痰瘀互结，瘀血阻络。

（5）病机：七情刺激、劳倦饥饱等因素，可导致肝气郁滞，疏泄不利，气液出入受阻，故而水湿停滞。病程日久，郁而化热，湿聚成痰，痰热互结，病情迁延不愈。疾病进展到晚期，肝肾亏虚，气阻血滞，痰瘀互结，病程更加缠绵反复，视力恢复欠佳。

（二）施治要点

本病辨证，以虚实为纲，主要由神劳、血少、气虚、精亏等所致。结合局部病理改变，除从虚论治之外，还从湿、痰、瘀、郁论治。全身辨证以分型，局部辨证以分期，在发病急性期以健脾利湿为主，恢复期加以清热化痰，晚期以滋补肝肾为主，酌加活血祛瘀通络之品。全程予以疏肝理气解郁，减少本病的复发次数。

（三）治疗原则

中医治疗本病以健脾利湿、滋补肝肾为原则，佐以清热化痰、疏肝解郁、活血化瘀，重视标本兼顾，扶正祛邪。临床上要全身辨证与局部辨证相结合，随证加减。

（四）辨证论治

本病以肝肾不足为本，水湿、痰浊、瘀血为标，以健脾利湿、滋补肝肾治其本，疏肝解郁、化痰祛湿、活血化瘀治其标。临证要全身辨证与眼的局部辨证相结合，探求本源，分虚实，察病所。

1. 水湿上泛证

［主证］视物模糊，视物变小或变形，或眼前正中出现灰黄色圆形阴影；视网膜黄斑区水肿、渗出；胸闷，纳呆呕恶；舌淡，苔白腻，脉濡或滑。

［治法］健脾和胃，利水渗湿。

［方药］五苓散（《伤寒论》）合二陈汤（《和剂局方》）加减。猪苓、茯苓、白术、泽泻、桂枝、半夏、橘红、甘草等。

［加减］黄斑水肿明显者，加车前子、琥珀末利水化痰；纳呆便溏显著者，加山药、芡实以健脾除湿；失眠多梦者可合用温胆汤加减。

2. 痰湿化热证

［主证］视物模糊，视物变小或变形，眼前暗影色呈棕黄，黄斑水肿夹有黄白色点状渗出；头重胸闷，食少口苦，恶心呕吐，小便短赤、食少口苦；舌红，苔黄腻，脉濡数或滑数。

［治法］健脾化湿，清热除痰。

［方药］三仁汤（《温病条辨》）合温胆汤（《三因极一病证方论》）加减。杏仁、滑石、白通草、白蔻仁、竹叶、厚朴、生苡仁、半夏、枳实、陈皮、甘草、茯苓等。

［加减］黄斑区黄白色渗出较多者，加用丹参、郁金、山楂以理气化瘀；胃脘胀痛者，

加生甘草、生姜、白芍；小便短赤者加车前子、泽泻、黄柏以清热利湿。

3. 肝郁气滞证

［主证］视物模糊，视物变小或变形，眼前有灰色中心暗影，眼干涩微胀。黄斑水肿，有渗出物及色素沉着；情志不舒，胸胁胀痛；舌淡红，苔薄黄，脉弦数。

［治法］疏肝解郁。

［方药］逍遥散（《太平惠民和剂局方》）加减。柴胡、当归、白芍、白术、茯苓、生姜、薄荷、炙甘草等。

［加减］胸胁胀痛显著者，可酌加香附、郁金、川芎以增强疏肝解郁之功效；肝郁化火者加丹皮、栀子清热泻火。

4. 肝肾阴虚证

［主证］视物模糊，视物变小或变形，眼前黑影，眼干不适，病程迁延或屡次发作，黄斑区色素紊乱，或兼少许黄白色渗出；头晕耳鸣，咽干口燥，腰酸膝软，虚烦睡眠欠佳；舌质红、苔少，脉弦细。

［治法］滋补肝肾，活血明目。

［方药］可用六味地黄丸（《小儿药证直诀》）加减。熟地黄、酒山茱萸、牡丹皮、山药、茯苓、泽泻等。

［加减］黄斑区渗出较多、色素紊乱者，加昆布、海藻以软坚散结；伴有虚火上炎症状加知母、黄柏；伴有虚阳上亢者加枸杞子、菊花。

（五）中成药治疗

（1）五苓胶囊：用于水湿上泛证。

（2）逍遥丸、丹栀逍遥丸：用于肝郁气滞证。

（3）明目地黄丸、杞菊地黄丸：用于肝肾阴虚证。

（六）高健生经验

高老认为，中心性浆液性脉络膜视网膜病变属内障眼病，内障病多责于肝肾。目无所见、目盲、目昏、视如蝇翅、黑花等病因病机，多由"热气怫郁，玄府闭密"致使"玄府闭合"，而使津液、气血、营卫、精神不能升降出入所致。《素问·阴阳应象大论》中："中央生湿，湿生甘，甘生脾，其在天为湿，在地为土，在体为肉，在脏为脾，在色为黄……"，黄斑属脾居中央，因此，中心性浆液性脉络膜视网膜病变的诊治，多从肝脾肾三脏入手。治疗时应当注意祛邪与扶正之侧重，随证加减。本病早期以水肿、渗出为主，多从脾湿论治，祛湿为主，通利玄府；病程已久，反复发作，脾虚气弱，则应在祛邪基础上兼以扶正；而对于日久迁延不愈的慢性中浆患者，多责之于肝肾亏虚，精血不足，水湿停滞，治疗上需开导扶正，通补兼施。

（七）典型案例

病案举例

李某，男，50岁。2018年7月12日初诊。

［主诉］左眼视物模糊伴眼前黑圈3年，加重2周。

［现病史］ 3年前开始出现左眼视物模糊，伴眼前黑圈，无明显视物变形、变色、眼胀痛、头痛等不适，曾在外院就诊，诊断为"左眼中心性浆液性脉络膜视网膜病"，服用药物（具体不详）后效果欠佳；2周前，左眼视物模糊、眼前黑圈症状加重，伴轻度视物变形，为求诊治来我院。刻下症：左眼视物模糊，眼前黑圈，轻度视物变形，疲劳、头晕，伴有失眠，腰膝酸软，纳食可，二便调，舌红，边有齿痕，苔薄黄微腻，脉沉。

［既往史］否认慢性病史。

［检查］视力：右眼：1.0；左眼：0.6；双眼前节（-），眼底：左眼黄斑区网膜水肿，范围约2PD大小，其周可见反光晕。OCT：左眼黄斑区视网膜轻度水肿，局限性色素上皮层脱离。眼底荧光血管造影：视网膜色素上皮弥漫着染，轻度渗漏。

［西医诊断］左眼中心性浆液性脉络膜视网膜病变。

［中医诊断］左眼视瞻昏渺。

［辨证］肝肾亏虚，湿热上犯。

［治则］温阳益肾，清热利湿。

［处方］制附子、熟地、山茱萸、山药、茯苓、泽泻、丹皮、川椒、怀牛膝、车前子、生地、豆蔻仁、炒知母、炒黄柏、炒黄芩。14剂，水煎服。

［二诊］2018年7月26日。左眼眼前黑圈、视物变形症状基本消失，视物明显清晰，疲劳、腰膝酸软等全身不适症状明显改善，舌红，苔薄白，脉沉。专科检查：左眼视力：0.8，左眼黄斑区网膜水肿范围约1PD大小，水肿程度明显减轻。OCT示：左眼黄斑区水肿较前减轻。处方：上方去黄芩，余不变，继服14剂。

［三诊］ 1个月后电话随访，病情稳定，左眼眼前黑圈、视物变形症状消失，其余无明显不适，嘱定期复查。

［**按语**］本例患者发病3年，为慢性中浆病患者，根据头晕、失眠、腰膝酸软等症状及舌红、苔薄黄微腻、脉沉，辨为肝肾亏虚、湿热上犯的本虚标实证，治以济生肾气丸加减以补肾利水、清热祛湿，方中以附子温肾助阳而消阴翳，泽泻、车前子利水渗湿，合附子温阳利水，标本兼治。茯苓、山药益气健脾，补土制水，熟地黄滋肾填精，可奏"阴中求阳"之功，又制附子之温燥。山茱萸补养肝肾，牛膝益肝肾而滑利下行，牡丹皮寒凉清泄，黄柏、黄芩清热祛湿，知母、生地养阴生津，川椒、白豆蔻温中健脾以燥湿。以上诸药寒温并用，标本同调，并抓住久病及肾这一关键病机特点，使迁延3年之久的旧病痼疾得以缓解消失，显示出中医治疗本病的优势。

第五节　年龄相关性黄斑变性

年龄相关性黄斑变性（age-related macular degeneration, AMD），又称老年性黄斑变性，是一种以中心视力受损，随着年龄增加而发病率上升为特征的黄斑病变。是我国老年人群不可逆视力损伤的主要原因。临床上根据有无视网膜下新生血管的生成而分为干性（萎缩型）和湿性（渗出型）。

老年性黄斑变性属中医"视瞻昏渺"范畴，该病名始见于《证治准绳·杂病·七窍门》，曰："若人年五十以外而昏者，虽治不复光明，盖时犹月之过望，天真日衰，自然目渐光谢。"这明确指出本病的发病年龄及视力随年龄增加而降低，直至失明的特点。该病多发生于 50 岁以上的中老年人，常双眼患病。

（一）病因病机

该病主要病机为精亏、气血不足，以肝肾亏虚、气血不足为本，痰湿内阻、瘀血内结、络伤血溢为标。

（1）发病：发病缓慢，年老体衰，肝肾亏虚，精血不足；或劳倦损伤、饮食不节，损伤脾胃，气血生化乏源；或七情内伤，气结肝脾，肝失疏泄，犯克脾土，脾失运化，水湿停滞，日久聚湿成痰，痰湿内阻；或素体阴亏，虚火上炎，络伤血溢。

（2）病位：病在水轮瞳神，属内障眼病，病及五脏，以肝、肾、脾为主。

（3）病性：为本虚标实，虚实夹杂。年老体衰，精亏、气耗、血少为本，痰湿、瘀血等病理产物为标。

（4）病势：肝肾亏虚、气血不足为其基本病机，肝肾亏虚、气血不足，脏腑日损，生化乏源，阴精日耗，虚损愈重为其演变规律，阴精亏虚是贯穿疾病始终的重要证候因素。

（5）病机：年老体衰，肝肾亏虚，气血不足，目络失养，致色素紊乱、黄斑萎缩；阴虚阳亢，虚火上炎，火伤脉络，血随气逆，溢出脉外，致眼底出血；久病入络，败络丛生，致眼底新生血管；虚损日久，脏腑功能失调，肝失疏泄，脾失运化，水湿内停，聚湿成痰，气滞血瘀，痰瘀互结，变生玻璃膜疣、渗出、积液、机化。

（二）施治要点

本病涉及虚实，虚则补之，实则泻之。补虚之时，不忘少佐行气活血之品，以复升降，助生化。泻实之时，不忘少佐扶正补虚之品，以防戕乏正气。在治疗出血时，当遵唐容川"止血、消瘀、宁血、补虚"的治血证原则，不可概以凉血止血。在治疗玻璃膜疣、渗出、积液、水肿等痰湿之患时，以利水祛湿化痰为主，但须通其玄府，开其气郁，使邪有出路，另外"血不利则为水"，亦当活血利水。在治疗机化增殖膜时，当以化痰散结为主，须辅以行气散结，丹溪言"善治痰者，不治痰而治气"。见微知著固然重要，但勿忘整体观念，当结合全身辨证，眼体同辨，据病情审因辨治。

（三）治疗原则

临证需眼体同辨，首辨全身阴阳、表里、虚实、寒热，早期以补虚为主，随病情发展，根据不同的眼部表现，施以祛湿化痰、活血通络等不同治标之法；对晚期萎缩、瘢痕化仍以补虚为主，结合化痰散结等治标之法。若发生血证，根据血证不同时期，当遵"止血、消瘀、宁血、补虚"治疗法则，灵活选择治法。在急性期根据情况也可以采用玻璃体腔注药等治疗。

（四）辨证论治

本病治疗宜急则治标，缓则治本，以延缓视力下降、减少反复出血为主要目的。

1. 肝肾亏虚、阴精不足证

［主证］视物模糊，视物变形，黄斑区色素紊乱，中心凹光反射不见；散在玻璃膜疣，后期或反复发作后可见黄斑区视网膜萎缩、瘢痕形成；可伴衰老，精神倦怠，健忘，耳鸣耳聋，脱发，牙齿松动，腰膝酸软，虚烦乏力，咽干舌燥，大便干结；舌少苔，脉细数。

［治法］补益肝肾，益阴填精。

［方药］加减驻景丸（《银海精微》）合四物五子丸（《审视瑶函》）加减。楮实子、菟丝子、枸杞子、车前子、五味子、当归、熟地黄、白芍、覆盆子等。

［加减］散在玻璃膜疣，可加茯苓、白术健脾祛湿；虚烦明显者，可加知柏地黄丸滋阴清热；大便干结明显者，可加火麻仁润肠通便。

2. 气血亏虚、目失濡养证

［主证］视物欠清，视物昏花，视物变形；黄斑区玻璃膜疣，黄斑区色素紊乱；可伴少气懒言，神疲乏力，自汗，头晕纳差，心悸失眠，面色淡白，爪甲色淡，大便多稀溏或排便无力；舌淡，苔薄白，脉细无力。

［治法］益气养血明目。

［方药］人参养荣汤加减（《和剂局方》）。当归、白芍、熟地黄、人参、茯苓、生白术、炙甘草、黄芪、肉桂、远志、五味子、陈皮、生姜、大枣等。

［加减］可酌加川芎、鸡血藤、丹参、三七等，以助活血通络之功；可加升麻升提脾气助气血运化，同时引药上行达目。

3. 脾失健运、水湿内停证

［主证］视力下降，视物变形，散在玻璃膜疣，黄斑区色素紊乱，黄斑水肿，中心凹反光不见，神经上皮脱离，色素上皮脱离，散在黄白色硬性渗出，散在出血点；伴面

色晦暗，头身困重，四肢困倦，倦怠乏力，不思饮食，大便溏薄或大便不爽；舌淡红，边有齿痕，苔白腻或黄腻，脉濡或沉滑。

［治法］健脾祛湿利水。

［方药］柴苓汤（《丹溪心法附余》）加减。柴胡、黄芩、半夏、党参、炙甘草、生姜、大枣、茯苓、猪苓、泽泻、桂枝、生白术等。

［加减］伴有黄斑水肿者酌加泽兰、益母草、车前子等活血利水，加重利水消肿之力；黄白色硬性渗出者，加陈皮以理气化痰；散在点片状出血日久者，加丹参、泽兰、三七等活血化瘀。

4. 阴虚火旺、血溢脉外证

［主证］视力下降，视物变形，或自觉眼前黑影飘动；后极部可见大片新鲜出血，硬性渗出，黄斑水肿；伴消瘦，午后潮红面赤，五心烦热，口咽少津，腰膝酸软，盗汗多梦，大便干结；舌红，少苔或无苔，脉细数。

［治法］滋阴降火，凉血止血。

［方药］知柏地黄汤（《医宗金鉴》）合生蒲黄汤（《中医眼科六经法要》）加减。知母、黄柏、生地黄、茯苓、泽泻、丹皮、生蒲黄、墨旱莲、丹参、荆芥炭、郁金、川芎等。

［加减］伴眼底出血急性期，可加十灰散以增强凉血止血之功，急则治标；伴硬性渗出者，加半夏、陈皮、茯苓等化痰；伴黄斑水肿者，加泽兰、益母草、丹参等，活血利水。

5. 痰瘀互结、瘀血阻络证

［主证］视力严重下降，视物变形；眼底色素沉着，黄斑水肿，硬性渗出，瘢痕机化形成，新生血管形成；伴倦怠乏力，头晕，胸闷，纳呆，眠差；舌暗，苔白腻或黄腻，偏厚，脉沉滑或弦滑。

［治法］化痰散结，化瘀通络。

［方药］化坚二陈汤合补阳还五汤（《医林改错》）、大黄䗪虫丸（《金匮要略》）加减，半夏、陈皮、茯苓、炙甘草、白僵蚕、黄连、玄参、浙贝母、生牡蛎、地龙、土鳖虫、制大黄等。

［加减］常加川芎、桃仁、红花加强活血化瘀之力；瘢痕、增殖机化明显，加瓦楞子、海藻、昆布软坚散结；新生血管者，加生蒲黄、丹参、地龙等凉血活血通络。

（五）中成药治疗

（1）石斛夜光丸、明目地黄丸：适用于肝肾阴虚证。

（2）人参养荣丸、补中益气丸：适用于气血亏虚证。

（3）参苓白术散、二陈丸：适用于脾虚湿蕴证。

（4）和血明目片、知柏地黄丸：用于阴虚火旺证。

（六）高健生经验

高老认为目之能视有赖于精血津液的滋养，老年人多阴血不足，日久则虚热内生，煎熬津液，血液运行缓慢，致血行不畅，瘀血内生，阻遏目络，血不循经，久则失其常度，另辟通道，则变生新生血管。在治疗 AMD 时针对有气阴两虚症状的，多采用密蒙花方作为基本方。当黄斑水肿较甚时，配合活血化瘀药，活血以利水。若渗出较为明显时，配合使用大量的软坚散结药物和活血破血药（如三七、莪术等）共同使用，促进渗出吸收。

（七）典型案例

病案举例 1

孙某，男，82 岁。初诊日期：2018 年 5 月 28 日。

［主诉］双眼视力下降半年。

［现病史］半年前无明显诱因出现双眼视力下降，无眼红、眼痛、头痛等不适。现纳可，夜眠梦多，二便调。

［既往史］高血压病史 10 年。因心律不齐，平素服保心定悸丸。

［检查］视力右 0.3，左 0.1，双眼晶体皮质混浊，玻璃体混浊，眼底：右眼黄斑区散在玻璃膜疣，左眼黄斑区黄白色渗出、出血。舌淡红，苔薄白，脉弱不齐。

［西医诊断］双眼老年性黄斑变性（右眼干性，左眼湿性）；双眼老年性白内障。

［中医诊断］双眼视瞻昏渺。

［辨证］气虚血瘀。

［治则］益气活血。

［处方］生黄芪 30g，赤芍 10g，丹参 10g，炒白术 10g，密蒙花 10g，牡丹皮 10g，益母草 10g，女贞子 10g，三七粉 6g。7 剂，水煎服。

［二诊］咽干、嗓子发紧，痰中带血（感冒），视力稍改善。处方：原方加莪术 10g，皂角刺 30g，14 剂。金花清感颗粒口服。

［三诊］视力改善，右眼 0.6，左眼 0.2；服药无不适，大便 2 天 1 次。处方：原方炒白术改为生白术 15g，黄芪改为 60g，加枸杞子 15g。14 剂，水煎服。

［四诊］服药后咽部发干，有痰，大便稍改善。眼科检查：双眼晶体皮质轻度混浊，右眼底黄斑区 drusen，色素紊乱，左眼黄斑出血渗出明显吸收。处方：原方去皂角刺。14 剂，水煎服。

［五诊］视力：右眼 0.6，左眼 0.2；右眼视力改善，可看到小字说明书，便秘。处方：原方加肉苁蓉 15g。14 剂，水煎服。

[按语] 患者老年男性，素体气血亏虚，精血无以荣养目窍，故视物不清；脾气亏虚，运化失常，痰瘀互结，停聚于黄斑，视力下降；阴虚阳不入阴，多梦；舌淡红，苔薄白，脉弱为气虚之征。眼科疾病需全身辨证与局部辨证相结合，当全身症状不明显时，眼底检查常可提供辨证依据，本病重患者眼底黄斑区可见黄白色病灶与玻璃膜疣，黄斑居中央属脾，脾虚运化失职，痰湿停聚，气虚不摄血，则可见黄斑区出血、渗出，久之则痰瘀互结。方中生黄芪补气健脾，炒白术益气健脾，赤芍、丹参、丹皮、益母草、女贞子活血利水，三七粉止血化瘀，密蒙花养肝明目，诸药合用，具有益气健脾，活血化瘀的功效。

病案举例 2

患者奚某，女，70 岁。初诊日期：2018 年 6 月 5 日。

[主诉] 双眼视力下降，右眼 10 余年，左眼 1 年。

[现病史] 10 余年前无明显诱因出现右眼视力下降，无眼红、眼痛、头痛等不适，在当地医院诊断：双眼老年性黄斑变性，1 年前左眼视力下降，视物变形。畏寒，乏力，夜寐差，多梦。

[既往史] 高血压病史 10 余年。

[检查] 视力：右眼 0.12，左眼 0.12，双眼晶体轻混，玻璃体轻混，眼底：视盘界清，色淡红，视网膜血管走行可，右眼黄斑区瘢痕，色素紊乱，左眼黄斑区线状出血，水肿。舌质红，苔薄白，脉沉细。

[西医诊断] 双眼老年性黄斑变性（右眼干性，左眼湿性）。

[中医诊断] 双眼视瞻昏渺。

[辨证] 气阴两虚。

[治则] 益气养阴。

[处方] 生黄芪 30g，黄连 6g，肉桂 3g，丹参、党参、泽兰、益母草、川朴、石斛、桂枝、泽泻、炒白术、旱莲草各 10g，炒黄柏、炒知母各 6g，三七粉 6g，茯苓 15g，附子 3g。14 剂，水煎服。

[二诊] 视力右 0.15，左 0.15；眼前闪光感数月，舌质略红，苔薄白，脉细稍弱。OCT：黄斑水肿明显减轻。处方：原方加炒苍术 10g，14 剂。

[按语] 患者老年女性，气血亏虚，肝肾不足，精血无以荣养目窍，故视力下降。脾虚水湿停聚，故黄斑区水肿、乏力；患者久病入络，故黄斑区瘢痕；年老肝肾阴虚，虚火上炎，夜寐不安；久病阴损及阳，故手足凉。方用生黄芪补气健脾；党参、炒白术健脾益气，附子、桂枝温补阳气，黄连、肉桂交通心肾，丹参、三七、泽兰、益母草活血利水消肿，炒黄柏、炒知母、石斛、旱莲草滋阴降火，止血，茯苓、泽泻健脾利水；厚朴理气行滞。治疗本病时除须考虑气、血、水的关系，还需关注老年人肝肾阴虚、虚火上炎、心肾不交的状态。

第六节　糖尿病视网膜病变

糖尿病视网膜病变（diabetic retinopathy，DR）是由糖尿病导致的视网膜微血管损害所引起的一系列典型病变，是一种影响视力甚至致盲的慢性进行性疾病，根据病变严重程度分为非增生期视网膜病变和增生期视网膜病变。非增生期视网膜病变主要为视网膜微动脉瘤、出血、硬性渗出、棉絮斑、视网膜水肿、静脉串珠状、视网膜内微血管异常（IRMA）。增生期视网膜病变主要为视网膜新生血管、玻璃体积血、新生血管膜、牵拉性视网膜脱离。严重者可并发新生血管性青光眼。也可伴发黄斑水肿。糖尿病人群中30%～50%合并视网膜病变，糖尿病病程越长，视网膜病变发病率越高。糖尿病病程5年以上者65%发生视网膜病变，15年以上者80%患病，30年以上者患病率高达95.5%，其致盲率为8%～12%。

DR属中医消渴目病之"消渴内障"。虽然古代医家对DR没有具体记述，但认识到消渴（即"糖尿病"）最终可致盲，如《三消论》指出："夫消渴者，多变聋盲。"《秘传证治要诀》更进一步指出："三消久之，神血既亏或目无所见，或手足偏废。"根据视力下降程度，DR分属于中医眼科"视瞻昏渺""云雾移睛""暴盲"及"血灌瞳神"（《证治准绳》）等内障眼病范畴。

（一）病因病机

该病主要病机为气血阴阳失调，以气阴两虚、肝肾不足、阴阳两虚为本，脉络瘀阻，痰浊凝滞为标。

（1）发病：发病缓慢，消渴日久，因素体禀赋不足，阴虚体质；或饮食不节，脾胃受损；或劳伤过度，耗伤肝脾肾，阴虚燥热，日久则气阴两虚或阴阳两虚，夹瘀而致神光逐渐受损，自内而蔽所致。

（2）病位：病在目，属内障眼病，涉及五脏，以脾、肝、肾为主，涉及心、肺。

（3）病性：为本虚标实，虚实夹杂，寒热并见。消渴日久，耗气伤阴，早期多以气虚、阴虚为本，瘀阻于目为标，同时可见痰凝、水湿，为本虚标实；晚期多为阴阳两虚，以虚为本。

（4）病势：气阴两虚是其基本病机，气阴两虚，气虚渐重，阴损及阳，阴阳俱虚为其演变规律，阳虚是影响病情发展的关键证候因素。早期病变气阴两虚对视力影响较轻，病变日久，阴阳两虚，导致痰瘀互结，瘀血阻络，病变较重，易反复发作，严重影响视力。

（5）病机：久病伤阴，阴虚燥热，虚火上炎，灼伤目中血络；消渴日久，耗气伤阴，气阴两虚，瘀阻于目；气虚，气不摄血，血溢脉外；肝肾亏虚，目失濡养；阴损及阳，阴阳两虚，血瘀寒凝，痰瘀互结，致目中出血、水肿。

（二）施治要点

本病主要为血证，治疗不同于以往见血就止血，概用凉血止血等寒凉之品，又不宜用炭类药止血，恐其性燥留邪。在凉血之时，稍用活血之剂，血止还要用活血、化痰、软坚之品。既要观察局部病变，如出血、渗出、水肿情况，还要考虑全身本虚标实的情况。从脏腑辨证，要考虑肝肾亏虚、脾气虚、肾阳虚的证候，还要从气血入手，顾及气阴两虚、阴阳两虚的证候，以虚为本，实为标，局部与全身辨证相结合，对不同证候采用滋补肝肾、益气养阴、温阳通络、凉血活血、化痰软坚等治法，方能奏效。

（三）治疗原则

基础治疗要较好地、平稳地控制血糖、血压和血脂，监测肾功能。中医治疗以益气养阴、滋补肝肾、阴阳双补治其本；通络明目、活血化瘀、化痰散结治其标。临证要全身辨证与局部辨证相结合，随证加减。根据眼底出血时间，酌加化瘀通络之品。早期出血以凉血化瘀为主，中期以活血化瘀为主，后期加用化痰软坚散结之剂。根据出血、渗出、水肿随证加减。非增殖期以中医药治疗为主。在疾病进展，黄斑水肿、高危险增殖期，需要视网膜光凝和玻璃体腔注射抗血管内皮细胞生长因子（VEGF）药物，如果有增殖牵拉和视网膜脱离者需要进行玻璃体切割手术。

（四）辨证论治

本病主要病机为气血阴阳失调，以气阴两虚、肝肾不足、阴阳两虚为本，脉络瘀阻、痰浊凝滞为标，以益气养阴，滋养肝肾，阴阳双补治其本；通络明目，活血化瘀，化痰散结治其标。临证要全身辨证与眼局部辨证相结合。首当辨全身虚实、寒热，根据眼底出血时间，酌加化瘀通络之品。早期出血，以凉血化瘀为主，出血停止两周后以活血化瘀为主，后期加用化痰软坚散结之剂。视微血管瘤、水肿、渗出等随证加减。

1. 阴津不足、燥热内生证

［主证］视力正常或减退，病变为临床分期 1～3 期；口渴多饮，口干咽燥，消谷善饥，大便干结，小便黄赤；舌质红，苔微黄或少津，脉细数。

［治法］养阴生津，凉血润燥。

［方药］玉泉丸（《中国中成药优选》）合知柏地黄丸（《医宗金鉴》）加减。葛根、天花粉、地黄、麦冬、五味子、知母、黄柏、山茱萸、山药、茯苓、泽泻、丹皮。

［加减］若眼底以微血管瘤为主，可加丹参、郁金，凉血化瘀；出血明显者，可加生蒲黄、墨旱莲、牛膝，止血活血，引血下行；有硬性渗出者，可加浙贝母、海藻、昆布，清热化痰，软坚散结。

2. 气阴两虚、络脉瘀阻证

［主证］视物模糊，目睛干涩，或视物变形，或眼前黑花飘舞，视网膜病变多为1～4期；伴神疲乏力，气短懒言，口干咽燥，自汗，大便干或稀溏；舌胖嫩、紫暗或有瘀斑，脉沉细无力。

［治法］益气养阴，活血通络。

［方药］生脉散（《内外伤辨惑论》）合杞菊地黄丸（《医级》）加减。人参、麦冬、五味子、枸杞、菊花、熟地、山茱萸、山药、泽泻、茯苓、丹皮等。

［加减］眼底以微血管瘤为主者，可加丹参、郁金、丹皮凉血化瘀；出血明显者，可加生蒲黄、旱莲草、三七、丹皮以增凉血、活血、止血之功；有硬性渗出者，可加浙贝、海藻、昆布清热消痰、软坚散结。伴有黄斑水肿者酌加茯苓、白术、薏苡仁、车前子利水消肿。

3. 肝肾亏虚、目络失养证

［主证］视物模糊，目睛干涩，视网膜病变多为1～3期；头晕耳鸣，腰膝酸软，肢体麻木，大便干结；舌暗红，少苔，脉细涩。

［治法］滋补肝肾，润燥通络。

［方药］六味地黄丸（《小儿药证直诀》）加减。熟地黄、山茱萸、山药、泽泻、丹皮、茯苓等。

［加减］视网膜出血量多，有发展趋势者可合用生蒲黄汤加减，出血静止期则可合用桃红四物汤，出血久不吸收可加入浙贝、海藻、昆布等软坚散结之品。

4. 脾失健运、水湿阻滞证

［主证］视物模糊，或视物变形，或自觉眼前黑花漂移，视网膜病变多为2～4期，以视网膜水肿、棉绒斑、出血为甚；面色萎黄或无华，神疲乏力、头晕耳鸣，小便清长；舌质胖淡，苔白腻，脉沉弱。

［治法］健脾益气，利水消滞。

［方药］补中益气汤（《脾胃论》）加减。人参、白术、炙甘草、黄芪、当归、陈皮、升麻、柴胡、猪苓、茯苓、泽泻、桂枝。

［加减］可加巴戟天、郁金、车前子补肾活血利水；棉绒斑多者加法半夏、浙贝母、苍术以化痰散结；黄斑水肿重者加茯苓、薏苡仁利水消肿。

5. 阴阳两虚、血瘀痰凝证

［主证］视力模糊，或严重障碍，目睛干涩，视网膜病变多为4～6期；神疲乏力，五心烦热，失眠健忘，腰酸肢冷，手足凉麻，阳痿早泄，下肢浮肿，大便溏结交替；舌淡胖少津或有瘀点，或唇舌紫暗，脉沉细无力。

［治法］阴阳双补，化痰祛瘀。

［方药］偏阴虚者选左归丸（《景岳全书》），偏阳虚者选右归丸（《景岳全书》）

加减。熟地、山药、枸杞、山茱萸、川牛膝、菟丝子、鹿角胶、龟甲胶、杜仲、当归、淫羊藿。

[加减]出血久不吸收，出现增殖者，酌加瓦楞子、浙贝、海藻、昆布软坚散结，三七、生蒲黄、花蕊石增加化瘀止血之力。

（五）中成药治疗

（1）芪明颗粒、复方血栓通胶囊：用于气阴两虚，络脉瘀阻证。

（2）明目地黄丸：用于肝肾阴虚证。

（3）金匮肾气丸：用于阴阳两虚证。

（六）高健生经验

1. 运用交泰丸

高老据其长期临床经验，认为 DR 的病机变化应该与 DM（糖尿病）的发生发展过程一同考虑。DR 多在 DM 发病 5 年之后逐渐发生发展，这期间多数患者已经得到不同程度的干预治疗，或随着病情的发展，病机已经发生转化，大多数已不属于阴虚燥热的证型，而逐步过渡到气阴两虚、肝肾不足，甚至继续发展为阴阳两虚。而血行不畅、目络瘀阻从 DR 临床前期就已发生，并且是进行性发展加重。以上说明 DR 的发生是在 DM 中后期渐进发展而成的，病机表现错综复杂，往往阴损及阳、寒热交错、虚实夹杂。故多数患者出现疲劳、自汗（多为头汗明显）、大便秘结或稀溏、小便频数、手足逆冷、四肢麻木疼痛、畏寒等全身症状。眼底则出现微血管瘤、小出血点、黄白色硬性渗出和棉絮斑，新生血管形成引起反复出血，纤维增生、机化牵拉视网膜脱离等。因此在辨证治疗中就出现了凉血止血法抑制新生血管的生长和纤维组织增生，与温阳化气法改善视网膜微循环，促进视网膜无灌注区的血管新生之间的矛盾。如何正确处理好这一辨证与治疗的矛盾，就要求我们必须应用中医辨证思维原则指导研究，探索新思路新方法。

二十世纪九十年代初期，许多患者应用黄连素口服控制血糖，部分患者确实有效，并且简便价廉。但在应用中发现一部分患者出现腹胀、腹痛、腹泻。这是由于黄连大苦大寒，损伤了该部分患者脾胃阳气所致。同样，我们采用肉桂单味煎水或肉桂粉装胶囊服用降血糖，对部分患者亦有效，但有的患者出现失眠、烦渴、便秘等热性症状，此乃肉桂大辛大热，伤阴助火所致。

高老总结经验教训后，发现单味药的应用也须辨病治疗。当其与辨证论治相矛盾的时候，常会出现不良反应或副作用；将黄连、肉桂二药合用，则可以相畏相杀，优势互补，相得益彰；从而悟出交泰丸中黄连、肉桂合用蕴含了深刻的辩证法哲理。黄连、肉桂，一寒一热，一清一补，正好切中 DM 和 DR 患者多久病及肾、阴损及阳，虚实夹杂，寒热交错的证候特点。黄连之苦寒，可防肉桂燥热伤阴之弊；肉桂之温热能消黄连寒遏凝滞之弊，且肉桂能温通血脉，解除气滞血凝，与黄连配合有阴阳相佐、寒热并用、去性取用之妙义，共奏水火既济，交通心肾之功。

从另一个角度分析，交泰丸本是交通心肾，主治心肾不交所致心悸、不寐之方。由于目为心使，且心主血脉，眼底一切血管病变均可从心论治，DR 主要是视网膜血管的病变，可以认为 DR 是肾阳虚气化功能不足，肾水不能上行以抑心火，导致心火独亢，上扰目窍血脉所致。因此交泰丸方用黄连泻心火，配以肉桂温其肾阳，引火归原，使心火得降，肾阳得复，心肾相交。心火不亢，则邪不犯目，目内血脉自安。因此，又可以认为 DR 除了具备从阴虚向气阴两虚再向阴阳两虚转化的证候演变特点，全身兼有血瘀证外，心肾不交、心火上亢扰目也是其不容忽视的重要病机之一。

交泰丸防治 DM 和 DR 的作用，在实验研究中也得到了证实。交泰丸浸膏能够有效抑制链脲佐菌素（STZ）性 DM 大鼠视网膜血管内皮细胞的凋亡，减轻无细胞毛细血管的形成，从而抑制视网膜微血管病变的发生发展。具体机理与以下因素有关：明显降低 STZ 性 DM 大鼠视网膜及视网膜毛细血管周细胞 NF-κB 的表达，从而减轻 NF-κB 的活化造成的 DR 早期损害；调节血液和视网膜中的 ET 和 NO，从而保持血管内在自身调节平衡系统的稳定；调节视网膜 VEGF 和 ICAM-1 的表达，避免其偏离正常。交泰丸还能够改善 STZ 性 DM 大鼠的一般状况，延缓或阻止白内障的发生。

2. 运用密蒙花

高老根据中医传统理论并结合现代医学知识，认为视网膜新生血管属于"赤脉""赤膜"或"血翳"的范围。在研究古文献中发现，应用密蒙花治疗"赤脉"的记载见于多部专著中，如《开宝本草》谓其主治"青盲肤翳，赤肿多眵泪，消目中赤脉……"《外科证治全生集》强调："目中赤脉，加密蒙花。"在其长期临床治疗中观察到密蒙花对外眼病确有退赤脉的作用，对于一些反复性出血性眼底病变加入密蒙花亦有促进出血吸收的协同作用。结合实验研究，又得到了进一步的佐证：含密蒙花的大鼠血清对内皮细胞周期有明显影响，可使血管内皮生长因子（VEGF）诱导的 HUVEC 细胞中 G_2-M 期细胞比例减少，S 期细胞相对增加，说明密蒙花可阻滞经 VEGF 刺激的 HUVEC 细胞由 S 期进入 G_2-M 期，从而降低其有丝分裂能力。密蒙花可诱导 HUVEC 细胞凋亡，表明密蒙花对 HUVEC 细胞的增殖有抑制作用，从而为临床治疗视网膜血管增殖性病变提供了实验依据，为中医眼科临床用密蒙花"消目中赤脉"的经验提供了有力佐证。

在传统中医眼科理论和辩证法思想的指导下，高老从其长期的临床经验出发，创制了与 DR 复杂证候相应的含有交泰丸和密蒙花的中医方药——密蒙花方，在临床应用中取得了良好疗效。该方适用于非增殖期 DR 患者，可以改善视力，减少眼底出血、渗出，而且可令全身诸多症状如手脚凉、麻、疼、便秘、失眠等大为改善，进一步阻止病情进展，使病情保持稳定。

（七）典型案例

病案举例1

蔡某，女，61岁。2010年9月14日初诊。

［主诉］双眼视物不见1年。

［现病史］双眼视物不见1年余。现手脚麻，右脚疼，睡眠差。

［既往史］2型糖尿病史20年，糖尿病肾病3年，尿蛋白（+++）已经持续3年。

［检查］视力：右眼光感，左眼0.01，均无法矫正。眼压右眼13.2 mmHg，左眼11.1mmHg。双眼瞳孔中等大，对光反应微弱，眼底看不清。B超：双眼玻璃体混浊，视网膜脱离。舌质淡胖，苔白，脉沉细无力。

［西医诊断］双眼糖尿病视网膜病变Ⅵ期；双眼玻璃体出血；双眼视网膜脱离。

［中医诊断］双眼视瞻昏渺。

［辨证］阴阳两虚。

［治则］阴阳双补。

［处方］密蒙花方加减：黄芪、女贞子、生枣仁、炒枣仁、生龙骨、生牡蛎、茺蔚子、密蒙花、黄连、乌梅、丹参、肉桂、仙灵脾、三七。14剂，水煎服。

［二诊］2010年9月28日。药后手脚麻略好，睡眠有所改善，余无不适。处方：上方去茺蔚子、生枣仁、炒枣仁、生龙骨、生牡蛎，加益母草、益智仁、铁皮石斛、覆盆子，30剂，水煎服。

［三诊］2010年11月23日。手脚麻减轻，脚疼消失，尿蛋白（++）。处方：密蒙花方加缩泉丸加减：生黄芪、炙黄芪、炒白芍、女贞子、芡实、益母草、密蒙花、黄连、乌梅、桂枝、乌药、益智仁、肉桂。21剂，水煎服。

［四诊］2010年12月13日。患者自感视物较前清晰，视力：右眼有光感，左眼0.02。尿液检查：尿蛋白0.1g/L。处方：上方加巴戟天10g。

［按语］该患者就诊时双眼糖尿病视网膜病变Ⅵ期，视网膜脱离日久已经无法手术，而且尿蛋白（+++）（正常人尿蛋白<0.1g/L，尿蛋白+++为2.0～4.0g/L）已经3年，高老予密蒙花方加生枣仁、炒枣仁养心安神，生龙骨、生牡蛎滋阴潜阳改善睡眠，仙灵脾温肾阳。二诊时，患者手脚麻、睡眠改善；加入益母草增强活血利水的作用，铁皮石斛强阴益精，益智仁、覆盆子补肾固精。三诊时，全身症状进一步改善，尿蛋白减少。仍以密蒙花方为主方，重用白芍养血，桂枝温阳。肾与膀胱相表里，肾气不足则膀胱虚冷，不能约束小便，则小便频数或遗尿，患者多年尿蛋白（+++），与遗尿机理类似，故方中加入益智仁温补脾肾、涩精缩尿；乌药温膀胱助气化止小便频数，为缩泉丸之意，芡实补肾涩精。四诊时，不仅视力提高，而且多年居高不下的尿蛋白降到了0.1g/L，实属难得。原方加入巴戟天以温补肾阳，巩固疗效。

病案举例 2

张某，女，52 岁。首诊 2009 年 6 月 3 日。

［主诉］双眼视物模糊、干涩 2 年。

［现病史］ 2 年前出现双眼视力下降，伴眼干涩。全身伴有乏力、便秘、手足凉麻。

［既往史］糖尿病 10 年，使用胰岛素控制血糖，自诉控制欠佳。

［检查］双眼视力 0.6，无法矫正。双眼前节未见异常，散瞳查眼底：视盘边界清，色淡红，视网膜见大量点片状出血及微血管瘤，后极有少量硬性渗出。眼压正常。视野检查：双眼平均视觉敏感度降低。荧光素眼底血管造影检查：视网膜可见微动脉瘤，出血遮挡，未见血管无灌注区。舌质淡红，边有齿痕，苔薄白，脉沉细。

［西医诊断］双眼糖尿病视网膜病变 II 期。

［中医诊断］双眼视瞻昏渺。

［辨证］气阴两虚兼目络瘀阻。

［治则］益气养阴，活血通络。

［处方］予中药密蒙花方加减：黄芪、女贞子、密蒙花、黄连、乌梅、丹参、肉桂、三七。

［二诊］ 2009 年 7 月 5 日。患者诉双眼视物较前清晰，但近日睡眠欠佳。查：双眼视力检查为 0.8，眼底出血明显减少。复查视野敏感度明显提高。舌淡红，苔薄白，脉沉细，原方基础上加生枣仁、炒枣仁各 10g，以增强安神的作用。

［三诊］ 2009 年 8 月 8 日。患者诉睡眠改善，便秘好转，乏力减轻，但仍有手足凉麻的症状。查视力：双眼 1.0，眼底出血及渗出减轻。舌淡红，苔薄白，脉沉细，上方去枣仁，加桂枝 10g，制附子 5g，以增强温阳通经的作用。继服 1 个月诉诸症缓解。此后每年复诊，服药 2 ～ 3 个月，连续 5 年，视力稳定，荧光素眼底血管造影检查示病情稳定。

［按语］ DR 是个逐渐发展的疾病，密蒙花方作为治疗早期糖尿病视网膜病变的经验方，可以控制病情发展，降低致盲率。本病历为早期 DR，全身具有典型的临床症状，应用密蒙花方加减，益气养阴，活血通络，眼底出血减少，视觉敏感度改善，临床观察 5 年，患者眼部和全身病情稳定，阻止了病变从气阴两虚再向阴阳两虚转化。

第七节　视网膜色素变性

原发性视网膜色素变性（retinitis pigmentosa，RP）是一组遗传性眼病，属于慢性、进行性视网膜光感受器细胞及色素上皮（RPE）营养不良性退行性病变。该病在临床上主要表现为夜盲、进行性视野缩小、眼底色素沉着和视网膜电图（ERG）的异常或无波形。此病多累及双眼，一般于幼年或青春期发病，晚期影响中心视力，可以致盲。全世界 RP

发病率为 1/5000 ～ 1/3000，据估计目前全球已有患者约 200 万人。

RP 在中医学中属"高风雀目"的范畴，"雀目"病名最早见于《诸病源候论》，谓："人有昼而睛明，至暝则不见物，世谓之雀目，言其如鸟雀，暝便无所见。"《秘传眼科龙木论》谓："高风雀目内障……唯见顶上之物，然后为青盲。"《证治准绳》《审视瑶函》称"高风内障"，谓其"至晚不明，至晓复明也，盖元阳不足之病"。《目经大成》描述其症状谓"大路行不去，可恨世界窄，未晚草堂昏，几疑天地黑"。这些都十分生动地突出了本病夜盲、视野缩小的临床特征。

（一）病因病机

本病多由禀赋不足，命门火衰，阳虚无以抗阴，阳气陷于阴中，不能自振，目失温煦。或素体真阴不足，阳虚不能济阴，阳气不能为用而病。或脾胃虚弱，气血不足，养目之源匮乏，目不能视物。

（1）发病：多见儿时发病，起病慢，逐渐加重且病程漫长。

（2）病位：本病患眼外观端好，病在瞳神以内，属内障眼病，可累及全视网膜，与肾、肝、脾关系密切。

（3）病性：以虚为主，先天禀赋不足，命门火衰，肝肾精血亏虚、脾胃运化不足，其中尤以肝肾阴虚多见。晚期眼底血管极细，甚至血管闭塞，为虚中夹瘀。

（4）病势：本病为眼科难治之症，发展缓慢，最终失明。晚期常并发后囊下白内障，葡萄膜炎，黄斑部发生囊样水肿等，一般预后欠佳。

（5）病机：肝肾亏虚，命门火衰，入暮时阳弱无以抗阴，致夜无可视；或肝肾两亏，精血不足，阴阳不济，阳气不能为用而夜盲；或脾胃虚弱清阳不升，浊阴上盛，阳不彰明而夜盲，或气血不足，养目之源匮乏，人暮不能视物，晚期因脉道闭塞，气机阻滞而丧明。

（二）施治要点

本病的治疗重在燮理阴阳和调补脾肾。肾阴不足宜补以真阴，元阳不足宜补以甘温，温补阳气。张景岳提出"善补阳者，必于阴中求阳，则阳得阴助，而生化无穷；善补阴者，必于阳中求阴，则阴得阳升而泉源不竭"，创制右归丸、右归饮、左归丸、左归饮，在本病的遣方用药中起到了很好的示范作用。又肾为先天之本，脾为后天之本，先天精气不足必赖后天水谷之精充养，在治疗中要脾肾同治，注意气血津液的虚实和运行的滞畅，及时调整，选用补中益气汤、补阳还五汤、桃红四物汤等，有助于改善症状，提高疗效。

（三）治疗原则

本病目前尚无特效疗法，中医治疗的目标是延缓病情发展，保护中心视力，中医辨证本病系先天精气不足所致，针对"虚""瘀"的主要病机，早期治以益精补虚为先，兼顾补脾胃，益气血十分重要。由于病程冗长，久病入络，晚期则脉络虚闭，气血瘀滞，心主血脉，心气推动血行，宜补益心气，活血通脉。对于影响视力的眼部并发症如白内障、黄斑囊样水肿应积极给予治疗，有助于提高视力。低视力者可试戴助视器。

（四）辨证论治

本病以虚为主，虚中夹瘀兼郁，治宜从调理肝脾肾着手，在补虚的同时，兼以活血化瘀，理气开郁，可望改善视功能或延缓病程。

1. 肾阳不足证

［主证］夜盲、视野缩小，视疲劳，不耐久视，常欲闭目休息；神疲乏力或有形寒肢冷，纳呆便溏或有阳痿早泄，月经量少色淡；舌质淡，苔薄，脉细无力。

［治法］温补肾阳，活血明目。

［方药］右归丸（《景岳全书》）加减。熟地黄、山药、山茱萸、枸杞子、菟丝子、鹿角胶、盐杜仲、肉桂、制附子、当归等。

［加减］五更泄泻，食少便溏者，可加黄芪、党参、吴茱萸等温补脾肾；血管变细，色素堆积者，可加丹参、赤芍等活血通脉。无形寒肢冷、大便溏泄等症者，可减附、桂，加石斛散（石斛、苍术、淫羊藿），脾肾兼顾，阴阳并补且药性平和，慢病久治。

2. 脾虚气弱证

［主证］夜盲、视野缩小；面色无华，神疲乏力，食少纳呆；舌质淡，苔白，脉弱。

［治法］补益脾气，活血明目。

［方药］补中益气汤（《脾胃论》）加减。黄芪、甘草、人参、当归身、橘皮、升麻、柴胡、白术等。

［加减］大便溏泄，形寒肢冷者，可加附子、吴茱萸以温阳止泻；心悸失眠者，可加白芍、酸枣仁以养血安神。

3. 肝肾阴虚证

［主证］夜盲、视野缩小，眼干涩，畏光；头晕耳鸣，心烦少眠，口干，腰膝酸软；舌红，少苔，脉细数。

［治法］滋补肝肾，活血明目。

［方药］明目地黄汤（《审视瑶函》）加减。熟地黄、生地黄、山药、泽泻、山茱萸、牡丹皮、柴胡、茯神、当归身、甘草、栀子、川芎等。

［加减］头晕目眩者，可加石决明、钩藤等以平肝潜阳；纳少腹胀者，可加砂仁、陈皮等和胃消食；情志不舒者，可加香附、白芍以解肝郁。

4. 气虚血瘀证

［主证］夜盲、管状视野，双眼呆滞无神，神情木讷，面乏华泽，久坐少动，纳呆；

舌质暗，苔薄，脉细。

[治法] 补气养血，化瘀明目。

[方药] 十全大补汤（《太平惠民和剂局方》）加减。当归、川芎、白芍、熟地黄、党参、白术、茯苓、炙甘草、黄芪、肉桂、生姜、大枣。

[加减] 两目干涩者，可加枸杞、生地、麦冬以养阴润燥。

（五）中成药治疗

（1）明目地黄丸：适用于肝肾阴虚证。

（2）金匮肾气丸：适用于肾阳不足证。

（3）补中益气丸：适用于脾虚气弱证。

（4）十全大补丸：适用于气虚血瘀证。

（六）针灸治疗

局部腧穴常取攒竹、睛明、球后、瞳子髎、丝竹空、承泣；远端常据中医辨证取肝俞、肾俞、脾俞、命门、百会、足三里、光明、三阴交、血海、膈俞等。每次局部取 1～2 穴，远端取 2～3 穴。久病者，可在远端腧穴加灸，阴虚者除外。得气后用重刺激手法，不留针。

（七）高健生经验

高风内障为遗传性疾病，患者多素体先天不足。高老在辨证上以肝脾肾为要，肝藏血、肾藏精、脾主运化，三脏虚损，则精血运化不能，目失所养，是故神光晦暗。日久则血络纤细，血行失畅而成瘀，目疾弥甚。然患者就诊时多因视力受损后方知其患，故治疗时，高老在明辨阴阳气血虚损的基础上，多辅以通阳理气、活血化瘀之品，使气血可上行目窍，滋养目络，从而复其神光。

（八）典型案例

病案举例 1

宋某，男，46 岁。2015 年 7 月 31 日初诊。

[主诉] 双眼夜盲 32 年余，视力下降 12 年余。

[现病史] 双眼视物模糊，易目干口干，时有头晕耳鸣、疲乏，纳少形瘦，寐安，二便调。

[既往史] 慢性胃炎病史 10 年余。其父亲有夜盲病史。

[检查] 视力：右眼 0.15，左眼 0.2。双眼眼前段未见异常，眼底视盘呈蜡黄色萎缩，视网膜血管普遍狭窄，视网膜呈青灰色，有骨细胞样或不规则状色素沉着，可见结晶样

黄白色颗粒。眼压：右眼：15.2mmHg，左眼：16.1mmHg。视野检查：双眼视野向心性缩小。面色㿠白，舌红，苔少，脉细涩。

［西医诊断］双眼原发性视网膜色素变性。

［中医诊断］双眼高风内障。

［辨证］肝肾不足，气虚血瘀。

［治则］滋肝补肾，益气活血。

［处方］六味地黄汤联合补阳还五汤加减：熟地黄15g，山药、山茱萸、丹皮、泽泻、当归、川芎、桃仁、赤芍、陈皮、炒白术各10g，茯苓20g，黄芪30g，红花6g，三七粉3g。14剂，水煎服。

［二诊］2015年8月13日。患者服药后自觉目干、口干、纳少等症状均有所改善，但仍视物模糊，时有头晕耳鸣、疲乏。处方：黄芪60g，葛根60g，当归15g，桃仁、红花、三棱、灯盏花、金樱子、皂角刺、川芎各10g，炒白芍、黄精、生牡蛎各20g，山茱萸、丹参、桑叶各15g。14剂，水煎服。

［三诊］2015年8月26日。视物较前明亮，无明显头晕耳鸣。查：视力：右眼0.2，左眼0.25。眼底、视野检查同前。患者不愿服汤剂，处方：中成药明目地黄丸维持治疗。

［**按语**］该患者自幼夜盲，为先天禀赋不足，肝肾亏虚。又脾胃疾患10余年，以致脾气虚弱，故见形瘦纳呆。病程较长，气虚不行，故而血瘀不畅。是以首诊以六味地黄丸补益肝肾、补阳还五汤去地龙益气活血，辅以白术、陈皮顾护胃气，三七加强活血之力。二诊时纳少、口干、目干减轻，仍头晕耳鸣，故以补阳还五汤去地龙加丹参、三棱、灯盏花之属行血活血为主，黄精、山茱萸补益脾肾。至三诊时患者诸症有所缓解，但不喜汤剂，故予明目地黄丸滋补肝肾，明目，以巩固疗效。

病案举例2

郑某，女，41岁。2014年10月24日初诊。

［主诉及现病史］双眼夜盲21年，视物模糊伴视野缩小2年。时有脘腹胀闷，纳可，寐安，二便调。

［既往史］无其他特殊病史。其父亲、兄长均有夜盲病史。

［检查］视力：双眼0.6，矫正不提高。双眼眼前节未见异常，眼底：视盘呈蜡黄色萎缩，视网膜晦暗，散见骨细胞样色素沉着。眼压：右眼15.2 mmHg，左眼13.1 mmHg。视野检查：双眼视野轻度向心性缩小。舌淡红，苔薄白，脉细弱。

［西医诊断］双眼原发性视网膜色素变性。

［中医诊断］双眼高风内障。

［辨证］脾气虚弱，血不养睛。

［治则］益气健脾，养血活血。

[处方] 补中益气汤加减。黄芪30g，党参、当归、银柴胡、赤芍、丹参、菟丝子、枸杞子、地龙、淫羊藿各10g，葛根30g，炒山楂、川芎、炙甘草各6g。14剂，水煎服。

[二诊] 2014年11月7日。患者药后无诉不适。处方：继予上方14剂，水煎服。

[三诊] 2014年11月20日。患者自觉视物较前清晰，查视野视敏度提高。查视力，双眼0.8，眼底检查同前。舌淡红，苔薄白，脉细。继予益气健脾法。予中成药补中益气丸维持治疗。

[**按语**] 该患者视力受损较轻，综观全身症状及舌脉，考虑脾气虚弱为主，治以补中益气汤配合丹参、地龙，重在益气健脾养血，以滋养视网膜，改善循环。

第八章　玻璃体疾病

第一节　玻璃体积血

　　玻璃体积血（vitreous hemorrhage，VH）是指由眼内组织病变或眼外伤引起视网膜或葡萄膜血管破裂,血液流入和积聚在玻璃体腔内,导致视功能发生严重障碍的常见疾病。玻璃体积血多因眼内血管性疾患和损伤引起,也可由全身性疾患引起。玻璃体本身无血管,代谢缓慢,若积血长期不吸收,容易引起增殖性玻璃体视网膜病变或视网膜脱离,导致严重视力障碍甚至失明。

　　《证治准绳·杂病·七窍门》:"谓视瞳神不见其黑莹,但见其一点红,甚则紫浊色也。"《张氏医通·七窍门》也对本病做了生动的描述:"视瞳神深处,有气一通,隐隐袅袅而动,状若明镜远照一缕青烟也……"本病因积血量的多少及位置的差异而症状有所不同。出血量少时,可有红色或黑色烟雾在眼前飘动;出血量大时,视力急剧减退甚至盲无所见。轻中度玻璃体积血,中医称之为"云雾移睛";重度玻璃体积血,患者视物盲而不见,属"暴盲"范畴;若合并前房积血,则隶属中医"血灌瞳神"范畴;钝挫伤所致之玻璃体积血,属中医"撞击伤目"范畴。

（一）病因病机

　　本病的主要病机为多种原因所致的血不循经,热迫血络,破脉而溢于神膏。本病多由情志内伤,或肝肾阴亏,或脾虚气弱,或撞击伤目,或手术创伤,目络受损出血。

　　（1）发病:可骤然发病,大量出血,也有起初少量出血后出血量逐渐增多。多有眼外伤史或视网膜血管性疾患史,或有糖尿病、高血压病史。

　　（2）病位:病位在神膏,中医谓玻璃体为神膏,属胆所主,又位于瞳神,为肾所主,肝肾同源,肝开窍于目,故与肝胆肾三经关系密切。

　　（3）病性:为本虚标实,虚实夹杂。早期以实证居多,晚期反复不愈,则为虚实夹杂,气血亏虚为本,瘀血滞于神膏为标。

　　（4）病势:取决于原发病,出血量多少和有无并发症。新发病,且出血量少者易恢复,出血日久,出血量多,反复出血者恢复慢。

（5）病机：肝胆火炽，火灼目络，迫血妄行，血溢神膏；肝肾阴虚，虚火上炎，虚火灼络，迫血妄行，血溢神膏；心脾亏虚，气虚不能摄血，血不循经，血溢神膏；眼部外伤，损及目络，气滞血瘀，血溢络外，滞于神膏。

（二）施治要点

本病为血证，早期以凉血止血为主。因离经之血即为瘀，早期也可适当配伍少量活血药。中期出血稳定后，以活血祛瘀为主，后期宜配合软坚散结、养阴利水的中药。血遇凉则伏，但勿用过久，药量勿用过重，以免使瘀血冰伏。当无新鲜出血，无明显热象时，可稍加温通药，促进瘀血吸收。临床需分期辨证施治。

（三）治疗原则

早期，即出血初期，血色鲜红，宜凉血止血；中期，无新鲜出血，血色暗红，或出血已久，可加用活血祛瘀药；后期，玻璃体积血基本吸收，伴有机化物，应加用软坚散结药。同时，积极治疗原发病。若积血量大，难以吸收者，伴有牵拉性视网膜脱离，应及时行玻璃体切割手术。

（四）辨证论治

本病治疗，除根据出血的早中晚期治疗外，还要结合全身情况，进行辨证论治。

1. 热伤血络证

［主证］眼前黑影遮挡，视力骤降，血溢神膏；全身伴头痛眩晕，口苦，胸胁胀痛，心烦失眠；舌红，苔黄，脉弦数。

［治法］清肝泻火，凉血止血。

［方药］生蒲黄汤（《中医眼科六经法要》）加减。生蒲黄、旱莲草、丹参、荆芥炭、郁金、生地、川芎、牡丹皮等。

［加减］若见新鲜出血，加大蓟、小蓟、槐花、地榆以凉血止血；陈旧出血，加花蕊石、茜草以活血止血；出血停止者，加三七、丹参以散瘀通络。

2. 虚火灼络证

［主证］眼前骤见红光满目或黑影飘动，血溢神膏，玻璃体反复积血；全身伴头晕耳鸣，腰膝酸软，五心烦热，口干咽燥，手足心热；舌红，少苔，脉细数。

［治法］滋阴降火，止血散瘀。

［方药］知柏地黄丸（《医宗金鉴》）加减。知母、黄柏、熟地黄、山药、山茱萸、茯苓、泽泻、牡丹皮等。

［加减］阴虚燥热者，加旱莲草、女贞子、石斛以滋阴止血；阴虚阳亢者，加龟甲、鳖甲以滋阴潜阳；瘀血内停者，加丹参、益母草以活血明目；寐差多梦者加合欢皮、炒酸枣仁安神定志。

3. 心脾亏虚证

［主证］眼前黑影遮挡，视物昏朦，血溢神膏；全身症状伴见神疲乏力，心悸健忘；舌淡，苔白，脉细无力。

［治法］健脾养心，益气摄血。

［方药］归脾汤（《正体类要》）加减。白术、人参、黄芪、当归、甘草、茯神、远志、酸枣仁、木香、龙眼肉、生姜、大枣等。

［加减］出血反复发作者，加三七、阿胶以止血散瘀；瘀血内停日久者，加桃仁、红花、丹参以活血祛瘀；若头晕心悸者，加黄精、鸡血藤以益气养血；积血较久者，加地龙、茺蔚子以行血消瘀。

4. 气滞血瘀证

［主证］眼有外伤病史，自觉视物不见，血溢神膏；或瘀血内停，久不消散；舌质紫暗，或有瘀斑，脉弦涩。

［治法］行气活血，祛瘀通络。

［方药］血府逐瘀汤（《医林改错》）加减。当归、生地、桃仁、红花、甘草、枳壳、赤芍、柴胡、川芎、桔梗、牛膝等。

［加减］出血鲜红者，去桃仁、红花而酌加生蒲黄、藕节炭、生三七以止血化瘀；瘀血积久难消者，加昆布、海藻、牡蛎以化瘀散结；久瘀伤正者，加黄芪、党参以扶正祛瘀；加用行气理气药，如枳壳、木香、青皮、香附；若有头痛眩晕，去柴胡、当归，加钩藤、石决明；血瘀化热者，加牡丹皮、栀子以清散瘀热。

（五）中成药治疗

1. 云南白药胶囊：用于出血早期。

2. 和血明目片、复方血栓通胶囊：用于热伤血络证。

3. 知柏地黄丸：用于虚火灼络证。

（六）高健生经验

玻璃体积血为暴盲，其因多样，然其病机不外瘀、火、虚、滞。高老在治疗本病时重在止血行瘀，擅用补络补管汤化瘀敛血。同时根据患者自身体质，配伍调整，以标本同治。补络补管汤出自张锡纯《医学衷中参西录》，用于咳血、吐血经久不愈者。原文中提及张锡纯之友人景山称"补络补管汤中龙骨、牡蛎能收敛上溢之热，使之下行，而上溢之血，亦随之下行归经"。高老在补络补管汤基础上，依据患者全身情况辨证加减，在治疗糖尿病视网膜病变、眼外伤、视网膜静脉阻塞等疾病引起的玻璃体积血上取得了良好的临床疗效。

（七）典型案例

病案举例 1

惠某，女，73 岁。2013 年 8 月 22 日初诊。

［主诉］左眼骤然视物模糊 3 天。

［现病史］3 天前左眼骤然视物模糊，眼前大量黑影，伴口干多饮，手足心热，寐差神疲，少食多餐，二便尚调。

［既往史］糖尿病病史 20 余年，口服二甲双胍联合甘精胰岛素皮下注射控制血糖，近两个月空腹血糖监测＞ 7.5mmol/L。

［检查］视力：右眼 0.3，左眼：手动 / 眼前，均不能矫正。眼压：右眼 14mmHg，左眼 12mmHg。双眼眼前节未见异常，晶体皮质混浊，右眼玻璃体可见少许絮状混浊，眼底视盘界清、色淡红，视网膜可见散在微血管瘤、点片状出血及硬性渗出，黄斑区中心反光未见。左眼玻璃体血性混浊，见大片暗红色团块状混浊，眼底窥不入。舌红，苔少，脉细。

［西医诊断］左眼玻璃体积血；双眼糖尿病性视网膜病变；双眼白内障。

［中医诊断］左眼暴盲。

［辨证］气阴两虚，虚火灼络。

［治则］滋阴降火，止血散瘀。

［处方］密蒙花方联合补络补管汤加减：黄芪、仙鹤草、山茱萸、生龙骨、生牡蛎各 30g，白芍、白茅根各 20g，女贞子、小蓟各 15g，密蒙花、益母草、五味子、乌梅各 10g，黄连 6g，肉桂 3g（后下）。14 剂，水煎服。

［二诊］2013 年 9 月 5 日。患者服药后五天自觉左眼视力有所提高。查：左眼视力：0.15，玻璃体血性混浊较前减少，眼底模糊，可见视盘界清、色淡红，视网膜散在微血管瘤、片状出血及硬性渗出。处方：上方加三七粉 3g。14 剂，水煎服。

［三诊］2013 年 9 月 20 日。左眼前黑影大部分消散，视物较前转清。查：左眼视力 0.25，玻璃体见少量絮状血性混浊，眼底可见散在微血管瘤、片状出血及硬性渗出。处方：行双眼眼底激光治疗，中成药复方血栓通胶囊联合知柏地黄丸维持治疗。

［按语］该患者素有消渴，近期控制欠佳，口干多饮，伴见纳差神疲，考虑其素体气阴两虚，阴虚生火、虚火灼络，故见络伤出血、血溢神膏，气虚不行、瘀血内生故见微血管瘤、渗出。所以首诊以密蒙花方（黄芪、女贞子、益母草、黄连、肉桂、密蒙花）益气养阴、活血明目，补络补管汤去三七加仙鹤草、小蓟、白茅根以止血活血。用药两周后未见出血再生，再加三七加强活血散瘀之力。

病案举例 2

李某，女，55 岁。2012 年 10 月 15 日初诊。

［主诉］左眼外伤后视物模糊 1 天，骤然加重半天。

［现病史］1 天前与人争执过程中左眼部撞及门框，当时目痛，视物稍感模糊，夜里时有头晕痛，寐欠安，晨起左眼自觉视物不能，伴口干苦，纳少，二便调。

［既往史］高血压病史 6 年余，口服络和喜维持治疗，平素血压控制在（135 ～ 140）/（80 ～ 95）mmHg 之间。

［检查］视力：右眼：0.8，左眼：数指 /30cm。左眼眼睑轻度瘀紫，结膜稍充血，角膜透明，前房无积血，瞳孔圆形中等大，直接及间接对光反射灵敏，晶体透明在位，玻璃体内见大量血性混浊，眼底窥不及。双眼彩超：左眼玻璃体混浊，视网膜未见脱离声像。舌质紫暗，或有瘀斑，脉弦涩。

［西医诊断］左眼玻璃体积血；左眼球钝挫伤。

［中医诊断］左眼暴盲。

［辨证］气滞血瘀。

［治则］行气活血，祛瘀通络。

［处方］逍遥散联合补络补管汤加减：当归 12g，赤芍、白术、茯苓、牡丹皮、益母草、泽兰各 10g，生地、生龙骨（先煎）、生牡蛎（先煎）、小蓟、生地榆各 15g，桂枝、炒枳壳各 6g。7 剂，水煎服。

［二诊］2012 年 10 月 22 日。患者服药后左眼视物有所转清，仍口干口苦，头晕时做，夜寐欠安。查：左眼视力：0.12。左眼眼睑瘀紫消退，玻璃体腔见大量团块状血性混浊，眼底隐约见视盘界清，色淡红。处方：予上方加女贞子、旱莲草各 15g。14 剂，水煎服。

［三诊］2012 年 11 月 5 日。患者自觉视物明显清晰，可见眼前黑影漂浮，口苦失眠。查：视力：左眼 0.6，左眼玻璃体腔见絮状、片状血性混浊，眼底视盘界清，色淡红，视网膜未见明显出血。舌暗，苔薄，脉弦。继予行气活血、凉血安神法。方予当归 12g，赤芍、生地、玄参各 30g，生龙骨（先煎）、生牡蛎（先煎）各 20g，三七粉 6g（冲服），肉桂 3g（后下），白茅根、牡丹皮、茜草、生山楂、决明子各 15g，黄连、栀子、夏枯草、连翘各 10g，熊胆粉 0.25g（冲服）。21 剂，水煎服。

其后电话随诊，患者无诉不适，黑影大部分已消除，双眼视力自觉无明显差异。

［**按语**］该患者素有高血压，因怒加伤，以致玻璃体出血，发病急骤，故先以逍遥散疏肝理气，补络补管汤去山茱萸、三七，加益母草、地榆、小蓟止血祛瘀。二诊之时患者诉头晕失眠，故加二至丸补益肝肾，凉血止血。三诊之时，出血已止，且无新鲜出血，尚有玻璃体混浊，故加三七，配以茜草、白茅根增加活血力度，且不留瘀，佐以夏枯草、连翘、山楂增强散结之力。然患者口苦尤甚，故以丹栀逍遥散配以交泰丸清心、肝之火，引火归原。

第九章 视神经及视路疾病

第一节 原发性开角型青光眼

青光眼（glaucoma）是指与眼压升高有关的以视网膜神经纤维萎缩、视盘生理凹陷扩大和视野缺损为主要特征的眼病，现已成为世界范围内造成视力损害和失明的第二大常见原因，是首位不可逆盲性眼病。临床上一般分为原发性、继发性和先天性三大类。根据房角是否关闭，原发性青光眼又分为原发性闭角型青光眼和原发性开角型青光眼。目前全球 40 ~ 80 岁人群青光眼患病率为 3.54%，预计到 2040 年全球青光眼患者的数量增至 11180 万人，亚洲青光眼患者数量将达到 5850 万人，且全球将有约一半的原发性开角型青光眼在亚洲。降低眼压，阻止视神经损害，减轻其对视野造成的损害，保持患者终生有用的视功能，是目前青光眼治疗的主要目标。但是约有三分之一青光眼患者即使眼压已经控制在正常范围，其视功能仍在继续受损。

青光眼属中医学五风内障范畴，《医宗金鉴·眼科心法要诀》描述五风："瞳变黄色者，名曰黄风；变绿白者，名曰绿风；变黑色者，名曰黑风；变乌红色者，名曰乌风；变青色者，名曰青风。"古人以风命名，说明病势急剧，疼痛剧烈，变化迅速且危害严重。本病根据其发病情况及病情进展，一般归属"青风内障"范畴，又名"青风"。

（一）病因病机

该病主要病机为气血阴阳失调，以肝、脾、肾功能不和，气机不利，气血两虚为本，血脉瘀阻，神水瘀滞为标。

（1）发病：发病隐蔽，进展缓慢，《目经大成·五风变》谓："此症乃风、火、痰疾烈交攻，头目痛急，金井先散，然后神水随某脏而变某色，本经谓之五风。"此即风、火、痰、瘀上攻目窍，气机不利，瞳神散大，闭塞玄府，眼孔不通，神水瘀滞而发本病。

（2）病位：病在目，属内障眼病，涉及五脏，以肝、脾、肾为主，涉及心、肺。

（3）病性：本病初起多以肝郁气滞，痰湿泛目之实证为主；随病情进展可见虚实夹杂证，本虚多为脾气亏虚、肝肾不足、气血虚弱，标实常见痰浊、淤血；病变后期多见虚实夹杂证或以虚证为主。

（4）病势：该病主要病机为气血阴阳失调，以肝、脾、肾功能不和，气机不利，气血两虚为本，血脉瘀阻，神水瘀滞为标。早期肝失疏泄，气郁化火时对视力影响较轻；肝郁及脾，脾失健运，痰浊上泛目系，视野可见缺损；病变日久，耗伤正气，阴阳两虚，可致瘀阻目络，目系失养，病情较重，眼前固定暗影，视野缩窄明显，严重影响视力。

（5）病机：情志不舒，肝失疏泄，气机郁滞，郁而化火上逆致经脉不利，神水瘀滞；脾失健运，输布精微乏力，痰浊内生，阻遏气机，上泛于目，神光不得发越；久病不愈，耗伤正气，血运乏力，瘀阻于目；迁延日久，肝肾不足，目失濡养，神光衰微，致瞳神渐散，目视不明。

（二）施治要点

本病主要影响患者视力，视野渐窄，甚或使其失明，初起时病情轻，病势缓，视力下降不明显，极易被患者忽略，当发展至行走碰物撞人，视野缩窄，已损害目系，邪坚病固，治疗极为困难，故临证时当以"治未病"思想统领全程，未病之时，当调畅情志，饮食调理，加强运动，定期检查；若已患病，则控制眼压，中医干预；病情稳定，可居家调养，随访复查。

（三）治疗原则

本病急性起病者极度影响患者视力，甚或使其失明，故治疗应以挽救视力为先，即以缩瞳神为要，正如《证治准绳》所说："病既急者，以收瞳神为先，瞳神但得收复，目即有生意。"该病的治疗目标即保存视功能。治疗措施从两个方面入手，一是降低眼压至目标眼压水平，目标眼压值根据视神经损害程度、病情进展速度、出现视神经损害时眼压水平、年龄及危险因素综合考虑制定，且应定期监测，及时调整；二是视神经保护治疗，有部分患者即使眼压控制在目标眼压水平，其视神经损害也仍在进行性发展，因此通过改善视神经血液供应和控制节细胞凋亡来保护视神经是非常必要的。

（四）辨证论治

1. 肝失疏泄、郁而化火证

[主证] 常在情绪波动后出现眼胀痛，鼻根部酸痛，或有虹视，头晕头痛，情志不舒，胸胁胀满，食少神疲；舌淡红，苔薄白或薄黄，脉弦。

[治法] 疏肝理气，清热解郁。

[方药] 丹栀逍遥散（《内科摘要》）加减。丹皮、栀子、柴胡、当归、白芍、茯苓、白术、甘草、薄荷。

[加减] 眼胀明显者，可酌加车前子、石决明、夏枯草清热平肝利水；胸胁胀痛明显者可酌加郁金、川楝子疏肝理气，活血止痛。

2. 脾失健运、痰湿泛目证

[主证] 头眩目痛，眼压偏高，偶有视物昏朦，胸闷呕恶，胃脘痞满，食少痰多，口黏口腻，渴不欲饮；舌淡，苔白腻，脉滑。

[治法] 燥湿化痰，和胃降逆。

[方药] 温胆汤（《三因极一病症方论》）合五苓散（《伤寒论》）加减。半夏、竹茹、枳实、陈皮、茯苓、猪苓、泽泻、白术、桂枝、甘草。

[加减] 眼珠胀痛，舌苔白滑者，可酌加郁金、川芎、香附、车前子疏肝理气、利水通络；纳食不馨者，可酌加炒谷麦芽；头眩目痛甚者，可酌加钩藤、僵蚕平肝息风；胸闷痞满甚者，可酌加瓜蒌、厚朴宽胸理气。

3. 气虚血瘀、目络痹阻证

[主证] 眼胀酸痛，视物模糊，视物遮挡，神疲乏力，面色㿠白，气短懒言，胸胁刺痛，心慌失眠；舌质暗，舌下络脉迂曲，苔薄白，脉细涩。

[治法] 益气养血，化瘀通络。

[方药] 补阳还五汤（《医林改错》）加减。生黄芪、当归尾、赤芍、地龙、川芎、红花、桃仁。

[加减] 少气懒言者，可酌加党参、山药健脾益气；胸胁刺痛者，可酌加郁金、香附理气活血止痛；失眠多梦者，可酌加远志、柏子仁养心安神；手足不温者，可酌加桂枝温阳通络。

4. 肝肾亏虚、目络失养证

[主证] 病久瞳神渐散，中心视力日减，眼前固定暗影，视野缩窄明显；头晕耳鸣，失眠健忘，腰膝酸软；舌红少苔，脉沉细数；或面白肢冷，精神倦怠，夜尿频；舌淡苔白，脉沉细。

[治法] 补益肝肾，益精明目。

[方药] 偏阴虚者，杞菊地黄丸（《医级》）加减。枸杞子、菊花、熟地黄、山茱萸、山药、茯苓、泽泻、牡丹皮。偏阳虚者，金匮肾气丸（《金匮要略》）加减。干地黄、山药、山茱萸、泽泻、茯苓、牡丹皮、桂枝、栀子。

[加减] 若嫌力薄，可酌加菟丝子、五味子等补肝肾明目；若嫌气血不足，可酌加黄芪、党参、当归、川芎、白芍等补益气血；视物昏朦者，可酌加菟丝子、楮实子、覆盆子补肾明目；视野损害严重者，可酌加石菖蒲开窍明目；失眠多梦者，可酌加龙骨、牡蛎、首乌藤重镇安神；五心烦热者，可酌加知母、黄柏、地骨皮滋阴降火；四肢不温，神疲倦怠者，可酌加党参、淫羊藿益气温阳。

（五）中成药治疗

（1）复明片、杞菊地黄丸、石斛夜光丸：适用于肝肾阴虚证。

（2）丹栀逍遥丸：适用于肝郁气滞证。

（六）高健生经验

1. 运用益精补阳还五汤

高老及其团队自 20 世纪 90 年代开始从事中医药防治青光眼的临床和基础研究，通过大量临床经验总结，认为该病发展的内在因素为气血不足、脏腑功能失调，情志刺激及外界环境变化加速了疾病发展，归纳出本病核心病机为肝脾肾功能失调，肝郁脾虚，神水瘀滞，日久伤正，气血不旺。针对青光眼核心病机，以"补气、活血、通络"之补阳还五汤为基础方创立了青光眼视神经保护的有效经验方"益精补阳还五汤"，由黄芪、当归尾、赤芍、川芎、红花、葛根、菟丝子、枸杞子八味药物组成，全方以补气为主，活血通络为辅，气为血之帅，气旺则血自行，活血不伤正，共奏补气活血、益精明目之功。现代药理研究表明，黄芪、红花、当归具有舒张血管，改善血液外周阻力、加快血液微循环等作用；枸杞子、赤芍具有改善视网膜血供，保护血管内皮细胞并促进其修复的作用；葛根素能扩血管，改善高眼压视神经轴浆流及视盘微循环，防治视网膜损伤。

李东垣《脾胃论》认为"脾虚则五脏之精气皆失所司，不能归明于目矣"，"胃气一虚，耳、目、口、鼻，具之为病"，"耳、目、口、鼻，为清气所奉于天"，即目为清窍居人体上部，仅清阳之气可达，脾主升清，若脾气失调，则"清气不升，九窍为之不利"，治当补脾胃，升清阳。近代名医张锡纯在东垣"益气升阳"的基础上，根据其临床经验创出"治大气下陷方"，进一步丰富了"益气升阳"思想。高老在研习李东垣"益气升阳"学说及张锡纯"升陷汤"理论后，综合二者优势创造性提出"益气升阳举陷法"，凡脾胃气虚之眼病，均可应用该法鼓舞脾胃清阳之气，精微四布，气血充则诸证自除。该法认为气虚日久可致阳虚，故"益气"当为补脾阳、温肾阳，取补火生土之义；目为上焦，居阳位，故应重视引经药的应用以引药上行，故而在益精补阳还五汤中加入风药引肝肾精微上行至目。

临床中对于眼压控制下的中晚期气虚血瘀型青光眼患者进行观察，将其随机分为治疗组和对照组并分别予以益精补阳还五汤和腺苷钴胺片进行为期 3 个月的治疗，观察发现治疗组患者视野变化评分、中医症状变化评分均优于对照组，提示益精补阳还五汤可改善中晚期气虚血瘀型青光眼患者视野、中医证候、视觉生活质量，且疗效优于腺苷钴胺。通过实验室研究发现该方可以明显抑制高眼压大鼠视网膜神经节细胞的凋亡，进而抑制青光眼性视神经损害，发挥视神经保护作用，而这可能与益精补阳还五汤能够抑制高眼压大鼠视网膜小胶质细胞激活以及促进 BDNF 表达有关。

2. 运用益精杞菊地黄丸

高老在长期的临床基础上总结出"益精升阴敛聚法"，并创立了青光眼视神经保护的有效经验方"益精杞菊地黄颗粒"。他认为青光眼是因玄府闭塞，气血津液不行而引发的目系眼病。"玄府闭塞、精血不足、髓海失养"是青光眼视神经损害的病机之一，故以"疏通玄府、补益肝肾"作为青光眼视神经保护的首要治则。临床中将"益精升阴敛聚"的思想贯穿于青光眼治疗的全过程，一些患者体壮无疾，六脉平和，而唯独双目不见，这样的患者肝肾未虚，却精亏血少，实为人体的升运失常，精血在玄府经络中来回的通路不畅，升降失和，所以治疗上需疏利玄府，升阴以养目；还有一些患者属肝肾不足，无精血上达营养头目，治疗应在补益肝肾的同时升运轻清之精血。五脏六腑中轻清之精气血，均可经过玄府升降到达眼部，发挥其营养作用。因此应在"补血""填精"的同时选用少许升运精血之升阴药物，如兼有瞳神散大者，可加敛聚之药物。

益精杞菊地黄颗粒剂是根据以上思想，在经典方杞菊地黄丸基础上去山药，加葛根、生黄芪等化裁而成。方中六味地黄丸可滋补肝肾精血，熟地黄，甘微温，归肝肾经，补血养阴、填精益髓；山茱萸，酸涩微温，归肝肾经，补益肝肾、收敛固涩，有敛阴之效；泽泻，甘寒，归肾、膀胱经，利水渗湿，泄肾与膀胱之热，防熟地滋腻；茯苓，甘淡，利水渗湿、健脾宁心；牡丹皮，苦辛寒，归心、肝、肾经，清热凉血、活血祛瘀，制山茱萸之温；补泻合用，共起补肝肾之效。菊花，苦辛微寒，清热解毒，清疏上焦头目风热，有助于升发阴精；枸杞子，甘平，归肝肾经，滋补肝肾、益精明目；二者入肝经，具有滋阴、养肝、明目之效。

既往诸医家，其治多注重补益肝肾，而未考虑到对神光即视功能的保护，而要想恢复视功能，不只依赖阴精，还要重视气与阳的作用，所以在补阴药基础上应辅以补阳药物。生黄芪，味甘，微温，可补气健脾、升阳举陷、益卫固表、利尿消肿、托毒生肌。气为血之帅，生黄芪大补元气，能助血运行，升举清扬之气达目窍，并且取其"阳中求阴"之意，使阴精泉源不竭，上养目窍。补益肝肾之品多质重滋腻，入下焦，但目窍精微，其位高，所以常加入升运精血之升阴药物。葛根，甘、辛、凉，能解肌透疹、生津止渴、升阳止泻，本方取其升发之意，有升发阴精之效。全方合用，共奏滋补肝肾、益精养血明目之功，保护青光眼患者的视功能。现代药理研究，茯苓、泽泻可缓解房水的瘀闭状态，降低眼压。临床观察肝肾阴虚型眼压稳定的早中期青光眼患者，研究结果显示该方可改善视野光敏感度，减少平均缺损及丢失方差，且效果优于腺苷钴胺组。

（七）典型案例

病案举例1

李某，男，50岁。2020年11月30日初诊。

[主诉]体检发现双眼杯盘比扩大1年。

[现病史]1年前体检时发现双眼杯盘比扩大，未予诊疗。3周前就诊于外院，查双眼C/D=0.8，测非接触眼压：右眼17mmHg，左眼16mmHg。测24h眼压曲线示：双眼眼压峰值均出现于上午8:45，右眼16mmHg，左眼17mmHg；双眼谷值均出现于晚上22:00，右眼13mmHg，左眼13mmHg；右眼24h眼压波动值3mmHg，左眼24h眼压波动值4mmHg。视野检查示右眼鼻下侧视野缺损（图2A）。头颅MRI未见明显异常。诊

断为"正常眼压性青光眼"。现无口干、口苦，平素易汗出，偶有腰麻腰酸，双下肢酸胀，双手足凉，纳可眠安，小便调，大便黏，1日1～2行。

［既往史］高血压病病史20年余，血压控制可。

［检查］矫正视力：右眼1.0，左眼0.8。双眼颞侧周边前房约1/3 CT，眼底视盘边界清，C/D=0.8，黄斑中心凹反光可见。测非接触眼压：右眼16.8mmHg，左眼16.5mmHg。舌质暗尖红，苔薄白腻。

［西医诊断］双眼正常眼压性青光眼。

［中医诊断］青风内障。

［辨证］气虚血瘀证。

［治则］益气活血明目。

［处方］益精补阳还五汤加减：黄芪、当归、赤芍、川芎、红花、葛根、枸杞子、郁金、灯盏花、鸡血藤、淫羊藿、桂枝。7剂，水煎服。

［二诊］2020年12月7日。服药后患者下肢酸胀，手足凉较前略改善，双眼矫正视力1.0，测非接触眼压：右眼13.7mmHg，左眼12.0mmHg。处方：上方加炒杜仲、川续断、楮实子、冰片。14剂，水煎服。

［三诊］2020年12月21日。患者右下肢仍有酸胀感，双足凉减轻，双眼矫正视力1.2，测非接触眼压：右眼11.6mmHg，左眼13.5mmHg。处方：上方加炒白芍。14剂，水煎服。

［四诊］2021年1月11日。服药后患者全身症状缓解明显，右眼矫正视力1.0，左眼矫正视力1.2，测非接触眼压：右眼10.8mmHg，左眼9.6mmHg。处方：守原方14剂继服，巩固疗效。

其后患者规律就诊，连服益精补阳还五汤加减三个月，于2021年3月1日复查视野显示右眼视野缺损面积较前明显缩窄（图2B）。

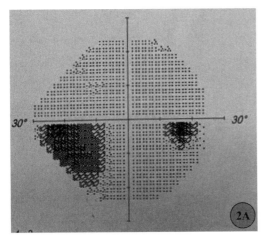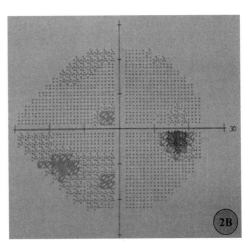

图2　治疗前后右眼视野对比图

A：治疗前右眼鼻下侧视野缺损；B：治疗后右眼视野缺损面积较前明显缩窄。

[按语]本案之中年男性患者，"阳气衰竭于上"，虽就诊时处于本病初期，然其高血压病迁延20余年，正气亏虚，行血无力而致血瘀，据"益气升阳举陷"法予益精补阳还五汤补气活血、益精明目，鸡血藤补血活血，灯盏花活血化瘀通络，郁金解郁开窍；二诊时患者下肢酸胀，手足凉较前减轻，加炒杜仲、川续断温补肝肾，强筋骨，楮实子、冰片增明目开窍之效；三诊、四诊时患者症状缓解，故守效略调原方；连服益精补阳还五汤加减3个月后，复查视野显示右眼视野缺损面积较前明显缩窄，颇有疗效，阻止疾病由气虚血瘀向阴阳两虚发展。

病案举例2

李某，男，73岁。2018年3月8日初诊。

[主诉]左眼胀痛伴视力下降、眼前暗影1月余。

[现病史]1月余前无明显诱因出现左眼胀痛，伴视力下降、眼前暗影。现自觉视物模糊，视物遮挡，平素性情急躁，无口干口苦，痰多质稀，易腰酸，双足发热，纳可，喜热食，小便调，大便稀，一日2～3行，眠安。

[既往史]2型糖尿病病史15年，现药物控制可。

[检查]视力：右眼0.5，左眼0.8，矫正不提高。双眼颞侧周边前房约1/3 CT，晶状体密度增高，其余眼前节未见异常。眼底双眼视盘边清色淡，C/D=0.7，视网膜颜色和血管均未见明显异常，黄斑中心凹反光可见。测24h眼压曲线示：右眼眼压峰值20mmHg，出现于凌晨5:00，谷值12.2mmHg，出现于下午3:00，眼压波动值7.8mmHg；左眼眼压峰值27mmHg出现于凌晨3:00，谷值11.1mmHg出现于下午3:00，眼压波动值15.9mmHg。青光眼分析示：右眼CCT：564mm，NCT：13.1mmHg，矫正NCT：11.75mmHg；左眼CCT：572mm，NCT：10.4mmHg，矫正NCT：8.47mmHg（1mmHg=0.133kPa）。UBM示：双眼前房角开放。OCT示：左眼视神经纤维层缺损，右眼大致正常。视野检查示：左眼视野向心性缺损（图3A）。舌红苔薄黄腻，脉沉细。

[西医诊断]双眼原发性开角型青光眼。

[西医诊断]青风内障。

[辨证]肝肾亏虚，目络失养证。

[治则]补益肝肾，益精明目。

[处方]益精杞菊地黄丸加减：熟地黄、山茱萸、泽泻、茯苓、当归、炒白芍、焦白术、灯盏花、葛根、干姜、陈皮。14剂，水煎服。

[二诊]2018年4月3日。服药后痰量减少，大便稀，1日4～5行。测非接触眼压：右眼13.8mmHg，左眼12.6mmHg。处方：上方加黄芪、厚朴、桂枝、姜半夏。14剂，水煎服。

[三诊]2018年5月8日。患者服药后自觉眼前暗影变淡，视力较前提高，痰量明显减少，大便质偏稀，1日1～2行。视力：右眼0.5，左眼0.8，矫正视力：右眼0.6，

左眼 0.9。测非接触眼压：右眼 12.3mmHg，左眼 12.2mmHg。处方：上方加炒车前子、桑椹。14 剂，水煎服。

［四诊］ 2018 年 5 月 22 日。患者服药后自觉视物较前清晰，偶有咯痰，大便成形，1 日 1～2 行。视力：右眼 0.6，左眼 0.8。处方：守上方继服 14 剂，巩固疗效。

［五诊］ 2018 年 6 月 5 日。患者服药后自觉视物较前清晰，无咯痰，二便调。视力：右眼 0.6，左眼 0.8。视野检查示：左眼视野缺损面积明显减少（图 3B）。处方：守上方继服 14 剂，巩固疗效。

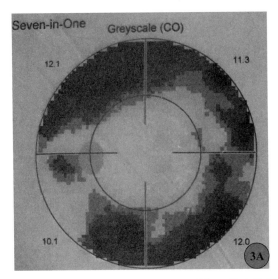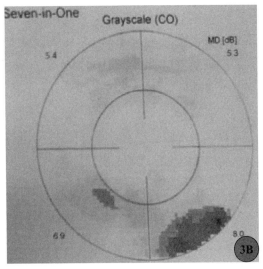

图 3　治疗前后左眼视野对比图

A：治疗前左眼视野向心性缺损；B：治疗后左眼视野缺损面积明显减少。

［**按语**］本案为老年男性患者，《内经》有言"丈夫……八八，天癸竭，精少，肾脏衰，形体皆极"，且消渴病迁延日久，以致肝肾亏虚，肾精不足，目失濡养，则神水瘀滞见眼前暗影，神光衰微见视物模糊，综合舌脉，辨为肝肾亏虚、目络失养证。据"益精升阴敛聚"法予益精杞菊地黄颗粒加减补益肝肾、益精明目，方中熟地黄、山茱萸补肾益精，泽泻、茯苓利水化湿，当归、白芍活血利水降低眼压，焦白术、陈皮健脾燥湿化痰，葛根引诸药之力上行更增明目之功。二诊患者咯痰量虽减少，但大便质稀，故加厚朴、姜半夏更增降逆燥湿化痰之功，加黄芪大补元气助血行，升举肝肾精微上达目窍，且取其"阳中求阴"之意，使阴精泉源不竭，上养目窍，桂枝合干姜更增温化水饮之功。三诊患者眼前暗影变淡，视力好转，守原方基础上加子类药增强益精明目作用。五诊时患者复查视野左眼视野缺损面积明显减少，患者全身症状明显好转。高老认为青光眼概因"玄府闭塞、精血不足、髓海失养"，益精杞菊地黄颗粒不仅可以补肝肾益精血，且顾护"神光"功能，注重气与阳的作用，升五脏六腑轻清之精气血上养目窍更增保护视功能的作用。

第二节　视神经炎

视神经炎（optic neuritis，ON）是指视神经的急性或亚急性炎症病变，泛指视神经的炎性脱髓鞘、感染、非特异性炎症等疾病。因病变损害的部位不同而分为球内段的视盘炎（papillitis）及球后段的球后视神经炎（retrobulbar optic neuritis）。本病以特发性脱髓鞘性视神经炎最常见，结核和梅毒感染也会引发视神经炎。其发病机制的核心是炎症及免疫因素导致视神经轴突的损伤和视网膜神经节细胞（Retina ganglioncell，RGC）的凋亡，临床上约有 1/4 ～ 1/3 的病例病因不明。本病以起病急、视力急剧下降和眼球转动疼痛为临床特点，一般 2 ～ 5 天内视力急剧下降，多伴有眼球或眶周疼痛，色觉障碍及视野缺损。可单眼或双眼同时发病，大多为单侧性，视盘炎多见于儿童，球后视神经炎多见于青壮年。

中医眼科自古并无视神经炎这一专门病名，根据其临床表现可将其归为中医学中的"暴盲""视瞻昏渺""青盲"，《证治准绳·七窍门》称暴盲是"平日素无他病，外不伤轮廓，内不损瞳神，倏然盲而不见也"。现代医者将其归属于"目系暴盲"的范畴，也叫"火郁暴盲"，指因六淫外感、情志内伤或外伤等损及目系，导致患眼倏然盲而不见的眼病。

（一）病因病机

《医宗金鉴·眼科心法要诀》曰："内障之病，皆因七情所伤。过怒伤肝，过忧思伤脾，过悲伤肺，脏腑内损，精气不能上注于目。"本病多因外邪侵袭、情志失调、气郁血瘀、痰饮积聚、正气亏损、产后体虚等多种因素，导致邪热阻窍或脉道受阻，精气不能上荣；或气机紊乱、玄府闭塞；或耗气伤血，气血亏虚致目系失养，神光不能发越而目无所见。

（1）发病：发病与机体阴阳失调，气血乖乱，或肾阴亏损，心血暗耗有关。

（2）病位：病位在目系，与肝、肾密切相关。肝主疏泄，目疾治肝；瞳神在脏属肾，且肝肾同源，常互相影响，故本病与肝肾关系密切。

（3）病性：为本虚标实，虚实夹杂。早期因外邪侵袭、情志失调、气郁血瘀，灼伤脉络或壅塞脉道，清窍失用，多为实证；中期热病伤阴，阴分不足；后期病程日久，气血亏虚或肝肾亏损致视物模糊，多为虚证。

（4）病势：早期病势较急，通过及时治疗，视功能可以较好恢复；若反复发作，病程迁延日久，视功能损失，可转化为青盲。

（5）病机：其病机可以火（热）、郁、瘀、虚概之。五志过极，肝火内盛，或六淫外感，化火循肝经上扰目窍，灼伤目系，而致失明；素体阴亏，或热病伤阴，阴精亏耗，水不济火，虚火内生，上炎目窍，目系被灼；悲忧过度，或忿怒过激，情志内伤，肝失条达，气机郁滞，玄府不畅，肝经不调，神光发越壅滞而发暴盲；素体虚弱，或久病体虚，或产后血亏，气血亏虚，目窍失养，目系失濡而发病。

（二）施治要点

视神经在中医被称为目系，目系属肝，足厥阴肝经连目系，眼的病理、生理同肝有着密不可分的关系，宜从肝论治本病，治宜清肝泻火解毒，待炎症控制以后，再酌情调补，以求全功。本病多由用眼过度、暴怒伤肝、惊恐思虑太过或恣酒嗜辛等，致肝气郁结、气血郁闭，气血不能上荣于目而猝然盲而不见；也可由阴分不足，肝阳上亢而发病；也有脏腑内损，肝肾亏虚，精气不能上荣的不足之证；虚实夹杂，寒热相兼者，亦属不少。临证时应"辨证求因"，透过现象看本质，针对不同的情况，用不同的方法治疗及预防，以达到"审因论治""防重于治"，体现整体辨证护理的重要性，达到治疗目的。

（三）治疗原则

本病对视力危害极大，属眼科急重症，宜早期进行中西医结合治疗，以及时抢救视力。中医治则在于开玄府散郁结，开窍明目。实证以清热解毒、舒肝解郁为主；虚证以补益气血、滋养肝肾为主，辅以通络开窍法治之，以及配合针刺疗法；早期可以使用糖皮质激素冲击疗法，中西结合，相得益彰。后期停用激素，扶正固本，防止复发。

（四）辨证论治

1. 肝经实热证

［主证］视力急降，甚至失明，伴眼球胀痛或转动时疼痛；视盘充血肿胀，边界不清，盘周出血、渗出，视网膜静脉扩张迂曲、颜色紫红；伴头胀耳鸣、胁痛口苦；舌红苔黄，脉弦数。

［治法］清肝泄热，兼通瘀滞。

［方药］龙胆泻肝汤（《医方集解》）加减。龙胆、栀子、黄芩、柴胡、生地、车前子、泽泻、木通、甘草、当归等。

［加减］若视盘充血肿胀等，可加桃仁、牡丹皮以助活血散瘀、利水消肿之力；若头目胀痛者，可加菊花、蔓荆子、青葙子、石决明以清利头目止痛；若烦躁失眠者，可加黄连、首乌藤以清心宁神；若口舌干燥，大便秘结者，可加天花粉、玄参、决明子滋阴生津，润肠通便。

2. 肝郁气滞证

［主证］视力骤降，眼球后隐痛或眼球胀痛，眼部表现如前；患者平素情志抑郁，喜叹息，胸胁疼痛，头晕目眩，口苦咽干，妇女月经不调；舌质暗红，苔薄白，脉弦细。

［治法］疏肝解郁。

[方药] 逍遥散（《太平惠民和剂局方》）加减或柴胡疏肝散（《景岳全书》）加减。当归、芍药、柴胡、茯苓、白术、甘草、煨生姜、薄荷等，或陈皮、柴胡、川芎、香附、枳壳、芍药、甘草等。

[加减] 若郁热阻络，头目隐痛者，可加草决明、丹参清热化瘀止痛；若视盘充血明显或视网膜静脉迂曲粗大者，可加牡丹皮、栀子以清热凉血散瘀；若头目隐痛者，加石决明、菊花以清肝明目；若郁闷不解，少言太息者，可加郁金、青皮以理气破郁；若胁痛胸闷者，可加川楝子、瓜蒌仁宽胸行气止痛。

3. 气滞血瘀证

[主证] 视力骤减，头晕头痛；视盘充血水肿，盘周出血，动脉变细，静脉迂曲；心烦郁闷，胸胁胀满，或伴头痛，情志不舒，胸胁满闷；舌紫暗，苔白，脉弦涩。

[治法] 疏肝解郁，理气活血。

[方药] 血府逐瘀汤（《医林改错》）加减。当归、生地、桃仁、红花、枳壳、牛膝、川芎、柴胡、赤芍、甘草、桔梗等。

[加减] 肝郁有热者，加牡丹皮、栀子以清热；气滞重者，加郁金理气；脉络不通，血瘀明显者，加丹参、鸡血藤行气活血通络；视网膜出血较多者，加三七、茜草化瘀止血；视力下降严重者，加细辛、麝香开窍明目；便秘者，加大黄、桃仁逐瘀通便。

4. 肝肾阴虚证

[主证] 病情反复，迁延日久，双目干涩，咽干舌燥，健忘失眠，烦热盗汗，男子遗精，女子月经量少；或久用激素；舌红少苔，脉细偏数。

[治法] 滋补肝肾，活络明目。

[方药] 明目地黄汤（《审视瑶函》）加减。熟地黄、山药、山茱萸、牡丹皮、茯苓、泽泻、当归、白芍、枸杞子、菊花、石决明、白蒺藜、菟丝子等。

[加减] 若眼干口燥明显，加石斛、麦冬，并倍用熟地黄；兼有阴阳两虚的男子阳痿、女子宫冷少经者，加阳起石、鹿角霜温补肾阳，固精暖宫。

5. 阴虚火旺证

[主证] 眼症同前，视物朦胧、两眼干涩；伴头晕目眩，五心烦热，颧赤唇红，口干；舌红苔少，脉细数。

[治法] 滋阴降火，活血祛瘀。

[方药] 知柏地黄丸（《医宗金鉴》）加减。知母、黄柏、熟地、山药、山茱萸、茯苓、泽泻、牡丹皮等。

[加减] 若眼底络脉阻塞者，可加丹参、毛冬青，以助活血化瘀之力；若耳鸣耳聋较重者，可加龟甲、玄参、墨旱莲以增强滋阴降火之力；若口渴喜冷饮者，可加石斛、天花粉、乌梅、生石膏以生津止渴；若头晕眼胀者，可加石决明、玄参养阴平肝；若大便秘结者，加决明子、火麻仁润肠通便。

6.气血两虚证

［主证］眼症同前，病久体弱，或失血过多，或产后哺乳期发病。视物模糊；伴面白无华或萎黄，爪甲唇色淡白，少气懒言，倦怠神疲；舌淡嫩，脉细弱。

［治法］补益气血，通脉开窍。

［方药］人参养荣汤（《太平惠民和剂局方》）加减。黄芪、当归、肉桂、甘草、陈皮、白术、人参、白芍、熟地、五味子、茯苓、远志、大枣、生姜等。

［加减］加丹参、鸡血藤以活血养血；心悸失眠者，可加酸枣仁、柏子仁、首乌藤以养心宁神。

（五）中成药治疗

（1）龙胆泻肝丸：用于肝经实热证。

（2）丹栀逍遥丸：用于肝郁气滞证。

（3）知柏地黄丸：用于阴虚火旺证。

（六）高健生经验

高老在临床治疗视神经炎时注重扶正与祛邪并用。他认为，对内障眼病，如青盲、目昏、视瞻昏渺、视瞻有色等，每多从肝肾论治，常以补益肝肾为主要治则。而目系暴盲往往多由肝经郁火、火热上扰清窍而起，故治疗上应注意清肝泻热祛邪。傅仁宇《审视瑶函》中疏利玄府、清肝解郁之加味逍遥饮是治疗眼科急症暴盲常用方，在临床上要用好，更要用活，才能达到明目除昏之目的。

（七）病案举例

于某，女，22岁，2015年3月16日初诊。

［主诉］左眼视力急剧下降1个月来诊。

［现病史］ 1个月前左眼视力突然急剧下降，伴目珠转动痛，外院诊为"视神经炎、脱髓鞘病变"，曾行大剂量甲基强的松龙冲击治疗，眼痛稍好转，视力无改变。现双足针刺感，麻疼，偶有手抖，纳眠可，二便调。

［既往史］无特殊。

［检查］视力：右眼0.8；左眼0.01。左眼瞳孔大，直径约4mm，直接光反应迟钝，间接光反应存在，RAPD（+），视盘色略赤，边界模糊，右眼未见明显异常。舌质淡红，舌苔白，脉弦。

［西医诊断］左眼视神经脊髓炎。

［中医诊断］左眼目系暴盲。

［辨证］肺脾气虚，肝热内郁。

［治则］疏肝解郁、扶正托毒。

［处方］生黄芪、党参、炒白术、炒白芍、防风、桂枝、柴胡、牡丹皮、僵蚕、天花粉、炮姜、茯苓、炒栀子、蝉蜕、姜黄、知母、炙甘草。28剂，水煎服。

［二诊］主诉左眼视物较前清晰，脚底麻症状减轻，针刺感、手抖消失，大便稀。左眼视力0.07，余检查同前。处方：生黄芪、仙灵脾、威灵仙、枸杞子、防风、桂枝、菟丝子、丹参、白僵蚕、知母、天花粉、炒白术、炒白芍、川椒3g。28剂，水煎服。

［三诊］脚底麻症状消失，左眼视力0.2，RAPD（+），视盘色略淡，边界清。处方：生黄芪30g，葛根20g，炒白术、炒白芍、仙灵脾、防风、桂枝、牛膝、菟丝子、枸杞子、柴胡、僵蚕、重楼、升麻、蝉蜕各6g，28剂，巩固疗效。

［**按语**］视神经脊髓炎是一种同时侵犯视神经和脊髓的脱髓鞘性疾病，以视力障碍、肢体活动不利、感觉障碍为主要表现，具有反复发作的特点。目前西医的治疗主要是全身应用糖皮质激素。该病正虚为本，邪实为标，虚实夹杂，正邪相持是其病机。按发病过程可将其分为急性期、缓解期、恢复期。高老主张分期论治，但均需予玉屏风散扶正固本，以未病先防，已病防变。患者一诊为急性期，以邪实为主，重在祛邪辅以扶正，方用疏利玄府扶正托毒，以丹栀逍遥散合玉屏风散加减；二、三诊为缓解期，虚实夹杂，宜扶正祛邪兼顾，因其脾气虚弱为主，故治以益气升阳，补益肝肾，疏散郁热，重在防止复发。

第三节　前部缺血性视神经病变

前部缺血性视神经病变（anterior ischemic optic neuropathy，AION）是指以突然视力减退、视盘水肿和与生理盲点相连的象限性视野缺损为特征的疾病，多双眼先后发病，无痛性视力骤降，眼底可见视盘水肿，或伴视盘边缘小片出血，视野常出现典型改变。糖尿病、高血压、动脉硬化是其常见发病原因，这些疾病可引起全身性血管病变，从而导致供应筛板前区的睫状血管发生硬化、痉挛、炎症，血流动力学的改变构成了本病的发病基础。此病在临床上分为非动脉炎性和动脉炎性两型，在中国年发病率为1/16000，多发于老年人。

本病属中医眼科"视瞻昏渺""暴盲"等范畴，晚期发生视神经萎缩则属于"青盲"范畴。

（一）病因病机

心主血脉，手少阴心经系目系，足厥阴肝经连目系，肾主骨生髓养脑，脑连目系，故本病的发生与心、肝、肾功能失调有关。其局部病理是血瘀气滞。

（1）发病：AION发病较急。各种原因造成的气血瘀滞，或目络空虚，均可导致玄府郁闭，神光不能发越，视力突然下降。

（2）病位：本病患眼外观端好，但瞳孔收缩失职，对光反应迟钝，病在目系，属内障眼病，内联脏腑，与肝、肾、心关系密切。

（3）病性：在早期多为实证或本虚标实，后期多为虚证。本病早期多见气滞血瘀、痰瘀阻络的实证，表现为视盘水肿，视盘周围可见出血。晚期以肝肾阴虚、阴虚阳亢等虚证为主。

（4）病势：本病多为单眼发病，也有双眼同时或先后发病者。本病发病急，病势重，经治疗后，患眼视力及视野可有不同程度的改善，但大多数患者留有后遗症，主要表现为视野缺损。

（5）病机：初期多由情志失调，肝气郁结，气机紊乱，气滞血瘀、络脉瘀阻；或偏食肥甘厚腻，恣酒嗜辣，痰热内生，痰瘀阻络；或年老阴亏，阴血不能潜阳，肝阳上亢，气血逆乱，目络瘀阻，导致玄府闭塞、脉络阻塞而发病；病程日久，可致气血津液耗损，脏腑功能紊乱，阴阳失调。

（二）施治要点

本病多发于中老年人，中医认为与肝、肾、心三脏功能的关系最为密切，初期多为实证或本虚标实，多见气滞血瘀、肝阳上亢等证，后期多因病久伤阴或年老阴亏表现为虚证，常发生视神经萎缩，表现为肝肾阴虚之证。因本病与气血的关系密切，应注重补气药和理气药的应用，以期目络气血通畅，神采光明。

（三）治疗原则

本病以活血化瘀、理气通络为原则。病之初期以气滞血瘀为主，治疗以活血化瘀为法；晚期以肝郁阴虚为主，治疗以滋补肝肾、活血通络为法。

（四）辨证论治

1.气滞血瘀证

［主证］视力骤降，头晕头痛；视盘充血水肿，盘周出血，动脉变细，静脉迂曲；心烦郁闷，胸胁胀满，或伴头痛，情志不舒，胸胁满闷；舌紫暗，苔白，脉弦或涩。

［治法］疏肝解郁，理气活血。

［方药］血府逐瘀汤（《医林改错》）加减。当归、生地、桃仁、红花、甘草、枳壳、赤芍、柴胡、川芎、桔梗、牛膝等。

［加减］肝郁有热者，加丹皮、栀子；气滞重者，加郁金；脉络不通，血瘀明显者，加丹参、鸡血藤行气活血通络；视网膜出血较多者加三七、茜草化瘀止血；视力下降严重者加细辛、麝香开窍明目；便秘者，加大黄逐瘀通便。

2. 气血两虚证

［主证］视物模糊；伴面白无华或萎黄，爪甲唇色淡白，少气懒言，倦怠神疲；舌淡嫩，脉细弱。

［治法］补益气血，通脉开窍。

［方药］人参养荣汤（《太平惠民和剂局方》）加减。黄芪、当归、肉桂、甘草、陈皮、白术、人参、白芍、熟地、五味子、茯苓、远志、大枣、生姜等。

［加减］可加丹参、石菖蒲、鸡血藤以活血养血；心悸失眠者可加酸枣仁、柏子仁、首乌藤以养心宁神。

3. 肝阳上亢

［主证］视力急降，视乳头水肿；兼头晕耳鸣，头目胀痛，面红燥热，急躁易怒，失眠多梦；舌红，脉弦细数。

［治法］平肝潜阳，活血通络。

［方药］镇肝熄风汤（《医学衷中参西录》）加减。怀牛膝、生赭石、生龙骨、生牡蛎、生龟甲、生杭芍、玄参、天冬、川楝子、生麦芽、茵陈、甘草等。

［加减］乳头周围有出血者，加白茅根、三七粉以止血；失眠多梦者，加夜交藤、栀子、远志清热宁神。

4. 肝郁气滞证

［主证］视力骤降，眼球后隐痛或眼球胀痛，眼部表现同前；情志抑郁，喜叹息，胸胁疼痛，头晕目眩，口苦咽干，妇女月经不调；舌质暗红，苔薄白，脉弦细。

［治法］疏肝解郁。

［方药］逍遥散（《太平惠民和剂局方》）或柴胡疏肝散（《景岳全书》）加减。柴胡、当归、白芍、白术、茯苓、生姜、薄荷、炙甘草等。

［加减］若视盘充血明显或视网膜静脉迂曲粗大者，宜加牡丹皮、栀子以清热凉血散瘀；头目隐痛者加石决明、菊花以清肝明目。

（五）中成药

（1）血府逐瘀胶囊、丹红化瘀口服液：用于气滞血瘀证。

（2）天麻钩藤丸：用于肝阳上亢证。

（3）明目地黄丸、杞菊地黄丸：用于肝肾阴虚证。

（4）逍遥丸、柴胡舒肝丸：用于肝郁气滞证。

（六）高健生经验

高老认为：AION 属于本虚标实证，在发病过程中早期是阴虚，阴虚日久则气阴两虚，最后可导致阴阳两虚，早期阴虚既可生热，又无以荣养血脉，血脉失充脉道不利而生血瘀；中期阴血亏虚导致营卫之气化生无力，而致气虚，气虚无力推动血行而血瘀；人体阴阳互为根本，疾病后期阴损及阳，终致阴阳两虚，阳虚则寒，寒凝则血滞；在 AION 的发病中，气虚血瘀者居多。其治则当以益气活血为主，阳虚辅以温阳药物，阴血不足可加入滋阴养血活血药物。临床处方以补阳还五汤加减，该方出自清代王清任著《医林改错》一书，是益气活血通络的代表方，用治中风属气虚血瘀者，与本病病机相同。

高老在本方基础上加减，拟益气通脉方，以生黄芪大补元气，当归补血活血，其余药物益气活血通络明目。取补阳还五汤之补气活血通络，气旺则气血相生、推动有力，使血行通畅。本病之发生多与情绪、精神有关，与肝主疏泄之功能相关，加枳壳、柴胡可调畅气机，疏理肝气，使气机运行通利，气行则血行。加入桂枝既可助地龙通行经络，又可配赤芍调和营卫气血。诸药合用，扶正不留邪，祛瘀不伤正，气血通行目络是其治也。

（七）典型医案

病案举例 1

患者李某，女，66 岁，初诊日期：2018 年 1 月 4 日。

［主诉］左眼视力下降伴黑影遮挡近 1 年。

［现病史］ 1 年前患者突发左眼视力下降伴眼前黑影遮挡，无明显眼胀痛、头痛等不适，伴有气短、乏力，曾在外院多次诊治，诊断为"左眼缺血视神经病变"，曾服用营养神经及改善循环类药物，效果欠佳。刻下症：左眼视物模糊，眼前黑影遮挡，伴有气短、乏力，纳可，夜寐欠安，二便调；舌暗，边有齿痕，苔薄黄，脉涩。

［既往史］患者素体虚弱，有高血压、糖尿病、冠心病等慢性病史。

［过敏史］否认药物、食物及其他过敏史。

［检查］右眼视力：0.6，矫正不提高，晶状体皮质轻度混浊，玻璃体轻度絮状混浊，眼底大致正常；左眼视力：0.15，矫正不提高，晶状体皮质轻度混浊，玻璃体轻度絮状混浊，眼底可见视盘界清、色淡白，余大致正常。辅助检查：视野示：右眼视敏度下降，MS=22.4，左眼与生理盲点相连的下方视野缺损，MS=17.3。

［西医诊断］左眼前部缺血性视神经病变；双眼老年性白内障。

［中医诊断］左眼视瞻昏渺。

［辨证］气虚血瘀。

［治则］益气温阳，通脉活血。

［处方］生黄芪 30g，丹参、赤芍、红花、地龙、桂枝各 10g，柴胡、枳实各 6g。10 剂，水煎服。同时给予葛根素注射液 400mg 加入氯化钠注射液 250mL 静脉点滴（慢点），每日两次，连续使用 10 天。

病案举例 2

患者郝某，女，67 岁。

初诊日期：2018 年 9 月 11 日。

[主诉] 左眼视力下降伴黑影遮挡 3 个月。

[现病史] 3 个月前无明显诱因患者突发左眼视力下降，伴眼前黑影遮挡，外院诊为"缺血性视神经病变"，给予营养神经及改善循环类药物治疗，自觉眼部症状略有改善。刻下症：左眼视物模糊，眼前黑影遮挡，伴有气短、乏力，口唇紫暗，纳可，夜寐欠安，二便调；舌暗紫，苔薄黄，脉涩。

[既往史] 患者素体虚弱，患有高血压、糖尿病、冠心病等慢性病史。过敏史：否认药物、食物及其他过敏史。

[检查] 右眼视力：0.4，晶状体皮质轻度混浊，玻璃体轻度絮状混浊，眼底大致正常；左眼视力：0.15，矫正至 0.25；晶状体皮质轻度混浊，玻璃体轻度絮状混浊，眼底可见视盘界清、色淡白，余大致正常。眼压（NCT）：R：10.1mmHg，L：11.2mmHg。辅助检查：动态视野：右眼视敏度下降，MS=20.7，MD=5.2；左眼与生理盲点相连的上方视野缺损，MS=8.9，MD=16.9。

[西医诊断] 左眼前部缺血性视神经病变；双眼老年性白内障。

[中医诊断] 左眼视瞻昏渺。

[辨证] 气虚血瘀。

[治则] 益气活血，温阳通脉。

[处方] 生黄芪 30g，丹参 9g，赤芍 10g，红花 9g，地龙 10g，柴胡 6g，枳实 6g，桂枝 10g。14 剂，水煎服。静点葛根素注射液。

[二诊] 2018 年 9 月 25 日。患者服用上药后无不适，自觉视力提高。乏力略有减轻，但仍诉夜寐欠安；查体：右眼视力：0.6，矫正不提高，左眼视力：0.25，矫正至 0.3；舌暗，边有齿痕，苔薄白，脉涩。处方：上方加酸枣仁 15g，夜交藤 12g 以养心安神，20剂，水煎服。继续给予葛根素注射液 400mg 加入氯化钠注射液 250mL 静脉点滴（慢点），每日两次，连续使用 10 天。

[三诊] 2018 年 11 月 6 日。患者自诉眼前黑影较前缩小，视力提高，气短、乏力等不适症状明显改善，睡眠尚可。查体：右眼视力：0.6，矫正不提高，左眼视力：0.25，矫正至 0.3。复查视野示：右眼视敏度下降，MS=22.2，左眼视野范围较前扩大，仍可见下方视野缺损，MS=19.0。中药处方不变，继续给予 14 剂，水煎服。停用葛根素注射液。

[按语] 本例患者素体虚弱，日久导致气虚血瘀，气虚不能养血，不能推动血行，血瘀脉络，导致神光发越受阻；气虚不足，出现气短、乏力症状；血虚不能供养心神，从而可见夜寐欠安；舌暗，边有齿痕，脉涩，也为气虚血瘀之象。给予高老自拟的益气通脉方，旨在益气活血，温阳通脉，升清降浊，使瘀去络通，神光再现。

患者病程较长，经过多次治疗疗效不佳，故给予大剂量葛根素注射液静脉点滴，以改善眼部循环。葛根是中药辛凉解表药，具有升阳、活血、通络的作用。葛根素注射液是从葛根中分离出来的，其主要成分是葛根酮，为血管扩张药，是临床治疗缺血性视神经病变的重要药物。患者二诊时视力有所提高，气短、乏力症状较前有所改善，夜寐仍欠安，故而给予养心安神药物以助眠。

缺血性视神经病变治疗难点在于视野的改善，使用益气通脉方联合大剂量葛根素治疗此病，不仅能够提高视力，也能够扩大视野，改善患者视觉质量。"益气通脉方"临床用于缺血性视神经病变之气虚血瘀证。若气虚明显者，增加生黄芪用量；血瘀明显者，加鸡血藤、三七等以活血化瘀；失眠者可加酸枣仁、夜交藤以养心安神；情志抑郁者加郁金、青皮以理气解郁；眼干、口干者，可加石斛、麦冬以养阴清热；便秘者加火麻仁、生白术以健脾润肠通便。对于病程较长，经过其他方法治疗后疗效欠佳的患者，可以在服用"益气通脉方"的同时，联合使用大剂量葛根素注射液静脉点滴。但临床医生务必谨慎观察，并与患者及家属做好沟通，谨防药物不良反应。

第四节　多发性硬化

多发性硬化（multiple sclerosis MS）是一种以中枢神经系统（CNS）炎性脱髓鞘病变为主要特点的免疫介导性疾病，病变主要累及白质。其病因尚不明确，可与遗传、环境、病毒感染等多种因素相关。MS 病理上表现为 CNS 多发髓鞘脱失，可伴有神经细胞及其轴索损伤，MRI 上病灶分布、形态及信号表现具有一定特征性。MS 病变具有时间多发（DIT）和空间多发（DIS）的特点。MS 好发于青壮年，女性更为多见，男女患病比例为 1 : 1.5 ～ 1 : 2。CNS 对于人体各个部位均可影响，临床表现多样。其常见症状包括视力下降、复视、肢体感觉障碍、肢体运动障碍、共济失调、膀胱或直肠功能障碍等。

尽管一些研究者认为视神经脊髓炎是 MS 一种少见而严重的亚型，但病理学研究发现两者之间存在一些重要的差异：①小脑在视神经脊髓炎患者中几乎从不受累及，而在 MS 则经常受累。②病变部位组织发生液化而形成空洞在 MS 非常罕见，而在视神经脊髓炎中则相当普遍。③神经胶质增生是 MS 的特征性改变，但在视神经脊髓炎中却几乎不存在或非常轻微。④大脑皮质下白质内的弓形纤维在视神经脊髓炎中基本不受累及，但在 MS 其病变程度相当严重。

多发性硬化属于中医"视瞻昏渺""青盲"范畴。其治疗困难，为常见的致盲或低视力的主要病种之一。

（一）病因病机

（1）发病：正气不足是其根本病因。肝主疏泄，喜条达而恶抑郁，若精神过于紧张、压抑或情绪不宁，六欲、七情皆可化火，热气怫郁，玄府密闭。本病易反复发作。

（2）病位：五脏皆可受累，肺、脾、肾为主。

（3）病性：正虚为本，邪实为标，虚实夹杂，正邪相持。

（4）病势：正气不足是其根本病机。"气所虚处，邪必凑之"。正气渐虚，病势加重，视力亦难以恢复。

（5）病机：肺为五脏之天，主气司呼吸，肺气一伤，多见发热、咳嗽、反复外感等，常诱发本病；脾为百骸之母，气血生化之源，脾脏虚弱，气血生化乏源，不能上荣于目，则视物模糊；气虚则麻，血虚则木，故周身皮肤感觉障碍、肢体乏力；肾脏乃先天之本，藏精、生髓、主骨，若病久及肾，致肾不藏精，精亏致头目失养，则萎靡不振；骨髓乏源，则肢体瘫软无力。脾肾受损后，更易复发。

（二）施治要点

急性期以邪实为主，重在祛邪，辅以扶正，缓解期虚实夹杂，扶正祛邪兼顾，恢复期以正虚为主，重在扶正，防止复发。

（三）治疗原则

虚则补之，实则泄之。

（四）辨证论治

1. 急性期

［主证］视力急降甚至失明；伴眩晕，肢体拘挛震颤等；舌红，苔黄，脉弦细。

［治法］疏肝清热。

［方药］丹栀逍遥散《内科摘要》+玉屏风散《医方类聚》加减。防风、黄芪、白术、丹皮、栀子、柴胡、当归、白芍、茯苓、薄荷。

［加减］若眩晕重者，可加夏枯草、菊花清利头目止痛；口干舌燥，加天花粉、玄参、决明子滋阴生津；烦躁失明者，加黄连、夜交藤清心宁神。

2. 缓解期

［主证］视力明显下降，视物昏朦，目珠隐痛；神疲倦怠，少气懒言，面白唇淡；舌淡嫩，脉细无力。

［治法］补气健脾。

［方药］益气聪明汤《东垣试效方》加减。黄芪、甘草、白芍、黄柏、人参、升麻、葛根、蔓荆子。

［加减］血虚有瘀者，加用丹参、鸡血藤以养血活血；若心悸失眠者，加酸枣仁、夜交藤以养心安神。

3. 恢复期

［主证］视力明显下降，肢体活动欠佳，咽干口燥，健忘失眠，烦热盗汗，男子

遗精，女子月经量少；舌红，少苔，脉细数。

［治法］补益肝肾。

［方药］六味地黄丸《小儿药证直诀》加减。生地黄、熟地黄、山药、山茱萸、泽泻、丹皮、茯苓。

［加减］若眼干口燥明显，加石斛、麦冬养阴清热；阴虚火旺者，加知母、黄柏、牡丹皮等滋阴降火；阴阳两虚者，加附子、肉桂、鹿角霜、菟丝子等温补肾阳，补肾明目。

（五）中成药治疗

（1）知柏地黄丸：用于恢复期肝肾不足证。

（2）加味逍遥丸：用于急性期肝郁血虚化火证。

（3）补中益气丸：用于缓解期脾胃虚弱、中气下陷证。

（4）复方血栓通胶囊：用于血瘀兼气阴两虚证。

（六）高健生经验

高老在治疗MS的全过程中，始终注意患者的饮食调摄和情志因素，并予以指导。《内经》云：大毒治病，十去其六，常毒治病，十去其七，小毒治病，十去其八，无毒治病，十去其九，谷肉果菜，食养尽之，无使过之，伤其正也。俗语也有：三分治，七分养。情志伤人是本病的潜在因素，危害尤重。若终日情绪紧张，过于激动或抑郁焦虑，病则易进而不易退。一定要保持心情舒畅，豁达乐观。如《黄帝内经》云："恬淡虚无，真气从之，精神内守，病安从来"。

高老临证治疗本病，不同时期治则不尽相同。急性期以祛邪为主，兼顾扶正；缓解期在扶正同时，兼顾祛邪；恢复期以扶正为主。注意日常生活起居，饮食调摄，乐观开朗，可以减缓病情或防止复发。

（七）典型案例

病案举例 1

高某，男，38 岁。1975 年 11 月初诊。

［主诉］双下肢先后麻木伴发热 4 月余。

［现病史］患者 1975 年 7 月因过于劳累后出现右下肢麻木，渐向上扩展，并波及左下肢，走路不稳，踩棉花感，束带感逐渐加重，喘憋，腹胀明显，卧床不起，二便障碍，每周周期性发热，体温高达 39℃，战汗后降至 38℃。血白细胞：29400 个 /mm³。

［既往史］体健。

［检查］眼球向颞侧转动不充分，咽反射消失，腹壁反射，提睾反射消失。舌红，苔白腻，脉滑数。

［西医诊断］多发性硬化。

［中医诊断］高热。

［辨证］高热伤津。

［治则］清热生津。

［处方］竹叶石膏汤加减。

［二诊］1975年12月15日转诊至解放军总医院神经内科住院部，病史及诊断同前。进一步行布氏杆菌、十二指肠引流液、前列腺液等检查以排除体内感染，均无异常，查血白细胞：18000个/mm³，体温波动于36℃～37.5℃。地塞米松片1.5mg，口服，每日4片，并逐渐减量。中医辨证为气虚发热，治则为甘温除热，处方：补中益气汤加减。

［三诊］1976年2月9日查WBC降至9100个/mm³；1976年3月9日体温恢复正常，束带感消失，腹壁反射引出，感觉障碍明显减轻；1976年4月1日出院后，每年坚持服3个月中药。至今未再复发。愈后辨证为脾肾两虚，治则以扶正固表，健脾益肾为法，处方：玉屏风散加减，生黄芪、炒白术、炒白芍、防风、当归、生地、熟地、川芎、菟丝子、仙灵脾、威灵仙、金银花、蒲公英、牛膝、川朴、生薏苡仁、生晒参。

［**按语**］高老1975年不幸罹患此病，经有效治疗，病情控制，至今未复发。高老认为，虽然多发性硬化临床表现有别，但正气不足为其根本病因，即所谓"气所虚处，邪必凑之"；正虚为本，邪实为标，虚实夹杂，正邪相抟，是本病的根本病机；病位以肺、脾、肾为主，五脏皆可受累。一诊时，患者发热，此时应以清热生津为主。二诊时，患者仍有发热，但以低热为主，故以甘温除热为主。三诊时，患者体温正常，此时宜扶正固表，黄芪甘温，内补脾肺之气，外可固表止汗，为君药，白术健脾益气，助黄芪以加强益气固表之功，为臣药，佐以防风走表而散风邪，合黄芪、白术以益气祛邪。白芍、当归、生地、熟地、川芎补血活血，生薏仁健脾益气，生晒参大补元气，菟丝子、仙灵脾、牛膝补肝肾、强筋骨，金银花、蒲公英清热解毒。

病案举例 2

鲍某，男，44岁。2002年12月10日初诊。

［主诉］双眼先后视力下降3年余。

［现病史］患者1999年5月无明显诱因出现左眼视力下降，伴手指麻木，感觉迟钝，小腿紧束感，于协和医院诊断为"多发性硬化"，予激素治疗后好转出院，8月底无明显诱因出现双眼视力下降，予以中、西药治疗，无明显好转，加重5天后于我院就诊，予以中药治疗，觉视力稍有好转，经查，右眼：0.06，左眼：0.03。后觉双眼视力下降，于门诊就诊，稍有头疼，左侧上下肢胀麻，口腔上部有不适感，左侧面部麻及口唇沉重。

［既往史］否认高血压、糖尿病等。

［检查］右眼：0.02，左眼：眼前/手动。双眼矫正不提高。右眼对光反应（＋），左眼对光反应钝，不持久。眼底：右眼：视盘边界清，色苍白，黄斑区颞下见两片淡红色斑，

中心凹反射未见；左眼：视盘边界清，色苍白，见细小淡黄色渗出，其颞上、颞侧见两片淡红色斑，中心凹反射未见。舌红，苔薄，脉细。

［西医诊断］双眼视神经萎缩；多发性硬化；黄斑病变。

［中医诊断］双眼青盲。

［辨证］肝肾阴虚。

［治则］滋补肝肾，清热明目。

［处方］六味地黄丸加减，生地、熟地、制苍术各15g，菟丝子、山茱萸、泽泻、丹皮、茯苓、金银花、蒲公英、紫草、赤芍、天麻、陈皮、生薏仁各10g，21剂，水煎服。

［二诊］2002年12月31日。右眼视白色较差，左侧头部胀疼，左手左腿胀，口中有疮，苔薄白，舌质正，脉数。咽部充血（++）。视力右眼：0.02，左眼：眼前/手动。处方：菟丝子、女贞子、仙灵脾各12g，炒黄柏、生薏仁、苍术、桔梗、丹皮、赤芍、牛膝、天麻、藿香、佩兰、苦参各10g，生甘草6g。21剂，水煎服。

［三诊］2003年1月21日。最近几天视力明显下降，头疼以后视力即下降，口腔溃疡仍有，咽部不适，打嗝、矢气，血脂高。视力：右眼0.02，左眼：眼前/手动。处方：女贞子、旱莲草各12g，制首乌、生地、熟地、蔓荆子各15g，炒黄柏、大青叶、板蓝根、天麻、延胡索、炒山楂、生薏仁、川芎各10g，诃子6g。21剂，水煎服。

［四诊］2003年2月11日。头晕沉仍在，手指麻感减轻。右眼：0.02，左眼：0.01。生地、熟地、金银花、天麻各15g，菟丝子、山茱萸、丹皮、紫草、川芎、防风、川朴各10g，炒白芍、蔓荆子各20g，黄芪、磁石、败酱草各30g，龙胆草6g。21剂，水煎服。

［**按语**］患者初诊时肝肾阴虚，以六味地黄丸加减，生地、熟地滋阴补肾，填精益髓，山茱萸补养肝肾，并能涩精，山药补益脾阴，亦能固肾，共为臣药，泽泻利湿而泄肾浊，茯苓淡渗脾湿，丹皮清泄虚热，制苍术、生薏仁健脾利湿，金银花、蒲公英、紫草、赤芍清热凉血活血，天麻、陈皮清肝热、化痰浊。二诊时患者外感风热，桔梗宣肺利咽，炒黄柏、藿香、佩兰、苦参清热燥湿。三诊时患者外感症状稍有好转，但仍有不适感，予以大青叶、板蓝根清热解毒，诃子敛肺下气利咽。四诊时患者外感症状好转，左眼视力好转，加厚朴宽中理气，龙胆草清肝火，磁石重镇安神。

第五节 视神经脊髓炎

视神经脊髓炎（Optic neuromyelitis，NMO）又称Devic病，为主要累及视神经和脊髓的中枢神经系统炎性脱髓鞘病，现已明确为一种独立性神经科疾病。既往有认为该病系多发性硬化的亚洲型或变异型。自发现NMO-IgG较特异的一项免疫标志物（水通道蛋白4，Aqp4），国内外已普遍认同该病是独立疾病，头颅MRI、脑脊液及临床病程等均与多发性硬化不同，呈急性或亚急性发病，常有缓解和复发，多因呼吸肌麻痹或继发感染而死亡。本病于各年龄段均可发病，多发于儿童和青年人，已有报道 60 岁以上的老年人也可罹患。男女发病概率均等。大脑、视神经以及脊髓可见散在的脱髓鞘改变，主要累及白质，但灰质也可受累。部分病例大脑半球仅有轻度病变，或者完全不受累及，但视神经和脊髓总会受累。

视神经脊髓炎的主要临床特征为视力下降和截瘫，分别由前部视觉通路以及脊髓的病变所致。其他视觉及神经系统症状比较少见。许多患者在出现视觉及其他神经系统症状前数天或数周会发生低热。视力障碍几乎均累及双眼，偶尔也可单眼发病。视力下降迅速而严重，完全失明并不少见。视力下降前的眼痛或眶周痛在视神经脊髓炎中比较少见，而在典型的特发性视神经炎中眼痛则是非常特征性的表现。视神经脊髓炎患者的视功能通常可有所恢复。视力一般在下降后 1 ～ 2 周开始好转，在数周至数月内有最大限度的恢复。周边视野一般在中心视野缺损显著改善前得以恢复。然而，一些患者会遗留双眼严重、持久的视力障碍。

本病急性者归属于中医学"暴盲"范畴，慢性者可归属于"青盲"等范畴。

（一）病因病机

（1）发病：可因外邪侵袭、情志失调、气郁血瘀、痰饮积聚、正气亏损等多种因素导致病变。

（2）病位：病位在目，与肝肾二脏关系更为密切。

（3）病性：为本虚标实，虚实夹杂。

（4）病势：古代中医无 MS/NMO 病名，现代多将其归入"痿证"，NMO 以视力异常为主的患者可被归于"暴盲""视瞻昏渺"的范畴。

（5）病机：通常认为肾中精气亏虚，或兼痰夹瘀，或肝经风热，肝火上炎，玄府郁闭，或阴虚火旺，上灼目系，或气血两虚，目窍失养所致。

（二）施治要点

急性期以祛邪为主，散风清热，疏肝解郁，通窍明目；缓解期以滋阴降火，补益气血为主。平素应调理情志，避风寒，避免因肝火上炎或风寒外袭而导致疾病复发。

（三）治疗原则

针对全身情况及局部表现进行辨证论治。实证以清热解毒、疏肝解郁为主，虚证以补益气血、滋养肝肾为主，辅以通络开窍法治之，以及配合针刺疗法，全身配合使用糖皮质激素冲击疗法，中药治疗可减少激素的毒副作用和病情复发，两者结合，相得益彰。

（四）辨证论治

1. 风邪袭目证

［主证］视力骤降，常见于外感之后或外感之中，或有目珠胀痛不舒，或目珠转动疼痛，眼底见视盘充血水肿；舌红，苔薄黄或薄白，脉浮数或浮紧。

［治法］散风清热，开窍明目。

［方药］银翘散（《温病条辨》）加减。连翘、金银花、桔梗、薄荷、生甘草、荆芥穗、淡豆豉、牛蒡子。

［加减］热象不显，或有表寒者，减淡竹叶，加防风、藁本以祛风散寒；眼球转动痛明显者，加牡丹皮、红花、鸡血藤以通络止痛。

2. 肝经实热证

［主证］视力急降甚至失明，头目胀痛或目珠转动痛，眼底视盘正常或有充血水肿；易怒烦躁，口苦胁痛，失眠少寐；舌红苔黄，脉弦数。

［治法］清肝泻热，凉血散瘀。

［方药］龙胆泻肝汤（《医方集解》）加减。龙胆草、栀子、黄芩、木通、泽泻、车前子、柴胡、当归、生地。

［加减］若头胀目痛明显者，可加夏枯草、菊花清利头目止痛；口干舌燥，大便秘结者，加天花粉、玄参、决明子滋阴生津，润肠通便；烦躁失明者加黄连、夜交藤清心宁神；眼底视盘充血肿胀，视网膜有渗出水肿者，加牡丹皮、赤芍、茯苓以凉血散瘀，利水渗湿。

3. 阴虚火旺证

［主证］视力骤降，五心烦热，潮红颧赤，口干唇红；舌红，苔薄，脉细数。

［治法］滋阴降火。

［方药］知柏地黄汤（《医宗金鉴》）加减。知母、黄柏、山药、山茱萸、丹皮、泽泻、茯苓、地黄。

［加减］若眼干口燥明显，加石斛、麦冬养阴清热；阴阳两虚者，加附子、肉桂、鹿角霜、枸杞子等温补肾阳、补肾明目。

4. 气血两虚证

［主证］病程日久或产后哺乳期发病，视物昏朦，目珠隐痛；眼底视盘正常或充血水肿，神疲倦怠，少气懒言，面白唇淡；舌淡嫩，脉细无力。

［治法］补益气血，开窍明目。

［方药］八珍汤加减：当归、川芎、地黄、白芍、党参、白术、茯苓、甘草。

［加减］血虚有瘀者加用丹参、鸡血藤以养血活血，若心悸失眠者加酸枣仁、夜交藤以养心安神。

（五）中成药治疗

（1）龙胆泻肝丸、加味逍遥丸：用于肝经实热证或肝郁血虚证。

（2）知柏地黄丸：用于阴虚火旺证。

（六）高健生经验

视神经脊髓炎的临床特征为视力下降和截瘫，分别由前部视觉通路以及脊髓的病变所导致。中心暗点是最多见的视野缺损形式。目前尚无针对视神经脊髓炎的特异性治疗。高老认为，本病与多发性硬化中医病机基本相同，异病同治，正虚为本，虚实夹杂，治疗也大同小异。

（七）典型案例

病案举例 1

林某，男，67 岁。2010 年 5 月 13 日初诊。

[主诉] 双眼视力下降 2 个月余。

[现病史] 2 个月前感冒、头疼，继之出现双眼视力下降。MRI：脑白质脱髓鞘。在当地医院诊断为"视神经脊髓炎"，予激素冲击，丙种球蛋白等治疗，视力：右眼由无光感提高到 0.12，左眼无明显变化。继续西医治疗，视力再未见改善而求治于中医。现服强的松，隔日 1 片。刻下症：双腿及左侧头部麻木，右耳听力减退。纳可眠差，可凉食，大便干，5 日 1 行，大小便不利。舌质淡，苔薄白，脉沉细。

[既往史] 糖尿病史十余年，用胰岛素可控。15 年前双腿至胸部发病。

[检查] 视力：右眼：0.12，左眼无光感。右瞳孔直接光反应（＋），间接光反应（－）；左瞳孔直接光反应（－），间接光反应（＋）。眼底：右眼视盘边界清晰，色蜡黄，视网膜血管变细，视网膜上未见出血及渗出，黄斑中心凹反光消失；左眼视盘边界清晰，色淡白，黄斑中心凹反光消失。VEP：右眼 P100 波潜伏期延长，振幅降低；左眼未引出波形。

[西医诊断] 视神经脊髓炎，左眼视神经萎缩。

[中医诊断] 青盲。

[辨证] 肝肾不足，卫外不固。

[治则] 补益肝肾，益气温阳。

[处方] 玉屏风散、二至丸、济川煎合方：生黄芪、当归各 30g，炒白术、炒白芍、女贞子各 15g，仙灵脾 12 克，防风、仙鹤草、旱莲草、肉苁蓉、升麻、柴胡、狗脊、桑寄生、牛膝、羌活、独活、泽泻各 10g，7 剂，水煎服。

[二诊] 2010 年 5 月 20 日。右眼仍有雾感，后脑部疼痛，昨天下午重些。视力：右眼 0.15，左眼无光感。睡眠、二便正常。处方：生黄芪、当归各 30g，炒白芍、女贞

子各 15g，防风、仙鹤草、旱莲草、肉苁蓉、升麻、牛膝各 10g，炒枳壳 6g。7 剂，水煎服。

[三诊]　2010 年 5 月 27 日。药后觉右眼视力提高。感左眼前发白，左侧面部浮肿，头发木，双小腿浮肿、发木，手脚心热。纳眠可，二便调。视力：右眼 0.2+1，左眼无光感（手动 ±）。处方：5 月 20 日处方加川乌 3g，冬瓜皮、益母草各 10g。21 剂，水煎服。

[四诊]　2010 年 6 月 22 日。患者在当地查视力：右眼：0.4，左眼在阳光下有感觉。处方：5 月 27 日处方，川乌改为 6g，加枸杞子 10g。30 剂，水煎服。

[五诊]　2011 年 3 月 11 日。视力：右眼：0.6，左眼无光感。眼底右眼视盘边界清晰，色淡，视网膜血管变细，视网膜上未见出血及渗出，黄斑中心凹反光消失。左眼如前。嘱其饮食调摄，并注意生活起居。

[按语]患者气虚卫外不固，感受外邪引起本病，治以玉屏风散益气固表，当归、仙鹤草补血养血；女贞子、旱莲草相配补虚损，暖腰膝，壮筋骨，明眼目；柴胡、升麻升提阳气；羌活、独活祛风除湿；男子八八为期，患者已 67 岁，肾气亏虚，予牛膝、肉苁蓉、狗脊、桑寄生、仙灵脾温补肾精；肾司二便，肾气亏虚，下元不温，五液不化，肠道失润而大便不通，法当温肾润肠，以济川煎温肾润肠通便。7 剂后患者大便已经正常，视力有所提高。二诊以玉屏风散、二至丸合济川煎益气固表、温补肾气明目。三诊，视力继续提高，原方加川乌以增温肾之力，益母草、冬瓜皮养血利水以减轻水肿。四诊，右眼视力由初诊时的 0.12 提高到 0.4，原方加枸杞子以补肾明目。

病案举例 2

李某，女，42 岁。2016 年 5 月 30 日初诊。

[主诉]右眼视力下降伴眼球转动痛 3 天。

[现病史]右眼视力骤降，眼球转动痛，腰部劳累后麻木感，纳可，眠安，二便可。

[既往史]视神经脊髓炎病史 9 年。右眼第 2 次复发，身体其他症状发作 4 次。

[检查]视力：右眼：0.08，左眼无光感。右眼瞳孔直接光反应（±），左眼瞳孔 RAPD（＋）。右眼底：视盘边界略模糊。

[西医诊断]视神经脊髓炎；双眼视神经萎缩。

[中医诊断]青盲。

[辨证]卫外不固，肝肾阴虚。

[治则]益气温阳，滋补肝肾。

[处方]玉屏风散、二仙汤为主：生黄芪 100g，炒白术、防风、巴戟天、桂枝、连翘、玄参各 10g，仙灵脾 12g，炒白芍 15g，炒知母、炒黄柏、制附子各 6g，川椒 3g。7 剂，水煎服。

[二诊]2016 年 6 月 21 日。服中药，发热汗出，视物无色，眼球转动痛好转，食无味，舌暗，少苔。视力：右眼 0.03，左眼：无光感。原方加冰片 0.1g（冲服），黄连 10g。14 剂，水煎服。

［三诊］2016 年 7 月 5 日。视力提高，模糊发暗，腿紧乏力，眠易醒。激素 8 片，食可，大便可。舌淡红，苔薄。视力：右眼 0.5 ～ 2，左眼无光感。处方：6 月 21 日原方。21 剂，水煎服。

［四诊］2016 年 7 月 26 日。患者诉视力提高，左上角 11 点方向有黑影一片，颜色不清，服药无不适，身体胸部有束带感，腿部麻木，耳有时听不清。右眼：0.6，左眼：无光感。处方：6 月 21 日处方，原方加川乌 6g，石菖蒲 6g。14 剂，水煎服。

［按语］患者本虚标实，感受外邪引起本病，《伤寒论》中少阴病篇"少阴之为病，脉微细，但欲寐也"，指出少阴病系少阴心肾两伤、阴阳气血俱虚而导致的一类疾病，所以治以二仙汤温肾阳、补肾精、交心肾、调冲任。同时以玉屏风散益气固表，方中重用黄芪以补气，制附子和川椒合用辅助巴戟天温肾壮阳，连翘、玄参清热凉血滋阴降火。二诊时患者发热汗出，加冰片明目，黄连泻火解毒。三诊时视力提高，效不更方，继续按原方服用。四诊时患者身体有不适感，予以川乌祛风除湿，温经止痛，石菖蒲开窍豁痰明目。

第六节　Meige 综合征

Meige 综合征是一组锥体外系疾患，1910 年由法国神经病学家 Henry Meige 首次报告。直到 1912 年这类病症的诊断特征及治疗才被全面阐述，并命名为 Meige 综合征。本病于神经科相对多见，而眼科认识此病是近几年才开始。Meige 综合征属于成人多动症，由 Marsdan 将其划分为三个类型：眼睑痉挛型；口下颌肌张力障碍型；眼睑痉挛合并口下颌肌张力障碍型。前两型为不完全型，后一型为完全型。

本病在中医学上属于"胞轮振跳"范畴，又名睥轮振跳（《证治准绳·杂病·七窍门》）。

（一）病因病机

1. 久病过劳等损伤心脾，心脾两虚，筋肉失养而困动。心脾血虚，血不养筋，筋肉拘挛目困，劳累后气血亏耗，故困动加重。心血虚而虚火上扰，故心烦失眠。血不养心则怔忡健忘。脾虚食少则体倦。

2. 肝脾血虚，日久生风，虚风内动，牵拽胞睑而振跳。肝脾气血亏虚，血虚生风，虚风上扰头面，故胞睑、眉毛、面颊、口角皆困动不休。

（二）施治要点

临床辨证时应局部结合整体，辨明虚实及病位进行论治。心脾虚者，多见食少体倦、心悸怔忡等虚象，治宜补益心脾；肝虚风动者，多见振跳频数难止，累及颊面口角部，治宜补血息风并用。

（三）治疗原则

西医治疗方法有口服药物、手术治疗、A 型肉毒素局部注射治疗等。口服药物包括：①多巴胺受体拮抗剂，如氟哌啶醇、泰必利等；② γ – 氨基丁酸类药，如佳静安定、丙戊酸钠等；③抗胆碱能药，如安坦等；④安定类药，如安定、氯硝安定等；⑤抗抑郁药，如阿米替林等。手术治疗风险较大，多数学者不主张采用。但无论用什么方法治疗，都难以解除患者的所有症状。

中医治疗根据患者的全身表现及局部症状，发病时间等，予以针灸结合中药治疗，轻者可以治愈，严重者可以明显改善症状。

（四）辨证论治

1. 内治

（1）心脾血虚

［主证］胞睑振跳，时疏时频，劳累时重；兼心烦失眠，怔忡健忘，食少体倦；舌淡，苔薄白，脉沉细。

［治法］补养心脾。

［方药］归脾汤《济生方》加减。人参、白术、当归、茯苓、黄芪、龙眼肉、远志、酸枣仁、木香、炙甘草。

［加减］痉挛严重者，可加蜈蚣、全蝎、伸筋草以活血止痉。伴眼干涩者，可加麦冬、生地。

（2）血虚生风

［主证］胞睑振跳不休，或与眉、额、面、口角相引，不能自控；舌质淡红，苔薄白，脉弦或数。

［治法］养血息风。

［方药］当归活血饮《审视瑶函》加减。当归身、川芎、熟地黄、白芍、生黄芪、防风、薄荷、羌活、甘草。

［加减］眼睑振跳严重者，可去薄荷、羌活、防风，加僵蚕、天麻、钩藤、全蝎、蜈蚣以平息内风。

2. 针灸

针刺疗法眼局部取穴：攒竹、承泣、四白、丝竹空为主；面部与全身取穴：风池、地仓、颊车、足三里、昆仑等。局部取穴和全身取穴结合，每日一次，20 ～ 30 分钟。此外，局部穴位按摩或梅花针点刺亦可配合应用。

（五）高健生经验

Meige综合征近年来有逐渐增多的趋势，高老认为中医眼科在治疗中既要注意局部，更要重视整体，治疗此病常从脾胃论治，采用益气升阳举陷法，获得了很好的疗效。五轮学说中，胞睑由脾所主，因此眼睑肌肉痉挛当责之于脾胃。患者患病时大多在中年，工作紧张劳累，精神压力大，生活不规律，饮食不节，导致脾胃功能失调，清阳不升，浊阴不降。土者万物之母，若饥困劳倦，伤其脾胃，则众体无以滋气而生。《灵枢·大惑论》曰："五脏六腑之精气皆上注于目而为之精，精之窠为眼，骨之精为瞳子，筋之精为黑眼，血之精为络，其窠气之精为白眼，肌肉之精则为约束……"《兰室秘藏·眼耳鼻门》载："夫五脏六腑之精气皆禀受于脾，上贯于目……故脾虚则五脏之精气皆失所司，不能归明于目矣"；又言："凡医者，不理脾胃，及养血安神，治标不治本，是不明正理也"。高老认为在治疗上当审病求因、标本同治，方选玉屏风散加减，常加入茯苓以助黄芪、白术健脾益气、扶正固本之功。其他方剂还有益气聪明汤、丹栀逍遥散等。血虚化生内风，复感外来风邪是标，治疗时注意祛风解痉，此乃治其标，多选蜈蚣、蛇蜕、重楼等药物。同时高老常在方中加入交泰丸，既可安神定志以助患者之睡眠，又可镇静以增强全方祛风解痉之力。

（六）典型病例

王某，女，46岁。

［初诊］2009年3月24日

［主诉］双眼眼睑痉挛12年，加重5年。

［病史］12年前无明显诱因出现双眼眼睑痉挛，近5年明显加重。起初在西医院就诊，曾局部注射肉毒素，注射后略有好转，但不久复发，且逐渐加重，久治不效，在多家医院及诊所服用中药，仍未见好转。患者来诊时双眼眼睑痉挛紧闭，需用手指拨开眼睑才能视物，只能偶尔自然睁眼，日常工作生活困难。纳眠可，二便调。

［检查］双眼视力0.1，矫正1.0（-7.00DS），双眼睑无红肿，结膜无充血，角膜清亮光滑，屈光间质清，眼底未见异常。无倒睫、干眼等角膜刺激症状。舌质淡，苔薄白，脉细数。

［诊断］Meige综合征眼睑痉挛型；双眼高度近视。

［辨证］气阴两虚，升降失调。

［治则］益气养阴，止痉通络。

［处方］益气聪明汤加减：生黄芪、葛根各30g，党参、蔓荆子、炒白芍、白术各15g，升麻、五味子各10g，柴胡、炒黄柏、白蒺藜、全蝎、炙甘草各6g，蜈蚣2条。7剂，水煎服。

［二诊］ 2009 年 3 月 31 日。眼睑痉挛好转。诉左眼前有黑影 1 周，随眼球移动。纳眠便可。查视力，右眼 0.1，矫正 0.8；左眼 0.1，矫正 0.6。左眼底 6 点位周边网膜见黄白相间病灶，血管旁有小出血及渗出，下方周边网膜有变性区及裂孔。在变性区及孔周围予激光治疗。处方：上方加炒枳壳 10g，桂枝 6g。服药 2 周后，患者电话告知双眼睁开时间延长。处方：原方 14 剂，水煎服。

［三诊］ 2009 年 5 月 12 日。患者双眼可以正常睁开。处方：原方 30 剂，水煎服。

［随访］ 3 个月后电话随访未复发。

［按语］ Meige 综合征近年来发病人数逐渐增多，这与社会节奏快、工作压力大及饮食不注意关系密切。该患者病程较长，病情严重，且久治不效，全身又无证可辨，看似无从下手。高老对此病主要从脾胃论治，盖脾胃为后天之本，眼睑属脾，饮食不节及劳倦均可伤脾。方以益气聪明汤为主方，加入蜈蚣、全蝎等虫类药物以息风通络，柴胡疏肝理气，7 剂后症状缓解。加入桂枝温经通络，枳壳理气，增强疗效。再服 14 剂，基本痊愈。又服 30 剂巩固疗效。

第七节　视神经萎缩

视神经萎缩（optic atrophy，OA）是由神经胶质纤维增生和血液循环障碍而导致的视神经纤维退行性病变。该病病因复杂，病程缠绵，属眼科常见致盲眼病之一。临床主要表现为视乳头颜色变淡或苍白、视力下降和视野改变，甚至视功能完全丧失。引起视神经萎缩的病因很多，如炎症、缺血、退变、外伤、压迫、肿瘤、中毒、脱髓鞘及遗传性疾病等均可引起视神经萎缩。视神经萎缩发病率高，治疗困难，为常见的致盲或低视力的主要病种之一。

本病属中医"青盲"范畴。青盲指眼外观端好，瞳神无翳障，视力渐渐下降，甚至盲无所见的眼病。病名首见于《神农本草经》，《诸病源候论·目病诸候》指出："青盲者，谓眼本无异，瞳子黑白分明，直不见物耳。"《眼科金镜》则对小儿青盲的病因病机有更精辟的描述："盖因病后热留经络，壅闭玄府，精华不能上升荣养之故。"

（一）病因病机

（1）发病：或急或缓，可因邪毒外袭、热病痘疹、七情所伤、头眼部外伤、肿瘤压迫后造成；或因先天禀赋不足、劳伤肝肾、胎受风邪、饮食不当失调、酒色过度、目力过劳后所致。

（2）病位：病在目，属内障眼病，主要与肝肾、气血关系密切，可涉及脾胃、心、胆等脏腑。

（3）病性：为本虚标实、虚实夹杂。

（4）病势：早期可分为肝气郁结型、肝郁少津型，疾病日久可出现肝郁损气型，心脾两虚型及肾虚肝郁型。

（5）病机：先天禀赋不足，精血不能上荣于目或久病体虚，气血不足，或肝肾亏损，目窍失养，或情志抑郁，肝气不舒，神光蔽阻，不得发越，或头部外伤，目系受损所致。其中玄府闭塞，脉络不通是病机的关键。

（二）施治要点

视神经萎缩病位在目，病本为虚，为目系失去气血津液的滋养，病机可分为三个方面：一肝气瘀滞，情志抑郁，治当疏肝解郁，清热明目；二为肝肾阴血本虚，或因用目、操劳过度，或为肝肾亏于下，双目失养，治当虚则补之——大补阴血；三为气血并不虚损，肝肾亦不亏虚，但因道路不通，或因血瘀、痰浊阻络，玄府闭郁，气血津液不能上承于目，神机化灭，定目无所视，治当疏利玄府，开通为先。

（三）治疗原则

西医目前没有好的治疗方法，仅给予营养神经的药物。中医则根据患者的体质辨证予以针灸及中药治疗，部分患者可以提高视力，改善视野。

（四）辨证论治

1. 肝郁气滞证

［主证］双眼先后或同时发病，视物模糊，甚者失明，眼外观无异，眼底见视盘色淡，边缘清或不清，头晕目眩，情志抑郁，胁肋胀痛，食欲不振；舌淡，苔薄白或薄黄，脉弦或弦细。

［治法］疏肝解郁，清热明目。

［方药］逍遥散（《太平惠民和剂局方》）加减。柴胡、当归、白芍、白术、茯苓、生姜、薄荷、炙甘草等。

［加减］加川芎、青皮、红花、石菖蒲行气化瘀开窍；加牡丹皮、炒栀子、菊花清肝热；加桑椹、女贞子、生地黄以滋阴明目。

2. 肝肾阴虚证

［主证］双眼昏朦，眼前有黑影遮挡，渐至失明，或双目干涩，头晕眼花，耳鸣耳聋，腰膝酸软；舌红少苔，脉细数。

［治法］滋补肝肾。

［方药］明目地黄汤（《审视瑶函》）加减。熟地黄、生地黄、山药、泽泻、山茱萸、牡丹皮、柴胡、茯神、当归身、甘草、栀子、川芎等。

〔加减〕加丹参、红花、细辛以活血开窍明目；加杜仲、肉桂以助肾阳；加党参、黄芪以益气。

3.气滞血瘀证

〔主证〕头眼外伤或颅内手术后视物不清，头痛健忘，失眠多梦；舌紫暗、苔薄白，脉涩。

〔治法〕行气活血。

〔方药〕血府逐瘀汤（《医林改错》）加减，桃仁、红花、当归、生地黄、川芎、赤芍、牛膝、桔梗、柴胡、枳壳、甘草。

〔加减〕加细辛、石菖蒲化瘀开窍；加太子参、枸杞子、杜仲等补益脏腑精气。

4.气血两虚证

〔主证〕视力渐降，日久失明，面白无华，神疲乏力，懒言少语，心悸气短；舌质淡，苔薄，脉细。

〔治法〕补气养血，益精明目。

〔方药〕四物五子汤（《普济方》）加减，川芎、当归、熟地、白芍、枸杞子、女贞子、菟丝子、蔓荆子、决明子。

〔加减〕加石菖蒲、丹参、鸡血藤活血开窍明目；加胡麻仁、松子仁、柏子仁、首乌以滋阴润肠。

（五）中成药治疗

（1）逍遥丸：用于肝郁气滞证。

（2）血府逐瘀丸、丹红化瘀口服液：用于气滞血瘀证。

（3）石斛夜光丸、明目地黄丸、杞菊地黄丸：用于肝肾阴虚证。

（4）人参归脾丸、人参养荣丸：用于气血两虚证。

（六）高健生经验

高老认为："益精生阴敛聚法"是治疗视神经萎缩的大法。脏腑中轻清之血，经过玄府正常的升降功能到达眼部，起到营养作用，保障功能的发挥；其他如精如气，亦属轻清者，方可升运于目。因此，应用"补血""益气""填精"之治法，必须考虑选用少许能够协助升运精、气、血上行清窍功能的药物，如升麻、葛根可生发阴精，兼有瞳神散大者，稍加入收敛精气、敛聚瞳神的药物。因此形成了独具特色的疏利玄府、益精生阴、敛聚明目治法。

临床上经常会遇到一些视神经萎缩的患者，体壮无疾，六脉平和，而唯独双目不见人物影动，全身无证可循，无证可辨。此类患者实非肝肾虚羸，精亏血少，乃人体升运之机失常，精血在经络玄府中往来通路之机不足，升降乖和所致；治宜疏利玄府，升阴以养目。而另外一类确属肝肾不足，无精血升运营养头目，致目昏不见；治疗原则为补益肝肾中轻清之精血，使其上达头目。

常用于治疗视神经萎缩的益精生阴方剂：杞菊地黄丸、明睛地黄丸、明眼生熟地黄丸、明目地黄丸及菊睛丸。而疏利玄府则依病机不同，治法方药也异：①精血不足，治以养血益精，用四物五子汤、五子衍宗丸等。②脉络阻滞，治以化瘀导滞，用通窍活血汤、补阳还五汤、血府逐瘀汤、涤痰汤、天麻钩藤饮等。常用于升发阴精的药物有防风、柴胡、升麻、葛根、蔓荆子等；敛聚阴精常用的药物有山茱萸、五味子、覆盆子、白芍等酸味药物；疏利玄府常用的芳香开窍类药物有冰片、麝香、石菖蒲等。

（七）典型案例

病案举例 1

高某，女，64 岁。2017 年 9 月 4 日初诊。

［主诉］右眼无光感 12 年，左眼视力下降 12 年。

［现病史］患者 20 年前无明显诱因逐渐出现右眼视力下降，曾就诊于北京某三甲医院，诊断为"右眼视神经萎缩"，未予任何治疗。12 年前右眼无光感，左眼视力下降。现视物模糊，手臂麻胀，胃部酸胀呃逆不定时半年，纳可，寐差，二便正常。

［既往史］冠心病、高脂血症病史 1 年，现服药治疗。

［检查］右眼：无光感，眼底：视盘边界清，色苍白，黄斑中心凹反光未见。眼压（NCT）：16mmHg；左眼：0.2，眼底：视盘边界清，色苍白，黄斑中心凹反光未见。眼压（NCT）：16.1mmHg。视盘 OCT：双眼 RNFL 变薄。黄斑 OCT：双眼黄斑区可见视网膜萎缩。颈动脉超声：双侧颈总动脉、颈内、颈外动脉未见明显异常。经颅多普勒超声：部分动脉血管搏动指数增高，频谱峰时延迟。苔薄黄，质暗，脉缓稍弱。

［西医诊断］双眼视神经萎缩。

［中医诊断］双眼青盲。

［辨证］气血两虚，肝肾不足。

［治则］益气养血，补益肝肾。

［处方］玉屏风散＋四物五子汤加减：黄芪、炒白术、熟地、当归、川芎、菟丝子、枸杞子、覆盆子、地肤子、桂枝、炒白芍、川乌、丁香、柿蒂、代赭石、葛根。7 剂，水煎服。

［二诊］右眼：无光感，左眼：0.25，呃逆已减，胃胀改善，手麻改善，苔薄腻，舌质暗红，脉缓。前方去炒白芍、丁香、代赭石，加党参。

［按语］本例患者患病 20 年，且病情较重，一般对于久病体虚的患者，首先予以玉屏风散加减，玉屏风散有益气固表止汗之功效，黄芪甘温，内补健脾益气，外可固表止汗，白术健脾益气，助黄芪加强益气固表之功，防风走表而散风邪，而眼科病患，如表证不明显，

可以不用防风。熟地、当归、川芎、炒白芍为四物汤，功为补血养血，菟丝子、枸杞子、覆盆子、地肤子为五子汤主要成分，用于补肾益精，桂枝、川乌、葛根温通经络，丁香、柿蒂降逆止呕，代赭石重镇安神。二诊时，患者视力提高，手麻改善，呃逆改善，去炒白芍、丁香、代赭石，加党参以补气。

病案举例 2

刘某，女，47 岁。2013 年 11 月 12 日初诊。

[主诉] 双眼视物不清 10 余年。

[现病史] 患者双眼青光眼 10 余年，现点用降眼压滴眼液，眼压稳定。时有头晕，口干，易汗出，饮食可，眠欠安，大便略干，自觉四肢手脚尖凉。

[既往史] 既往体健。

[检查] 双眼视力 0.1，眼底：双眼视盘边清色淡，双眼非接触眼压 15mmHg，视野平均光敏感度（MS）右眼：17.4dB，左眼：15.7dB。舌淡红，苔薄白，脉沉。

[西医诊断] 双眼青光眼；双眼继发性视神经萎缩。

[中医诊断] 双眼青盲。

[辨证] 脾肾阳虚。

[治则] 健脾温肾。

[处方]玉屏风散加减，黄芪、白术、防风、秦皮、金银花、四季青、淫羊藿、威灵仙、连翘、玄参、炙麻黄、细辛、制附子、黄连、肉桂、仙鹤草、炒知母、石斛。30 剂，水煎服。

[二诊] 2014 年 1 月 7 日，患者自诉坚持服药，未诉不适，前诉症状均有所改善，非接触眼压：右眼：14.5mmHg，左眼：15.7mmHg，MS：右眼：17.2dB，左眼：18.5dB，原方加干姜，川椒 3g。30 剂，随访病情稳定。

[**按语**]患者辨证属脾肾阳虚，方用黄芪、白术、淫羊藿益气健脾，细辛、肉桂、制附子温阳通络，威灵仙祛湿通络，麻黄、防风两药发散开窍通玄府，配黄连、知母、四季青清脾胃浮火。二诊中原方加干姜、川椒，有取乌梅丸之意。高老在治疗视神经萎缩中，注重温补阳气的作用，一是针对阳气不足的，二是针对阳气布散不足的，有的患者全身没有特殊不适症状，无证可辨，常常要考虑到阳气布散不足的问题，应用温阳药可鼓舞阳气至病所，以达到祛邪外出的目的。

第十章　眼眶病

第一节　眼眶淋巴管瘤

淋巴管瘤（lymphangioma）是由内皮细胞镶衬的淋巴管道构成的肿物，分毛细血管状、海绵状和囊样淋巴管瘤，后者较为多见。眼眶淋巴管瘤（orbital lymphangioma）多见于婴幼儿、儿童和青少年，少数病例出生时肿瘤可能已经存在。一般认为这是一种畸形或先天性淋巴管引流梗阻的继发表现，可逐渐增大，较为少见。其发生部位可位于皮肤、黏膜下和深部眼眶，且可同时发生于多个部位。在眼部可侵犯眼眶、眼睑和结膜，以眶内或眶内伴眼睑发病者多见。肿瘤原发于眶内者，多位于眶内上侧，肌肉圆锥和骨膜之间，引起渐进性眼球突出，并向下移位，多可扪及软性肿物，易压缩。肿瘤内常有局部自发出血，眼球突出度突然增加。淋巴管瘤弥漫扩散侵犯眼外肌，纤维增生，引起眼球运动障碍和上睑下垂，治愈后也难以完全恢复。发生于眶尖部的肿物或深部出血，视力减退，视乳头萎缩，也可因高度眼球突出，眼睑闭合不全，暴露角膜，导致角膜溃疡穿孔。

本病隶属于中医学"珠突出眶"范畴。"珠突出眶"是指眼球骤然突出，轻者含于睑内，重者突出眶外的眼病，常为单眼发病。

（一）病因病机

本病见于《证治准绳·杂病·七窍门》，书中描述此病："乌珠忽然突出眶也。与鹘眼证因滞而慢慢胀出者不同……有因怒甚、吼喊而挣出者……亦有因打扑而出者。"以后《目经大成》称其为睛凸，谓："此症通睛突然凸出眶外，非鱼睛不滞而慢慢胀高者比。"结合临床，本病的发生可以归纳为如下两个方面：

1.眶内血脉异常，因暴怒气悖、高声吼叫、低头屏气等以致气血并于上，脉络郁滞，眼珠突出。

2.因头颅外伤，脉络受损，眶内血行异常，迫珠外突。

（二）施治要点

本病以婴儿、儿童及青少年为多，其发生与先天因素有一定关系，因此先天不足是其根本，痰瘀互结、目络瘀滞是其后天发生发展的因素，因此治疗要以标本兼治和实则泻之、虚则补之为原则，可以给予扶正固本、化瘀散结等药物治疗。

（三）治疗原则

淋巴管瘤的治疗方式有多种选择，根据肿瘤的大小、部位、范围和严重程度而定。近年来，随着医疗技术的提高，淋巴管瘤新的治疗方法层出不穷，但是眼眶淋巴管瘤由于所处的位置结构的特殊性，目前大多采用的治疗方法包括手术、冷冻、激光照射等，且手术等治疗方式因人、因病况而定；没有特效药物可以治疗。临床上，中医药治疗可取得较好效果。当遇到手术治疗风险高，不宜手术的情况，或者手术后反复发作的患者，通过中药治疗可促进疾病康复，去除手术风险所带来的视神经及眼外肌的损伤，减少手术带给患者的心理伤害。

（四）辨证论治

本病的发生与情志、体位等诱因有关，气血并于上，脉络瘀滞，治疗以疏通脉络、活血行瘀为要旨。

1. 脉络瘀滞证

［主证］眼珠突出，低头、俯卧时加重，发作时眼胀不适，上睑下垂，白睛红肿，视盘水肿，视网膜静脉曲张；可伴有眩晕、头痛、恶心；舌紫暗或有瘀斑，脉涩或缓。

［治法］活血化瘀，疏通脉络。

［方药］通血散（《异授眼科》）加减。草决明、防风、荆芥、赤芍、当归、大黄、栀子、羌活、木贼、白蒺藜、甘草。

［加减］体质壮实者，可加三棱、莪术破血行瘀；头目胀痛者，加地龙、蔓荆子以通络止痛。

2. 瘀血内阻证

［主证］眼珠突然外突，弯腰及俯卧时加重，可呈搏动性；眼珠发胀，球后疼痛，视力下降；视盘水肿，视网膜静脉曲张及出血；可伴有患侧头痛；舌淡红，苔薄，脉缓。

［治法］凉血止血，辅以活血化瘀。

［方药］早期用十灰散（《十药神书》）加减。大蓟、小蓟、荷叶、侧柏叶、白茅根、茜草根、大黄、栀子、棕榈皮、丹皮。

待血止之后，其离经之血又当消散，用复元活血汤（《医学发明》）加减。柴胡、瓜蒌根、当归、红花、穿山甲、大黄、桃仁、甘草。

［加减］眼胀而痛者，加草决明、郁金解郁通经；视盘水肿明显者，加泽兰、牛膝利水通络。

（五）中成药治疗

1.加味逍遥丸：用于气郁化火证。该型除了眼球突出外，常见于情绪容易激动，性格急躁，伴随有口苦咽干或妇女月经不调、痛经、月经量大等患者。

2.内消瘰疬丸：用于气滞痰凝证。表现为眼球突出，眼球转动困难，眼外肌增粗较为明显者。全身可见胸胁部的胀痛，妇女常有乳房、小腹胀痛等妇科症状，舌质暗或有瘀斑。内消瘰疬丸含有清热散结药物，不可长期服用，以防损伤正气。

3.清热散结片：用于热毒壅滞证。除眼球突出、疼痛严重外，常见于眼睑发红、发热等患者。

（六）高健生经验

高老认为，眼眶淋巴管瘤的治疗关键是抓住疾病的主要矛盾进行分析，有针对性地进行处理，这符合中医辨证的哲学思想。在本病的发展过程中，以儿童及青少年为多，其发生与先天因素有一定关系，因此先天不足是其根本，痰瘀互结、目络瘀滞是其后天发生发展的诱因。证属虚实夹杂，在治疗上除应用扶正、补气类药物外，还可配伍三棱、莪术活血化瘀、软坚散结，半夏、夏枯草化痰散结。同时，高老亦喜欢运用桂枝、桑枝、升麻、葛根等通络引经药物，使阳气得以通四肢，达九窍；或用防风、麻黄等风类药物，此乃肝肾俱在下焦，"非风药行经不可也"之意。对于病程较长、病情复杂的慢性疑难眼病，高老提倡注重顾护人之阳气，提出益气升阳举陷法，通过补阳、助阳药物温补肾阳，培元固本，使阳气振奋，从而增强、鼓舞和激发机体抗病能力。

（七）典型案例

病案举例 1

患儿孙某，男，年龄 4 个半月，2014 年 2 月 25 日初诊。

［主诉］（家人代诉）发现左侧眼球增大 1 个月，偶伴皮下瘀血。

［现病史］ 1 个月前患儿家人发现患儿左侧眼球突出，2014 年 1 月 27 日在当地医院行眼 B 超检查示：左眼球后内上方见不规则回声区，边界欠清，内回声不规则，视神经受压向颞侧移位，眼球受压向内凹陷，与外直肌及视神经区分不理想，彩色多普勒血流图（CDFI）病变内可见血流信号。2014 年 1 月 28 日在当地就诊做眼眶 MRI 检查示：左眶内眼球内后方可见一不规则形状肿块影，大小约 1.7cm×1.3cm×2.4cm，于 T1W1 上主要呈稍低信号，于 T2W1 上信号混杂，其内可见迂曲线样低信号影，并可见液平面，病变边界较清晰，内直肌、视神经及眼球呈受压改变，致左眼外突。右侧眼眶未见明显异常（初诊见 MRI 图 4A、图 4B、图 4C）。2014 年 2 月 23 日于北京某医院就诊，根据眼部检查情况及 MRI 和 B 超检查结果，诊断为"左眼眶淋巴管瘤"，接诊医生建议其求

诊于高健生主任医师。遂于 2014 年 2 月 25 日到高老门诊诊治。刻下症：患儿纳食可，眠可，二便正常，足月剖腹产。

［既往史］无特殊。

［检查］眼部检查为左眼球突出，眼球运动大致正常，眼睑无皮下瘀血，结膜无充血，角膜、前房清，虹膜、瞳孔均未见明显异常，右眼外眼及虹膜、瞳孔均未见异常。双耳前及颌下淋巴结未触及异常。

［西医诊断］左眼眶淋巴管瘤。

［中医诊断］珠突出眶（左眼）。

［辨证］先天不足，痰瘀互结。

［治法］大补元气，化痰软坚散结。

［处方］生黄芪、党参、夏枯草、生薏苡仁、莪术、浙贝母、密蒙花、姜半夏、皂角刺、山慈菇、穿山甲、陈皮、桔梗、炙甘草。30 剂，水煎服。

［二诊］ 2014 年 3 月 31 日。家人诉患儿服 30 剂中药后无不适。患眼眼球突出明显改善，纳眠可，二便调。辨证仍以先天不足、痰瘀互结为主，治法同前。原方去姜半夏，加生牡蛎、防风、羌活。生牡蛎打碎同煎，以加强化痰散结、活血消肿之作用，防风为行经药，在《增广验方新编·目部》中有羌活治目珠脱出之记载。30 剂，水煎服。

［三诊］ 2014 年 4 月 29 日。家长诉此次服药后，前 4 天大便每日 5～6 次，每次均干结量少，呈羊粪状，服药 4 天后大便恢复正常。眼球突出较前稍有改善，余无不适。因患儿不能配合，未查舌苔、脉象。辨证及治法同前。前方去党参、生薏苡仁，加用皂角刺泡水代饮，不定时服用。调后中药服用 30 天。

［四诊］ 2014 年 9 月 2 日。患儿家长来京诉：MRI 复查未发现眼眶异常。患儿从 2 月份开始按高老的诊治服用中药至 5 月份，服用中药达 3 个月，现眼眶淋巴管瘤已完全消失。今停药 3 个月，目前未见复发。所携带 2014 年 7 月 19 日眼眶 MRI 复查影像资料及报告结果示左侧眶内眼球内下方及下方见小斑片状异常信号灶，内信号欠均匀，以长 T1、长 T2 信号为主，边界欠清，临近结构稍移位，左侧下直肌稍受推挤；余左侧眶内结构未见明显异常；眼球形态及大小未见明显异常，球内未见明显异常信号灶。右侧眶内结构及眼球各结构未见明显异常。（见复诊 MRI 图 5A、图 5B、图 5C）。

结果：该患儿服用高老师益气散结法中药 3 个月后，眼球突出症状及视神经、眼外肌压迫情况均已消失。眼眶淋巴管瘤已治愈。2015 年 1 月电话随访，患儿家长诉病情已控制，目前稳定，恢复良好，未复发。

注释：图 4A、图 4B、图 4C 分别为治疗前 MRI 矢状位、轴位、冠状位图片（2014 年 1 月 28 日，滨州医学院附属医院）；图 5A、图 5B、图 5C 为治疗后 MRI 矢状位、轴位、冠状位图片（2014 年 7 月 19 日，滨州医学院附属医院）。

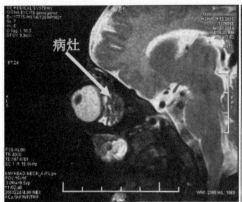

图 4A 治疗前 MRI 矢状位   图 5A 治疗后 MRI 矢状位

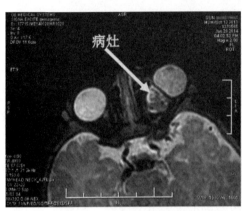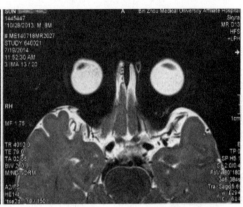

图 4B 治疗前 MRI 轴位   图 5B 治疗后 MRI 轴位

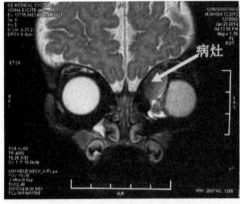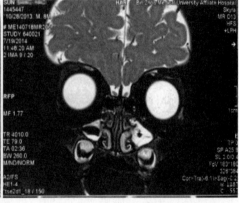

图 4C 治疗前 MRI 冠状位   图 5C 治疗后 MRI 冠状位

[按语]本例患儿发病于出生后 4 个半月，其发病可能和先天性胚胎发育异常有关。通常认为，虽然淋巴管瘤为多个含有淋巴液的组织和淋巴管组成，但淋巴管瘤内常自发出血，本病例经眼眶 MRI 和 B 超结果分析考虑为血管淋巴管瘤，即有静脉和淋巴管的双重成分特点。本例患儿眼眶深部淋巴管瘤因其与周围组织、神经、肌肉等重要结构广泛

联系，手术治疗风险高，不宜手术治疗，我们通过中药治疗可除去手术风险所带来的视神经及眼外肌的损伤。

该患者婴儿发病，先天不足，精气不能上承于目，痰瘀互结，目络瘀滞，致眼科瘤病。辨病为"珠突出眶"，辨证为先天不足，痰瘀互结证。方药：生黄芪、党参二药合用为君药，既能补先天之元气，助扶正托毒之力，又可补后天脾肺运化之功。臣药姜半夏、陈皮、莪术、夏枯草四药健脾化湿，行气破血，具散结消肿之功；生薏苡仁、浙贝母、山慈菇三药化湿祛痰、软坚散结，上七味药共为臣药。皂角刺具有辛散温通之力，走血脉，攻坚散结之功；穿山甲祛风通络、攻坚消肿；密蒙花能明目祛翳，又能消目中赤脉，淋巴瘤可视为血管同类异病，三药共为佐药。使药桔梗和甘草为《伤寒论》桔梗汤，是治少阴咽痛名方，桔梗为开提肺经方，除肺部风热，利窍，清利头目之要药，在本方中更可开胸膈之结气，引诸药上达头目，甘草调和诸药，二者共为使药。诸药共同发挥大补元气，化痰软坚散结的作用。

高老应用传统医学中药益气散结法治疗出生后四个半月眼眶淋巴管瘤患儿，用药3个月疗效显著，瘤体完全消失，不需要手术治疗，也较快解除了肿物对眼肌及视神经的压迫影响，挽救了患儿的视力，而且治愈了该疾病。临床实践证明，本病中医药治疗具有一定的长处，应积极发挥中医药特色优势，进一步提高临床疗效。中药益气散结法治疗珠突出眶在眼科应广泛推广。

病案举例 2

安某，女，23 岁。2017 年 5 月 15 日初诊。

[主诉] 右眼视力下降，左侧肢体发麻 20 天。

[现病史] 20 天前左侧肢体突然麻木，行动受限，右眼视力轻度下降，经天坛医院诊断为"脑出血、右眼淋巴管瘤术后"，用药一周，左侧肢体症状略好转，目前未服药。刻下症：右眼视力下降，左手经常出汗，手足麻、无力，左侧脸发紧、发皱，口渴，饮水多，饮食可，睡眠可，二便调，月经正常；舌质淡，苔薄白，脉缓。

[既往史] 1999 年行"右眼淋巴管瘤"手术（7 岁）；2013 年复发，于北京某三甲医院再次行右眼淋巴管瘤手术；颅内有瘤，无症状（天坛医院暂不手术）。

[检查] 左侧肢体麻木，视力：右眼 0.6，左眼 1.0。核磁（郑大一附院）：颅内多发、占位性病变，左侧基底节区、左侧脑室旁小软化灶，幕上轻度脑积水（郑大一附院）。

[西医诊断] 右眼眶淋巴管瘤（术后）。

[中医诊断] 珠突出眶（右眼）。

[辨证] 气虚血瘀。

[治则] 益气活血，息风通络。

[处方] 玉屏风散合乌梅丸加减；生黄芪、炒白术、防风、三棱、莪术、皂角刺、生

牡蛎、黄连、知母、黄柏、乌梅、桂枝、附子、细辛、川椒、干姜。15 剂，水煎服。另皂角刺 10g 打碎 / 泡水代茶饮。

［二诊］2017 年 6 月 18 日。患者服药后无不适，右眼视力提升，左侧肢体麻木症状消失，左侧下肢行动受限好转，左脸发紧、发皱症状略减轻，月经量稍少些。查视力：右眼 0.5+2，左眼 1.0+2。病情改善，辨证及治法不变，上方去知母，加当归，去皂角刺。15 剂，水煎服。另皂角刺 20g 打碎 / 泡水代茶饮。

［三诊］2018 年 2 月 5 日。间断服用中药，视物较前改善，左下肢行动已正常，脸色亦改善，月经正常，面部发紧亦改善。查视力：右眼 0.5，左眼 1.2；纳睡可，二便正常。原方去附子，黄连减量。30 剂，水煎服。

［**按语**］乌梅丸是古人寒热并用的经方，治疗虚寒久利不已，既要用附子、川椒、干姜、细辛诸大温大热之药，以温中祛寒，也要用黄连、黄柏解烦治利，黄连、黄柏虽然苦寒，但能治下利。党参、当归补气血，最妙的是乌梅，乌梅是酸敛止渴的药，而酸敛能制细辛、干姜、附子、川椒等诸温性药，令其不至太散。本患者眼眶淋巴瘤病程长，而肢体不利为新发、突发症状，高老用乌梅丸合玉屏风散治疗本例患者，既能扶正固本，又能寒热并用，标本兼治。加三棱、莪术以破血行气，加皂角刺、牡蛎以祛顽痰、潜阳息风。二诊患者肢体麻木症状好转，左脸仍发紧，故皂角刺加量，月经量稍少，故去知母的寒凉，加当归调经补血。三诊症状基本好转，去附子，黄连减量，使不寒不燥。本例充分体现中医"急则治标"的思想，首先解决主诉的肢体症状，在此基础上根据其症状灵活加减；其次注意方药及患者本身的寒热状况随症加减。

第二节　眼眶炎性假瘤

眼眶炎性假瘤（0rbital inflammatory pseudotumor）属于眼眶非特异性炎症的范畴，为一种特发的非特异性肉芽肿。病变外观类似肿瘤，故称之为炎性假瘤。临床比较常见，多发于成年人，发病年龄多在 40 岁以上，无明显性别和种族差异。其发病率仅次于甲状腺相关眼病和淋巴增生性疾病，占眼眶病的 7.1%。本病病因假说包括创伤或手术感染、EB 病毒、免疫功能异常等。但是真正的发病原因尚不明确，目前多数学者认为炎性假瘤是一种免疫反应性疾病。炎性假瘤按组织学分型为淋巴细胞浸润型、纤维组织增生型和混合型，不同类型的炎性假瘤其临床表现也有差异。本病起病急、发病缓慢，易反复发作，临床表现为眼球轴位突出或向一侧移位，常伴复视、眼睑红肿、球结膜充血水肿、眼痛、眼球运动障碍等症状。有的可以触及肿块，边界不清，有压痛。一般不影响视力，但如病变累及视神经，眶尖部视神经受压或视神经血液循环障碍，则可引起视力减退或丧失。

本病隶属于中医学"突起睛高"范畴。"突起睛高"是指以眼珠突高胀起，转动受限，白睛红赤臃肿等为临床特征的眼病。

（一）病因病机

本病见于《世医得效方·眼科》，又名突起睛高外障、目珠子突出。因此病发病急，来势猛，治不及时，邪毒蔓延，可致毒入营血，邪陷心包而危及生命，故《银海精微·突起睛高》明确指出："突起睛高，险峻厉害之症也……麻木疼痛，汪汪泪出，病势汹涌，卒暴之变莫测。"《太平圣惠方·治目珠子突出方》中谓："夫人风热痰饮，渍于脏腑，则阴阳不和；肝气蕴结生热，热冲于目，使睛疼痛；热气冲击目珠子，故立突出也。"《世医得效方·眼科》认为本病是因"风毒流注五脏，不能消散，忽发突起痒痛，乃热极所致"。《秘传眼科龙木论·突起睛高障》说"此眼初患之时，皆现疼痛发歇作时。盖是五脏毒风所致，令睛突出。"基于古籍记载，结合现代中医学，归纳本病多因风热火毒，脏腑积热，上攻于目；或因头面疖肿、丹毒等邻近病灶，邪毒蔓延眶内所致。

1. 风热邪毒侵袭，脏腑积热，外邪内热相抟，循肝经上攻于目，致眶内脉络气血郁阻而为。

2. 头面疖肿、丹毒、鼻渊、漏睛疮等病灶的毒邪蔓延至眼眶，火毒腐损血肉所致。

（二）施治要点

本病不仅是眼科局部的病变，更是全身疾病的局部体现。因此中医治疗本病要重视辨证施治，在关注眼睛局部的基础上，运用中医四诊，结合全身情况，辨别证候虚实。同时，治疗本病也要分析病情进展阶段，明辨发展阶段，分清邪实正虚的主要方面，根据病情变化进行辨证施治，在不同时期采用清热解毒、祛风清热、温通经络、软坚散结等治法，方能显效。

（三）治疗原则

本病治疗的目的是改善症状及体征，尽可能保护视功能，改善眼部外观。现代医学治疗此病的方法主要包括药物治疗、放射治疗和手术治疗三个方面。药物治疗最为常用，主要包括糖皮质激素类药物和免疫抑制剂两类，这些药物的副作用和不确定性，使本病的临床治疗较为棘手。中医辨证当抓住疾病的主要矛盾进行分析，有针对性地进行辨证施治。本病多因风热、积热、热毒等导致，治疗以清热、祛风、解毒等为主，久治不愈之患者多过用寒凉，可配伍附子、细辛、肉桂、麻黄等温热药物以温阳通经、散寒止痛，同时也可根据病情配以三棱、莪术软坚散结，半夏、夏枯草化痰散结。

（四）辨证论治

对于本病治疗，应详辨病因，遵循治病求本的原则，内外治结合，中西医并举，根据不同证型分别采取疏风清热解毒、清热解毒、活血消肿等法进行治疗。

1. 风热毒蕴证

[主证]睛高突起较轻，眼痛头痛不严重，眼睑红肿，白睛浅层红赤明显；畏寒发热；舌红，苔薄黄，脉数或浮数。

[治法]疏风清热解毒。

[方药]荆防败毒散（《摄生众妙方》）加减。荆芥、防风、茯苓、柴胡、前胡、薄荷、野菊花、蒲公英、赤芍、金银花、黄芩、甘草。

[加减]若红肿疼痛甚者，加紫花地丁、败酱草以增解毒消肿之功效。

2. 热毒壅滞证

[主证]睛高突起严重，疼痛拒按，甚至跳痛难忍，触之坚硬、发热；舌红，苔黄，脉数有力。

[治法]清热解毒，活血消肿。

[方药]仙方活命饮（《校注妇人良方》）加减。金银花、黄芩、蒲公英、天花粉、当归尾、赤芍、白芷、防风、浙贝、制乳香、制没药、甘草。

[加减]兼恶寒者加荆芥、薄荷以疏风祛热；口渴、烦躁者加石膏、黄连以清心除烦；大便不畅者加大黄以通腑泻热；若神昏谵语，壮热烦躁者，加川连、连翘清心解热，或用上方汤汁送服安宫牛黄丸。

（五）中成药治疗

1. 清热散结片：用于热毒壅滞证。
2. 内消瘰疬丸：用于气滞痰凝证。

（六）高健生经验

高老认为，中医治病有其独特的规律，辨证论治是其特点，应抓住疾病的主要矛盾进行分析，有针对性地进行处理，这符合中医辨证的哲学思想。在本病的发展过程中，以中青年患者为多，此类患者多体质壮实、阳气充盛，感受风热毒邪后壅滞于目则发为本病，故病初发者多应用大量寒凉药直折其热，兼以疏风，可选用玄参、连翘、赤芍、知母、丹皮等药物；若病情反复，或因手术伤及气血，气滞血瘀而成，或因阳热日久耗伤阴液，津液失于输布凝聚成痰，痰热互结而成，证属虚实夹杂，在治疗上除应用寒凉药物外还可配伍三棱、莪术活血化瘀、软坚散结，半夏、夏枯草化痰散结；对于气虚者可配伍生黄芪以益气；另外，许多久治不愈患者多过用寒凉，可配伍附子、细辛、肉桂、麻黄等药物以温阳通经、散寒止痛。

高老在具体用药组方上善用对药，如玄参、连翘配伍，既可清热泻火解毒，又可消肿散结。三棱、莪术相配，可以破血行气，消肿止痛，且三棱性平，莪术性温，与其他药对配伍既可以制其寒凉，又能够行气导滞；赤芍、丹皮合用可以清热凉血活血；生龙骨、生牡蛎配合可以滋阴潜阳又能安神；知母、黄柏相配功能滋阴降火；附子、肉桂二药配伍，既有强大的温肾助阳作用，又有很好的温经散寒止痛之功；诸药配合，既可清壅滞之热毒，还可以消肿止痛、活血散结化瘀，直达病所，功专而力宏。

高老门诊上的多数患者是辗转国内多所医院久治不愈的患者，大多应用激素或长期应用寒凉药物，因收效欠佳来诊。高老认为，患者久病，虽辨证为热毒、痰结、血瘀等，应属实证，以清热解毒，兼以散结化瘀为法治疗并无不妥，但应考虑到病久耗伤正气，气虚则无力行血，水液气化失常，则生痰、瘀等有形实邪，而有形实邪进一步阻滞气机加重病情，证属虚实夹杂，加之大量寒凉药物的使用，虽可清壅滞之热毒，亦可阻碍气机，此时少佐温阳药物，一方面，可以佐制药性的过于寒凉，防其伤正，另一方面，可以宣通阳气、通达经络，还可以温散痰结。在临床应用中，如清热散结不能取效，或可考虑此法。

（七）典型案例

病案举例 1

刘某，女，30岁。2013年5月20日初诊。

[主诉]右眼向下固定，红肿疼痛4年。

[现病史]4年前怀孕期间发病，2年前先后经激素、放疗、手术等治疗后病情略有好转，之后又反复发作，病情加重。患者平日喜食辛辣，性情急躁。刻下症：右眼胀痛不喜睁，头颈部疼痛，夜寐不安，纳差，手足不温，偶有酸麻，月经正常，舌红，苔薄，脉细数。

[既往史]平素体健。

[检查]视力：右眼：CF/30cm，左眼：0.5；非接触眼压：右眼19.6mmHg，左眼18.1mmHg；右眼眼睑皮肤紧绷、红肿触痛，眼球不能上转，各方向运动受限。眼球突出计检查：右眼球突出度22mm，左眼球突出度16mm，眶距93mm。眼底：右眼视盘边界欠清，色红，血管略迂曲，黄斑中心凹反光消失；左眼眼底正常。显然验光：右眼－1.75DS，矫正不提高；左眼－1.50DS，可矫至1.0。眼B超示：右眼眶内上方不规则占位病变，内反射低，后界显示不清。病理报告支持眼眶炎性假瘤诊断。

[西医诊断]右眼眶炎性假瘤。

[中医诊断]右眼突起睛高。

[辨证]热毒壅滞。

[治法]清热解毒，行气止痛。

[处方]方选清瘟败毒饮加减，处方：黄芪、生地、赤芍、丹皮、玄参、连翘、细辛、麻黄、川乌、桂枝、延胡索、生龙骨、生牡蛎、防风。21剂，水煎服。并嘱患者少食辛辣厚味，勿贪凉饮冷，饮食起居规律，调摄情绪。

[二诊]　2013年7月25日。患者未来，家属代诉右眼疼痛明显减轻，眼球突出减少50%，全身伴见咳嗽、咯痰白黏，耳鸣，乏力，纳眠可，二便调。辨证同前，前方加蜈蚣、柴胡、黄芩以疏肝行气通络，兼清上焦热，继予21剂，水煎服。

[三诊]　2013年8月15日。查视力：右眼0.2，左眼0.6。自诉右眼痛消失，胸口、手脚起红疹，发痒，舌尖红肿痛，舌苔白腐。处方：二诊时处方加生薏仁、黄柏、蛇床子、地肤子以清热利湿、祛风止痒。

[四诊]　2013年10月17日。患者诉偶有眼痛，四肢微麻。查视力：右眼0.4，左眼0.6；右眼睑红肿基本消失，皮肤面张力明显减小，眼球运动较前好转，可微微上转。处方：生地、赤芍、丹皮、玄参、知母、连翘、附子、麻黄、细辛、生薏仁、益母草、生龙骨、生牡蛎、琥珀粉、山茱萸、金花茶、桂枝、肉桂、黄连。

[五诊]　2013年11月7日。患者眼痛消失，偶有口渴、胁胀。查视力：右眼0.4，左眼0.6；非接触眼压：右眼16.5mmHg，左眼15.8mmHg；右眼睑红肿消失，可见皮纹，除上转受限，余各方向运动均正常。突眼计检查：右眼球突出度19mm，左眼球突出度16mm，眶距93mm；右眼底：视盘边界清晰、色可，黄斑中心凹反光未见，左眼眼底正常。复查眼B超：右眼眶内上方占位较前明显减小，后界可见，边界清晰。处方：上方加柴胡、狗脊、白芍，减肉桂用量。服用21剂后间断用药，随诊两年病情稳定，视力未下降。

[按语]　此例患者，青年女性，体质盛实，怀孕期间过用进补，其病机在于：湿热积聚于内，复外感热毒，热为阳邪，上先受之，湿热毒邪壅滞于目则发为本病。之后虽经激素、放疗、手术等治疗略有好转，但其根本病机并未解除，故反复发作病情加重，治疗当以清热解毒立法，方选清瘟败毒饮加减。清瘟败毒饮是清代乾隆年间江淮瘟疫大流行时，著名医家余师愚针对疫疹热毒侵入营血化燥，三焦相火亢极之证创立的方剂，方中应用大量寒凉药物，直折三焦之火。在本病的应用中，因其病机在于热毒壅滞，故应用本方，但考虑到患者久病，期间还接受了激素、放疗、手术等多种治疗，必然导致气机阻滞、血瘀痰凝，在大量应用寒凉药物的同时还应防止阻碍气机，故处方中配伍温散之麻黄附子细辛汤，取其附子能温少阴之里，振奋肾阳，麻黄可开太阳之表，启玄府之闭，细辛则直入少阴托邪外透之意。大量寒凉药物中佐以热药，一则可以佐制药之寒，二则可以温散凝滞、疏通经络，三则取其"治热以寒，温而行之"反佐之意。本患首诊之时，方中重用生黄芪、生地滋阴凉血，益气清热解毒为君，赤芍、丹皮、玄参、连翘清热解毒、凉血活血散结为臣，龙骨、牡蛎生用以滋阴潜阳，配合活血行气止痛之延胡索亦为臣药；细辛、麻黄、川乌、桂枝为佐药，既可温散凝滞、疏通经隧，又可制诸药之寒凉，防风为引经药。

本方中细辛、麻黄、川乌取麻黄附子细辛汤之意。其中附子与川乌的使用变化值得探究，此二者均为毛茛科植物乌头的根，川乌为母根，附子为子根，在药效上，附子具有回阳救逆，补火助阳，散寒止痛的功效；川乌具有祛风湿，温经止痛的功效；现代药理研究表明：二者的主要化学成分是乌头碱型生物碱，区别在于含量的不同，此类物质既是其生理活性物质，同时也是毒性物质，附子所含乌头碱型生物碱低于川乌，因此其毒性也小于川乌，其传统药效的不同或许与此有关，经过传统的炮制方法后，双酯型乌头碱转化成乌头次碱和乌头原碱，毒性降低；高老在应用此类药物时均强调先煎，一则去其毒性，二则取其药性。高老认为久病不愈的患者均存在阳气不足或久用寒凉损伤阳气，故佐以麻黄附子细辛汤以扶助通行阳气。首诊时患者疼痛明显，加之曾行手术致经络闭阻，故弃附子而用川乌以取其温通经络止痛之功，与桂枝合用既可温散凝滞、又能疏通经隧。二、三、四诊时病情均不同程度好转，但有全身兼证，针对其兼证略有加减化裁。四诊时眼痛已不显，改川乌为附子，增强其助阳之力，如日光于寒冰阴霾，气滞痰结均可消散，兼以交泰丸交通心肾，水火既济，寒热各有所归，病情平复。五诊时因口渴胁胀加入柴胡、白芍疏肝柔肝，减肉桂用量以防原方温热药过多助阳化火，服药21剂后间断服用本方，嘱忌食炙煿厚味以及寒凉辛辣，控制情绪，注意休息，随诊两年病情未复发。

病案举例 2

张某，男，38 岁。2017 年 3 月 30 日初诊。

[主诉] 左眼肿胀不适半年余。

[现病史] 半年前无明显诱因出现左眼肿胀不适，外院诊为"炎性假瘤"，给予激素等治疗，病情略有缓解，停药后即复发；为求中医药治疗来我院。刻下症：左眼肿胀不适，稍有突出，平日急躁易怒，脾胃功能不好，偶有泛酸，不喜凉食，睡眠可，二便调；舌暗红，苔黄腻，脉涩。

[既往史] 否认既往慢性病史。

[检查] 视力：右眼 1.0，左眼 1.0；睑球结膜轻度充血，角膜清，左眼眼球稍突出，余前节未见明显异常。眼压（NCT）：R：15.1mmHg，L：17.0mmHg。眼球突出度：眶间距 105mm，右眼：14mm，左眼：16mm。眼眶 MRI：左眼炎性假瘤。

[西医诊断] 左眼炎性假瘤。

[中医诊断] 左眼突起睛高。

[辨证] 寒热错杂。

[治则] 温阳通络，清热散结。

[处方] 方用乌梅丸加减，处方：乌梅、川椒、党参、制附子（先煎）、干姜、桂枝、炒黄连、炒黄柏、当归、三棱、莪术、皂角刺、熊胆粉（冲服）。7 剂，水煎服。

[二诊] 2017 年 4 月 10 日。患者上方服用 7 剂后左眼肿胀稍有好转，无特殊不适。辨证同前，治法不变，上方加细辛 3g。14 剂，水煎服。

[按语] 本患为青壮年，体质壮实、阳气充盛，感受风热毒邪后壅滞于目则发为本病；经激素治疗后病情反复，且素体脾胃虚弱，考虑为阳热日久耗伤阴液，津液失于输布凝聚成痰，痰热互结，证属寒热错杂，予附子、桂枝、川椒、干姜等药物以温阳通经、散寒止痛，同时配伍三棱、莪术活血化瘀、软坚散结。

第三节 甲状腺相关性眼病

甲状腺相关性眼病（thyroid associated ophthalmopathy，TAO）属于自身免疫或器官免疫性疾病，是成年人最常见的眼眶病之一，单眼或双眼同时发病。TAO病因尚不清楚，但其发病与全身内分泌系统的功能状态密切相关，TAO患者的甲状腺功能可能亢进、低下或正常，但均具有相似的眼眶病变，临床表现包括眼睑回缩和上睑迟落、眼球突出、复视、眼球运动障碍、结膜和角膜病变、继发视神经病变等。甲状腺相关性眼病的命名曾经较为混乱，有Graves眼病（GO）、眼型Graves病、甲状腺相关眼病、内分泌性眼球突出等，甲状腺相关性眼病的命名由A. P. Weetman在1991年提出。TAO绝大部分由Graves病（97%）引起，但其他甲状腺疾病如桥本甲状腺炎亦可导致TAO。TAO患者病情有轻有重，其中恶性甲状腺突眼患者的眼睑闭合不全、眼珠固定不能转动，当角膜发生病变后，其预后多不良。多数病情尚不十分严重的患者，在眼部体征减轻后，仍可能残留眼干、畏光、流泪等症状。

本病隶属于中医学"鹘眼凝睛"范畴。"鹘眼凝睛"是指眼珠逐渐突起，红赤如鹘鸟之眼，凝视难以转动的病证，又名鱼睛不夜。

（一）病因病机

本病见于《秘传眼科龙木论·鹘眼凝睛外障》，书中描述此病："此疾皆因五脏热壅冲上，脑中风热入眼所致。"《证治准绳》云："有项强头疼，面睑赤燥之患，其状目如赤，绽大胀于睑间不能敛运转动，若庙塑凶神之目，犹鹘鸟之珠，赤而绽凝者，凝定也，乃三焦关格阳邪实盛，亢极之害，风热壅阻诸络，涩滞目欲爆出矣。"《银海精微·鹘眼凝睛症》认为本病是"因五脏皆受热毒，致五轮振起，坚硬不能转运，气血凝滞"而引发。基于古籍记载，结合现代中医学，归纳本病常由于阳邪亢盛，风热壅阻所致。患者脏腑积热或风热蕴结，热邪上壅于目致气血凝滞，目络涩滞、清窍闭阻，终致目珠暴突。

1.长期情志失调，肝气郁结，郁久化火，上犯于目，使目眶脉络涩滞所致。

2.素体阴虚，或邪热亢盛，日久伤阴，或劳心过度，耗伤阴血，心阴亏虚，肝阴受损，阴虚阳亢，上犯目窍，珠突眶外。

3.七情内伤，肝气郁结，疏泄失常，气机阻滞，血行不畅，瘀阻脉络，水湿痰停，痰瘀互结于眶内，致珠突如鹘眼。

（二）施治要点

本病发病初期常由情志致病，情志失调，抑郁、焦虑，导致肝气郁结，日久肝郁化火，或有外因引动内火，火热之邪上炎，熏蒸目络；又或肝疏泄失常，气机阻滞，瘀阻脉络，水湿痰停。至疾病后期，火热之邪渐减，肝血、肾精日渐耗伤，痰瘀互结，目络瘀滞；其病机关键在于肝郁气滞，木克脾土，脾失运化，痰湿内聚，脾气虚弱，运行不畅，气血凝滞。可见，本病以气、痰、瘀三者合而为患，导致气滞、痰凝、血瘀等病理产物的产生。因此，治疗本病当着重分析患者所处状态，局部与全身辨证相结合，根据病情变化进行辨证施治，不同时期采用解郁清肝、滋阴潜阳、化瘀祛痰等治法，方能显效。

（三）治疗原则

本病治疗的目的是阻止疾病进展，改善症状及体征，避免出现或加重角膜及视神经病变，尽可能保护和恢复视力，改善眼部外观。现代医学对本病的治疗包括局部治疗、免疫治疗、放射治疗、手术治疗等多种方法。中医辨证当以患者眼部表现与全身症状相结合进行整体辨证，根据疾病发生过程中的特点辨证论治。早期清肝泻火，中期疏肝理气，晚期滋阴潜阳；散结化瘀、祛痰明目要贯穿始终。

（四）辨证论治

本病的发生与情志、体质以及饮食等均有相关性，治疗当局部与全身辨证相结合，根据病情变化进行辨证施治。

1. 气郁化火证

［主证］目赤胀痛，目睛干涩，羞明流泪，甚至目珠红肿溃烂；伴头痛头胀，口苦咽干，胸胁胀痛，多食易饥，急躁易怒，失眠多梦，恶热多汗，大便干结，小便短赤；舌质红，苔黄，脉弦数。

［治法］清肝泻火，解郁散结。

［方药］丹栀逍遥散（《内科摘要》）加减。牡丹皮、栀子、当归、白芍、柴胡、茯苓、龙胆草、夏枯草、丹参。

［加减］黑睛生翳加防风、金银花以疏风清热解毒；大便秘结加大黄以通腑泄热通便；两手及舌伸出时有震颤加石决明、钩藤以平肝息风。

2. 阴虚阳亢证

［主证］眼球微突，凝视不动，白睛淡红，双目干涩；伴头晕耳鸣，心烦不寐，五心烦热，口燥咽干，腰膝酸软；舌质红，少苔，脉细数。

［治法］滋阴潜阳，平肝泻火。

［方药］耳聋左慈丸（《饲鹤亭集方》）加减。熟地黄、生地黄、牡丹皮、山茱萸、茯苓、女贞子、玄参、麦冬、磁石、牡蛎、石决明。

［加减］头昏、心悸加枣仁、茯神以养阴安神；双手震颤加钩藤、珍珠母、鳖甲以滋阴潜阳息风。

3. 痰瘀互阻证

［主证］眼珠突起，或伴刺痛，运动受限，白睛暗红，甚则复视；或伴有颈部肿胀，痰黏难咯，头晕头昏，神疲乏力，大便黏滞不爽，小便色黄；舌质暗红或有瘀斑，苔黄腻或白腻，脉沉滑或弦涩。

［治法］清热化痰，活血祛瘀。

［方药］化坚二陈汤（《医宗金鉴》）合四物汤（《太平惠民和剂局方》）加减。黄连、僵蚕、姜半夏、茯苓、陈皮、胆南星、当归、桃仁、赤芍、川芎。

［加减］眼球突出明显、病程较长者加莪术、三棱以破血行气，寒热错杂者加附子、干姜以温通经脉。

（五）中成药治疗

（1）加味逍遥丸：用于气郁化火证。

（2）内消瘰疬丸：用于气滞痰凝证。

（3）乳癖消片合二至丸：用于阴虚血瘀证。

（六）高健生经验

高老注重玄府理论在眼科的应用，认为甲状腺相关眼病的发生与玄府功能的失常密不可分。在眼科临证治疗中，高老认为本病的发生是由"热气怫郁，玄府闭密"致使"玄府闭小""玄府闭合"，而使气液、血脉、营卫、精神不能升降出入所致。同时受李东垣"益气升阳"学说和张锡纯升陷汤理论的启发，对于这类病程较长、病情复杂的慢性疑难眼病，高老注重顾护人之阳气，提出益气升阳举陷法，通过补阳、助阳药物温补肾阳，培元固本，使阳气振奋，从而增强、鼓舞和激发机体抗病能力。

高老常用麻黄细辛附子汤加味治疗甲状腺相关眼病。麻黄细辛附子汤出自汉代张仲景的《伤寒论》："少阴病，始得之，反发热，脉沉者，麻黄细辛附子汤主之。"此方为阳虚外感而设，治疗人体在阳气虚的状态下，感受寒邪，出现邪正相争而导致的发热。附子温经助阳，鼓邪外出，细辛既能助麻黄解表，又能助附子温经散寒，通达阳气于上下周身。麻辛附三药联合使用则散中有补，在发汗散寒之中温经助阳，借麻黄宣发布散阳气于血脉肌肤腠理之间，使阳气生之有源，通之有道，布之有循，五脏六腑，四肢百骸，阳气运转，则阴邪无所藏遁。因此，麻黄附子细辛汤可称作一个补阳、运阳、散阳之剂。

临床治疗甲状腺相关眼病的时候，除了麻黄、附子、细辛这三味药之外，高老还习惯使用肉桂、淫羊藿等温阳药物，在补阳的同时亦喜欢运用桂枝、桑枝、升麻、葛根等通络引经药物，使得阳气得以通四肢，达九窍；再加上三棱、莪术、皂角刺等软坚散结药物，获效颇多。为避免助阳生热，高老在使用温热药物的同时，常佐用少量黄连、知母等寒凉类药物，清散郁热；或用防风、麻黄等风类药物，此乃肝肾俱在下焦，"非风药行经不可也"之意，这与高老提出的益气升阳举陷法治疗眼病以及玄府学说在眼科应用的理论相契合。

（七）典型案例

病案举例 1

王某，男，34 岁。2018 年 11 月 26 日初诊。

［主诉］右眼球突出半年。

［现病史］患者 2018 年 5 月发现右眼突出，在外院诊断为甲状腺功能亢进、甲状腺相关性眼病。刻下症：双眼球突出，右眼明显，活动出汗，无盗汗，入冬小腹胀，偶伴有肠鸣响，食少，眠可，二便调；舌苔黄腻，舌尖稍红，脉细。

［既往史］发现甲状腺功能亢进半年，服药后病情稳定。

［检查］矫正视力：右眼 0.8，左眼 1.0；双眼球突出，查突出度：右 21mm，左 16mm，眶距 98mm。前节检查基本正常。甲状腺肿大Ⅱ°，质软。生化正常，促甲状腺素：0.09（正常 0.27–4.2）。

［西医诊断］甲状腺相关性眼病；甲状腺功能亢进。

［中医诊断］双眼鹘眼凝睛。

［辨证］脾气虚弱，痰瘀互结。

［治法］健脾益气，温阳散结。

［处方］生黄芪、生白术、防风、麻黄、附子、细辛、三棱、莪术、生龙骨、生牡蛎、厚朴、黄连、肉桂、天麻。14 剂，水煎服。

［二诊］2018 年 12 月 24 日。患者服药后手脱皮，头顶发麻或痒，眼突无变化，时心事较重（压力大），以往入冬后，肠胃有不适感（腹胀），服药后无改善。矫正视力：右眼 1.0，左眼 1.0；舌红暗，苔黄厚腻，脉细。治法不变，原方加熟大黄、木香。14 剂，水煎服。

［三诊］2019 年 1 月 28 日。服药后无不适，自觉全身各症均有所改善，右眼突出减轻，大便日 1～2 次，小腹鸣响及胀稍改善，大便量少，不成形。眼球突出度：右 20mm，左 15mm，眶距 98mm。复查甲功五项基本正常。辨证同前，治法不变，原方加枳壳、制川乌。14 剂，水煎服。

［按语］本例患者眼球突出，甲亢病史，中医病属"鹘眼凝睛"。患者素体脾气虚弱，久病至气虚更甚，痰瘀互结，导致玄府闭塞。治疗以玉屏风散益气固表，以麻黄附子细辛汤助阳化气，再合上交泰丸（黄连、肉桂）交通心肾、水火既济，佐以三棱、莪术破血行气，龙骨、牡蛎、天麻息风通络。二诊，患者情绪不畅，气机失调，加木香以理气开郁，腹胀不适，舌苔厚腻，加大黄以清泻湿热；三诊眼部症状改善，生化及甲功无明显异常，问诊后发现患者腹胀，大便不成形的情况入冬后明显发生，故加川乌温经散寒，

加枳壳破气除痞。本例患者玄府闭塞，虚实夹杂，故而治疗当在益气、助阳化气的基础上破血行气、息风通络改善眼部症状。高老强调问诊要全面，注重眼部检查的同时，兼顾全身状况，尤其注意寒热等季节变换的影响，有助于诊断用药。

病案举例 2

贾某，女，41 岁。2012 年 11 月 13 日初诊。

[主诉] 发现眼球突出 4 个月余。

[现病史] 患者患有甲亢，4 个月前发现双眼球突出，伴眼干涩，时眼红、异物感，现使用羧甲基纤维素钠眼液，纳眠可，大便不成形，1～2 次，有时使不上劲，月经量少，3 天净，不出汗，因婚姻问题情绪较差。

[既往史] 甲状腺功能亢进 5 个月，服用甲硝咪唑、盐酸普萘洛尔片，化验 T3 和 T4 正常，已停药半个月。

[检查] 视力：右眼 1.0，左眼 0.8；双眼球突出，眼睑不能完全闭合，睑板腺开口阻塞，结膜轻度充血，角膜清，晶体清。舌红，苔薄白，脉细略弦。

[西医诊断] 甲状腺相关性眼病。

[中医诊断] 双眼鹘眼凝睛。

[辨证] 肝气郁结。

[治则] 疏肝解郁，行气散结。

[处方] 柴胡、当归、生地、炒知母、赤芍、丹皮、莪术、三棱、皂角刺、夏枯草、乌梅、制附子、干姜、细辛、益母草、泽兰、仙灵脾、巴戟天。14 剂，水煎服。

[二诊] 2012 年 12 月 4 日。查视力：双眼 1.0，眼睑可完全闭合，角膜清；服药后大便稀，每日 3～4 次，月经 2 月未至；情绪略好转。舌红，苔白略腻，脉细略弦。原方制附子减量，加川椒、诃子、草豆蔻。14 剂，水煎服。

[三诊] 2012 年 12 月 18 日。查双眼睑可完全闭合，眼球突出情况较前改善，大便成形，每日 1～2 次；情绪略改善。舌红，苔薄白，脉细。效不更方，继服 14 剂，水煎服。

[**按语**] 本病患者因婚姻问题，情志不舒，肝气郁结，气机阻滞，痰瘀互结而发病，故而给予疏肝解郁之药以治本，予温阳通络、行气散结之药以治标，同时考虑患者病程日久，病证寒热错杂，故而给予附子、干姜等热药以温阳通脉。二诊患者大便仍稀，加用草豆蔻等药物以温阳、健脾、止泻，诃子以清热止泻。诸药合用，临床疗效颇佳。

第十一章　其他眼病

第一节　视疲劳

视疲劳或称眼疲劳（asthenopia）、眼无力，即由于各种病因使得人眼视物时超过其视觉功能所能承载的负荷，导致用眼后出现视觉障碍、眼部不适或伴有全身症状等，以至不能正常进行视作业的一组综合征。视疲劳以患者主观症状为主，眼或者全身因素与精神心理因素相互交织。因此，它并非独立的眼病。首先由 William Mackengin 于 1843 年予以描述。包括视力模糊、流泪和头痛三大特点。虽然尚无准确的流行病学调查数据，但已有大量的相关报道。如 Matsuoka 对 407 名志愿者做眼科检查，结果有 74 人诉视疲劳。Eichenbaun 报道在进行常规眼科检查的受试者中有 10%～15% 的人诉有与计算机工作有关的头痛和视疲劳。随着人们对电子产品的依赖性增加，视疲劳的发病率逐渐增加。

视疲劳属中医"肝劳"范畴，古代医家对本病没有具体记述。马漪在《素问》中云："久视者必劳心，故伤血。"明代李梴在《医学入门·杂病分类·眼》中指出其因为"极目远视，夜书细字，镂刻博弈伤神皆伤目之本"。此外《审视瑶函·内外二障论》对肝劳的发生机理做进一步阐释："凡读书作字，与夫妇女描刺，匠做雕鉴，凡此皆以目不转睛而视，又必留心内营。心主火，内营不息则心火动。心火一动，则眼珠隐隐作痛，诸疾之所由起也。"

（一）病因病机

（1）发病：发病缓慢，久视，因素体禀赋不足，精血亏虚体质；或饮食不节，脾胃受损；或劳伤过度，耗伤肝脾肾，阴虚燥热，日久则气阴两虚或精血两虚，目不受血所致。

（2）病位：涉及五脏，以心、脾、肝、肾为主，涉及肺。

（3）病性：为本虚标实，虚实夹杂。早期多以气虚为本，瘀阻、风阻于目为标，同时可见痰凝、水湿、瘀血，为本虚标实；晚期血虚日久，多为精血两虚。

（4）病势：早期病变气虚对眼部不适影响较轻，病变日久，气血两虚，血虚目失濡养，气虚无力推动血液运行，导致风痰瘀互结，瘀血阻络，病变较重，易反复发作，严重则引起眼部不适症状。

（5）病机：主要病机为久视伤血、脉络失和。久视劳心伤神，耗气损血，以至目中经络涩滞，发为本病；劳瞻竭视，筋经张而不弛，肝肾精血亏耗；精血不足，筋失所养，调节失司，发为本病。

（二）施治要点

本病主要为精血亏虚证，治疗应以养血补血为主。在补血之时，稍用补气之剂，气能生血，气行则血行，适加祛风、活血、化痰、软坚之品。既要观察眼局部病变，如干涩、畏光、流泪等情况，还要考虑全身本虚标实的情况。从脏腑辨证，要考虑肝肾亏虚、脾阳虚、脾气虚、心血亏虚的证候，还要从外邪之风痰瘀血阻络入手，顾及祛风、活血、化痰、软坚之则，以虚为本，实为标，局部与全身辨证相结合，对不同证候采用滋补肝肾、益气养阴、祛风通络、凉血活血、化痰软坚等治法，方能奏效。

（三）治疗原则

中医治疗以益气养阴、滋补肝肾、阴阳双补治其本，祛风通络、凉血活血、化痰软坚治其标。临证要全身辨证与局部辨证相结合，随证加减。根据全身症状，酌加祛邪养血通络之品。早期视疲劳以祛风通络、凉血活血、化痰软坚祛实邪为主，兼以养血通络；中期以益气养阴为主，后期加用凉血养血祛风之剂。

（四）辨证论治

本病以视疲劳、干涩、畏光等为主要临床表现，其主要病机为气血阴阳失调，临证要全身辨证与眼局部辨证相结合，首当辨全身虚实、寒热，根据视疲劳发生时间，酌加养血通络之品。早期以祛邪益气为主，后期加用凉血养血祛风之剂。对视疲劳、干涩、畏光等随证加减。

1. 肝肾不足证

［主证］久视后目干涩酸痛；伴见头晕耳鸣，腰膝酸软，失眠多梦；舌淡，苔薄。脉细弱。

［治法］滋补肝肾，益精明目。

［方药］选用《银海精微》加减驻景丸。车前子、熟地黄、当归、楮实子、川椒、五味子、枸杞子、菟丝子。

2. 脾气虚弱证

［主证］视久昏花，困乏，眼冒干涩，睑重欲闭；头晕，纳差，面白神疲，倦怠乏力；舌淡苔白，边有齿痕，脉细弱无力。

［治法］补中益气，健脾升阳。

［方药］选用《东垣十书）补中益气汤加减。黄芪、炙甘草、党参、炒白术、当归、升麻、柴胡、陈皮。

3. 心血亏虚证

［主证］劳目久视则视昏眼痛，不欲睁目；可伴见面白无华，健忘，心悸；舌淡，脉细。

［治法］滋阴养血、补心宁神。

［方药］选用天王补心丹（《摄生秘剖》）加减。人参、茯苓、玄参、丹参、桔梗、远志、当归、五味子、麦门冬、天门冬、柏子仁、酸枣仁、生地。

4. 肝郁气滞证

［主证］平素不耐久视，视久则眼胀，怕光，流泪，眼眶、眉棱骨痛；伴见精神抑郁，头晕头痛，心烦欲吐，口苦，胁胀痛；舌红，苔黄，脉弦细。

［治法］疏肝理气，解郁明目。

［方药］选用《和剂局方》逍遥散加减。柴胡、当归、白芍、白术、茯苓、炙甘草、生姜、薄荷。

（五）中成药治疗

（1）杞菊地黄丸：用于肝肾亏虚证。

（2）补中益气丸：用于脾气亏虚证。

（3）天王补心丹：用于心阴不足证。

（六）高健生经验

高老治疗肝劳，以全身辨证为主。患者常常正气不足，故用药多从阳中求阴，适加活血通络之品，以通为补，临床取得良好疗效。

（七）典型案例

病案举例 1

李某，女，61 岁。2018 年 5 月 14 日初诊。

［主诉］双眼视疲劳加重 2 年余。

［现病史］双眼不欲睁眼，干涩，疲劳加重 2 年余。现乏力、情绪波动大、睡眠差，怕冷怕热。

［既往史］高血压病史 3 年，2 型糖尿病 8 年。

［检查］视力：右眼 0.6，左眼 0.5。眼压右眼 14.2mmHg，左眼 15.1mmHg。双眼角膜清，前房中深，瞳孔中等大，对光反应灵敏，晶状体轻混，眼底（－）。BUT：双眼 2.0s。舌淡红，苔少，脉细数。

［西医诊断］双眼视疲劳；双眼干眼；双眼白内障。

［中医诊断］双眼肝劳。

［辨证］寒热错杂。

［治则］燮理阴阳。

［处方］乌梅丸加减：党参、黄连、黄柏、制附子、细辛、川椒、乌梅、当归、干姜、桂枝、花粉。14剂，水煎服。

［二诊］2018年5月28日。药后视疲劳、乏力、情绪、睡眠均明显改善，余无不适。处方：上方14剂，水煎服。

［三诊］2018年6月11日。视疲劳症状已无，情绪稳定，睡眠每晚能睡7个小时，乏力感偶有。处方：密蒙花方加减。生黄芪、女贞子、益母草、乌梅、黄连、肉桂、密蒙花、花粉、芡实、桂枝。14剂，水煎服。

［按语］该患者就诊时双眼视疲劳、干涩不适加重已经2年，全身症状为寒热错杂，故以乌梅丸加减，乌梅丸为厥阴病主方，厥阴既可寒化又可热化，以寒化多见；方中制附子、细辛、川椒、干姜、桂枝温肾阳补肝阳，乌梅酸以入肝补肝阴，花粉可补血中之水，党参健脾，黄连、黄柏防厥阴热化。二诊时，患者诸症改善，效不更方。三诊，予高老的经验方密蒙花方，以益气养阴，适加温通之桂枝、滋阴之花粉、涩精之芡实善后。

病案举例 2

马某，男，58岁。2020年7月14日初诊。

［主诉］双眼视疲劳2年余。

［现病史］双眼不欲睁开，干涩，疲劳2年余。现头晕，纳差，面白神疲，倦怠乏力。

［既往史］高血压病10年。

［检查］视力：右眼1.0/J4，左眼1.0/J4。眼压：右眼15.2mmHg，左眼13.1mmHg。双眼角膜清，前房中深，瞳孔中等大，对光反应灵敏，晶体密度高，眼底（－）。BUT：双眼：1.2s。舌淡苔白，边有齿痕，脉细弱无力。

［西医诊断］双眼视疲劳；干眼；老视。

［中医诊断］双眼肝劳。

［辨证］脾胃虚弱。

［治则］补中益气，健脾升阳。

［处方］补中益气汤加减。黄芪、炙甘草、党参、炒白术、当归、升麻、柴胡、陈皮。14剂，水煎服。

［二诊］2020年7月28日。药后视疲劳、头晕，纳差，面白神疲，倦怠乏力均有所改善，余无不适。处方：上方加炒山楂、酸枣仁。30剂，水煎服。

［三诊］2020年9月23日。头晕、纳差、面白神疲、倦怠乏力等症状消失，视疲劳较前大为好转。处方：加减驻景丸。车前子、熟地黄、当归、楮实子、川椒、五味子、枸杞子、菟丝子。21剂，水煎服。

［按语］该患者就诊时双眼视疲劳、干涩不适已经2年，加之头晕，纳差，面白神疲，倦怠乏力。舌淡苔白，边有齿痕，脉细弱无力。予补中益气汤加减，全方共奏补中益气、

健脾升阳之效。二诊时，患者视疲劳、头晕，纳差，面白神疲，倦怠乏力均有所改善，守上方，加炒山楂、酸枣仁以增强健脾养血的作用。三诊时，头晕、纳差、面白神疲、倦怠乏力等症状消失。以驻景丸为主方，选楮实子、枸杞子、熟地黄、肉苁蓉、菟丝子等滋补肝肾，久服具有补肝肾的功效。目为肝之外候，目得血而能视，肾精上注则目明。

第二节 弱视

弱视（amblyopia）是视觉发育期由于单眼斜视、未矫正的屈光参差、高度屈光不正，以及形觉剥夺引起的单眼或双眼最佳矫正视力低于相应年龄的视力，或双眼视力相差 2 行及以上，视力较低眼为弱视。按病因分为四类：斜视性弱视、屈光参差性弱视、屈光不正性弱视、形觉剥夺性弱视。并有单、双眼弱视。弱视诊断时宜参考不同年龄儿童正常视力的下限，使用 LogMAR 检测视力表，除与弱视相关因素外，临床检查无可见的器质性病变。von Noorden 曾收集各家的弱视普及结果，在士兵中为 1% ～ 4%，学龄前及学龄儿童为 1.3% ～ 3%，眼科病例中为 4% ～ 5.8%。根据这些不同的百分率，人们可以合理地估计在一般人群中有 2% ～ 2.5% 患有弱视。

中医眼科对弱视的论述可散见于小儿通睛、能近怯远、胎患内障等眼病中。此病无单独的病名，如《眼科金镜》记载："症之起，不痛不痒，不红不肿，如无症状，只是不能睹物，盲瞽日久，父母不知为盲。"

（一）病因病机

弱视可从气血阴阳脏腑方面加以归纳，辨证属于阳气不足，肾脑虚损。

（1）发病：发病缓慢，先天不足，肝血亏损，肾精不足，目失涵养；或后天喂养不当，脾胃虚弱，气血生化乏源，目失濡养，则视物不明。

（2）病位：弱视的病位在肾脑，也与肝、脾密切相关。

（3）病性：本病多属虚证。先天不足，肝血亏损，肾精不足；脾胃虚弱，气血生化乏源。

（4）病势：虚证为基本病机。先天不足，目失涵养；或后天喂养不当，脾胃虚弱，气血生化乏源，则视物不明。

（5）病机：先天不足，肝血亏损，肾精不足，或后天喂养不当，脾胃虚弱，气血生化乏源，目失濡养，则视物不明。

（二）辨证要点

本病以看远看近均视物不清为主要临床表现。多为虚证，先天不足，肝血亏损，肾精不足，以补肝肾为主；脾胃虚弱，气血生化乏源，以健脾为主。

（三）治疗原则

一旦弱视的诊断确立，治疗的首要目的就是消除或减轻导致弱视的原因。治疗原则宜补气温阳、益肾醒脑，兼健脾养肝、明目，以达到提高恢复视力之目的。其治疗手段包括光学治疗、针刺治疗、按摩治疗、弱视训练、佩戴眼镜等。治疗效果取决于年龄、弱视程度和对治疗的依从性，年龄越小则预后越好。

（四）辨证论治

本病以全身辨证为主，肝血亏损，肾精不足，以补肝肾为主；脾气虚弱，以健脾为主。

1. 肝肾不足证

［主证］胎患内障术后或先天远视、近视等致视物不清；或兼见小儿夜惊，遗尿；舌质淡，脉弱。

［治法］补益肝肾，滋阴养血。

［方药］四物五子丸（《医方类聚》）加减。熟地黄，当归，地肤子，白芍，菟丝子，川芎，覆盆子，枸杞子，车前子。

［加减］偏肾阳虚者，加山茱萸、补骨脂、仙灵脾以温补肾阳；肝肾阴虚明显者，加楮实子、桑椹、山茱萸以滋补肝肾；伴脾胃虚弱者，加白术、党参健脾益气。

2. 脾胃虚弱证

［主证］视物不清，或胞睑下垂；或兼见小儿偏食，面色萎黄无华，消瘦，神疲乏力，食欲不振，食后脘腹胀满、便溏；舌淡嫩，苔薄白，脉缓弱。

［治法］健脾益气，渗湿和胃。

［方药］参苓白术散（《太平惠民和剂局方》）加减。人参，白术，茯苓，山药，桔梗，白扁豆，莲子肉，薏苡仁。兼食滞者可选加山楂、麦芽、神曲、谷芽、鸡内金。

（五）中成药治疗

1. 金匮肾气丸：用于肝肾不足证。

2. 补中益气丸：用于脾胃虚弱证。

（六）针刺疗法

针刺治疗：眼部取睛明、攒竹、太阳；头部及远端取风池、光明、翳明穴。若肝肾不足配肝俞、肾俞、三阴交；脾胃虚弱配足三里、关元、脾俞、胃俞。每组穴中各取 1 ～ 2 穴针刺，年龄小的患儿不留针，年龄大的患儿留针 10 ～ 20 分钟。每日或隔日 1 次，10 次为 1 个小疗程。

（七）高健生临床经验

高老总结几十年用中药治疗弱视的临床经验，辨证以虚证为主，先天不足，肝血亏损，肾精不足，以补肝肾为主；脾胃虚弱，气血生化乏源，以健脾为主。采用了滋补肝肾，益气明目，平肝明目的治疗原则。结合配镜、弱视训练，针灸及耳穴埋豆等综合中医治疗，取得了良好疗效。

（八）典型案例

病案举例 1

刘某，女，7岁。2020年3月14日初诊。

[主诉]因体检发现双眼视力差，数天后来就诊。

[现病史]双眼视力差，半年余。现身材瘦小，纳差。

[既往史]无。

[检查]视力：右眼0.6，左眼0.5，均无法矫正。眼压：右眼13.2mmHg，左眼11.1mmHg。双眼瞳孔中等大，对光反应灵敏，眼底（－）。舌质淡，苔薄白，脉细。

[西医诊断]双眼弱视。

[中医诊断]双眼视瞻昏渺。

[辨证]脾胃虚弱。

[治则]健脾益气。

[处方]参苓白术散加减：茯苓、党参、甘草、白术、山药、大枣、酸枣仁、炒神曲、炒山楂、炒麦芽、桔梗。14剂，水煎服。

[二诊] 2020年3月28日。患者药后纳食较前好转，余无不适。处方：上方去桔梗，加桑椹、枸杞子、菊花。30剂，水煎服。

[三诊] 2020年4月28日。患者体重较前增加，纳可，视力：双眼0.8。处方：四物五子丸加减：熟地、当归、白芍、川芎、桑椹、枸杞子、菟丝子、覆盆子、地肤子。28剂，水煎服。

[按语]该患者就诊时双眼弱视，加之身材瘦小，纳差，故辨证为脾胃虚弱，予健脾益气之参苓白术散加减，与焦三仙合用，共奏健脾之效。二诊时，患者纳食改善，加入桑椹、枸杞子、菊花，增强滋补肝肾明目的作用。三诊，体重较前增加，纳可，视力达0.8，以四物五子汤为主方，以滋补肝肾，达到目受血而能视的目的。

病案举例 2

李某，女，10岁。2019年3月14日初诊。

[主诉]自幼视力差。

[现病史]双眼视力差，10年余。

［既往史］无。

［检查］视力：右眼 0.5，左眼 0.5，均无法矫正。眼压：右眼 13.2mmHg，左眼 11.1mmHg。双眼瞳孔中等大，对光反应灵敏，眼底（-）。舌质淡，苔薄白，脉细。

［西医诊断］双眼弱视。

［中医诊断］双眼视瞻昏渺。

［辨证］肝肾不足。

［治则］补益肝肾，滋阴养血。

［处方］四物五子丸加减。熟地黄 15g，当归、地肤子、白芍、菟丝子、川芎、覆盆子、枸杞子、车前子各 10g。14 剂，水煎服。

［二诊］ 2019 年 3 月 28 日。药后无不适。处方：上方加桑椹、菊花、炒麦芽。30 剂，水煎服。

［三诊］ 2019 年 4 月 28 日。视力：双眼 0.6，纳可。处方：驻景丸加减。楮实子、枸杞子、五味子、川椒、党参、熟地、肉苁蓉、菟丝子。28 剂，水煎服。

［按语］该患者就诊时双眼弱视，加之舌质淡，苔薄白，脉细，故辨证为肝肾不足，予补益肝肾、滋阴养血之四物五子丸加减。二诊时，药后无不适，加入桑椹、炒麦芽、菊花，增强健脾养血、滋补肝肾、明目的作用。三诊时，视力较前提高，纳食可，视力达 0.6，以驻景丸为主方，以达到滋补肝肾、增强目力的目的。

第三节　麻痹性斜视

麻痹性斜视（paralytic strabismus）是由于先天性或后天性因素使得支配眼球运动的神经核、神经或肌肉本身发生病变所引起的单条或多条眼外肌完全或部分性麻痹所致的眼位偏斜，其偏斜角度因不同注视方向、距离及注视眼而有所不同，同时伴有不同程度的眼球运动障碍。完全性麻痹者立即出现斜视，部分性麻痹初期可以不出现斜视。本病包括先天性麻痹性斜视和后天性麻痹性斜视，后者多伴有糖尿病、高血压等全身疾病。

麻痹性斜视属中医学"目偏视""风牵偏视"范畴。本病多由风邪所致，故称为风牵偏视。据其眼部症状又有不同称谓，以复视症状为主者称为"视歧"（《灵枢·大惑论》）；黑睛斜偏一侧，欲转而不能转，轻者可见黑睛的眼病，称为"神珠将反"（《证治准绳》），重者黑睛不见，仅露白睛者为"瞳神反背"（《证治准绳》）。眼珠向下偏斜，不能上转的眼病称"坠睛"（《太平圣惠方》），相当于西医学的麻痹性下斜视。目珠向上方偏斜，不能下转的眼病称"目仰视"（《审视瑶函》）或"目上视"（《证治准绳》）。

（一）病因病机

该病主要病机为气血亏虚，以肝肾不足、肝风内动或脾胃虚弱为本，脉络瘀阻，痰浊凝滞、风邪阻络及风阳挟痰上窜为标。

（1）发病：发病突然，无论因外邪侵犯入络，或内风肝阳引动、风痰上犯等皆突然发病，突发视一为二、头晕、呕恶等症状。

（2）病位：病在目之经络筋脉，属外障眼病，以脾胃、肝肾为主。

（3）病性：为虚实夹杂证。先天禀赋不足，为虚；风邪闭阻经络，或跌仆损伤，或肿瘤压迫，为虚实夹杂；脾胃虚弱，复感风邪，同时可见痰凝、风邪者，为本虚标实。

（4）病势：本病来势急骤，若为外邪入侵，局部经络阻滞，病位较浅，及时祛邪外出则易恢复。病变日久，受外邪阻滞，导致痰瘀互结，瘀血、风邪阻络，或肝脾功能失调，或久患消渴，或肝肾阴虚，肝阳上亢，致经络气血凝涩，眼珠吊偏于一侧，病位深且病势重。

（5）病机：先天禀赋不足，眼发育不良或眼珠发育异常；婴幼儿期长期逼近视物或头部偏向一侧，致筋脉挛滞；或卫外不固，风邪闭阻经络，以致筋脉拘挛或麻痹；或脾胃虚弱，聚湿生痰，复感风邪，风痰阻络，脉络失畅所致；或肝肾阴虚，肝阳上亢，阳升风动，风阳挟痰上窜，阻滞经络而发。或跌仆损伤，或肿瘤压迫，经络失阻。

（二）施治要点

本病主要为精血亏虚，筋脉失养致挛滞，治疗应以补养精血，祛邪为主。早期先天禀赋不足，或婴幼儿期长期逼近视物或头部偏向一侧，应从补益肝肾不足入手，肝肾同源，肝藏血，精血同源；因卫外不固，风邪闭阻经络，或脾胃虚弱，聚湿生痰，风痰阻络，应以祛风邪，健脾利湿为主；或病情日久，肝肾阴虚，肝阳上亢，阳升风动，风阳挟痰上窜，应平肝潜阳，息风通络。

（三）治疗原则

对于先天性麻痹性斜视，如有弱视要积极治疗，适当辅以中医特色疗法。若斜视明显，根据病情考虑手术治疗。对于后天性麻痹性斜视要查找病因，在对证治疗基础上，局部与全身辨证论治，祛邪通络。此外，可配合针刺，以提高疗效。

（四）辨证论治

1. 风邪中络证

［主证］发病急骤，目珠猝然偏斜，转动失灵，视一为二；起病时恶寒发热，头痛；舌淡红，苔薄白，脉浮。

［治法］疏风通络，扶正祛邪。

［方药］小续命汤《备急千金要方》加减。麻黄、防己、人参、黄芩、桂心、甘草、

川芎、白芍、杏仁、附子、防风、生姜。

[加减] 风热者，原方去生姜、附子、桂心，加生石膏、生地黄、桑枝、秦艽等疏风清热通络药。

2. 风痰阻络证

[主证] 骤然视一为二，目珠偏斜，转动失灵；兼胸闷呕恶，食欲不振，泛吐痰涎；舌淡，苔白腻，脉滑。

[治法] 健脾利湿，豁痰通络。

[方药] 六君子汤（《医学正传》）合正容汤（《审视瑶函》）加减。人参、白术、茯苓、炙甘草、陈皮、半夏、羌活、白附子、防风、秦艽、胆南星、僵蚕、木瓜、甘草、黄松节。

[加减] 头痛甚者，加菊花、川芎以祛风通络。

3. 脉络瘀阻证

[主证] 头部外伤或眼部直接受伤后，目珠偏视，视一为二；舌质暗或有瘀斑，脉细或如常。

[治法] 活血行气，化瘀通络。

[方药] 桃红四物汤（《医宗金鉴》）合牵正散（《杨氏家藏方》）加减。熟地黄、当归、白芍、川芎、桃仁、红花、白附子、僵蚕、全蝎。

[加减] 疼痛甚者，加乳香、没药、五灵脂、郁金活血通络；后期可加黄芪、党参以益气扶正。

4. 阴虚风动证

[主证] 多为年老体衰之人，平素常有头昏头痛，耳鸣眼花，手足心热，夜寐不安，腰膝酸软等症状；突然目珠偏斜，转动不灵，视一为二；舌质红，苔黄，脉弦。

[治法] 平肝潜阳，息风通络。

[方药] 天麻钩藤饮（《中医内科杂病证治新义》）合六味地黄丸（《小儿药证直诀》）加减。天麻、栀子、黄芩、杜仲、益母草、桑寄生、首乌藤、朱茯神、川牛膝、钩藤、石决明、枸杞子、菊花、熟地黄、山茱萸（制）、牡丹皮、山药、茯苓、泽泻。

[加减] 眼干涩者，加北沙参、墨旱莲、女贞子等滋阴生津。

（五）中成药治疗

（1）归脾丸：用于脾胃虚弱证。

（2）六味地黄丸：用于肝肾阴虚证。

（六）针刺治疗

以取三阳经穴位为主，局部及远端取穴配合，每次选 2 ~ 4 个穴，每日 1 次，10 日为一个疗程。常用穴位：天柱、完骨、风池、睛明、瞳子髎、承泣、四白、阳白、丝竹空、太阳、攒竹、颊车、地仓、合谷、足三里、太冲、行间。

（七）高健生经验

麻痹性斜视病因复杂，临床应辨证施治。本病主要为精血亏虚，筋脉失养致挛滞。先天性麻痹性斜视，多责之于脾，脾气虚弱，运化无力，气血生化乏源，治疗应以补气健脾，祛邪通络为主。后天性麻痹性斜视多见于肝肾精血亏虚，在祛除病因的同时，治疗以滋养肝肾，健脾通络为要。

（八）典型案例

病案举例 1

刘某，女，6 岁。2019 年 9 月 14 日初诊。

［主诉］家长发现患儿自幼歪头。

［现病史］左眼向上偏斜。

［既往史］无。

［检查］视力：双眼：0.8。眼压：右眼 13.2mmHg，左眼 11.1mmHg。左眼向上偏斜，伴有内转时上转，下斜肌功能亢进，内下转时，上斜肌功能不足；歪头试验（－）。舌质淡，苔白，脉滑。

［西医诊断］左眼上斜肌麻痹。

［中医诊断］左眼目偏视。

［辨证］风痰阻络证。

［治则］健脾利湿，豁痰通络。

［处方］六君子汤合正荣汤加减：党参、白术、茯苓、甘草、陈皮、半夏、羌活、白附子、防风、秦艽、胆南星、僵蚕、木瓜、生姜。14 剂，水煎服。

［二诊］2019 年 9 月 28 日。药后舌质、脉象同前，余无不适。处方：上方去白附子、僵蚕，加青风藤、川芎。30 剂，水煎服。

［三诊］2019 年 11 月 23 日。自诉纳食欠佳，左眼上斜略好转。处方：上方去青风藤，加焦神曲、焦山楂、焦麦芽。21 剂，水煎服。

［**按语**］该患者就诊时左眼上斜肌麻痹，予六君子汤合正荣汤加减以健脾利湿，豁痰通络。二诊时，去白附子、僵蚕减轻豁痰通络之效，加入青风藤、川芎增强祛风通络的作用，川芎称为风中之润剂，与青风藤合用使祛风之力更强。三诊时，纳食欠佳，但斜视有好转，去青风藤，加焦神曲、焦山楂、焦麦芽，增加健脾之功。

病案举例 2

李某，男，23 岁。2017 年 5 月 20 日初诊。

［主诉］视物成双 20 天。

［现病史］一个月前眼部被篮球撞击，20 天前发现双眼视物成双，无眼痛。

［既往史］无特殊。

［检查］视力：双眼：0.8。眼压：右眼 13.2mmHg，左眼 11.1mmHg。眼球外转受限，内斜视 25 ～ 30°，特别是看远内斜视明显，右侧具有代偿头位，复像检查：水平分离，右侧分离最大，右眼像在外。神经科、内科、鼻科检查未见明显异常，头颅 CT 正常。舌质暗，苔滑，脉细。

［西医诊断］麻痹性斜视（右外直肌麻痹）。

［中医诊断］右眼目偏视。

［辨证］脉络瘀阻证。

［治则］活血行气，化瘀通络。

［处方］桃红四物汤（《医宗金鉴》）合牵正散（《杨氏家藏方》）加减。熟地黄、当归、白芍、川芎、桃仁、红花、白附子、僵蚕、全蝎。14 剂，水煎服。

［二诊］2017 年 6 月 8 日。药后舌质、脉象有所改善，余无不适。处方：上方去全蝎，加秦艽、前胡。30 剂，水煎服。

［三诊］2017 年 7 月 7 日。双眼复视有所改善，眼球可以外展，但不到位。处方：上方去红花、僵蚕，加丹参、五味子。21 剂，水煎服。

［按语］该患者就诊时右眼外伤史，右眼外展神经麻痹，予桃红四物汤合牵正散加减以活血行气，化瘀通络。二诊时，舌红，苔薄白，脉象有力；去全蝎有减轻活血之力防出血之效，加入秦艽、前胡增强祛风通络的作用。三诊时，眼部症状改善，去红花、僵蚕，加丹参、五味子，使全方活血行气化痰而敛阴。

第四节　上睑下垂

上睑下垂（ptosis）是由于提上睑肌（动眼神经支配）或 Müller 肌（颈交感神经支配）功能部分或者完全丧失，以致上睑不能提起或提起不全，而使上睑呈下垂的异常状态，遮盖部分或全部瞳孔，可引起视力障碍。临床上分为先天性与后天性两大类。先天性上睑下垂多为双侧，也可能为单侧，有遗传性，为提上睑肌或第三神经核发育不全所致，常伴有上直肌功能不全。后天性是由眼睑本身病变引起的，也可因神经系统及其他全身性病变导致，常见原因包括动眼神经麻痹、提上睑肌损伤、交感神经疾患、重症肌无力、上睑炎性肿胀或新生物等。后天性上睑下垂除上睑不能抬起的症状外，根据病因还会伴有其他眼外肌或眼内肌麻痹、复视等临床表现。

本病属中医学"上胞下垂"范畴，又称睢目、侵风、眼睑垂缓、胞垂，严重者称睑废。以睢目为病名首载于《诸病源候论·目病诸候》，即"其皮缓纵，垂覆于目，则不能开，世呼为睢目,亦名侵风",同时载有本病因"血气虚,则肤腠开而受风,客于睑肤之间"所致。而《目经大成·睑废》中以"手攀上睑向明开"说明上胞下垂的严重症状。

(一)病因病机

本病有先天与后天之分,致病主要由内因引起,外因则与风邪有关; 亦可由外伤、肿瘤、椒疮等病引起。

(1)发病:后天性上睑下垂发病突然,因外邪侵犯入络,或脾气不足,或内风肝阳引动、风痰上犯等皆可导致突然发病。

(2)病位:病在目之胞睑,属外障眼病,以脾胃为主。

(3)病性:为虚实夹杂证。脾胃虚弱,复感风邪,同时可见痰凝、风邪者,为本虚标实。

(4)病势:先天性者病势稍缓,后天性者病势突然,若为外邪入侵,局部经络阻滞,早期及时祛邪外出则易恢复。受外邪侵及日久,导致痰瘀互结、瘀血、风邪阻络,或脾气虚损,病位深且病势重,则难以恢复。

(5)病机:先天禀赋不足,命门火衰,脾阳不足,睑肌发育不全,胞睑乏力而不能升举; 脾虚中气不足,清阳不升,睑肌失养,上胞无力提举; 脾虚聚湿生痰,风邪客睑,风痰乘虚上袭阻络,胞睑筋脉迟缓不用而下垂; 血气虚弱,肤腠空疏,卫外不固而受风邪外袭,以致睑皮弛缓。

(二)施治要点

本病需要辨识病因后进行施治。属先天因素者,择机选择手术治疗。后天所致者,当着重辨别患者病情虚实,局部与全身辨证相结合,根据病情变化进行辨证施治,标本兼治,方能显效。

(三)治疗原则

中医辨证当以患者眼部表现与全身症状相结合进行整体辨证,根据疾病发生过程中的特点辨证论治,可配合针灸治疗。先天性上睑下垂以手术治疗为主。本病的诊断须排除重症肌无力、神经系统或眼部及全身病引起的上睑下垂。

(四)辨证论治

首当辨其虚实,虚者多为气血亏虚或脾气虚弱,治宜补益气血或健脾益气; 实者多风痰阻络,治宜祛风化痰。伴有目珠偏斜者,可参考风牵偏视论治。如配合针灸治疗,则效果更佳。

1. 先天不足证

[主证]自幼双眼上胞垂下，无力抬举，明显睑裂变窄，视瞻时昂首举额，扬眉张口，或以手提上睑方能视物；全身可伴疲乏无力，面色无华，畏寒肢冷，小便清长；舌质暗，苔薄，脉沉细。

[治法]温肾健脾。

[方药]右归饮（《景岳全书》）加减。熟地、山药、山茱萸、枸杞子、炙甘草、杜仲、肉桂、制附子。

[加减]若疲乏无力，面色无华，可加党参、白术、黄芪、鹿角胶等增益气升阳，补精益髓之功。

2. 脾虚气弱证

[主证]上胞提举乏力，掩及瞳神，晨起或休息后减轻，午后或劳累后加重；严重者，眼珠转动不灵，视一为二；全身常伴有神疲乏力，食欲不振，甚至吞咽困难等；舌淡，苔薄，脉弱。

[治法]益气升阳。

[方药]补中益气汤（《脾胃论》）加减。黄芪、甘草、人参、当归身、橘皮、升麻、柴胡、白术；方中重用黄芪以增补气升阳之功。

[加减]若神疲乏力、食欲不振者，加山药、扁豆、莲子肉、砂仁以益气温中健脾；腰膝酸软加菟丝子、鹿角胶以补益肾精。

3. 风痰阻络证

[主证]上胞垂下骤然发生，眼珠转动不灵，目偏视，视一为二；头晕、恶心，泛吐痰涎；舌苔厚腻，脉弦滑。

[治法]祛风化痰，疏经通络。

[方药]正容汤（《审视瑶函》）加减。羌活、白附子、防风、秦艽、胆南星、半夏、白僵蚕、木瓜、甘草、黄松节、生姜。

[加减]若眼珠转动不灵，目偏视者，宜加川芎、当归、丹参、海风藤以增强养血通络之功；若头晕、泛吐痰涎者，加全蝎、竹沥以助祛风化痰。

4. 血虚气弱证

[主证]上胞下垂，头晕目眩，面色少华，气短乏力；舌淡，脉弱。

[治法]益气养血。

[方药]人参养荣汤（《和剂局方》）加减。人参、白术、茯苓、当归、白芍药、熟地黄、黄芪、肉桂、陈皮、蜜远志、五味子、大枣、炙甘草、生姜。

[加减]上方可加丹参、川芎、丝瓜络等活血通络之品。

（五）中成药治疗

（1）补中益气丸：用于脾虚气弱证。

（2）金匮肾气丸：用于先天不足证。

（六）高健生经验

高老强调在治疗上睑下垂时要重视脾胃。《兰室秘藏·眼耳鼻门》载："夫五脏六腑之精气皆禀受于脾，上贯于目……故脾虚则五脏之精气皆失所司，不能归明于目矣。"又言："凡医者，不理脾胃，及养血安神，治标不治本，是不明正理也。"盖脾主肌肉，眼睑属脾，脾胃气虚，中气不足，清阳不升，可导致眼睑下垂而无力上举。高老运用益气升阳举陷法治疗上睑下垂，临床效果颇佳。

益气升阳法是李东垣首创，近代名医张锡纯在领悟了"益气升阳"精髓的基础上，在临床实践中又创制"治大气下陷方"，有升陷汤、回阳升陷汤、理郁升陷汤、醒脾升陷汤，发展了"举陷"理论。高老在学习李东垣"益气升阳"学说以后，又研究学习了张锡纯"升陷汤"的理论，并综合两者的优势，提出了"益气升阳举陷"法，并认为"益气升阳举陷"法是眼科治疗的大法之一。凡与中焦气虚下陷、脾阳不升相关的一些疑难眼病，在采用益气升阳举陷法治疗的同时，结合眼病的特殊性进行处方用药，取得了较好的疗效，常用方剂包括补中益气汤、益气聪明汤等。

高老提出眼科"益气升阳举陷"法还具有一些具体特点。一是气虚可以进一步导致阳虚，扩展益气升阳中"益气"为补脾阳，温肾阳，有补火生土之意，常选用附子、仙灵脾、川乌、草乌等，尤其是善散阴寒、温中止痛、暖脾止泻之川椒的应用，集温阳、通阳、引阳于一身。二是根据目为上焦，居阳位，故而重视升阳药、引经药的应用，不局限于升麻、柴胡，包括一些祛风药在内如蔓荆子、防风等也作为引经药使用。

（七）典型案例

病案举例 1

李某，女，48 岁。2019 年 7 月 15 日初诊。

［主诉］双眼上睑下垂 1 年余。

［现病史］患者患成年型重症肌无力，2018 年初开始出现双眼上睑下垂伴视物重影，经治疗后双眼视物重影明显好转，但上睑下垂未见明显改善，为求中医药治疗来我院就诊。刻下症：双眼上睑下垂，天气炎热时症状加重，工作压力大、情绪不佳或者疲劳时症状加重，伴轻度视物重影、眼睑震跳，有时头晕，纳可，多梦，大便稀，每日三次，小便调；舌红，少苔，脉沉细。

［既往史］成年型重症肌无力病史，目前服用溴比斯的明及他克莫司胶囊。否认糖尿病史，但空腹血糖偏高。

[检查] 视力：右眼 1.0，左眼 0.5；双眼上睑下垂至瞳孔上缘，前节检查基本正常，眼球转动可。

[西医诊断] 成年型重症肌无力（眼肌型）。

[中医诊断] 双眼上胞下垂。

[辨证] 脾虚下陷。

[治法] 益气升阳举陷。

[处方] 生黄芪、当归、银柴胡、升麻、防风、炒白芍、炒白术、茯苓、天麻、桂枝、钩藤、生龙骨、生牡蛎、炒枣仁、制川乌。14 剂，水煎服。

[二诊] 2019 年 8 月 1 日。服药后上睑下垂及眼睑震跳改善，已无明显视物重影，睡眠好转，汗多、腹泻。视力：右眼 0.8，左眼 0.8；舌红，少苔，脉沉细。治法不变，原方加干姜，增加生龙骨、生牡蛎用量。14 剂，水煎服。

[三诊] 2019 年 8 月 15 日。服药无不适，眼部症状均有所减轻，汗出较前略改善，腹泻明显改善，大便已成形，次数减少。视力：右眼 0.6，左眼 1.0；双眼上睑位置正常，辨证同前，治法不变。14 剂，水煎服。

[四诊] 2019 年 8 月 29 日。上睑下垂明显改善，但仍感眼皮重，左眼重，视力提高，劳累后脚踝易肿，自觉心慌，大便每日一次，眼干涩。视力：右眼 1.0，左眼 1.0；舌红质稍暗，少苔，脉沉细。原方 14 剂，水煎服。

[五诊] 2019 年 9 月 12 日。服药后自觉症状改善，无不适，脚肿好转，已无明显上睑下垂，睡不实，多梦。视力：右眼 1.0，左眼 1.0；舌红质稍暗，少苔，脉沉细。原方加夜交藤。28 剂，水煎服。

[按语] 眼胞在五轮学说中为"肉轮"，属脾，脾主肌肉，眼胞受肌肉之精约束。本例患者脾气亏虚，精微不布，胞睑升举无力。治疗以助阳活血汤加减，方中生黄芪为君药，补脾益气；炒白术、茯苓为臣药，助黄芪以益气健脾，增强补中气、健脾胃之功效；当归、白芍养血补脾；制川乌以补脾阳、温肾阳；桂枝温阳通脉，银柴胡、升麻、防风升举阳气，引药上行于目；天麻、钩藤入肝经，活血而散风；生龙骨、生牡蛎、炒枣仁安神助眠。二诊患者汗多、腹泻，原方加干姜以温脾阳，助脾气，增加生龙骨、生牡蛎用量以止汗；五诊患者睡不实，多梦，增加夜交藤以安神催眠。治疗本例患者，在健脾益气的基础上，常选用附子、仙灵脾、川乌、草乌等，为补脾阳，温肾阳，有补火生土之意，同时根据目为上焦，居阳位，还须重视升阳药、引经药的应用，不局限于升麻、柴胡，包括一些祛风药在内如蔓荆子、防风等也常作为引经药使用。

病案举例 2

王某，男，66 岁。2018 年 12 月 13 日初诊。

[主诉] 左眼上睑下垂 1 个月余。

　　[现病史]患者患糖尿病，1个月前出现左眼上睑下垂，伴眼球转动受限，纳眠可，二便调。

　　[既往史]糖尿病史10余年，服药控制血糖，血糖控制欠佳。

　　[检查]视力：右眼1.0，左眼0.8；左眼上睑下垂，眼球转动受限，结膜轻度充血，角膜清，瞳孔对光反射存在，晶体清。舌红，苔薄白，脉弦。

　　[西医诊断]左眼糖尿病性动眼神经麻痹。

　　[中医诊断]左眼上胞下垂。

　　[辨证]脾虚下陷，风邪犯络。

　　[治则]益气升阳，祛风通络。

　　[处方]生黄芪，党参，升麻，葛根，炒白芍，炙甘草，炒黄柏，蔓荆子，仙灵脾，蜈蚣，全蝎，制川乌，桂枝。14剂，水煎服。

　　[二诊]2018年12月27日。查视力：双眼1.0，症状略改善。舌红，苔薄白，脉略弦。调整处方如下：生黄芪，党参，升麻，葛根，制附子，川椒，细辛，蜈蚣，炒黄柏，炒黄连，桂枝，干姜，乌梅，全蝎，当归。14剂，水煎服。

　　[三诊]2019年1月17日。查左眼上睑可抬起，仍遮挡上半角膜，眼球可轻微转动，血糖控制尚可。舌红，苔薄白，脉细。增加蜈蚣及全蝎用量，余药物不变。14剂，水煎服。

　　[**按语**]本病患者糖尿病日久，脾胃气虚，升阳无力，风邪乘虚而入，侵犯目络，导致上睑下垂，眼球转动受限，予益气升阳举陷之药以治本，祛风通络之药以治标，处方以益气聪明汤加减；同时考虑患者慢性病病程日久，病证寒热错杂，故在二诊时调整处方，予更契合糖尿病病机的乌梅丸进行加减，三诊时，虫类药加量更增通络之效，诸药合用，临床疗效颇佳。

参考文献

［1］金明. 现代中医眼科学［M］. 北京：中国医药科技出版社，2020.

［2］彭清华. 中西医结合眼科学［M］. 北京：人民卫生出版社，2019.

［3］杨培增，范先群. 眼科学·第9版［M］. 北京：人民卫生出版社，2018.

［4］金明. 中成药临床应用指南·眼科疾病分册. 北京：中国中医药出版社，2016.

［5］庄曾渊，张红. 实用中医眼科学［M］. 北京：中国中医药出版社，2016.

［6］段俊国，毕宏生. 中西医结合眼科学［M］. 北京：中国中医药出版社，2016.

［7］葛坚，王宁利. 眼科学·第3版［M］. 人民卫生出版社，2015.

［8］金明. 中医临床诊疗指南释义［M］. 北京：中国中医药出版社，2015.

［9］段俊国. 中西医结合眼科学·第2版［M］. 北京：中国中医药出版社，2013.

［10］彭清华. 中医眼科学［M］. 中国中医药出版社，2012.

［11］段俊国. 中医眼科学［M］. 北京：人民卫生出版社，2012.

［12］张承芬. 眼底病学［M］. 北京：人民卫生出版社，2010.

［13］张晓君，魏文斌译. 精编临床神经眼科学·第2版［M］. 北京：科学出版社，2009.

［14］赵堪兴，杨培增. 眼科学［M］. 北京：人民卫生出版社，2008.

［15］葛坚. 眼科学［M］. 北京：人民卫生出版社，2006.

［16］刘家琦，李凤鸣. 实用眼科学［M］. 北京：人民卫生出版社，2005.

［17］韦企平，赵峪. 韦玉英眼科经验集［M］. 北京：人民卫生出版社，2004.32（9）：1344-1346.

［18］张仁俊，徐锦堂. 中西医角膜病学［M］. 北京：人民军医出版社，2004.

［19］曾庆华. 中医眼科学［M］. 北京：中国中医药出版社，2003.

［20］李传课. 中医眼科学［M］. 北京：人民卫生出版社，1999.

［21］廖品正. 中医眼科学［M］. 北京：人民卫生出版社，1998.

［22］唐由之，肖国士. 中医眼科全书［M］. 北京：人民卫生出版社，1996.

［23］王肯堂. 证治准绳［M］. 北京：人民卫生出版社，1991.286-287.

［24］徐兆辉. 中医名家治视神经萎缩［J］. 光明中医，2017.

［25］中华医学会眼科学会眼底病学组.我国糖尿病视网膜病变临床诊疗指南［J］.中华眼科杂志，2014，50（11）：851-865.

［26］Manayath GJ，Ranjan R，Karandikar SS，Shah VS，Saravanan VR，Narendran V. Central serous chorioretinopathy： Current update on management. Oman J Ophthalmol. 2018；11（3）：200-206. doi：10.4103/ojo.OJO_29_2018

［27］佟甜，姜艳华.老年性黄斑变性发病率及危险因素分析［J］.国际医药卫生导报，2019（01）：14-16.

［28］史伟云，洪佳旭.我国过敏性结膜炎诊断和治疗专家共识（2018年）［J］.中华眼科杂志，2018，54（6）：409-414.

［29］中国干眼专家共识：定义和分类（2020年）［J］.中华眼科杂志，2020，56（6）：418-422.

［30］中国干眼专家共识：治疗（2020年）［J］.中华眼科杂志，2020，56（12）：907-913.

［31］中华医学会眼科学分会角膜病学组.感染性角膜病临床诊疗专家共识（2011年）［J］.中华眼科杂志，2012，48（1）：72-75.

［32］风湿病相关的边缘性角膜溃疡［J］.眼科研究，2009，27（5）：443-447.

［33］邢清曼，绿脓杆菌性角膜溃疡18例临床分析［J］.中国热带医学，2007，7（11）：2044，2090.

［34］滕克禹，宿艳，邓丽娅，等.742例葡萄膜炎的类型和病因分析［J］.中国中医眼科杂志，2014，24（3）：207-210.

［35］中国白塞综合征中西医结合诊疗专家共识（2020年）［J］.老年医学与保健，2021，27（1）：14-29.

［36］胡学强.多发性硬化诊断和治疗中国专家共识（2018版）［J］.中国神经免疫学和神经病学杂志.2018，25（6）：387-393

［37］樊永平，王少卿.多发性硬化/视神经脊髓炎中医临床诊疗规范［J］.首都医科大学学报.2018，39（6）：834-835.

［38］谢晓春，洪亮.动眼神经麻痹中医治疗概况［J］.江西中医药，2015，46（386）：74-77.

［39］许精鑫，陈致尧，郭珍妮，等.中医治疗眼肌型重症肌无力-脾胃虚弱型的研究进展［J］.按摩与康复医学，2020，11（2）：56-59.

［40］田蜜，王平.眼眶炎性假瘤的诊疗进展［J］.国际眼科纵览，2019，43（6）：426-429.

［41］祁怡馨，谢立科，肖文峥，等.谢立科主任治疗眼眶炎性假瘤经验撷菁［J］.世界中西医结合杂志，2014，9（3）：232-235.

［42］牧亚峰，向楠，李会敏，等.从《审视瑶函》刍议陈如泉治疗甲状腺相关性眼病经验［J］.湖北中医药大学学报，2021，23（3）：107-110.

［43］郑香悦，罗英子，梁伟麒，等.关国华从痰瘀互结论治岭南地区甲状腺相关性眼病.中国中医眼科杂志，2021，31（5）：341-343.

［44］巴明玉，张胜威，潘研，等.马丽教授治疗甲状腺相关性眼病活动期经验举隅［J］.亚太传统医药，2020，16（7）：74-76.

［45］《我国原发性青光眼诊断和治疗专家共识》，中华眼科杂志，2014，50（5）：382-382.

［46］《中国青光眼指南（2020年）》，中华眼科杂志，2020，56（8）：573-586.

［47］赵燕，张新，张剑，等.杞菊地黄丸对青光眼模型大鼠视网膜结构的保护作用及其机制［J］.吉林大学学报（医学版），2018，44（05）：994-998+1117-1118.